KB235230

幻夢小說과 꿈이야기

최 창 록

푸른사상

幻夢小說과 꿈이야기

책머리에

우리는 고전읽기에 있어서 많은 선입견을 가지고 출발한다. 그것은 작품을 평가하기에 앞서 필수적으로 읽어야 하는 과정을 다른 사람을 통하여 간접 경험하고서도 전혀 잘못된 책읽기가 아니라고 생각하는 것이다. 일찍이 대학에서는 고전소설 강독을 주당 2시간씩 1년간 강의했었다. 그러던 것이 고전소설연구, 고전소설사, 고전소설 강독 등이 한 강좌로 모아지고 3시간짜리 1강좌로 만족해야 했다. 원문이 어렵다고 해서 외면당하고 그것이 인기 없는 강좌라해서 경시되는 풍조는 지양돼야 할 우리 고전교육의 현주소이다.

필자는 최근에 꿈에 관해서 생각해 보았다. 대부분 서양이론으로 이루어진 프로이드의 꿈의 해석이나 릴리, 웨이스의 정신치료에서의 꿈 분석 같은 책 등을 읽어보고 우리 고전소설의 꿈 관련 이야기나 갈래 등을 해명하는 데 그것이 얼마나 도움이 될까 하는 회의감이 들었다. 그런 것들로는 우리 고전의 꿈 해석의 정곡을 찌를 수는 없는 것이다.

꿈과 관련된 우리 소설은 몽자류, 몽자, 몽유, 환몽 등의 관형어를 붙여 갈래 구분을 하고 있다, 이와 관련한 연구논문들을 읽어보면 학술적인 정리가 아직도 미흡함을 절실하게 느낀다. 또 이들 몽자류소설, 몽자소설, 몽유소설, 환몽소설 등의 소설의 갈래 구분에 대한 이론은 짚고 넘어가야 할 문제가 적지 않다는 것을 발견하게 된다. 우선 이들 소설은 도입구조, 환몽구조, 결말구조를 지니고 있다는 점에서는 같은 구조이나 그 명명(命名)에 있어서는 그 이론적인 뒷받침이 분명치 못하다. 필자는 잠정적으로 '환몽소설'이라 명명하기로 했다. 물론 이에 대한 학술적인 연구는 지금도 진행되고 있으며 후진들의 연구에도 의뢰해 두고 있다. 그리고 세속적인 환몽구조는 현실 세간의 인생을 경험하고 그것이 취생부사임을 깨달아 이념적인 깨달음의 경지에 이르르는 과정임을 밝히는 구조이다. 그리하여 <조신몽>은 불교 우위의 우리 환몽소설의 원형이고 <황량몽>은 도교 우위의 환몽소설의 원형임이 밝혀졌다. 그리고 이는 동아시아에서 이미 패턴화된 이야기 꼭지이다. 그런데 이러한 유·불·도의 환몽소설은 유가의 현실적 삶을 놓고 관세음보살과 같은 제2의 주재자에 의해서 소설이 진행되고 주제가 해석될 수 있는 여러 가지 인생의 파노라마가 전개된다. 그것은 유가 우위냐 불교 우위냐 도교 우위냐에서 소설의 지향점이 달라진다. 그리고 세간에는 <황량몽>과 <한단몽>이 혼돈되어 백과사전이나 국어사전 등에 잘못 기록되어 학문적인 근원에 혼란을 일으키고 있다. 이러한 모순이 바로 고전 작품을 성실히 강독하지 않은 채 간접 경험에 의해서 속단하는 연구결과에서 기인한다는 것을 말해주고 있다.

이에 이 연구서에서는 되도록이면 원문에 대한 해석과 원형 탐구에 충실하고자 했다. 그러므로 같은 줄거리가 되풀이되는 곳이 있기도 하다. 그리고 꿈에 대한 선인들의 논의에 대해서도 검토하되 꿈에 대한 동양학의 이론을 발굴하여 그 자료의 소개를 중시했다. 이러한 뜻에서 이 책이 학계나 독서계에 조금이나마 도움이 되었으면 하는 마음 간절하다.

이 책이 이루어지기까지 수고를 많이 한 푸른사상사와 워드 작업에 애써 준 최종운 선생, 그리고 여러 모로 도와준 분들에게 감사드린다. 또한 이 책은 필자의 정년에 맞추어 펴냈음을 밝히는 바이다.

2000년 10월

최 창 록

차 례

1. 황량몽(黃粱夢)과 한단몽(邯鄲夢)

세상에 꿈 이야기라면 당나라 심기제(沈旣濟)가 찬한 침중기(枕中記)를 들먹인다. 그러나 그 원전은 단도파(丹道派)의 여동빈(呂洞賓)과 연관된 황량몽(黃粱夢)이다. 그런데 일본판 『대한화사전(大漢和辭典)』이나 우리나라판 『대한한사전(大漢韓辭典)』을 들추어 보면 대개 다음과 같다.

> 枕中記 : 小說의 이름. 唐 李泌 撰. 盧生이 邯鄲의 旅舍에서 呂翁을 만나서 그 베개를 빌려서 黃粱一炊의 꿈을 꾼 일을 적음. 後人은 이를 黃粱夢이라고 일컫는다.[1]

이 짤막한 기록은 두 가지의 모순을 지니고 있다. 하나는 작자문제이고[2] 둘은 한단몽(邯鄲夢)과 황량몽(黃粱夢)의 내용을 혼돈하고

---

1) 諸橋轍次 著, 『大漢和辭典』, 大修館書店 刊, p.5939.
2) 침중기의 저자는 심기제(沈旣濟)가 맞는 듯하다. 최준하의 논문에서 이필이 찬

있으며, 셋은 주인공이 각기 다른 두 토막의 이야기임을 모르고 있
다는 사실이다. 그런데 이 권위 있는 사전의 내용은 우리나라 판의
사전에서도 그대로 답습되고 있다는 것이다. 더욱이 한단몽의 내용
을 소개하면서도 후인이 황량몽이라 한다고 했다.

> 黃粱夢 : 황량일취몽과 같다.
> 당(唐)의 개원(開元) 19년 도사인 여옹(呂翁)이 한단(邯鄲)의 저사(邸
> 舍) 중에서 노생(盧生)을 만났다. 노생 육신의 곤궁을 한탄하니 여옹이
> 주머니 속에서 베개를 끄집어내어 줬다. 이를 베개로 하면 영화가 뜻대
> 로 이루어진다고 했다. 이 때 여옹은 노란 기장으로 밥을 짓고 있었다.
> 노생은 꿈속에서 귀한 집 딸과 결혼하여 높은 자리에 오르고 그 영화가
> 비할 데 없었다. 나이 들어서는 물러나 쉬는 것도 허락되지 않고 벼슬
> 하면서 죽는 꿈을 꾸었다. 하품을 하면서 잠을 깨니 아직 밥이 다 되지
> 않았다. 여옹은 웃으며 인생의 한평생이 또한 이와 같을 따름이라 했다
> 는 고사(故事). 인생 영화의 덧없음에 비유.3)

황량몽을 설명하면서 한단몽의 내용을 소개하고 있다. 그런데 같
은 사전 11,769쪽에서는 한단지몽을 소개하면서 침중기의 내용과 같
다고 했다. 여기서는 황량몽에 대한 설명은 없고 한단몽의 내용만
소개하고 있다.

> 邯鄲之夢 :
> 盧生이 邯鄲의 저자에서 道士 여옹의 베개를 빌려 잠을 자면서 인생
> 의 겪은 사실을 꿈꾼 고사. 인간 일생의 영고성쇠(榮枯盛衰)가 한바탕

한 것은 아니라고 했다. 또한 중화의 도교대사전에도 唐人小說 沈旣濟작이라 했다.
(崔俊夏, 『中韓小說之比較硏究』, 台灣 龍岡出版社, 1992, 참조)
3) 諸橋轍次, 위의 책, p.13,576.

꿈에 불과함을 비유.4)

한단지몽에서는 그 내용이 있는 그대로 설명되고 침중기를 견들여 소개하고 있다. 그런데 이러한 줄거리는 우리나라의 경우도 예외가 아니다. 우리나라의 장삼식(張三植)의 『대한한사전(大漢韓辭典)』과 이희승의 「국어대사전」을 보면 다음과 같다.

　　黃粱夢 : 사람의 일생에 富貴란 헛되고 덧없음을 뜻하는 말. (故) 唐盧生이 邯鄲 주막에서 도사 여옹에게서 베개를 빌어 베고 잠이 들어 富貴榮華를 누리며 여든까지 잘 산 꿈을 꾸었는데 깨어본 즉, 아까 주인이 짓던 좁쌀밥이 채 익지 않았다고 함. 邯鄲之夢→一炊之夢.5)

역시 황량몽이란 항목에다 한단지몽의 내용을 소개하고 한단지몽과 같다고 했다. 이는 그 책임이 출판사에 있는지 저자에게 있는지는 알 수 없으나 일본판 『대한화사전』의 내용과 같거나 그대로이다. 더욱이 국어사전에도 그러한 내용을 되풀이하고 있다.

　　황량몽(黃粱夢) : 침중기(枕中記)에 나오는 고사. 중국 당(唐) 나라 때 노생(盧生)이 한단(邯鄲) 땅 주막에서 도사(道士) 여옹에게서 베개를 빌어 베고 잠이 들어 부귀영화를 누리며 80세까지 잘 산 꿈을 꾸었는데 깨어본 즉, 아까 주인이 짓던 조밥이 채 익지 않았더라 함. 부귀공명의 꿈이 이처럼 덧없음을 비유. 또 바꾸어 다만 꿈의 뜻으로도 쓰임. 한단몽(邯鄲夢), 일취지몽(一炊之夢).6)

---

4) 諸橋轍次, 위의 책, p.11769.
5) 張三植, 『大漢韓辭典』, p.1820.
6) 이희승, 『국어대사전』, p.3265.

내용은 한단몽의 고사를 소개하면서 황량몽과 한단몽은 같은 것이라 했다. 그런데 황량몽과 한단몽은 도교와 깊은 관련이 있다. 우리나라는 과의도교(科儀道敎)를 행정당국에서 수용하여 나라의 평안과 자연의 재앙으로부터 벗어나게 해 달라는 기도를 국가적인 행사로 삼았다. 그것이 바로 제초행사(齊醮行事)였다. 당나라와 송나라에서 행해지던 의식이 우리나라에 들어왔던 것이다. 또한 헌선도(獻仙桃)와 같은 궁중에서의 음악행사도 도교와 관련된 것이다. 또 한 갈래는 민간을 중심으로 한 수련도교(修鍊道敎)인데, 재야 사학자들을 중심으로 꾸준히 전통을 이어왔다. 용인 이씨(龍仁李氏)와 온양 정씨(溫陽鄭氏)가 이들 전진파(全眞派)의 선풍도골(仙風道骨)에 속한다고 했다. 또한 이를 역사적으로 정리하여 우리나라에 전도(傳道)된 내력을 기록한 상당군(上黨君) 한무외(韓無畏)는 우리나라 도맥을 종리권의 전진파에 연계시키고 있다.7) 이 전진파의 1대 교조가 소양진인(少陽眞人) 왕현보(王玄甫)이고, 도호(道號)를 동화자(東華子)라 하고 전국시대 사람이라 했다. 백운상진(白雲上眞)에게 인도되어 입도했다고 했다. 곤륜산(崑崙山) 연하동(烟霞洞)에 띠집을 짓고 살았는데, 그 편액은 동화관(東華觀)이라 했다. 그곳에서 100여 년을 가르쳤는데 그의 제자로서 대를 이은 2대 교조가 정양제군(正陽帝君) 종리권(鍾離權)이다. 대를 이은 종리권의 성이 종리(鍾離)이고 이름이 권(權)이다. 호는 화곡자(和谷子) 또는 정양자(正陽子) 운방 선생(雲房先生)이라 했다.

3대 교조가 여동빈(呂洞賓)인데, 여동빈은 이름이 암(嵒)이다. 자(字)는 동빈(洞賓), 호는 순양자(純陽子)로 당나라 때 포주(浦注) 영락현(永樂縣) 사람이다. 그가 동화진인(東華眞人)의 후손이라고도

---

7) 韓無畏 : 海東傳道錄

했다. 그의 어머니가 꿈에 능금나무에 기대어 잠이 들었는데, 그 때 기이한 향기가 길에 가득하고 천악(天樂)이 공중에서 들려오고 한 마리 학과 기러기가 하늘로부터 품속으로 들어오는 꿈을 꾸고 낳았으므로 소선(紹先)이라고 이름했다. 진인 여동빈은 나면서부터 금형옥질(金形玉質)이요 선풍도골(仙風道骨)이었다. 그의 모습은 학의 이마, 거북의 등, 호랑이 몸통, 용의 허리, 솔개 눈썹, 봉황의 눈, 긴 목, 드러나난 광대뼈와 우뚝하고 곧은 콧등, 담황색 웃는 얼굴에 머리에는 화양건을 쓰고 흰 통옷을 입은 8자 2치의 훤칠한 키라 했다.

그런데 이 2대 교조 종리권과 3대 교조 여동빈 사이에서 일어난 사건이 황량몽(黃粱夢)이요, 여동빈과 그의 제자 노생 사이에 일어난 사건이 한단몽(邯鄲夢)인 것이다. 그리고 침중기(枕中記)는 한단몽을 소재로 하여 허구화한 것이다. 이 기록은 도장정화(道藏精華)[8]에 수록되어 있으며, 이 기록들을 따로 엮은 여조전서(呂祖全書) 상하권의 상편은 여동빈의 일대기이고, 하권은 그가 이 세상에 남긴 시를 모은 것이다.[9] 그 기록들을 구체적으로 인용해 본다.

1-1. 황량몽(黃粱夢)

함통(咸通) 초에 여조(呂祖)는 아버지의 명을 받들어 장안에 과거를 보러갔다가 술집에 들러 호연히 탄식했다.

"언제 급제하여 부모님 마음을 위로하며, 어느 날에야 득도하여 내 마음을 위로하겠는고?"

---

8) 도교에 관한 일체의 경전으로 명(明)나라 시대에 편찬됐으며, 5,500책에 달한다. 필자가 소장한 것은 정통판(正統版)이다.

9) 필자는 여조전서(呂祖全書) 상권을 저본으로 하여 「여동빈 이야기」를 펴낸 바 있다. (1997년 살림출판사 선도문학강좌 제2권)

곁에 한 도옹(道翁)이 있었으니 그는 웃으며 말했다.
"그대는 출세할 뜻이 있는가?"

그를 살펴보니 푸른 두건, 흰 도포에 수염이 길고, 눈이 수려하였
다. 손에는 붉은 지팡이를 들고 허리에는 큰 표주박을 달았다. 벽에
절구 한 수를 썼다.

> 앉으나 누우나 늘 술 한 병 갖고 다니니(坐臥常携酒一壺)
> 가르치지 않아도 두 눈은 황도를 아는도다(不教雙眼識皇道)
> 하늘과 땅은 몹시 크나 이름도 성도 없으니(乾坤許大無名姓)
> 성긴 인간세상에 한 장부로다(疏散人間一丈夫)

여조는 크게 놀라서 그 기이하고 옛스런 모습을 쳐다보았다. 시의
정취는 표연히 세속을 떠나 있었다. 곧 절을 올리고 성씨를 물었다.
이에 도옹이 말했다.
"내 성은 종리(鐘離)요, 이름은 권(權), 자(字)는 운방(雲房)이다."
여조는 다시 절하고는 머뭇거리며 앉았다.
"그대, 절구(絶句)를 읊을 줄 아는가? 내가 한 번 봤으면 하네."
여조는 드디어 그 뒤를 맞추어 절구에 응답했다.

> 내 본디 유가의 집에서 태어나 태평세를 만났더니(生自儒家遇太平)
> 매달린 갓끈은 무겁고 베옷은 가벼운데(懸纓重滯布衣輕)
> 누가 세상의 명리를 다툴 줄 아는가(誰能世上爭名利)
> 나는 옥황을 섬겨 상청으로 돌아가리(臣事玉皇歸上淸)

운방은 시를 보고는 은근히 기뻐했다. 여조가 주막에서 쉬는 중에
운방은 일어나 밥을 지었다. 여조는 홀연 피로하여 베개를 베고 잠

이 들었다. 여조는 꿈에 과거 보러 상경하여 진사급제하고는 주현(州縣)을 시작으로 상서랑(尚書郎), 대간급사(臺諫給舍), 한림원비각(翰林院秘閣) 등 여러 청환(淸宦)을 두루 거치지 않은 것이 없었다. 승진하고 쫓겨나고 쫓겨났다가는 다시 봉직하여 승진했다. 부귀한 딸에게 두 번 장가들어 자녀를 낳았고, 이들을 시집 장가 보내어 자손과 사위가 널은 듯이 있고, 높은 벼슬아치가 문안에 가득하기를 40년. 거기다 독상(獨相) 10년이니 권세가 왕성했다. 홀연 중죄를 입고 몰락하여 가산이 흩어지고 처자는 분산되어 영남지방으로 유랑하니 몸이 혈혈단신이 됐다. 궁핍과 고생으로 초췌하고 바람과 눈 속에 서 있는 말처럼 바야흐로 탄식하다가 황홀 속에 꿈을 깼다. 운방이 곁에 있다가 말했다.

"메조(黃粱)가 다 익기도 전에 화서(華胥)10)에 이르렀구나.
여조가 놀라서 말했다.
"영감님은 내 꿈을 아십니까?"
그러자,
"그대의 꿈은 부침하기 만 가지 작태, 영화롭고 초췌하기 그지없는 50년간이 한순간일 따름, 얻어서도 기쁨은 부족하고, 잃어서도 얼마나 많은 슬픔이었던가? 또한 이 깨달음이 있은 후에야 인간세상이 한 커다란 꿈에 불과함을 알리라."
여조는 공(功)과 명(名)이 모두가 환각(幻覺)의 경계임을 느끼고 깨달았다. 다시 절을 하고
"선생은 보통 사람이 아니십니다. 바라건대 신선되는 술법을 구하고자 합니다."
운방은 일부러 사양해서 말했다.

---

10) 화서지몽(華胥之夢) : 좋은 꿈, 꿈, 낮잠, 황제(黃帝)가 꿈에 화서국(華胥國)에 가니 태평한 나라였다고 함.

"그대의 골절(骨節)이 아직 완성되지 못했고, 뜻과 행동이 단단하지 못하다. 만약 신선이 되고자 하면 다시 세상을 헤아려 봄이 옳다."
여조는 머리가 땅에 닿도록 절을 하고 신선도 배우기를 간청했다. 오늘의 좋은 인연으로 수련하기를 맹세하는 것이다. 운방은 말했다.
"그대는 아직 수년을 더 있어야 한다. 진세의 인연이 아직 다하지 못했다."
운방은 말을 마치고 나는 듯 가버렸다. 운방은 무엇을 잃어버린 듯 멍청히 서 있다가 춘위(春闈)의 안탑(雁塔)에 이름을 써넣었다.[11] 그리고는 여조는 어이없어 하며 중얼거렸다.
"또 황량몽(黃粱夢)에 들었구나, 삼가서 풍설 속에 서 있는 말의 처지에는 이르지 말자."[12]

이상이 황량몽의 전부이다. 이것이 2대 교조 종리권과 3대 교조 여동빈의 첫 만남에서 이루어진 수련의 길이다. 이러한 역사적 해후 이후에 3대 교조가 되기까지의 연보가 이어진다. 63세에 비로소 벼슬자리에 나아간다. 그의 자서(自敍)에 의하면 함통 2년에 강주(江州)의 덕화현령(德化縣令)에 부임했다. 64세에 강주의 벼슬길에 있으면서 다시 종리조사(鍾離祖師)를 만났다. 여산의 풍수(豊水) 위에 서였다고 한다. 6월 염천에 여산에서 더위를 피하는데, 홀연 종 울리는 소리가 나고 산중에서 온 종리권과 만나 수련의 길에 들어간 것이다.

한단몽(邯鄲夢)은 그 후 여조가 대도(大道)를 원성한 73세 이후 황소의 난이 있던 건부(乾府)년간에 일어난 일이다. 그 기록을 여조전서(呂祖全書)에서 옮긴다.

---

11) 안탑제명(雁塔題名) : 당나라때 진사에 급제한 사람들이 慈恩寺의 탑에 이름을 적는 것이 습속이 되었다.
12) 최창록, 呂洞賓이야기, 1997, 살림, p.36, p.38.

1-2. 한단몽(邯鄲夢)

건부(乾符) 연중에 여조가 북쪽에서 노닐며 스스로 여옹(呂翁)이라 불렀다. 한단(邯鄲)으로 가는 길에 주막에서 쉬면서 모자를 벗고 주머니를 끄른 채 앉아 있었다. 잠시 뒤 한 소년이 나타났다. 옷은 짧은 갈옷을 입고 푸른 망아지를 타고 밭으로 가다가 쉬었다. 여옹과 더불어 앉아 얘기하는 그의 웃는 모습이 맑았다. 성명을 물으니 노영(盧英)이라 했다. 자는 화지(華之)라 했다. 노생은 의복과 행장이 헤어지고 더러운 것을 돌아다보며 장탄식했다.

> "대장부 세상살이 이처럼 평탄하지 않고 피곤할 수가 있을까?"
> 여옹이 이를 받아 말했다.
> "그대의 형용을 보아 하니 괴로움도 탈도 없이 편안해 보이는데 피곤하다고 탄식하다니 어찌된 일인가?"
> 노생은 이어서 말했다.
> "나는 이 삶이 구차한데 어떻게 편안하다고 하시는지요!"
> 이에 여옹이,
> "이것이 편안하지 않다니 무엇이 편안하다는 건가?"
> 노생은 계속해서 말했다.
> "선비가 세상에 나서 마땅히 공을 세우고 이름을 날려 출장입상(出將入相)하고 솥을 벌여서 음식을 먹고, 소리는 가려서 듣고 일족은 더 번창하고 집이 더욱 풍성해진 뒤에야 편안하다고 할 수 있는 것이 아닌지요? 저는 일찍이 학문에 뜻을 두고 예(藝)에 노닐고 넉넉하여 스스로 말하기를 당년에 청자공경(靑紫公卿)을 얻을 수 있으리라 했는데, 이제는 이미 혈기 방강을 지나서도 오히려 논밭에서 뼈빠지게 노동해야 하니 피곤한 것이 아니오니까?"

노생은 눈을 감고 잠을 청했다. 그 때 여옹은 메좁쌀을 끓이려 하고 있었다. 여옹은 주머니에서 청자침(靑磁枕)을 끄집어내어 노생에게 주며 말했다.

"그대가 내 베개를 베고 누워 있으면 그대가 원하는 바대로 영화를 누릴 수 있으리라."

노생이 베개 양끝을 내려다보니 작은 구멍이 있고 들어갈수록 점차 커지고 환해졌다. 집에 들어가서 몇 달이 지났다.

노생은 청하(淸河) 최씨 녀에 장가들었는데, 용모가 매우 아름답고 지참금도 많았다. 그러므로 복어(服御)13)가 날로 선명했다.

이듬해에 진사급제했다. 처음으로 관리가 되어 조정에 나아가 교서랑응제위남위(校書郎應制渭南尉)를 제수했다. 곧 감찰어사(監察御史)로 옮기고 사인(舍人)으로 옮겼다가 지제고(知制誥)로 옮겨 3년, 같은 고을에 출전(出典)하다가 합주(陜州)로 옮겼다.

노생은 성품이 공(功)에 오름을 좋아하여 섬서(陝西)부터 착하(鑿河)까지 건너고 통하게 하니 나라 사람들이 좋아하여 그의 공덕을 기록하여 돌에 새겼다. 변주(汴州)의 절제사(節制使)로 옮겼다가 하남(河南) 채방사(採房使)로 임명되고 징발되어 경조윤(京兆尹)이 됐다. 이 때 신무황제가 바야흐로 융적(戎狄)을 방어하는 일로 널리 흙을 쌓고 토번을 모았다. 실나라(悉那邏) 및 촉용망(燭龍莽) 포문(布芠)이 공격해 와서 과사(瓜沙)를 함락했다. 절도사 왕군(王君)이 겨우 부임하자 전사하고 하수(河水)와 황수(皇水)가 진동했다. 황제는 장수감으로 노생을 생각하게 됐고, 드디어 어사중승(御使中丞)을

─────────────────

13) 복어(服御) : 천자가 사용하는 의복, 거마류.

제수했다. 또 하서절도사(河西節度使)가 되어 융로(戎盧)들을 대파
하여 7,000급을 참수하고 지역 900리를 개척했다. 큰 성을 쌓아서
요새를 막으니 변두리 사람들이 거연산에 돌을 세워 칭송했다. 조정
에 돌아오니 책훈(冊勳)과 은예(恩禮)가 극에 달했다. 이부시랑(吏部
侍郎)으로 전근하고 호부상서(戶部尙書) 및 어사대부로 옮기니 그
때의 명망이 밝고 무거우며 여러 사람들의 마음이 하나로 어울렸다.
　당시의 재상(宰相)이 그를 시기하고 미워해서 그를 서주자사(瑞州
刺史)로서 3년간 상시(常侍)로 징발했다. 얼마 후에 동중서(董仲舒)
문하평장사와 소중령숭(蕭中令崇) 배시중광정(裵侍中光廷)이 함께
집권하던 대정 10년에 가모밀명(嘉謨密命)을 하루에 세 번 접하고
헌채(獻替)14) 계옥(啓沃)하여 현상동렬(賢相同列)을 해친다는 무고
를 당하고 변장과 서로 결탁하려다가 의도한 바가 행해지지 않아
하옥하도록 조치되었다. 부리(府吏)가 무리를 이끌고 집 앞에 당도
하여 잡아갔다. 노생이 두렵고 곤혼스럽고 기껍지 않아 처자에게 말
했다.

　　"우리 집 산동(山東)에는 좋은 밭이 5경(五境) 있으니 추위와 주림을
　　막을 수 있는데, 어찌하여 고생하여 녹봉(祿)을 구하기 위해 이에 이르
　　렀는가? 오늘 이후에는 다시 짧은 갈옷을 입고 푸른 망아지를 타고 한
　　단(邯鄲)의 길을 갔으면 싶으나 할 수 없구나."

　말을 마치고는 칼을 들어 스스로 목을 베려 하니 그의 아내가 구
하여 면했다. 그 후 삼성(三省)의 중관(中官) 보호 아래 있다가 사죄
(死罪)를 면하여 환주(驩州)에 수년간 투옥되었다. 황제가 그 신원

---

14) 헌채(獻替) : 선을 취하고 악을 버림.
　　계옥(啓沃) : 흉금을 털어놓고 임금에게 말함.

(伸寃)을 살펴 다시 불러 중서령(中書令)을 시키고 연국공(燕國公)에 봉하니 은혜의 뜻이 특별했다.

생은 다섯 아들이 있으니 검(儉), 준(準), 위(位), 척(偶, 의(倚)이다. 다들 재주와 그릇(器)됨이 있으니, 검은 진사에 급제하여 고공원외(考功員外)가 되고, 준은 시어사(侍御使)가 되고, 위는 대상승(大常丞)이 되고, 척은 만년위(萬年尉)가 되고, 의는 가장 현명해서 나이 24세에 좌곤(左袞)이 됐다.

그의 인척들 모두가 천하의 이름 있는 가문이다. 손자가 10여 명이니 두 번의 유배로 거친 길에서 다시 삼공(三公)의 자리에 올라 중외에 출입했다. 일국의 정치무대에 빙빙 돌아다닌 지 50여 년, 지위가 혁혁하고 성격은 호탕하고 편히 놀고 즐기며, 뒤뜰의 노래와 여색이 모두 제일 아름다웠다. 전후에 하사받은 좋은 전답, 잘 지은 집, 아름다운 여인, 훌륭한 말들이 헤아릴 수가 없을 정도였다. 후년에 점차 늙어서 벼슬길에서 물러나기를 원했으나 허락되지 않았고, 병중에는 문후하는 사람이 서로 길을 이어 명의와 상약(上藥)이 지극하지 않음이 없었다. 고향으로 돌아갈 즈음에 상소했다.

"신은 본래 산동(山東)의 학생으로 전원(田園)으로 즐거움을 삼았습니다만 우연히 성인을 만나는 운이 있어 관(官)의 발밑에 들어서 대신에 올라 중외에 두루 노닐었습니다. 세시(歲時)에 계속되어 천은(天恩)에 욕되고 성인의 교화에 도움이 되지 못했습니다. 떼도둑의 거친 피해를 짊어지고 얼음을 밟는 듯 근심을 더하니 날로 두려워하여 늙음이 이 지경에 이르름을 알지 못했습니다. 종이 새니 아울러 쉬고 근육과 뼈가 함께 늙어 병이 오래 낫지 않고 기력이 가라앉아 둔하니 때를 기다리면 더욱 기력이 다하고 성효(誠效)가 없습니다. 상탑(上塔)함이 명랑하오음은 깊은 은혜를 크게 지고 있어서 성대(聖代)에 영원히 사임하여 맡은 바가 없음이 임금님을 그리워하는 지극함이라 생각되어 삼가 진사(陳辭)

하는 표(表)를 올립니다."

그 소(紹)에 임금님의 말씀이 있었다.

"경은 준덕(俊德)으로서 짐의 원보(元輔)가 되어 나아가서는 번한(藩翰)을 끼고 돌아와서는 화하고 빛나서 세상이 평화스럽게 잘 다스려지기 두 번을 기록했도다. 어찌 경의 병이 이 지경이 됐나? 훌륭한 등용이 딱하고 측은하니 이제 표기대장군(驃騎大將軍)으로 명하노라. 높은 역사(力士)로 하여금 문안하고 살피게 하고 힘써 침석(鍼石)을 가해서 짐이 자애(自愛)하여 오히려 약이 없이 스스로 병이 낫게 될 날을 비는도다."

이날 저녁 돌아가시니 노생은 하품하고 기지게를 켜니 꿈에서 깨어났다. 보아하니 그의 몸은 주막에 모로 누워 있고 여옹은 그 곁에 앉아 있고 주인이 끓이는 좁쌀은 아직 덜 익었다. 마음에 비침이 이러한 고로 노생은 뛸 듯이 일어나서 말했다.

"어찌하여 꿈이 다해 버렸습니까?"

이에 여옹은 말했다.

"인생의 편안함이 이와 같으니라."

노생은 실심한 듯 한참 있다가 사례의 말을 했다.

"대체로 이것이 명예와 치욕의 도이고, 빈궁과 영달의 이치이고, 얻음과 잃음의 정이고, 삶과 죽음의 끝임을 다 알았습니다. 이는 선생이 나의 욕심을 막는 까닭이니 삼가 고개 숙여 재배하고 도세(度世)를 구하여 가르침을 받겠습니다.”

여옹은 감탄하여 대단(大丹)의 비결(秘訣)을 기록해 전수하기를 허락하고, 아울러 검술(劍術)을 전수했다. 드디어 여옹을 따라 바다 위를 왕래했다. 이 때는 큰 난리를 만난 때라 서귀(西歸)와 하중(河中)에서 종남산(終南山)으로 집을 옮겨 사공표성(司空表聖)을 만나 귀은시(歸隱詩)가 있다. 학천정(郝天挺)의 주(注)에서 말하기를,

> 여조가 함통년간에 급제하고 두 번 현령(縣令)을 하고 황소(黃巢)의 난 때 종남(終南)으로 집을 옮겼다.

고 하고 초당자기(草堂自記)에는,

> 건부(乾符)년간에 황소가 난을 일으켜 나는 유선(柳仙)과 함께 하중에 들어와 맨 처음 아내 유씨(劉氏)가 집에 있으면서 여관(女冠)이 되고 네아들이 밖에서 살고자 꾀하므로 이끌고 종남산에 들어가 자운암(紫雲菴)에 두고 하선고(何仙姑)를 가르치게 하니 시해(尸解)한 후에 형산동부(荊山洞府)에 초대하여 들어오게 했다.

고 했다. 자서(自叙)의 묵각소상(墨刻小像)에서 “네 아들이 피난했으며 다만 아내를 이끌고 입산했다.”하니, 이 두 가지 설에 근거하여 아내도 있고 아들이 있음이 실제였음을 알 수 있다. 다만 묵각에 기술한 바는 도(道)가 이루어진 후 집으로 돌아와 말하기 전에 데려 갔고 이른바 성은 이(李)요 이름은 각(珏)이라 한 것은 부부가 함께 수련했으므로 다시 성은 여(呂)라 했으니 다 비유한 말이다.15)

---

15) 최창록, 앞의 책 pp.71~75.

이상이 한단몽(邯鄲夢)의 전부이다. 이 한단몽은 황량몽(黃粱夢)과 그 구조가 같다. 그 이야기 패턴이 꼭 같다는 뜻이다. 그런데 세인의 상식에 한단몽을 황량몽이라고도 한다는 것은 한단몽은 침중기(枕中記)라는 소설인데 후인들이 황량몽(黃粱夢)이라고 한다는 뜻으로 앞뒤가 맞지 않다. 한단몽에서는 여옹이 73세에 대도(大道)를 원성(圓成)하고 자신을 도세(度世)한 연후에 남을 도세한다고 했다. 그는 자신을 도세한 후에 오래 살아 죽지 않고 만겁을 살아 도세한다고 했다. 후인들이 그의 발자취를 더듬어 그의 연보를 차례대로 적은 것이 여조전서(呂祖全書) 상권의 연보이다. 그것은 도교적 사실(史實) 설명으로 되어 있다. 당나라 심기제(沈旣濟)가 찬한 침중기(枕中記)는 황량몽을 소재로 하여 소설화한 것으로, 사실(史實)인 것처럼 기록한 것이다. 황량몽은 침중기에 화소(話素)를 제공한 것이지 그것이 바로 침중기(枕中記)가 아님은 당연하다. 황량몽과 한단몽은 분명 별도의 이야기이다. 더욱이 황량몽은 종리권이 여동빈을 선도수련시키는 부분을 따로 떼어 입종남기(入終南記)에 연결시켜 놓았다. 이 부분을 포함하면 한단몽보다는 황량몽+입종남기가 소설적인 구성에 있어서 더욱 출중함을 알 수 있다. 다음에서는 입종남기를 살펴본다.

1-3. 입종남기(入終南記)

함통 3년(862)에 여조가 강주 덕화현을 다스리고 있던 6월, 염천에 여산을 노닐며 더위를 피하는데 홀연히 종 울리는 소리가 들렸다. 종조(鍾祖)가 산중으로부터 나오니 마음에 그 시기가 왔음을 알았다. 곧 앞날을 지시해 주기를 구했다. 종조는 숲 사이에 나란히 앉아 금단(金丹)의 묘지(妙旨)를 전수했다. 아울러 관직에서 물러나게 하여 집으로 돌아와 일찍이 종남에 들어갔다. 여조는 곧 벼슬을 그만두고 길한 날짜인 양의 달을 점쳐서는 곧 스승을 따랐다. 종남의 제 1층에 행차하니 곧 스승과 대면하게 됐다. 이에 종조가 말했다.

"참으로 믿을 수 있는 사람이다. 그대가 화룡(火龍)의 법을 얻었으니 이제 수련하면 몸이 어린아이로 돌아갈 것이다. 나이 64세가 되어서는 점괘의 기(氣)가 다하여 하늘로 되돌아가고 다시 건상(乾象)을 이루게 되면 호를 순양(純陽)이라 함이 좋겠다."

이어서 말했다.

"오늘 이후에는 그대가 곧 나의 산중 벗이니 다시 이름을 암(巖)이라 하고 호를 동빈(洞賓)이라 하여라."

암자를 지어 정좌(靜坐)하여 환단을 수련하기에 힘써서 사심(私心)을 바꾸고 노화(爐火)에 세 번 임했으나 뜻을 이루지 못하고 망연했다. 종조가 말했다.

"사람의 속된 마음이 아직 죽지 않고 화후(火候)가 엄하지 않아서이다. 인심(人心)이 죽으면 곧 도심(道心)이 보이고, 태정(泰定)를 얻으면 곧 진화(眞火)가 저절로 생기고, 진화가 일어나면 다시 화후가 엄해지니 옛선인들은 약은 많이 전하나 화(火)를 전하지 못했다. 세인들은 보통의 화(火)를 얻는 것도 쉽지 않을 것이다. 반드시 다시 명심(冥心)하면 태정에 들어갈 수 있다."

하루는 평상에 앉아 깊고 아득한 중에 홀연히 말하기를, "장안(長安)에서 돌아왔는데 여조의 집사람들이 다 죽었음을 보았다"고 했다. 여조는 이를 들어도 마음에 슬퍼함이 없고 다만 관구(棺具)를 흔하게 갖추고 있을 따름인데 죽었다는 집사람들이 모두 털고 일어났다.

하루는 저자에 나가서 물건을 파는데, 저자 상인들이 돌연 마음을 돌려 그 반값으로 흥정하니 여조는 성내거나 다투지 않고 돈을 주는 대로 받고 돌아왔다.

하루는 거지가 문에 기대어 서서 적선을 구하니 돈과 물건을 주었다. 거지가 돈이 적다고 짜증을 내어서 다시 더 주었다. 그런데 거지는 또 동작이 느리다고 짜증을 내고 물건이 고르지 못하고 작다는 둥 만만히 여기며 함부로 말을 했다. 그럼에도 여조는 모든 예의를 갖추어 사의를 표하자 거지는 웃으며 가버렸다.

하루는 산중에서 양을 치는데, 가까이 와서 지나치는 호랑이를 만났다. 여조가 양의 무리 속에 있는데 호랑이가 양을 눈여겨보고 여조를 보니 마치 사람을 탐하고 짐승은 안중에 없는 것 같았다. 여조는 이는 피할 수 없을 것으로 알고 앞에 나가서 서자, 이에 호랑이는 풀어 주고 가버렸다.

하루는 깊은 산중에 초막에서 책을 보고 있는데, 문득 17·8세 된 여자가 눈부시게 단장하고 와서는 말하기를, 돌아가는 길에 길을 잃었으니 잠깐 쉬어가자고 했다. 밤이 되어 동침했으나 여조는 끝내 움직이지 않았다.

하루는 교외에 나갔다가 돌아왔는데, 집에 있는 가재도구를 도적들이 싹 쓸어가 버려서 아침저녁으로 공양할 거리가 없었다. 그러나 여조는 성내지 않았다.

하루는 밭을 갈아 자급하는데, 홀연 호미 밑에서 금 수십 덩이를 발견했다. 곧 이를 급히 덮어 버리고는 취하지 않았다.

하루는 가게에 가서 낡은 구리 벼루를 사왔는데, 닦아 보니 금이었다. 곧 주인을 찾아 돌려주었다.

하루는 한 미치광이 도사가 저자에서 약을 팔고 있었는데, "이 약을 먹으면 서서 죽고 신선이 되는데, 열흘간 하나도 팔지 못했다" 하는 그의 말이 이상해 여조는 그 약을 사 가지고 와서 먹어 보았으나 아무 탈이 없었다.

하루는 강물에 배를 불러 타고 건너가는데 중간에 이르자 바람이 불고 파도가 일었다. 여조는 배 안에 단정히 앉아서 움직이지 않았다. 아무 일도 없었다.

하루는 혼자서 방안에 앉아 있는데, 무수히 많은 기이하고 괴상한 귀신들이 그를 공격하고 죽이려 했으나 여조는 두려워함이 없었다.

하루는 밤에 야차(夜叉) 수십이 나타나 사형수를 쥐틀어 피가 나고 살이 엉기어 "너는 전생에 나를 죽였으니 급히 내 목숨을 살려내라"고 했다. 이에 여조가 "사람을 죽였으면 목숨으로 보상하는 것은 당연하지" 하고는 칼을 찾아 자결하려는데 홀연 공중에서 꾸짖는 소리가 나더니 귀신이 하나도 보이지 않았다.

운방(雲房)이 손을 잡고 내려오며 말했다.

> "속세의 마음은 없어지기 어렵고 선재(仙才)는 만나기 어려운 것, 내가 사람을 구하는 것은 사람들이 나를 구하는 것보다 더 어려운 것이다. 내가 그대의 마음을 떠보기 위하여 열 번의 마광(魔光)을 나타냈는데, 모두 일찍이 꺾지 못했으니 반드시 득도를 이룰 것이다."

스승이 스스로 이르기를, "사람들은 종조가 나를 시험한다 했으나 나를 위해 자신을 시험했는지 모른다"고 했다. 마광십현(魔光十現)에도 능히 그 마음을 지녔다.

반드시 이와 같이 하여 방에 들어가 환단(還丹)을 하니 어렵고 어렵도다 했다. 혹은 말하기를, 여조는 대대로 벼슬하고 진사시험에 급제했는데 어떻게 물건을 팔고 양을 치고 밭을 갈아 자급하는 등의 여러 일이 가능한가 했다. 또 이르기를 "무성(武城)에는 두세 가지 책략을 취하는데, 오늘의 열 가지 시험 또한 그러하다. 열 번의 시험은 인간의 일이라, 반드시 일찍이 수기지심(守己指心)하여 마귀의 수련은 일찍이 경험하지 못했다는 것은 맞는 말이다. 다만 공행(功行)이 완성되지 못했으므로 그대에게 황백비술(黃白秘術)을 줄 터이다. 세상을 구제하고 남을 이롭게 하여 3,000의 공을 꽉 채워 800행을 원만히 하면 바야흐로 도세하는 사람이 오리라."

여조가 물었다.

"경신(庚辛)에 이루어진다고 하는 것은 바뀌었습니까?"

종조가 답했다.

"3,000년 후에 본래의 형질로 돌아올 것이다."

여조가 얼굴빛이 변하여 말했다.

"3,000년 후는 잘못이며 그렇게 되기를 바라지 않습니다."

운방이 웃으며 말했다.

"그대가 이를 미루어 생각해 보면 여기에 3,800이 다 있음을 알 것이
다."

기세득도(棄世得道)한 내력을 서술한 책을 주고 고죽진군기(苦竹
眞君記)를 건네주었다. 그 기록에

이후 만나는 양구자(兩口者)가 곧 그대의 제자이다. 만약 그 사람을
얻으면 일월교병법(日月交幷法)을 전하라.

했다. 운봉이 말했다.

"이제 그대의 성(姓)을 자세히 살펴보니 참으로 고죽(苦竹)의 기록과
합하는도다. 그대가 종남(終南)에 와서 아직 묘경(妙境)에 가보지 못했
구려! 나는 학정(鶴頂)에 살고 있으니 나를 따라와서 노닐겠는가?"

별과 달은 교교히 비치고 사방을 둘러봐도 고요했다. 운방은 손을
잡고 함께 갔다. 겨우 몇 걸음을 내딛었는데 마치 시원스레 달리는
말등에서처럼 산천을 지나쳐서 잠깐 사이에 동리남문 아래에 다다
랐다. 열쇠가 잠겼다. 운방이 쇠지팡이로 문을 두드리니 금방 문이
저절로 활짝 기분좋게 열렸다. 높은 산봉을 올라 대동문 동편에 이
르니 두 마리 호랑이가 걸터앉아 있었다. 운방이 꾸짖으니 호랑이는
엎드려서 움직이지 않았다.

이끌어서 금루옥대(金樓玉台)에 들어가니 진기한 새들과 구슬 같
은 꽃이 빛나는 형상이 밝은 빛을 비추고 있었다. 날씨는 봄날 같아
서 비탈돌에 함께 앉아서 원화주(元和酒)를 석 잔 마셨다. 조금 후

에 한 청의(靑衣) 선녀가 두 갈래로 머리를 땋고 금요령 소리를 내며 붉은 치마 푸른 소매의 저고리를 입고 구름을 밟으며 옥패(玉佩)를 달고 기이한 향기와 기운이 어리었는데, 견지금서(繭紙金書)를 들고 왔다. 거기에 기록한 말을 보면,

여러 신선이 봉래상궁(蓬萊上宮)에 모였으니 선생은 천지회(天地會)에 다다라 오원진군(五元眞君)의 신유(神遊)한 기사를 담론하시오!

운방이 곧 떠나려 함에 여조는 그가 가서는 돌아오지 않을까 하여 시 한 편을 지어 송별했다.

도덕 높아 서로 만나기 어렵고(道德崇高相見難)
또 들으니 동으로 가 선단에 오른다네(又聞東去登仙壇)
지팡이 끝은 봄빛이요 한 병 술을 들었구나(杖頭春色一壺酒)
정상에 구름이 모여 오악의 관이 됐네(頂上雲欑五嶽冠)
바닷물 마신 어린 거북 사람들은 알지 못하고(滄海龜兒人不識)
산을 불사르는 부적에 귀신도 보기 어려우니(燒山符子鬼難看)
선생이 가신 후 이 몸도 모름지기 늙지만(先生去後身須老)
공과 더불어 가난한 선비도 환골하여 단을 이루리(公與貧儒換骨丹)

이에 운방이 말했다.

"그대는 이곳에 머물러 있으라. 얼마 안 있어 내 곧 돌아오리라."

드디어 동남을 바라보며 붉은 구름을 타고 갔다. 여조는 그곳에 붙여 놓은 소서(素書) 한 권을 펴보고는 익숙하게 되었다.
열흘만에 운방은 다시 돌아와 말했다.

“그대는 여기에서 적막했으니 아무것도 기억함이 없이 돌아갈 것 아
닌가?”

여조가 답했다.

“이미 심학(心學)을 분별했으니 도(道)가 어찌 집안일을 생각하는 데
있겠습니까?”

운방이 웃으며 말했다.

“좋아! 내가 이제 구전금액대환단법(九轉金液大還丹法)을 그대에게
전수하겠노라. 대저 도에는 음양(陰陽)을 가르고 합치는 묘(妙)가 있다.
음을 지킨 즉 다만 백(魄)이요, 양을 지킨 즉 다만 혼(魂)이니 만약에
혼(魂)을 모으고 백(魄)을 합쳐서 음양이 서로 교합하게 할 수 있으면
이것이 이른바 진인이다.”

여조가 답했다.

“혼백(魂魄)으로 명명(冥冥)하여 지극한 이치가 매우 깊은데, 어떻게
온전한 형(形)이 됩니까?”

운방이 말했다.

“지혜는 으슥한 데서 나타나고 지극히 고요함은 신(神)이 편안한 데
서 나오니 신이 이미 혼합됐으니 어찌 진인(眞人)에 합쳐지지 않겠는
가? 금형(金形)과 옥질(玉質)은 본래 정성(精誠)에서 나오니 대단(大丹)

은 이미 이루어졌고 몸은 곧 가벼이 나른다.”

여조는 천지(天地), 일월(日月), 사시(四時), 오행(五行), 수화(水火), 용호(龍虎), 연홍(鉛汞), 추첨(抽添), 하거(河車), 내관(內觀), 구난(九難) 등을 물었다. 운방은 이 모두를 상현진결(上玄眞訣)로 전수하니 조목 조목 밝게 통달했다.

또 물었다.

“어떤 증험이 있습니까?”

운방이 답했다.

“처음에 음사(陰邪)를 다 끊고 외행(外行)을 겸해 수련하면 채약(採藥)할 때에 금정(金精)이 충만하고 음백(陰魄)이 다 없어진다. 다음은 심장에서 나온 경락(經絡)에서 우레 소리가 나고 다음에 혼백이 안정되지 않아 자나깨나 두려움에 놀란다. 다음에는 간혹 가벼운 병이 나서 저절로 낫지 않는다. 다음은 단전(丹田)이 저녁이면 따뜻해지고, 얼굴 모습이 낮에는 밝아진다. 다음은 마치 암실(暗室)에 거처하듯이 신광(神光)이 저절로 나타난다. 다음은 마치 갓난아이를 안고 금궐(金闕)에 올라가는 듯하고, 다음은 우레 소리 한 소리가 관절을 통과하여 놀란 땀이 사지에 넘친다. 다음에는 옥액(玉液)이 삶는 수련(烹煉)이 되어 죽으로 엉기어 눈꽃이 날아 떨어지고 혹은 피가 우유처럼 변하여 점점 노린내가 나거나 진골(塵骨)이 가벼워져서 금옥(金玉)으로 변하기도 한다. 다음에는 달리는 말처럼 행동이 가볍고, 다음은 마주하는 상대에게 무심(無心)하고 기를 불어 병을 고치고, 다음은 내관(內觀)하니 밝고 깨끗하고, 다음은 두 눈의 검은자위가 칠흙 같고, 다음은 갈색 머리카락이 다시 나고, 다음은 진기(眞氣)가 넉넉하여 언제나 스스로 배부르고, 다음은 음식을 적게 먹어도 술을 끝없이 마실 수 있고, 다음은 신체(神體)

가 광택이 나고 정기(精氣)가 빼어나게 아름다우며, 다음은 입에서 기이한 맛이 나므로 코에 진기한 향기가 나며, 다음은 눈으로 만 리를 보고, 다음은 상처 자국이 모두 없어지고, 다음은 눈물과 침과 땀이 없어지고, 다음은 삼시(三尸) 구충(口蟲)이 모두 제거되고, 다음은 속마음이 맑고 높고 바깥 모습이 맑고 깨끗하고 모든 감정이 모두 흩어지고 심경이 모두 텅 빈다. 다음은 혼백이 자나깨나 노닐지 않아 저절로 젊어지고 정신이 강해지고 기가 모여서 낮과 밤의 구분이 없다. 다음은 양정(陽精)이 체(體)를 이루고 영부(靈府)가 단단해지고 추위와 더위가 침범하지 못하고 삶과 죽음이 간섭하지 않는다. 다음은 숨 내쉼이 바깥 홍(汞)을 말리고, 다음은 신광(神光)이 앉으나 누우나 항상 생기고, 다음은 조용한 가운데 천악(天樂)과 금석사죽(金石絲竹)의 맑음을 들으니 이는 세속에서 항상 들을 수 있는 것이 아니다. 다음은 화서(華胥)를 노니는 것과 누대전각의 아름다움을 내관(內觀)하니 세상에서 일상 볼 수 있는 것이 아니다. 다음은 보통 사람들의 비린내와 더러움을 보고, 다음은 내신(內神)이 나와서 알현함을 보고, 다음은 외신(外神)이 와서 조회하고 공(功)이 원만하고 행(行)이 꽉 차서 응록(膺錄)하여 수도(受圖)하고 자줏빛 안개가 눈에 꽉 차고 금빛이 몸에 감기고 혹은 붉은 용이 나는 것을 보고 혹은 현학이 춤추는 것을 보고 아름다운 구름이 엉기고 상서로운 기운이 많고 성하니 하늘꽃이 공중에 날리고 신녀(神女)가 내려오니 범인이 성인(聖人)의 경지에 들어 자연에 소요하니 이것이 곧 대장부의 공(功)이 이루어지고 이름을 다한 때인 것이다."

여조는 이 말을 듣고 기쁨을 얻었다.
운방은 또 입약경(入藥鏡)을 한 편 내주며 말했다.

"이 책을 얻으면 채취(採取)와 화후(火候)가 다 밝아진다."

여조가 물었다.

"어떤 진인이 지은 것입니까?"

운방이 답했다.

"최공(崔公)의 이름은 왕(汪)이라 하는데, 선전(仙典)을 지은 것이 많아 현원진인(玄元眞人)이라 한다."

여조가 읽기를 마침에 찬(贊)했다.

"최공의 입약경을 보니 사람의 마음과 땅의 움직임이 분명합니다."

여조가 말을 이었다.

"내가 처음에 종남산의 석벽 사이에서 영보경(靈寶經) 3부를 얻었는데, 상권은 원시금고(元始金誥)이고, 중권은 원황옥록(元黃玉錄)이며, 하권은 태상진원(太上眞元)으로 그 뜻을 말하자면 책으로 수천 권이 되어서 내가 그 요점만을 추려서 영보필법(靈寶畢法)이라 했다. 3승(乘) 6의(義) 16과(科)가 되니, 대개 음 가운데 양이 있고, 양 가운데 음이 있음과 천지가 오르내리는 도(道)와 기(氣)가운데 수(水)를 낳고 수(水) 가운데 기(氣)를 낳음과 심신(心腎)의 교합하는 기미(機微)를 밝히고 팔괘(八卦)로써 12시(時)를 운행함은 그 요체가 간방(艮方)에 있으며 3단전(三丹田)으로 반복하는 것은 그 요체가 이환(泥丸)에 있고, 하수공부(下手工夫)에 이르기까지 연기수액(烟氣漱液)을 잠시 빌려 비유하고 진기구결(眞氣口訣)은 실로 입에서 입으로 서로 전하는 것이지 문자 사이에 있는 것이 아니다."

또 신단(神丹)을 여러 알 내보이면서,

"이것은 세간의 오금팔석(五金八石)이 아니고 기이한 보물을 합성한 것이다. 질(質)은 있으나 형(形)이 없고, 구름 같고 불 같고 빛과 같고 그림자와 같아서 볼 수는 있되 잡을 수는 없고, 먹을 수는 있으나 다른 사람에게 줄 수는 없다. 영혼(魂)과 인식(識)이 하나로 합쳐서 가볍고 텅 비어 미묘하니 형(形)이 없는 단(丹)이다. 그대가 훗날 금액(金液)의 공부를 이루려면 또한 반드시 이를 수련해야 한다. 이는 몸이 곧 고골(枯骨)을 점화(點化)시키고 헤아림에 인연이 있음을 따라 글자를 모르는 군생(群生)을 초월하고 속세중의 구족(九族)에 뛰어나는 것이다."

다시 시 한 편을 주었다.

그대 다행히 영특하고 신령한 뼈대 있음을 알았네(知君幸有英靈骨)
까닭에 그대를 가르치니 마음이 황홀하고(所以敎君心恍惚)
원전 위에 수정궁을 머금고 있으니(含元殿上水晶宮)
분명히 신선굴을 가려낼 수 있을 것이네(分明指出神仙窟)

또 말했다.

"대장부가 진결(眞訣)을 얻으면 모름지기 마음가짐을 맹렬히 갖는 것이 중요하고, 오행(五行)은 도교(刀圭)로부터 짝을 짓고 안으로 귀사(龜蛇)를 전도시켜 축약할 수 있어야 하고, 삼시신을 모름지기 몰아내는 데는 천기(天機)에 자퇴하여 6갑(六甲)을 벗삼아야 한다. 이 세 가지 요채를 알면 만신(萬神)이 돌아오고 장차 화룡(火龍)을 타고 구궐(九闕)로 떠나게 된다. 9.9의 도는 진(眞)이 이르는 날에 이르게 하니 삼계사부(三界四府)는 조원절(朝元節)이요 기(氣)가 높이 날아 신(神)이 밝아진다. 봉래(蓬萊)가 곧 내 집이 될 것이고, 여러 신선들이 모여서 마시고 천악(天樂) 소리로 야단스럽다. 두 동자(童子)가 현문(玄門)의 손님으로 모시고 가고 도심(都心)이 뒤로 물러서지 않았으므로 그대에게 전하니 서약을 하고 눈물로써 어버이에게 말씀하여라. 사람을 만나서는 마구 얘기하지 말고 범을 만나서는 반드시 구결(口訣)을 발설치 말라.
얄궂게 이 말을 자주 하지 말라. 가벼이 보고 업신여김은 반드시 음사
(陰司)의 꺾음이 있을지니 손을 잡고 서로 이별하는 것이 어떻겠는가?”
오늘 그대를 위해서 또 노래를 짓는다.

　　　말을 다 하자면 모두가 현묘한 이치이니(說書千般玄妙理)
　　　아직도 그대 마음에 믿을 수 있게 못했구나(未必君心信也麼)
　　　자세하고 분명하게 그대에게 부탁하노니(仔細分明付與汝)
　　　중히 여길지어다. 내 말은 곧 대라천의 말씀인 것을(保惜吾言上大羅)

여조는 종리권의 말을 듣고 속세를 시원하게 깨달았다. 다시 삼원
(三元), 삼청(三淸), 삼보(三寶), 삼경(三境)의 설에 대하여 모두 물었다.
운방이 말했다.

　　　“제1은 혼동대무원(混同大無元)이다. 이에서 천보군(天寶君)이 화생
　　하고 주로 옥청경(玉淸境)을 다스리니 곧 청미천궁(淸微天宮)이고 그
　　기(氣)는 시청(始靑)이다.”
　　　“제2는 적혼대무원(赤魂大無元)이다. 이에서 영보군(靈寶君)이 화생
　　하고 주로 상청경(上淸境)을 다스리니 곧 우여천궁(禹餘天宮)이고 그
　　기(氣)는 현황(玄黃)이다.”
　　　“제3은 명적현통원(冥寂玄通元)이다. 이에서 신보군(神寶君)이 화생
　　하고 주로 태청경(太淸境)을 다스리니 곧 대적천궁(大赤天宮)이고 그
　　기(氣)는 현백(玄白)이다. 그러므로 구천생신장경(九天生神章經)에 이르
　　기를 세 호칭이 비록 다르나 본래는 같다고 했다.(스승은 특히 그 구분
　　은 계층의 차이라 했다) 이 세 임군은 가각 교주(敎主)가 되고, 또 하나
　　의 기(氣)로 서로 연결되니 삼동존사(三洞尊師)이다.”

전수를 주고받기를 마치니 홀연 두드리는 소리가 들려 왔다. 눈을

들어 보니 두 사람이 금벽(金碧)을 깊이 응시하고 있었다. 마주 읍하고는 같이 앉았다. 곧 청계(淸溪), 정사원(鄭思遠)과 태화(太華), 시호부(施胡孚)라 했다.

사원(思遠)이 말했다.

  "마침 진인(眞人) 윤사일(尹思逸)이 단(丹)을 이루었음을 치하하고 아울러 신선의 사립문(仙扉)을 짓고자 왔습니다."

시호부(施胡孚)가 말했다.

  "여기 기다리는 사람은 누구신지요?"

운방이 답했다.

  "본조 여해주(呂海州)의 아들인데, 어려서 공자의 학문과 묵자의 학문을 익혔습니다. 성령이 크게 깨달아 대중연간에 정공(鄭公)을 만나 옥액환단(玉液還丹)과 천둔검법(天遁劍法)을 전수받았지마는 장안의 술집에서 이미 나와 만나 도를 받들 마음을 굳혔습니다. 처음에 음양(陰陽)에 통하고 연형(煉形)하고 연신(煉神)하여 입도할 기미가 있습니다."

시호부(施胡孚)는 웃으며 말했다.

  "두 스승께서는 다 이같이 높은 제자를 두셨군요."

정사원(鄭思遠)은 정색하며 말했다.

  "이 운방 선생의 정통 전수(正傳)는 나와 그대가 마땅히 찬성할 일이요."

시호부 또한 공경하여 말했다

"모습이 맑고, 정신이 뜻을 두고 있고, 눈이 수려하고 정(精)을 간직하고 있습니다. 그대가 세속을 벗어나고 싶다면 시로써 그 뜻을 나타내는 것이 좋겠습니다."

하고 금관하전(金官霞箋)과 영교서연(領膠犀硯)을 건넸다.

> 만 겁의 천생이 이생에 이르러서(萬劫千生到此生)
> 이생의 몸 비로소 깨달음 가볍지 않아(此生身始覺非輕)
> 집을 버리고 나라를 떠나 구름 산 밖에 있도다(抛家別國雲山外)
> 백(魄)을 수련하고 혼(魂)을 온전히 하니 일월의 정기네(煉魄金魂日月精)
> 성인에 견주어 구정(九鼎)을 얘기하니(比見至人談九鼎)
> 대약을 궁구하고자 삼청을 찾아(欲窮大藥訪三淸)
> 비로소 지금에야 높은 진인을 만나니(始今獲遇高眞面)
> 자부의 사립문에서 성명을 얻네(紫府仙扉得姓名)

두 선인은 그 시제의 청고함에 감탄하고 각기 서로 주고받으며 깊이 간직하고 헤어졌다. ─ 스승이 이르기를 정사(鄭師)가 다시 선방(仙方)을 일러주고 시옹(施翁)은 특히 역경진해(易經眞解)를 주었다고 했다.

때는 봄이라 새들이 우짖고 있었다. 운방이 동구(洞口)에서 시를 지었다.

> 봄기운이 하늘에 막혀 꽃이슬에 젖고(春氣塞空花露滴)
> 아침 햇빛 바다를 쳐서 높은 산구름으로 돌아오네(朝陽拍海嶽雲歸)

다시금 말했다.

"내가 원시옥황(元始玉皇)을 조회하는 때가 되면 십주 우객(羽客)들이 옥청(玉淸)에 이르러 공행(功行)을 아뢴다. 이에 따라 신선의 계층으로 올라간다. 나는 그대가 이 고을에 오래 있다가 10년 후에 동정호에서 서로 만나기를 바라노라."

붓을 들어 동중의 석벽 위에 제시 한 수를 초서로 적었다.

> 낮 해는 높고 밝으며(晝日高明)
> 밤 달은 둥글고 밝으니(夜月圓淸)
> 음양의 혼백이(陰陽魂魄)
> 한데 섞여 올라가네(混合上昇)

조금 뒤 두 선인(仙人)이 색비단 저고리에 안개채색 치마를 입고 손에는 금편지[金簡]와 보석 부적[寶符]을 쥐고 나와 말했다.

"상제(上帝)가 종리권에게 조칙을 내려 구천금궐(九天金闕)의 선선사(選仙史)로 임명했으므로 배명(拜命)을 마치시오."

스승이 말했다.

"세간에 살며 공행을 닦아 다음날 나와 함께 있도록 하라."

동빈이 답했다.

"여암(呂嚴)의 뜻은 선생과 다릅니다. 반드시 중인을 모두 도세(度世)하고 떳떳이 상계(上界)에 오를 것입니다."

그 때 난새(鸞)가 하늘을 날고 학이 춤추고 옥절금당(玉節金幢)이 펄럭이고 선취(仙吹) 맑게 들려 왔다. 운방이 두 선인의 부름을 받고 구름을 타고 염염히 갔다.16)

이와 같이 황량몽(黃粱夢)은 입몽(入夢)에서 각몽(覺夢)까지의 꿈 속에서의 인생 역정을 통한 각몽 이후의 교훈적 내용이 도교 우위에 있음을 보여 주는 부분과, 2대 교조에 의해 선도 수련을 통해 선화(仙化)하는 과정인 입종남기(入終南記)의 두 부분으로 되어 있다. 그런데 당나라 심기제(沈旣濟)가 기술했다는 침중기(枕中記)는 3대 교조인 여동빈(呂洞賓)이 스승인 종리권의 권유를 뿌리치고 반드시 중생을 모두 도세(度世)하고 떳떳이 상계(上界)에 오르겠다고 했다. 그런데 침중기(枕中記)의 내용은 3대 교조와 노생 사이의 사제간의 선도수련과정을 서술하고 그 배경이 2대 교조와 3대 교조가 메좁쌀로 밥을 짓는 동안의 사건 전개라는 점에서 후인들이 침중기가 황량몽이라고 했다는 설을 그대로 수용하고 있다는 사실을 다시 강조하는 것이다. 이는 원나라 때에 잡극(雜劇)으로 개작되면서 황량몽과 한단몽이 같은 것으로 인식된 것이다. 원잡극명(元雜劇名)의 전명(全名)은 '한단도성오황량몽(邯鄲道省悟黃粱夢)'이다.17) 다음에서

---

16) 최창록,『呂洞賓 이야기』, 1997, 살림, pp.36~50.

17) 黃粱夢

  (1) 비유허환(比喩虛幻)의 몽상(夢想). 황량(黃粱) : 소미(小米) 일작(一作), <침중기(枕中記)>,『당인소설(唐人小說)』, 심기제(沈旣濟), <침중기(沈中記)>,『여조지(呂祖志)』권2 <진인도노생침중기(眞人度盧生枕中記)> 속에서 노생에 대한 묘사는 한단(邯鄲) 객점에서 한 도사를 만난다. 그는 도사를 향해서 자기의 곤궁함과 과거에 급제하지 못함을 호소했다. 도사가 한 개의 베개를 주었다. 그 베개는 푸른 도자기로 양끝에 구멍이 있었다. 노생은 고개를 내밀어 보았다. 그 구멍은 점점 커지고 환했다. 그 속으로 들어갔다. 그 때 도사는 소미(小米)

는 이 황량몽, 한단몽과 우리 소설 최치원, 금오신화, 남궁선생전과
어떤 연관이 있는지 언급해 본다.

밥을 짓고 있었다. 노생은 베개를 베고 영화부귀를 다 누리고 아울러 과거에
급제했다. 발탁되어 조정의 중요 관직에 오르고 아내를 얻어 자식을 낳고 모
든 영화를 누렸다. 그후 관에서의 실수로 모함을 받았다. 칼을 뽑아 자살하려
고 하였으나 그의 아내가 말렸다. 스스로 늙고 병들었다. 드디어 느끼는 바가
있었는데 잠에서 깨어났다. 소미(小米)밥은 아직 다 익지 않았다. <원곡선(元
曲選)> 범자안(范子安) <죽엽주(竹葉舟)> "도경(道經)은 한단(邯鄲)에서 정장자
(正陽子) 사부(師父)를 만나 황량일몽(黃粱一夢)으로 교화(点化)하여 드디어 선
도(仙道)를 이루었다." 이를 작품화하니 황량몽(黃粱美夢), 한단몽(邯鄲夢)이다.
(2) 원잡극명(元雜劇名). 전명(全名)은 <한단도성오황량몽(邯鄲道省悟黃粱夢)>.
여동빈(呂洞賓)이 공명(功名)을 얻기 위해서 서울로 올라갔는데 객점에서 종리
권(鐘離權)을 만나게 된다. 종리권은 도세(度)하고자 하고 여동빈은 도(道)를 배
우고자 했다. 그러나 종리권은 허락하지 않았다. 종리권은 곧 법술(法術)을 펼
쳐서 여동빈으로 하여금 18년을 꿈꾸게 하여 영화와 고난의 변화를 겪게 했
다. 꿈을 깬 후 보니, 황량의 밥이 아직 덜 익었다. 이에 깨달았다. 종리권을
따라서 도를 배워서 종국에는 성선(成仙)했다는 고사(故事)를 묘사했다. 작자는
원희극가(元戲劇家) 마치원(馬致遠)과 이시중(李時中)이고, 원곡선(元曲選)에 실
렸다.『道教大辭典』, 華夏出版社 刊, p.858.

2. 조신몽(調信夢)과 환몽소설의 구조분석

2-1. 조신몽의 구조분석

환몽소설은 입몽 이전의 도입구조, 환몽구조, 각몽 이후의 결말구조로 되어 있다. 본고에서는 이 구조를 도입구조, 환몽구조, 결말구조로 하여 논의를 전개코자 한다. 환몽소설은 이 환몽구조의 성격에 따라서 소설의 성격이 규정된다고 보는 것이 일반적이다. 앞서 언급한 바와 같이 황량몽은 침중기라는 환몽소설에 영향을 미쳤으며, 침중기 자체가 환몽소설로 성립되는 과정에서 영향을 받은 것이다. 그런데 이 침중기의 환몽구조 자체가 황량몽의 줄거리가 아니고 한단몽의 내용이라는 사실은 이미 말한 바가 있다. 한편, 『삼국유사』의 조신몽에서도 일연은 이미 황량몽에 대해서 언급하고 있다.

이 전을 읽고 책을 덮어 놓고 미루어 풀어 보니 어찌 반드시 조신대사의 꿈만이겠는가? 오늘날 모두가 인간세상이 즐거운 줄만 알고 기뻐하고 골몰하니 다만 꿈을 깨지 못한 것이다. 이에 일연은 시를 지어 경계하여 노래한다.

쾌활함은 잠깐이요 마음은 이미 한가하고(快適須臾意已閑)
근심하는 가운데에 이미 젊던 얼굴이 늙는다(暗從愁裏老蒼顔)
반드시 황량이 익기를 다시 기다려서야 깨닫는 것이 아니니(不須更待黃粱熟)
바야흐로 피로한 삶의 한바탕 꿈을 깨달았구나(方悟勞生一夢間)
몸을 다스리는 데는 성의가 먼저가 아니겠나(治身臧否先誠意)
홀아비는 미모의 여인 꿈꾸고 도적은 장물 꿈꾼다(鰥夢蛾眉賊夢藏)
무엇이나 가을 되어 맑은 밤의 꿈 같으리니(何以秋來淸夜夢)
때때로 청량세계에 이름만 하겠는가?(時時合眼到淸凉)[1]

일연은 이미 조신몽을 인용하면서 황량몽의 환몽구조를 머리에 떠올린 것이다. 이 환몽구조는 세속적 소망인 속(俗)의 세계를 제시하여 취생몽사하는 중생들을 경계함에 있어서 이를 논하여 비판하는 의(議)의 문체로 설명하고 작시(作詩)했다.

조신몽의 줄거리를 도입구조, 환몽구조, 결말구조로 나누어 본다

● 도입구조

옛날 신라가 서울이었을 때에 세규사(世逵寺)의 농장이 명주(溟州) 날리군(捺李郡)에 있었는데, 본사(本寺)에서 조신(調信)이라는 중을 농장감독으로 보냈다. 조신은 농장에 와서 태수 김흔공(金欣

---

1) 『삼국유사』 권3, 調信.

公)의 딸을 좋아했는데 그 사모함이 매우 깊었다. 누차 낙산사 대비
관음(大悲觀音) 앞에 나아가서 그녀와 인연이 맺어지기를 몰래 빌었
다. 그러기를 수년, 그녀는 이미 배필을 만나 결혼했다. 조신은 또
법당에 가서 대비보살이 자기의 소망을 들어주지 않았음을 원망했
다. 이에 슬피 울며 날이 저물었다. 심사(情思)가 노곤하여 잠깐 잠
이 들었다.

● 환몽구조

꿈에 갑자기 김씨 낭자가 조용히 문으로 들어왔다. 이를 드러내고
웃으면서 말했다.

　　"저는 일찍이 스님(上人)을 먼 낮으로 보고 마음으로 사랑했습니다.
　일찍이 잊어 본 일이 없습니다. 부모의 강권에 못 이겨서 억지로 남을
　따라갔습니다. 이제 바라기는 무덤까지 함께 가는 벗이 되고자 왔습니
　다."

조신은 곧 뛸 듯이 기뻤다. 그리고는 함께 고향으로 돌아왔다. 40
여 년을 함께 살면서 자식을 다섯 두었다. 너무 가난하여 가진 것이
아무 것도 없었다. 나물 먹고 물 마시는 것도 넉넉하지 못할 정도였
다. 결국 조신은 실의에 빠졌다. 손을 잡고 사방으로 다니면서 겨우
생계를 유지했다. 10년을 이렇게 초야(草野)로 돌아다녔다. 옷은 메
추리 깃이 되어 살을 가리지 못했다. 그러다 명주(溟州) 혜현령을
지나다가 열다섯 살 먹은 큰 아이가 갑자기 굶어 죽었다. 이에 통곡
하면서 길에서 거두어 묻고, 남은 네 식구를 이끌고 우곡현(羽曲縣)
에 이르렀다. 길가에 띠집을 짓고 머물렀다. 부부는 늙고 병들었다.

배가 고파서 일어나지도 못했다. 열 살 난 딸아이가 밥을 빌러 다녔다. 그러다 동네 개한테 물려 울면서 그 앞에 누워 있으니 부모들은 흐느끼며 눈물을 줄줄 흘렸다. 부인이 눈물을 닦으며 창졸간에 말했다.

"내가 당신을 처음 만났을 때는 얼굴도 미남이고 나이도 젊고 의복도 깨끗하고 맛있는 음식을 나누어 먹고 여러 자(數尺)의 따뜻한 옷도 더불어 입으며 50년을 함께 살았으니 사랑함도 막역하고 부부간의 정도 끈끈했습니다. 가히 두터운 인연이라 하겠습니다. 그런데 근년에 와서는 병들고 더욱 늙었고 춥고 배고픔이 더욱 심합니다. 방 한 칸, 간장 한 병도 남이 빌려 주지 않으니 문간마다의 부끄러움이 산보다 무겁고 어린 것들의 춥고 배고픔을 돌볼 겨를이 없으니 어찌 부부간에 사랑할 여가인들 가질 마음이 있겠습니까? 젊은 얼굴과 아름다운 웃음도 풀 위의 이슬이 되었고 돈독한 약속도 바람 앞의 버들가지가 됐습니다. 당신은 내가 있어 누(累)가 되고 나는 당신에게 많은 근심이 됐습니다. 생각컨대 옛날의 즐거웠던 일이 오늘에는 우환의 자취가 되었습니다. 당신과 내가 어찌 이 지경이 됐습니까? 여러 마리 새가 함께 굶기보다는 짝 잃은 난새(鸞)에게 거울[2]이 있을는지 압니까?

추우면 버리고 더우면 따르는 것이 인정상 못할 일이요, 행지(行止)는 사람 같지 않으나 헤어지고 만남은 운수에 있으니 이로부터 서로 이별하기를 바랍니다."

조신은 이 말을 듣고 크게 기뻐했다. 각기 두 아이씩 나누어 맡아 가려고 하자 여인이 말했다.

"저는 고향(桑梓)으로 가겠으니 당신은 남쪽으로 가세요."

---

2) 난경(鸞鏡) : 난새는 부부애가 극진해 하나가 죽으면 거울에 비친 자기 모습을 보고 슬피 울어 죽는다는 故事.

막 헤어져 길을 가다 깨어 보니 꿈이었다.

● **결말구조**

　꺼져 가는 등잔은 희미하게 비추고 밤은 깊어갔다. 아침에 보니 수염과 머리카락이 하얗게 세었다. 실의에 빠진 듯 멍하니 세사에 뜻이 없고 피로한 삶에 염증이 났다. 마치 백년의 괴로움을 겪은 듯이 탐욕에 물든 마음이 얼음 녹듯 하였다. 이 때 부끄러운 마음으로 대비관음의 성상(聖容)을 마주하여 한없이 참회하였다. 해현(蟹峴)으로 돌아가 아이를 묻어 놓은 무덤을 파보니 곧 돌미륵이었다. 깨끗이 씻어서 이웃 절에 봉안하고 서울로 돌아와 농장 감독을 사임했다. 사재를 털어 정토사(淨土寺)를 짓고 선업(白業)을 부지런히 닦으니 그 후 어디로 간지 아무도 몰랐다.

　이 조신몽은 도입구조, 환몽구조, 결말구조가 분명한 하나의 환몽소설이다. 이는 대비관음(大悲觀音)이 이적을 나타낸 전기(傳奇)의 한 토막이다. 낙산사와 관련하여 의상대사와 원효대사의 2대 성인이 관세음보살의 이적을 만난 이야기와 연결되어 있다. 대비관음의 진신이 바닷가 굴속에 있으므로 낙산(洛山)이라 했다. 서역(西域)에는 보타낙가산(寶陀洛伽山)이 있는데, 이를 우리말로 하면 소백화(小白華)이다. 곧 백의대사(白衣大士)(관음)의 진신(眞身)이 있는 곳이다. 조신몽도 관음보살에게 김흔의 딸과 결혼하게 해 달라고 빌고 탐욕에 물든 마음을 대비관음을 마주하여 참회하고 씻어냈다. 그러므로 이 세 구조는 다음과 같다.

• 도입구조 : 세속의 소망이 이루어지기를 관음에게 빌다.(俗+聖)
• 환몽구조 : 세속의 소망을 체험케 하다.(俗)
• 결말구조 : 탈속의 이념 속으로 귀의하다.―백업을 부지런히 닦아서 대비관음에 귀의(聖)

도입구조에서 속인인 조신은 본사에서 농장 감독으로 파견된 중이면서도 세속적인 소망을 탈속한 성인인 관음보살에게 기원하자 관음보살은 그의 소망대로 꿈속에서 세속을 체험하도록 한다. 세속의 소망은 유가적 현실이다. 조신의 소망은 오직 태수 김흔의 딸과 결혼하는 것이므로 관음은 그에게 결혼한 후의 괴로운 삶을 체험하게 했다.

그러면 이 작품의 주제는 무엇인가? 결말구조에서 주제가 나타난다. 그렇게 소망했던 김흔의 딸과 결합했지만 행복은 잠시뿐, 피로한 삶이 연속되어 염증이 나고 탐욕의 마음은 대비관음의 성상앞에서 눈 녹듯 참회하는 것이다.

과연 이 조신몽이야말로 우리 소설사에 있어서 최초의 환몽구조를 제시한 작품이다. 일연은 이 작품을 읽고 나서 유가의 현실이 어찌 조신 대사만이 경험한 일이겠냐 했다. 조신몽은 중국의 황량몽에서 종리권이 여동빈에게 보여 준 세속적인 소망인 유가의 현실에서 황량이 채 익기도 전에 깨달을 수 있는 일이 아닌가 했다. 이 조신몽의 구조는 우리나라 최초의 전기소설이자 환몽소설이다.

2-2 황량몽의 구조분석

조신몽을 관음보살의 이적과 관련하여 소개한 일연이 찬시(讚詩)에서 "황량이 익기를 다시 기다려서야 깨닫는 것이 아니니 바야흐로 피로한 인생의 한바탕 꿈을 헤아렸구나" 하는 문맥을 보더라도 고려 중엽에는 이미 황량몽이 일반에게 널리 알려진 이야기였던 것으로 보인다. 또한 그 말투 가운데 "우리의 조신몽으로 괴로운 삶의 여정이 세속적인 욕망의 바다를 벗어나 청량세계에 이름만 같지 못하다"는 시구에서는 은근히 황량몽이 지니는 도교적 발상을 비꼬고 있는 것이다. 『삼국유사』에는 이러한 도불의 어긋난 논점이 더러 보인다.

황량몽의 도입구조는 세속적인 소망을 지닌 여동빈과 탈속적인 이념을 지닌 종리권과의 만남에서 시작된다. 사제간의 인연이 맺어지기까지는 긴장된 언어가 서로 맞부딪친다. 황량몽은 중국문학사에서는 희곡3)으로 널리 알려져 있기도 한데, 주막에서의 그들의 대화는 극적이다. 긴 사설보다는 절구(絶句) 한 수로 그들의 의사교환은 시작된다.

● 도입구조

당나라 무종(武宗) 회창(會昌) 연간에 두 번의 진사시험에 낙방한 그는 장안으로 돌아와 주막에서 한 우사(羽士)를 만났다. 푸른 두건

---

3) 희곡으로는 元 馬致遠作 邯鄲道省悟黃粱夢이라 했다. 주 17) 참조.

에 흰 도포를 입은 그는 긴 수염에 맑은 큰 눈빛을 가졌고, 큰 공대를 짚고 큰 활을 목에 걸었다. 벽에 내건 제시 3수를 보면, "앉으나 누우나 항상 술 한 병을 갖고 다니니 가르치지 않아도 두 눈은 황도(皇道)를 아는도다. 하늘과 땅은 몹시 크되 이름도 성도 없으니 성근 인간 세상에 한 장부로다"가 첫 구요, "진선(眞仙)은 득도했으나 이인을 만나지 못하니 언제 돌아가 서로 따르기를 바라나. 제 말에 사는 곳이 연못소(蓮池沼)라 하니 따로이 봉래(蓬萊)의 제일봉이구나"가 둘째 구요, "즐거운 나날을 싫어하지는 않았지만 산란함을 버리고 생각을 모으니 다시 신(神)이 오네. 한가로이 와서 머리수(頭數)를 따라 손꼽아 헤아리니 태평한 세상에 이른 사람이 그 몇이던가"가 셋째 구이다.

종리권의 시의(詩意)가 세속을 떠나 있었다. 세속의 소망에 사로잡힌 유가의 선비에게 뜻 모를 이념에 당황하지 않을 수 없었다. 이 탈속한 성인은 스스로 득도(得道)한 진선(眞仙)이라 했다. 세속의 환락에 빠져도 보나 그것은 그의 제자를 찾아다니는 길임을 암시하고 있다. 여동빈의 절을 받은 종리권은 "절구(絶句) 한 수를 읊어 보게. 내 그대의 뜻을 살피고자 하노라" 하니, "내 본디 유가(儒家)의 집에 나서 태평세(太平)를 만나니 갓끈을 걸고 띠를 드리우고 베옷을 입었으나 누가 능히 세상명리를 다투겠는가. 이 몸은 옥황(玉皇)을 받들어 상청(上淸)에 돌아가리라" 했다. 스승의 마음을 꾀고 있는 것이다.

여동빈의 응답 시(詩)는 종리권이 찾고자 한 제자가 되겠다는 화답이다. 그러나 제자가 스승을 찾는 것보다 더 어려운 것이 제자를 찾는 일이라 했다. 종리권은 여동빈을 제자로 받아들이겠다는 언질을 쉽게 주지 않았다. 그러나 종리권은 은근히 기뻐하면서 시험에 들게 했다. 메줍쌀로 밥을 지어 불을 때면서 여동빈이 베개를 베고 잠이 들게 했다.

● 환몽구조

과거를 보러 상경하여 장원급제를 하고 한림원을 시작으로 하여 대간(臺諫)에 발탁되고 비성랑 및 지휘사를 거쳐 온갖 경력을 갖추었고, 쫓겨 나갔다가는 다시 승진했다. 부귀한 집 딸에게 두 번 장가들어 자녀를 낳고 혼사까지 마쳤다. 자손과 사위들이 널은 듯이 있고 관복을 입은 벼슬아치가 문안에 가득했다. 이렇게 벼슬길 40년에 또 독상 10년의 권세가 왕성했던 그는 홀연 중죄로 몰려서 몰락하여 가산이 흩어지고 처자는 영남지방으로 유랑했다. 한 몸이 혈혈단신 궁핍과 고생으로 초췌하고 풍설 속의 말처럼 서 있다 가 탄식하는 중에 황홀하여 꿈을 깼다.

● 결말구조

꿈을 깬 여동빈은 세속의 소망들이 얼마나 허망한가를 깨닫는다. 종리권에 의해 계속해서 시험을 받는데, 과연 선도수련에 정진할 수 있는 인내심이 있는가를 확인하는 시험이었다. 그리고 여동빈이 종리권의 제자가 되는 것은 이미 고죽진군기(苦竹眞君記)에 쓰여 있었다. 거기에는 "양구자(兩口者)가 그의 제자이다"라고 쓰여 있었다. 구전금액대환단법(九轉金液大還丹法)을 전수받고 입약경(入藥鏡), 영보필법(靈寶畢法)으로 단을 수련하고 정사원(鄭思遠)으로부터 천둔검법(天遁劍法)을 전수받았다. 종리권이 승천하면서 "세간에 있으면서 공행을 닦아 다음날 나와 함께 있도록 하라"고 했다. 여동빈은 "여암의 뜻은 선생과 다릅니다. 반드시 중인을 모두 도세(度世)하고 떳떳이 상계(上界)에 오르겠습니다"라고 했다. 여동빈은 신선이 되는 길은 먼저 자기를 도세시키고 그후에 남을 도인(度人)하는 것이라고 믿었다. 그러므로 그는 73세에 대도(大道)를 원성(圓成)하고 자기를 도세시킨 후 현세에서 죽지 않고 오래 살며 많은 사람을 도인(度人)했다고 했다.

황량몽은 앞장에서 상세히 소개했다. 여러 사전류에서는 황량몽과 한단몽의 내용이 대동소이한 것으로 오해하기에 전문을 실어 주고자 하는 것이다. 동아시아권에서는 도교문학에 관한 연구가 일잔하기 때문에 잘못된 인식이나 평가가 아직도 적지 않다.

도입구조에서 종리권을 만난 것이 46세이고, 황량몽 꿈을 꾸어 세속의 소망이 덧없음을 깨달은 후에도 62세에는 과거에 급제하고 64세에는 다시 종리권을 만나 도를 전수받고 73세에는 현세의 생을 마감하고(生世와 入世의 기간) 그 후까지도 피세(避世), 출세(出世), 유세(留世), 도세(度世)의 기간을 영원히 산다고 믿고 있다. 즉 초탈(超脫)하여 천상(天上)과 지상(地上)을 영원히 살고 있는 존재라고 믿고 있는 것이다.

조신몽이 우리나라 소설의 환몽구조의 효시가 된다면 황량몽은 중국의 신선전의 영향을 받은 전기소설의 환몽구조의 효시가 된다. 여동빈은 스스로 유가(儒家)에서 태어났으나 양반 행세에 젖었거나 명리를 탐하는 세속적인 소망을 이야기하지도 않았으나, 도가의 종리권에 의해 발탁되고 시험을 받아서 제자가 되는 과정에서 우사(羽士)의 초인적 능력에 의해 꿈을 꾸는데, 공(功)과 명(名)이 모두가 환각(幻覺)의 경계임을 깨닫게 된다. 이 깨달음 위에서 종리권의 여동빈에 대한 본격적인 선도수련과정이 결말구조가 된다.

환몽구조는 조신몽과 같은 패턴이다. 패턴이 같을 뿐 아니라 세속적인 소망도 같은 이야기이다. 유가적인 부와 공명이 모두가 환각이요 환몽이라는 사실을 드러내는 경험의 세계이다. 너무나 사실적이고 쓰디쓴 인생의 아픔을 적나라하게 제시한다는 점에서 훌륭한 전기소설이 된 것이다. 그런데 조신몽은 결말구조에서 관세음보살에게 화답하는 뜻에서 선업[白業]을 열심히 닦아 조신대사가 되는 것이 그 주제라면, 황량몽에서는 종리권의 금단대도를 열심히 수련해서 자신을 도세하고 지상의 모든 사람을 도세하여 승천입선한다는 것이 그 주제이다.

2-3 조신몽, 황량몽, 침중기의 결말구조

조신몽은 불교 우위의 전기소설이면서 환몽구조를 지닌 우리나라 환몽소설의 효시라고 했다. 특히 관세음보살에 의해서 꿈을 통해 세속적인 소망을 체험하여 인생의 사랑이 그 얼마나 허망한가를 깨닫게 해 준 작품이다. 비록 짧은 내용이나 앞에서 말했듯이 관세음 보살과 관련 있는 긴 이야기 속의 한 토막임을 주목해야 한다.

관세음보살의 이적은 이렇게 시작한다.

옛날 의상법사가 당나라로부터 돌아와서 대비(大悲) 진신이 낙산사의 바닷가 굴속에 계신다는 말을 들었으므로 산 이름을 낙산(洛山)이라 한다고 했다. 대개 서역에는 보타낙가산(寶陀洛伽山)이 있으니 우리말로 하면 소백화(小白華)이다. 곧 백의대사(白衣大士)4)의 진신(眞身)이 머무는 곳이다. 그러므로 그 이름을 빌어 지은 것이다. 대사가 7일을 제계함에 자리를 물위에 띄우고 용중(龍衆)과 천중(天衆) 8부 시종을 이끌고 굴속으로 들어가 참례하니 공중에서 수정염주 한 벌을 주었다.

의상은 이를 받고 물러났다. 동해 용왕 또한 여의보주(如意寶珠) 한 개를 주자, 대사가 받아 나왔다. 다시 7일을 재계하니 참 모습을 보였다. 관음보살이 말했다.

> "이 자리 위 산꼭대기에 쌍죽(雙竹)이 솟아날 것이니, 그 자리에 불전(佛殿)을 짓는 것이 좋으리라."

대사가 들은 후 굴을 나오니 대나무가 땅에서부터 솟아올랐다. 곧 금당(金堂)을 짓고 관음상을 만들어 안치했다. 원만한 모습과 아름다운 형상이 엄연히 하늘에서 난 듯하고 대나무는 도로 없어졌다. 바로 보살이 머무르다 간 곳이었다.5)

이렇게 시작한 관음대비의 이적은 또한 그 뒤에 원효법사(元曉法師)가 흰 옷 입은 여인이 더러운 물을 주고 신발 한 짝이 벗겨진 것 등의 이적과 10년 후에 산불이 났으나 성전은 화재를 면하는 등 여러 토막의 이야기가 전해진다고 했다. 일연이 참고한 전기(傳奇)는 고승전, 수이전, 그리고 중화의 신선전이었을 것이다. 그런데 "조신몽을 기록하고 난 후에 황량(黃粱)이 다 익기도 전에 깨달은 괴로운 삶"이라는 찬시(讚詩)의 구절도 당나라의 심기제(沈旣濟)가 쓴 침중기(枕中記)와는 조금 차이가 남을 볼 수 있다.

---

4) 백의대사(白衣大士) : 백의(白衣)를 입은 관음(觀音)
5) 『삼국유사』, 탑상·낙산사 2대성.

노생이 기지개를 켜고 하품을 하며 잠이 깼다. 눈을 떠보니 그의 몸은 여인숙에 누워 있고 여옹(呂翁)은 그 옆에 앉아 있다. 주인이 끓이던 조밥은 아직 덜 익었다. 촛불은 옛 그대로이다. 노생(生)은 벌떡 일어났다.

"어찌하여 꿈이 깨버렸습니까?"

여옹이 노생에게 말했다.

"인생의 편안함이 이와 같으니라."

노생은 실심한 모양으로 한참 있다가

"대저 이것이 명예와 치욕의 도이고, 빈궁과 영달의 문이고, 얻음과 잃음의 이치이고, 죽음과 삶의 정임을 모두 알았습니다. 이는 선생이 나의 욕심을 막은 까닭입니다. 감히 그 가르침을 받지 못하겠습니다."

하고 머리가 땅에 닿도록 재배하고 가버렸다.6)

침중기의 저자는 당나라 오(吳) 사람으로, 양염(楊炎)의 추천에 의해서 좌습유사관수찬(左拾遺史官修撰)이 되고 나중에는 사부외랑(史部外郎)이 됐다. 건중실록(建中實錄) 10편이 있고, 전기소설(傳奇小說)로는 심중기(沈中記), 임씨전(任氏傳)이 있다. 그는 유가의 입장에서 이 작품을 쓴 것 같은데, 침중기는 황량몽이 아니라 한단몽인 것이다. 다음으로 한단몽의 결말구조와 비교해 본다.

이날 저녁 돌아가시니 노생은 하품 하고 기지개를 켜고 꿈에서 깨어났다. 보아하니 그의 몸은 주막에 모로 누워 있고 여옹은 그 곁에 앉아 있고 주인이 끓이는 좁쌀은 아직 덜 익었다. 마음에 비침이 이러한 고로 생은 뛸 듯이 일어나서 말하기를, "어찌하여 꿈이 다해 버렸습니까?" 하니 옹이 말하기를, "인생의 편안함이 이와 같으니라" 했다. 생은 실심한 듯 한참 있다가 사례하며 말하기를, "대저 이것이 명예와 치욕의 도이고, 빈궁과 영달의 이치이고, 얻음과 잃음의 정이고, 삶과 죽음

---

6) 심기제(沈旣濟), 枕中記 결말 부분.

의 끝임을 다 알았습니다. 이는 선생이 나의 욕심을 막는 까닭이니 삼
가 고개 숙여 재배하고 도세를 구하여 가르침을 받겠습니다" 했다. 여
옹은 감탄하여 대단(大丹)의 비결을 기록해 전수하기를 허락하고 아울
러 검술을 전수했다.7)

심기제의 침중기(枕中記)는 소설이라고는 하나 원전은 황량몽이
아니고 한단몽이다. 한단몽은 여동빈이 노생(盧生)을 도세(度世)한
이야기다. 그런데 침중기의 결말구조는 노생이 실심한 모양으로 한
참 있다가 "대저 이것이 명예와 치욕의 도이고, 빈궁과 영달의 운이
고, 얻음과 잃음의 이치이고, 죽음과 삶의 정임을 모두 알았습니다.
이는 선생이 나의 욕심을 막은 까닭입니다" 하고는 그의 제자가 되
어 선도수련을 해야 조신몽이나 한단몽의 결말구조처럼 도입구조,
환몽구조, 결말구조가 조화를 이룬 환몽소설이 되는 것이다. 그런데
심기재는 조신이 관음보살을 받들어 선업[白業]을 닦듯이 환몽구조
에서 유가적 욕망을 떨치고 여동빈의 제자가 되어 선도수련을 해야
만 조신몽, 황량몽, 한단몽과 같은 소설의 구조가 됨에도 불구하고
유가의 입장에서 한단몽의 내용을 왜곡했다.

"감히 그 가르침을 못 받겠습니다."
하고 머리가 땅에 닿도록 재배하고 가버렸다.

이와 같은 결말구조는 도교나 불교에 대하여 이단시하는 작가 나
름의 배반논리이다. 일연도 그의 찬시에서 청량한 불도의 세계로 돌
아옴이 마땅하다 했다. 심기재의 침중기는 유가의 현실주의 밖에는
다른 구제가 없다는 것이므로 결말구조가 다른 미완의 소설이 돼버

____

7) 최창록 역해, 『여동빈 이야기』, 1997, 살림, p.74.

린 것이다.

그러므로 환몽소설에서는 그 구조가 결말구조에서 환몽구조를 뛰어넘는 이념의 세계로 진입하는 새 출발이 있어야만 완성된 작품이 되는 것이다. 그러한 미완의 작품인 경우 평자들은 환몽구조 자체를 글쓴이의 인생관으로 여기고 도교소설을 향락주의에 빠진 것으로 평가하는 우(愚)를 범하고 만다.

이러한 도입구조, 환몽구조, 결말구조가 잘 갖추어진 것이 완결된 구조인데, 도입구조에서 환몽구조의 삶의 여정을 완벽하게 체험하고 탈속한 이념을 찾아 수련구도하는 소설이 있다. 이는 환몽구조가 간략하고 결말구조의 성(聖)의 세계는 길게 서술하는 작품이다. 이것은 조신몽의 결말구조를 더욱 실감있게 구체화시키고 황량몽의 결말구조를 더욱 승화시킨 작품으로 보아도 좋을 것이다.

3. 종려전도와 남궁선생전의 수련득도

필자는 허균의 남궁선생전을 수련선도소설의 효시라고[1] 한 바 있다. 황량몽에서는 환몽구조가 매우 상징적인 부분이면서 그 결말구조가 입종남기(入終南記)에서 전개되고 있다. 그러므로 황량몽과 입종남기를 따로 볼 것이 아니라 통합해서 보면 완결된 소설이 된다. 황량몽의 후반부인 입종남기에는 종리권에 의해서 수련득도하는 여동빈이 있고, 남궁선생전에는 권청에 의해서 수련득도하는 남궁두가 있다. 이 두 사람의 사제 관계와 수련과정을 비교해 보면 너무나 유사한 점을 발견할 수 있다. 필자는 일찍이 남궁선생전의 분석에서 정렴의 용호결에 관련시켜 해석한 바가 있었는데 그것은 「여빈동이야기」를 펴내기 전으로, 이때에 여조전서(呂祖全書)상하권을 탐독한 후에야 입종남기(入終南記)와 남궁두의 수련과정이 밀접한 연관이 있으며, 이 글의 내용이 작자 허균에게 깊이 영향을 미쳤음을 알게됐다.

---

1) 최창록, 『한국신선소설연구』, 1984, 형설출판사.

● 입종남기(入終南記)의 단락

종리권	여동빈
1. 금단(金丹)의 묘지(妙至)를 전수받음	1. 종남산에 들어가 금단(金丹)의 묘지를 전수 받음
2. 왕현보로부터 장생진결과 청룡검법을 전수받음	2. "그대는 참으로 믿을 수 있는 사람이다. 그대가 화룡의 법도 얻었으니 이제 수련하면 몸이 영아로 돌아갈 것이다"라는 말을 들음. 　스승의 명에 따라 호를 순양(純陽)이라 하고 이름을 암(巖)이라 함
3. 화양진인을 만나 태을도규와 화부내단을 전수받음. "사람의 속된 마음이 아직 죽지 않고 화후가 엄하지 않아서이다. 인심이 죽으면 도심이 보이고, 태정을 얻으면 진화가 저절로 생기고, 진화가 다시 일어나면 다시 화후가 엄해진다"고 함	3. 암자에 정좌하여 환단수련에 힘쓰고 사심(私心)을 버리고 노화(爐火)를 세 번 맞이했으나 이루지 못함
4. 열 번의 시험에 들게 함	4. 열 번의 시험을 견디어 냄
5. "속세의 마음은 없어지기 어렵고 선재(仙才)는 만나기 어려운 것이다. 내 그대의 마음을 시험하려고 마광(魔光)을 나타냈는데, 그대는 반드시 득도할 것이다. 다만 공행이 완성되지 못했으므로 황백비술을 수련하여 3,000여 공을 꽉 채워 800행을 원만히 하면 곧 도세(度世)할 사람이 온다"고 함	5. 3,000의 공과 800행의 완성을 위해 노력. 일월교병법(日月交幷法)을 배움
6. 금루옥대(金樓玉台)에 함께 올라가 묘경(妙境)을 보여 줌	6. 묘경(妙境)에서 떠나는 종리권에게 송별시를 씀
7. 하늘에 승천하면서 10년 후 공행이 완성된 후 하늘로 올라오라고 함	7. 73세에 자신이 도세(度世)하고 남을 도세한 후에 상계에 승천하겠다고 하고 영원히 삶

입종남기(入終南記)의 주인공은 여동빈이다. 그의 스승 종리권이 진(晉)나라 대장으로 군사를 통솔하여 서북의 토번(吐藩)에 출전, 양군이 맞서 싸울 때에 홀연 하늘에서 큰 우뢰와 번개가 치고 깜깜해지니 양군이 싸우지도 못하고 궤멸되어 버렸다고 했다. 홀로 말을 타고 산골짜기로 돌아가다가 길을 잃었다고 했다. 그러다 한 호승(胡僧)을 만났다고 했다. 머리는 헝클어지고 때 긴 얼굴에 풀옷(草衣)을 입고 있었다고 했다. 그를 이끌고는 몇 리를 가다가 한 시골 농막에 이르렀는데 동화 선생[王玄甫]이 도를 성취한 곳이라 했다. 장군께서는 여기서 좀 쉬시오 하고는 읍하고 가버렸는데, 진인은 놀라서 미처 집안(莊中)을 돌아보지도 못하고 있었다고 했다. 홀연 "이 벽안(碧眼)의 호승(胡僧)이 말이 많고 시끄럽구나!" 하면서 한 노인이 흰 사슴옷을 걸치고 청려장을 짚고는 여기 온 자가 대장군 종리권 아니냐? 했다. 진인이 그렇습니다 하니 노인은 다시 그대는 어찌하여 산승(山僧)이 있는 처소에서 자지 않는고? 했다. 진인은 이를 듣고 깜짝 놀랐다. 심중에 생각하기를 '이분은 필시 이인(異人)이다' 생각하고, 자신이 이미 호랑(虎狼)의 위세를 잃고 난학(鸞鶴)의 뜻이 마음에 와 있음을 알고는 곧 마음을 돌려 도(道)를 향하고 신선이 되는 방법을 가르쳐 주기를 애타게 구했다. 이것이 그의 스승과 만나던 장면이었다.

그대는 어찌하여 산승(山僧)이 있는 처소에 자지 않는고? 한 것은 종리권이 산승이 되려는 것이 아니라 진인의 제자가 되도록 운명지어진 것을 말한다. 진인은 이 말을 듣고 크게 놀란 것은 호승인 달마도사가 전진도에 압도당하여 물러났다는 전말이다.

이에 노인이 장생진결(長生眞訣)을 주고 적부옥전금과영문(赤符玉篆金科靈文)과 금단화후(金丹火候) 및 청룡검법(靑龍劍法)을 가르쳤다. 그는 부지런히 이를 행하였다. 진인이 배우기를 마치고 하직을 고하고 문을 나선 후 돌아보니 그곳에 있던 집도 이인도 보이지 않았다. 이에 스스로 선도(仙道)의 길을 깊이 깨달았다고 했다.

전진파의 성전이 된 종려전도전집이나 여조전서(呂祖全書)에서 인용되는 이들 1대 교조가 2대 교조를 수련시킨 이야기는 출생부분에서는 전설적이며 초인적 능력을 부각시키고 있고, 비현실적인 면을 강조하면서도 사실적(寫實的)인 것을 강조하려는 의도 때문에 오히려 꿈속에나 가능한 이야기들로 엮어져 있다. 왕현보와 종리권 사이의 결말구조는 입종남기에서 집중적으로 서술되어 작가가 주장하는 탈속한 이념의 세계가 전개된 것이다. 입종남기에서 종리권은 금단대도(金丹大道)를 여동빈에게 전수하고 승천하였다. 종리권은 황량몽을 통하여 여동빈을 탈속하는 이념인 신선의 세계를 동경케 하고 신선수련을 하여 자신을 도세하고 수많은 사람을 도세하여 승천해서도 영원히 현세에 살고 있으며 이 일이 끝나면 승천한다고 했다.

입종남기는 황량몽의 완벽한 결말구조이다.

●남궁선생전

낭궁선생전은 우리나라의 도맥이 전진파에 연결돼 있다고 하는 한무외의 해동전도록(海東傳道錄)을 뒷받침하는 선도 수련에 관한 이야기이다. 작자와 허균과 한무외는 사제관계가 성립되지 못하였는데, 이에 허균은 섭섭한 감정이 있어서 한무외가 아닌 남궁두라는 인물이 등장했는데, 이는 한무외로 설정되었으면 훨씬 신실한 작품이 되었을 것이다. 다음으로는 남궁선생전의 도입구조, 환몽구조, 결말구조를 살펴본다.

권 진 인	남 궁 두
1. "그대는 참을성 있는 사람이군. 초보는 가르칠 수 없고 불사(不死)의 교(敎)를 가르칠 만하군."	1. 잠자지 않은 수행인 좌환(坐寰)부터 함. 이레만에 정신이 맑아졌음.
2. "그대는 인력(忍力)이 있으므로 무슨 일을 이루지 못하리오"	2. 참동계와 황정경으로 수련을 시작하고 하루 열 번씩 읽음.
3. "먼저 벽곡(辟穀)을 시험하라."	3. 벽곡을 시작. 황정(黃精) 가루를 하루 두 번씩 먹음. 흑두(黑豆) 가루를 21일 먹음. 참깨, 매실을 복용함.
4. "그대는 참으로 쓸 만한 그릇이요 모든 욕심을 끊어라."	4. 3년 동안 참동계와 황정경을 읽으니 신과 회통하는 듯했음.
5. 호흡의 도를 가르침.	5. 호흡법이 이루어지니 얼굴에 기름기가 돌고 정신이 맑아지고 온갖 잡념이 일어나지 않음.
6. "그대는 도골(道骨)이 있어 법대로 하면 상승(上昇)할 것이요, 아무리 못해도 왕자교(王子喬)나 팽조(彭祖) 정도는 될 것이니 공(空)으로 수련하라"고 함.	6. 승강전도법과 구결을 배움. 입안에 서주(黍珠)가 생김.
7. "서주(黍珠)가 확고하니 화후(火候)를 운용할 만하다"고 함.	7. 3방의 벽에 거울을 걸고 칠성검을 꽂고 우보주(禹步呪)의 축문을 외움. 6개월 동안 수련하니 단전(丹田)이 차오르고 배꼽 밑에 금빛이 발하는 듯했음

8. 남궁두의 머리를 치면서 "애석하도다! 도를 못 이룸이여" 했음.	8. 빨리 성도(成道)하고 싶은 마음에 황아(黃芽)를 사용했더니 이환(泥丸)이 타올랐음. 기는 내리고 마음의 안정을 취했음. 업장이 걷히지 않아서 실패했음.
9. "그대는 신태(神胎)를 못이루었으나 지상선(地上仙)은 될 수 있다"고 함.	9. 적동자환(赤桐子丸)을 먹고 아이를 낳는 정기의 구멍을 열었음.
10. 배꽃밑의 단전(丹田)을 보이니 빛을 발했음.	10. 스승의 단전(丹田)을 보고 놀람.
11. 정월 보름날 여러 신의 조회를 받음.	11. 스승의 여러 신 조회 광경을 보고 놀람. 하산하여 머리를 기르고 황정(黃精)을 복용함.

● 도입구조

　선생의 이름은 두(斗)다. 그의 집안은 대대로 임피(臨陂)에서 살았고 그 고을에선 상당한 재산가로 꼽혔다. 그의 할아버지와 아버지 양대는 모두 벼슬하기를 좋아하지 않았었지만 남궁두만은 박사(博士)의 제자가 되어 가업을 일으켰으니 나이 30에 벼슬에 뜻을 두고 을묘(乙卯)의 사마시(司馬試)에 응시하여 합격했다. 과거장에서 남다른 성망이 있어 '대신불약(大信不約)'이라는 제목으로 초시에 1등으로 합격했다. 그 글이 뛰어나서 성균관의 유생들은 그 글을 모두 외우고 있었다. 남궁두는 성격이 강직하고 자부심이 강할 뿐만 아니라 사납기도 하고 인내심이 강했다. 또 자기의 재주를 믿어 향리에서는 건방지기도 하고 거만하여 장리(長吏)를 무시했다. 그리하여 고을 사람 대부분이 남궁두를 미워했지만 겁이 나서 겉으로는 나타내지 않았다. 남궁두는 출세를 위하여 서울로 이사를 하고서는 시골집은 첩이 지키게 했다. 그리고 매년 추수 때에 내려가서 가산을 관리했다.

그의 첩은 병법을 공부하는 집안의 딸로, 용모도 뛰어나고 재치도 있을 뿐만 아니라 글도 잘한 영리한 여자였다. 남궁두는 그녀를 남달리 귀여워했다. 남궁두가 서울에 있게 되어 시골집을 오랫동안 비워 두었는데, 그의 외조카가 그의 첩과 사통(私通)하고 있었다.

무오년 가을에 남궁두는 무슨 일이 있어 급히 시골집에 가게 되었다. 그날로 당도해야 되겠기에 종들을 떼어놓고 혼자서 말을 타고 달렸다. 별장에 도착하니 밤이어서 등불이 밝혀 있었다. 종들은 다 쉬고 있었고, 중문(中門)이 열려 있었다. 때마침 첩은 요염하게 화장을 하고 아름다운 옷을 입고 뜰에 서 있었고 외조카는 야트막한 담을 뛰어넘어 들어왔다. 외조카가 채 땅에 닿기도 전에 첩은 그를 포옹하고 침실로 들어갔다. 남궁두는 끓어오르는 분노를 참고서 천천히 그들의 희롱이 끝나기를 기다리고 있었다. 남궁두는 타고 온 말을 바깥문 기둥에 맨 뒤, 발자국 소리를 죽이면서 문틈 사이로 두 사람의 행동을 엿보고 있었다. 두 사람은 매우 음탕한 희롱을 하면서 옷을 벗고 베개를 베고 나란히 누웠다. 남궁두는 끝까지 이들의 정사를 지켜보다가 캄캄한 방에서 벽을 더듬어서 활통을 찾았다. 활통에는 마침 활 하나에 화살 두 개가 있었다. 남궁두는 활시위를 당겨 먼저 첩의 배를 쏘아 꿰뚫었다. 이에 사내는 놀라 허겁지겁 북쪽 창틀을 뛰어넘어 달아나려 했다. 남궁두는 재빨리 옆구리를 쏘아 거꾸러뜨렸다.

남궁두는 관가에 이변을 알리려고 했다가 다시 생각해 보니, 이는 가문에 오점을 찍는 것이 되고, 또 고을 원과 불화한 관계여서 정당히 일을 처리해 주지 않을 것 같았다. 그래서 남궁두는 아무도 모르게 이 두 시체를 끌어다가 물이 홍건한 논에 묻었다. 그리고 재빨리 서울로 돌아왔다.

날이 밝자 하인들은 여주인이 없어짐을 알고 수상쩍은 생각이 들어 남궁두의 외조카 집에 가서 그의 행방을 찾았으나 종적이 묘연했다. 이 하인은 남궁두의 곡식 백여 석을 훔친 바 있어서 늘 남궁두가 오면 자기를 죽일까봐 두려움을 느끼고 있었다. 하인은 남궁두가 두 남녀를 죽였으리라 의심하고 자기의 궁지를 모면할 기회가 왔다고 생각하여 두 사람의 시체를 찾아 나섰다. 하인은 논물 위에 기름이 떠도는 것을 마침내 발견하고 그 주위를 파보았다. 아니나 다를까 시체 두 구가 있는데, 하나는 쳐다보고 있고 하나는 내려다보고 있었다.

하인은 곧바로 여자의 집에 일러바쳤고, 여자의 집에서는 급히 남자 쪽 집안 사람들과 함께 가서 원에게 남자의 집안과 숙원관계가 있어 남궁두가 남자를 죽였노라고 거짓 증거를 했다.

한편 원과 이속(吏屬)들도 남궁두를 불쾌하게 여기던 처지에서 남궁두를 제거할 좋은 기회가 왔다고 생각하여 기뻐해 마지 않았다. 그리하여 이들은 남궁두가 개인감정으로 자기의 외조카를 죽였다는 문서를 꾸며 올렸다. 마침내 남궁두는 형틀에 묶인 몸이 되었고 장독(杖毒)이 온몸에 번져 있었다. 남궁두는 처형을 받기 위해 이산(尼山)에 이르렀다. 이 때 남궁두의 아내가 어린 딸을 업고 뒤따라 왔다. 남궁두의 아내는 꾀를 내어 파수꾼에게 술을 먹여 만취토록 했다. 이 기회를 타서 남궁두는 밤에 도망쳤다. 날이 새자 파수꾼은 남궁두가 도망친 것을 알고 뒤쫓았으나 끝내 잡지 못했다. 그의 아내는 체포되어 딸과 함께 옥중에서 죽었다.

남궁두의 재산은 모두 두 남녀의 집에서 나누어 가졌다.

●환몽구조

도망친 남궁두는 곧바로 금대산(金臺山)으로 들어가서 머리를 깎고 중이 되어 법명을 총지(總持)라 했다. 그는 계행(戒行)을 잘 지키면서 불도에 정진했다. 그후 1년이 지나자 원수의 집안에서는 남궁두의 행방을 알고서 포졸들과 함께 그를 잡으려는 계책을 세웠다. 그날 새벽 남궁두는 꿈을 꾸었는데, 꿈에 산신(山神)이 남궁두 앞에 나타나서 "원수들이 들이닥친다. 곧 도망쳐라" 했다. 남궁두는 꿈을 깨고서는 급히 산을 빠져나갔고, 잡으러 온 포졸들은 헛걸음하고 돌아갔다. 남궁두는 곧장 두류산 쌍계사로 갔다. 그곳에서 한 달포 지내는 동안 명찰(名刹)에 속승(俗僧)들이 모여 들끓는 것이 싫어 그곳을 떠났다. 그는 태백산으로 가는 도중 의령(宜寧)에 이르러 한 암자에서 쉬게 되었다. 그곳에는 나이가 어리고 준수하게 생긴 승려가 있었다. 승려는 두건을 벗고 법당에 이르러 남궁두를 힐끗 보았다.

"그대는 선비(士族)구려! 어째서 늦깎이를 했소?"

하더니, 조금 후에

"그대는 인내심이 강한 사람이구려!"

했다. 조금 있다가 또,

　"업으로 하여 한 이름을 얻었구나."

한 후 한참 있다가 웃으면서 말한다.

　"그대는 두 사람을 죽여 죄를 짓고 도망다니는군!"

　이 네 가지 말은 모두 맞는 말이었다. 남구두는 크게 놀라 몸둘 바를 몰랐다. 밤이 깊어 잠들 무렵 남궁두는 거듭 생각을 한 후 그 어리고 준수한 승려에게로 갔다. 머리를 숙이고 옷깃을 여미고 간절한 말로 가르침을 청했다. 소년승은 이에 답한다.

　"나는 다만 사람의 상(相)을 조금 알 뿐이오. 나의 스승은 사람의 상을 보면 그 사람에게 부적(符籍)이나 주문(呪文) 혹은 상위(象緯) 혹은 풍수(風水) 혹은 점복(占)을 그 사람의 됨됨이에 따라 인도하여 도와주지요. 나는 그 스승에게 상법(相法)을 조금 배웠으나 아직 어림이 없소. 그러니 내가 어찌 남의 스승이 되겠소?"
　"그 스승은 지금 어디에 계시는지요?"
　"무주 치상산에 머물고 계시니 그대가 가시면 만나실 수 있을 것이요."

　남궁두는 큰 절을 하고 물러났다. 다음날 아침에 다시 그의 방에 갔을 때 그는 이미 가버리고 없었다. 곧 석장을 휘두르며 치상산으로 갔다. 산을 둘러보니 정이 수십여 갖춰 있었으나 이승(異僧)은 한 사람도 없었다. 그는 1년을 산에 머물며 고심하고 새 발자취조차 이르지 못한 험준한 산마루까지 3, 4개월을 찾아 헤매었으나 찾지 못했다. 그는 소년승이 거짓말한 것으로 생각하고 발길을 돌리고자 했다. 어느 골짜기에 이르렀을 때 마침 골짜기 사이로 흘러 내려오는 물속에 큰 복숭아씨가 있었다. 이를 본 그는 기뻐하면서 이 숲속에는 틀림없이 선사(仙師)가 있으리라 생각하고 발길을 재촉하여 물길을 거슬러 몇 리를 올라갔다. 한 봉우리를 쳐다보니 소나무가 울창하여 해를 가리는데, 허름한 집 세 채가 절벽에 의지해 얽어져 있었다. 이 집의 섬돌은 마당이 되어 있었고 위치는 맑고 깨끗한 곳에 자리잡고 있었다.

남궁두는 옷깃을 잡고서 숨차게 올라갔다. 집 앞에는 동자가 있다가 그를 맞이했다.

"어디서 오셨습니까?"

남궁두는 몸을 굽혔다.

"총지(總持)라는 사람인데, 선사(仙師)를 뵈러 왔습니다."

동자는 동쪽편의 왼쪽 도장문을 열었다. 거기엔 한 노승이 마른 나무 같은 모습을 하고 다 떨어진 옷을 입고 나왔다.

"화상(和尙)은 풍신(風神)이 뛰어난 비범한 사람인데, 어찌하여 여기까지 왔소?"

남궁두는 무릎을 꿇고 "어리석은 바로 저는 별다른 재주가 없어서 노사(老師)께서 기예(技藝)가 많으시다기에 그 중 한 가지를 배워 행세코자 천리가 멀다 않고 스승님을 찾아 1년을 헤매었습니다. 이제야 선생님을 뵈옵게 되었사오니 가르쳐 주시면 천만다행이겠습니다" 했다. 이에 노승은, "나는 산야에 묻혀 죽음을 가까

이 두 늙은이일 따름이오. 어찌 그런 재주가 있겠소!" 남궁두는
처마 밑에 엎드려 새벽이 되도록 애소하였고 아침이 되도록 애소
를 그치지 않았다. 장로는 사람이 아무도 없는 것처럼 똑바로 앉
아 좌환(坐寰)에 들고 있었다. 사흘이 지나도 남궁두는 간청을 그
치지 않았다.

● 결말구조

장로 권진인은 그 정성을 살피고는 남궁두를 방으로 들어오도
록 했다. 방은 사방 일장(方丈)이나 목침 하나가 있고, 북쪽을 살
펴보니 감실(龕室)이 육곡(六谷)의 자물쇠로 채워졌는데 숟가락
하나가 걸려 있고, 그 위에 책이 대 여섯 권 놓여 있었다. 장로가
말했다.

> "그대는 참을성 있는 사람이군. 초보를 가르칠 수는 없고 불사(不
> 死)의 교를 가르칠 만하군. 모든 방술(方術)은 먼저 정신을 가다듬은
> 뒤에 이루어지는 법이야. 하물며 연백(煉魄)하고 비신(飛神)하여 신선
> 이 되기를 구함에는 무엇보다 먼저 잠자지 않는 것부터 시작해야 하
> 느니라."

장로는 일체 음식을 먹지 않고 검은 콩가루 한 홉만을 먹는데
도 피로한 기색이 없었다. 남궁두는 기이한 마음에 큰 교훈을 얻
었고 정성스런 마음으로 수행했다.

좌환(坐寰) 첫날에는 끝까지 참고 밤을 샜으나 두 번째 밤은 분
별력을 잃을 정도였으나 사흘까지는 견뎌냈다. 나흘째 되던 밤에
는 머리를 부딪치고 끝내 이레를 견뎌내자 홀연 깨달은 바가 있

고 정신이 맑아졌다. 장로가 말했다.

  "그대는 인력(忍力)이 대단하여 무엇이든 이룰 것이야."

하고 선경(仙經)을 건네주며 말하기를,

  "위백양이 지은 참동계는 수련의 지극한 비결이요, 선가(仙家)의 최
  상술(最上術)이다. 황정내외옥경경은 도기(導氣)하고 내장을 수련하는
  도가의 묘체이니 만 번을 읽으면 스스로 깨닫게 되니 하루 열 번씩
  읽어라."

장로는 계속해서 말했다.

  "대체로 비승(飛昇)하여 신선됨을 배우는 사람은 마음속 근심을 없
  애고 편안히 정(情), 기(氣), 신(神) 3보를 수련하여 감리(坎離)와 용호
  (龍虎)로 하여금 교섭하게 하여 단(丹)을 이루는 것이 큰 지름길이다.
  높은 지혜와 타고난 품성을 지닌 사람이라야 한다."

  그러나 남궁두는 성격이 소박하고 강인하여 상승(上乘)의 경지
에 이르기는 어렵다고 했다. 그리하여 벽곡(辟穀)을 먼저 시행하
라고 했다. 장로는 남궁두에게 다음과 같은 수련을 시켰다.
  첫 이레 동안은 두 끼를, 다음 이레 동안은 밥 한 그릇에 죽 한
대접, 그 다음 이레 동안은 밥 한 그릇, 네 번째 이레 동안은 죽
한 그릇과 검은 콩가루 한 홉, 황정가루 한 홉을 물에 타서 먹는
다.
  이와 같이 수련을 하는 가운데 검은 콩가루만으로 세 이레를
지나니 배가 부른 것 같고 밥 생각이 없어졌다. 이어 잣나무 이파

리와 참깨를 며칠 복용했더니 온몸에 종기가 생기고 고통이 심했는데 백 일이 지나자 딱지가 떨어지고 새 살이 돋아 평상시 같았다.

이에 장로는 기뻐하며 다음은 모든 욕심을 끊도록 하라고 했다.

드디어 참동계와 황정경을 만 번 읽자 가슴이 차차 신(神)과 회통(會通)하는 듯했다. 이어 호흡의 횟수를 헤아리고 기(氣)를 운행하는 법을 가르치고 자오묘유(子午卯酉)로 육자비결(六字秘訣)을 행하여 호흡의 도가 이루어지니 얼굴에 기름기가 돌고 잡념이 없어졌다. 6년이 지난 뒤 장로가 말했다.

"그대는 법대로 하면 상승(上昇)할 것이요, 아무리 못해도 왕자교
(王子喬)나 전갱(錢鏗) 정도는 될 것이다."

왕자교(王子喬)는 주나라 명왕의 아들로서 생황을 잘 불며 부구공(浮丘公)에게 단학(丹學)을 배워 신선이 되어 승천(昇天)하였으며 최문자(崔文子)가 그에게서 배웠다고 했다. 전갱(錢鏗)은 팽조(彭祖)의 본명으로 전욱(顓頊)의 현손이었다. 은말(殷末), 767세에도 늙지 않았다고 한다. 모든 욕심을 버리고 공(空)으로 수련하라고 했다. 제 2옥(第二屋)에서 승강전도법(昇降轉到法)과 구결(口訣)을 가르쳤다고 했다. 여기서 구결이란 스승으로부터 입으로 전해진 용호구결(龍虎口訣)이 아닌가 한다.

하루는 남궁두의 입천장에 조그마한 오얏 열매와 같은 것이 돋고 혓바닥에는 단침이 돌고 있었다. 스승은 이를 뱃속으로 천천히 삼키라고 하며 말하기를,

"서주(黍珠)가 확고하니 화후(火候)를 운용할 만하다."

　그리고는 삼방(三方)의 벽에 거울을 걸고 칠성검(七星劍)을 꽂고 좌우에 출입구를 두 개 두었다 그리고 우보주(禹步呪)를 외우게 했다. 이는 마군(魔軍)을 물리치고 도(道)를 이루기를 기원하는 것이다. 이렇게 6개월간을 수련하자 단전(丹田)이 차오르고 배꼽 밑에서는 금빛이 발하는 것 같았다. 남궁두는 기쁨을 참지 못하고 더욱 빨리 성도(成道)하고 싶은 마음으로 황아(黃芽)를 사용했더니 차녀(姹女)를 제압할 수가 없어서 이화(離火)가 올라와 이환(泥丸)이 타올라 소리를 질렀다. 차녀(姹女)란 곧 사중(砂中)의 홍(汞)이다. 홍(汞)은 목(木)에 속하며 이(離)에서 나오고, 이(離)는 중녀(中女)가 되며 오(午)에 있는데, 그 오(午)의 나뉨이 곧 삼하(三河)이다. 그래서 하상(河上)의 차녀(姹女)이다. 참동계에 하상(河上)의 차녀(姹女)는 신령하고 가장 신묘하니 화(火)를 얻으면 날고 먼지의 자취도 보이지 않으니 귀신이 숨은 듯하여 있는 곳을 알지 못하고 장차 제어하려면 황아(黃芽)가 근본이라 했다. 이 황아(黃芽)는 연(鉛) 중의 은(銀)이다.

　스승은 지팡이로 남궁두의 머리를 치고 말했다.

　　"애석하도다. 도를 이루지 못함이여!"

　곧 남궁두를 편안히 앉히고는 기(氣)를 내렸다. 기는 비록 내렸으나 마음을 종잡을 수 없고 하루종일 안정이 되지 않았다. 장로는 탄식했다.

　　"세상에 뛰어난 사람을 만나서 모두 가르쳤으나 다 마치기도 전에 업장(業障)이 걷히지 않아 드디어 실패에 이르고 말았구나. 이것은 그대의 운명이니 내 더 이상 무슨 힘을 쓰겠는가?"

　유가의 세속적인 공과 명은 헛된 꿈임을 깨달은 남궁두는 업장으로 인해서 탈속한 성(聖)의 세계로 진입하지 못한다. 선도수련의 소설이 가장 사실적으로 묘사되어 현실감이 돋보인다. 입종남기(入終南記)의 여동빈이 승천이 예약되어 있으나 73세에 자신을 도세한 후에 지상의 많은 도인을 도세하고 영원히 살다가 자신의 임무를 마친 후에 승천하겠다는 의지와는 달리 남궁두는 끝내 탈속하지 못하고 실패했다.
　장로는 말했다.

　　"그대는 비록 신태(神胎)는 이루지 못했지만 지상선(地上仙)은 될 수 있다. 조금만 더 수양을 쌓는다면 800세는 살 수 있다."

　장로의 예언대로 왕자교(王子喬)나 팽조(彭祖)만큼은 살 수 있으리라고 했다.

　도입구조에서 소실로 인한 업장(業障)으로 쫓기는 몸이 된 남궁두는 이 질곡에서 벗어나기 위해 몸부림친다. 고집이 세고 자부심이 강한 그는 진사시에도 합격한 촉망된 인물이나 여란(女亂)과 횡포로 이속과도 화합하지 못한다. 실수로 볼 수만은 없는 자업자득이다. 이 파괴된 인격과 가문을 살리기 위한 그의 탈출방법은 무엇이었던가? 도입구조에서는 망연자실할 뿐이다.
　환몽구조에서 그는 꿈을 꾸었다. 머리를 깎고 총지(總持)라는 이름으로 불도에 정진했으나 그것은 임시방편일 뿐이었다. 꿈에 산신(山神)이 나타나서 그에게 계시했다. 도망가서 그를 도와줄 도사 도인을 만나라는 것이었다. 불도와 산신령과 도인의 도움은 민간신앙에서나 볼 수 있는 당대 민중들의 신앙세계이다. 도망가다가 의령(宜寧)에서는 준수한 젊은 중이 그의 관상을 보고 "선비가 늦깎이로 불자가 되고 인내심은 강하니 앞으로 수련의 길에 들 것이다"고 했다. 두 사람을 죽이고 쫓기는 죄업으로 인하여 앞날의 업장이 될 것이라는 것을 관상학으로 풀이한 것이다. 그 젊은 스님은 자기의 스승이 부적이나 주문(呪文)으로 병을 낫게 하고 상위(象緯) 혹은 풍수(風水)를 가르쳐 주고 점을 보고 상법(相法)을 배웠다고 했다. 이는 민간인들게는 잡다한 기예(技藝)로 인식되었으며 대부분 도불이 습합되어 밀교처럼 전수되고 있었던 것으로 보인다. 무주 치상산에 가서 천신만고 끝에 그의 제자가 되었다. 환몽구조가 완벽하지는 않으나 현실이 꿈이고 꿈이 현실인 비몽사몽(非夢似夢)간의 환몽구조로 봐도 좋을 것이다.

결말구조는 권진인이 남궁두를 제자로 받아들이는 것으로 시작된다. 17쪽 가운데 도입구조와 환몽구조가 5쪽이고 나머지 12쪽이 결말구조이다. 그런데 종리권과 여동빈 사이의 선도수련은 전기적(傳奇) 구조인 데 비하여 권진인과 남궁두의 선도수련은 허구적인 구조라는 데 소설사적 의의가 있다. 탈속한 성(聖)의 세계를 나타내고자 하나 권진인이 보여 준 묘경(妙境)인 귀신의 세계를 제외하고는 지상선(地上仙)으로 현실세계에 머문다는 한계를 지닌다. 여동빈은 73세에 죽었으나 지상의 많은 중인을 도세(度世)하기 위해서 때로는 변신하여 이적을 나타낸다고 했다. 그의 스승인 종리권과 남궁두의 스승인 권진인은 천상계의 옥황상제에게 소환되어 승천했다. 그러나 그의 제자들은 모두가 지상선으로 남아 있고 여동빈은 언제든지 자의에 의해서 승천하지만 남궁두는 거의 이루어진 공이 실패하니 애석하다고 했다.

허균은 황량몽과 한단몽을 참고로 하여 새로운 입종남기를 썼다. 그는 말했다.

"땅덩이가 구석지고 좁다고 해서 진인(眞人)이 없으란 법이 있는 가? 도(道)를 깊이 파고들면 신선(神仙)이 되는 것이요, 도(道)에 어 두우면 범인(凡人)이 된다. 전(傳)에 말한 남의 말을 듣기만 하고 그 대로 믿음(耳食)과 무엇이 다르리요. 남궁두 선생이 빨리 신선이 되 기를 바라지 않고 정로(鼎爐)의 효험을 거두었다면 저 선문(羨門)이 나 안기(安期)와 어깨를 겨누게 되는 것은 어렵지 않았을 것이다. 오 직 빨리 이루고자 하는 마음을 참지 못하여 끝내 거의 이루어진(垂 成) 공이 실패했으니 아아 애석하다."

4. 위서(緯書)와 환몽소설의 문체

유협(劉勰)은 문심조룡에서 경서(經書)와 위서(緯書)를 대비하여 말하면서,

> "무릇 초자연적인 원리는 유현(幽玄)한 것을 천명(闡明)하고 천명(天命)은 은미(隱微)한 것이지만 현저히 드러낸다."[1]

고 했다. 유현함은 위서(緯書)이고 현저히 드러남은 경서(經書)이다. 그러나 이것이 당대의 유가적 입장이고 보면 반드시 유협이 위서를 비판한 입장은 아니다. 그는 이어서 위서(緯書)가 허위(虛僞)임이 네 가지가 있다고 했다.

> 지금 날(經)은 바른데 씨(緯)가 정상이 못 되어 엉뚱한 상위(相違)를 가지고 있다. 성인(聖人)의 교훈은 응당 광대하고 초자연의 교훈은 간

---

1) 유협(劉勰), 『문심조룡(文心雕龍)』, 정위(正緯) 제4.

략해야 함에도 실제로는 위서가 경서보다 많고 다시 그 원리가 번잡하다. 하늘이 내려준 부참(符讖)이라 하면서, 81편 전부를 공자에 의탁하고 있다. 은·주(殷周) 이전에 예언서가 빈번하고 춘추(春秋) 말에 경서류가 완비되었으니 씨(緯)를 먼저 하고 날(經)을 뒤로 하는 것은 직조(織組)의 방식에 어긋난다.

이는 위서(緯書)가 허위(虛僞)라는 네 가지 이유라 했다. 그러나 유협은 이러한 잘못된 시각을 옹호한 것이 아니라 비판했다. 그러면서 이들 위서가 이루어진 연원을 다음과 같이 말했다.

원래 도록(圖錄)의 출현은 하늘(昊天)의 명령으로 사실을 통해서 성인출현의 상서로움을 나타내기 위함이요, 그 내용이 경서에 안배된 것은 아니다. 그러므로 황하에서 도록(圖)이 나타나지 않는다고 공자가 탄식했다. 만약 그것이 사람의 손으로 조작될 수 있는 것이라면 탄식하기에 이르지 않았을 것이다.

옛날 주(周)의 강왕(康王)은 하도(河圖)를 궁전의 동쪽 벽에 안치했다. 그러므로 이것은 전세(前世)의 예언서로서 역대의 보전(寶典)으로 삼았다. 공자가 소찬(所撰)한 것은 그 서록(序錄)에 불과하다. 그러던 것을 후대의 방술사(方術士)들이 괴이한 술(詭術)을 덧붙여서 음양(陰陽)을 말하거나 재이(災異)를 말하거나 새소리까지도 인간의 말로 듣고 벌레 먹은 나뭇잎을 문자로 보았다.[2]

이들은 모두 공자의 이름으로 가탁하거나 황제의 저술로 가탁하여 많은 위서(緯書)가 발생했는데, 한(漢)의 애제(哀帝), 평제(平帝) 시대에 많이 발생했고, 후한(後漢)의 광무제(光武帝) 때에는 이 방술이 세상에 풍미했다고 한다.

---

2) 유협, 앞의 글.

더욱이 이러한 위서(緯書)의 진위에 논의의 초점을 둔 것이 아니라 오히려 이러한 위서가 문학적으로 어떻게 공헌했는가에 관심을 집중시켰다.

> 복희, 신농, 헌원, 소호의 유래전설, 산천영소도해, 음률재이지의 요소(要所), 백어(白魚), 적조(赤鳥)의 영험담, 황금(黃金) 자옥(紫玉)의 서상(瑞祥)은 그 이야기가 풍부하고 기이하고 위대해서 풍부한 묘사로 가득했으며, 경전에는 이익됨이 없으나 문학에는 공헌한 바가 있었다. 이에 후세 작가들은 그 뛰어난 것들(英華)을 작품에 흡수했다.[3]

4-1 신도징도사(申屠澄) 이야기

우리나라에서는 일찍이 이러한 위서(緯書)의 영화(英華)들을 운문이나 산문에서 애용했는데, 그것은 자유분방한 삼국유사와 수이전 그리고 김시습의 금오신화 등에서 볼 수가 있다. 신도징 도사 이야기는 삼국유사의 '김현감호'의 뒷부분에 대비시키기 위해 첨가시켜 놓은 이야기이다. 도입구조의 전개는 정원(貞元) 9년에 신도징(申屠澄)은 도사(黃冠)로서 한주(漢州) 십방(什方)의 현위(縣尉)로 이동명령을 받아 보임되었다. 진부현(眞符縣)의 동쪽 10리에 이르러서는 풍설과 큰 추위를 만나 말이 앞으로 나아가지를 못했다. 길가에 초가집이 있었는데 집안에는 불길이 매우 따뜻했다. 등불이 비추기에 말에서 내려 들어갔다. 늙은 영감과 할미, 그리고 처자가 불가에 둘러앉아 있었다. 그 처녀는 방년 14, 5세로 비록 더벅머리에 때묻은

---

3) 유협(劉勰), 앞의 글.

옷을 입고 있었으나 눈 같은 피부와 꽃 같은 얼굴에 행동거지는 아름다웠다. 영감과 할미는 도징이 들어옴을 보고 말했다.

  "손님이 찬 눈을 무릅쓰고 왔으니 불 앞으로 오시지요?"

 도징은 불 앞에 한참 앉아 있었다. 날은 이미 저물었는데 풍설은 그치지 않고 있었다. 도징은 말했다.

  "서쪽으로 고을까지 가려면 아직 멀었으니 청컨대 이곳에서 자고 갔
  으면 합니다."

이에 영감과 할미는 말했다.

  "참으로 가난한 사람의 집(蓬蓽)이 누추하지 않으시다면 감히 명을
  받겠습니다."

 도징이 드디어 안장을 풀고 침구를 폈다. 그녀는 손님이 자려는 것을 보고 얼굴을 매만지고 단장을 하고 장막 사이로 나갔는데 한가하고 아리따운 태도가 처음 볼 때보다 더 나았다. 도징이 말했다.

  "작은 낭자가 총명하고 지혜로움이 보통이 아닌데, 다행히 미혼이면
  저와의 중매를 감히 청하는 바입니다."

영감은 말했다.

  "기약도 없던 귀한 손님이 거두어 주신다면 그 어찌 정한 연분이 아
  니겠습니까?"

도징은 드디어 사위의 예를 치뤘다. 다음날 말을 타고 아내를 태워서 갔다.

환몽구조는 비현실적이고 꿈속에서나 이루어지는 이야기이다. 또한 괴기한 이야기를 환몽구조처럼 묶어서 이야기하기도 한다. 신도징은 이미 관리가 되었으나 봉급은 매우 적었다. 아내의 힘으로 살림을 꾸려나가니 도징은 아내에 대한 환심이 대단했다. 임기가 만료되어 돌아갈 즈음에는 1남 1녀의 자식을 두었는데 모두가 총명했다. 도징은 더욱 공경하고 사랑했다. 일찍이 아내에게 시를 지어 주었다.

한 번 벼슬하니 매복(梅福)[4]이 부끄러운데　　　(一宦慙梅福)
3년이란 세월은 맹광(孟光)[5]에게 부끄럽구나　　(三年愧孟光)
이 정(情)을 어디다 견주랴　　　　　　　　　　(此情何所喩)
시내 위에 원앙새가 있네.　　　　　　　　　　(川上有鴛鴦)

아내는 종일토록 읊으며 말없이 화답하는 것 같았다. 입밖에 내지는 않았다. 도징은 벼슬을 그만두고 본가로 돌아가려 했다. 아내는 홀연 슬퍼하며 도징에게 시 한 편을 내보인다. 살펴보니 그 화답이었다. 그리고는 곧 읊었다.

금슬의 정은 비록 중하나　　　　　　　　　　(琴瑟情雖重)
산림의 뜻이 스스로 깊었습니다　　　　　　　(山林志自深)

---

4) 매복(梅福) : 한(漢)나라 수춘(壽春) 사람, 남창위(南昌尉) 벼슬, 뒤에 처자를 버리고 신선이 됨.
5) 맹광(孟光) : 삼국(三國)의 촉(蜀)나라 사람, 박학(博學)하고 고사(古史)에 정통, 벼슬 講郞, 후한(後漢)의 양홍(梁鴻)의 처. 布衣로 남편을 공경.

항상 시절이 변함을 근심했기에   (常憂時節變)
백년의 마음을 저버렸노라.   (辜負百年心)

결말구조에서는 행복한 꿈이 깨어지고 냉엄한 현실로 돌아왔다. 신도징은 드디어 집으로 돌아갔으나 다시 사람은 보이지 않았다. 아내를 사모하는 마음이 자심했다. 종일을 눈물을 흘리며 울었다. 홀연 벽 모서리에 범가죽이 한 장 있음을 보았다. 아내는 크게 웃으며 말했다.

"이 물건이 아직 여기에 있는 줄 몰랐구려!"

드디어 걸쳐 입으니 범으로 변하여 으르렁거리며 도징을 붙잡더니 문을 뚫고 나갔다. 도징은 깜짝 놀라 피했다. 두 아이를 데리고 그 길을 찾아갔으나 찾지 못하고 숲을 바라보며 며칠을 두고 울었다. 결국에는 간 곳을 알지 못했다.

신도증(申屠澄) 도사 이야기는 김현감호와 너무나 비슷하다. 그러나 그것은 서로 비교하기 위한 두 전설이다. 김현은 불자(佛者)이다. 호랑이도 여자로 변하여 탑돌이하다가 사통[通]했다. 그러나 신도징은 황관(黃冠)이다. 스스로 도사라고 했다. 김현은 호랑이에게 감동받았다고 했으나 신도징 도사의 이야기는 산림에 뜻이 있는 아내가 범이 되어 산림으로 돌아가버렸다는 이야기이다. 이 두 이물(異物)과의 교혼(交婚)이 결말에 가서는 해석이 달라진다. 이물교혼과 같은 전설이 경서(經書)에서는 있을 수 없는 이야기이나 위서(緯書)에는 얼마든지 기록으로 남긴다. 그 영화(英華)들을 운문과 산문으로 작품의 기교와 묘사의 수법으로 받아들이고 있는 것이다. 그런데 김현감호와 신도징 도사의 이야기를 소개해 놓고 일연이 찬한 것은 김현을 위해 몸을 바친 호랑이이다.

> 산가에 3형제의 악 견디지 못하여　　　　　(山家不耐三兄惡)
> 난초가 발산한 한 번의 향기 어찌 감당하리오　(蘭吐那堪一諾芳)
> 의리가 중한 몇 가닥 만 번 죽어도 가벼우니　(義重數條輕萬死)
> 숲에 몸을 던져 낙화되기 바빴구나.　　　　（許身林下落花忙）

일연으로서는 불도를 믿는 호랑이가 사랑을 위해 자신을 희생하는 아름다움을 높이 평가하고 싶었던 것이다. 그러나 일연은 '신도징 도사 이야기'에서는 호랑이가 문을 뚫고 나가버린 매정함을 나무랐다. 글쓴이가 높이 평가한 것은 김현감호였으나 독자들이 볼 때 실제로 소설다운 것은 '신도징 도사 이야기'인데, '호랑이'를 '선녀'로 대입하면 분명 '선녀와 나무꾼' 이야기이다. 그리고 이 '신도징 도사 이야기'는 환몽소설의 구조이다. 줄을 떼어 놓은 부분은 도입구조, 환몽구조, 결말구조이다. 신도징이 풍설과 큰 추위를 피해서 길가의 초가집에 들어가 영감 내외와 그의 딸을 만나는 데까지가 도입구조이고, 하룻밤을 묵으면서 아리따운 처녀와 결혼하여 두 아들을 낳고 가난한 가운데 정숙하게 헌신하는 아내와 행복한 삶을 살다가 헤어지는 장면까지가 환몽구조이고, 범가죽을 덮어쓰고 으르렁거리며 산속으로 떠나버린 아내를 찾아 여러 날을 통곡했으나 간 곳을 알지 못했다는 데까지가 결말구조이다. 그리고 중요한 고비마다 시로써 주인공의 심정을 나타내는 것은 이미 황량몽에서부터 내려오는 환몽소설의 문체이다.

4-2 수이전의 최치원

● 도입구조

우선 도입구조는 선진국으로 유학간 최치원이 현위(縣尉)로서 자신의 임무를 수행하는 중, 쌍녀분에서 시를 한 편 제시(題詩)하는데서 시작된다. 최치원은 자(字)가 고운(孤雲)이다. 나이 열둘에 서쪽 당나라로 유학을 갔다. 건부(乾符) 갑오년(874)에는 학사 배찬(裵瓚)이 주관한 시험에서 갑과에 장원이 되어 율수현위(溧水縣尉)로 발령을 받았다.

일찍이 현 남쪽에 있는 초현관(招賢館)에 놀러 갔었다. 관 앞의 언덕에는 오래된 무덤이 있어 쌍녀분(雙女墳)이라 했다. 고금의 명현들이 유람하던 곳인데, 치원은 석문(石門)에다 다음과 같은 제시(題詩)를 썼다.

어느 집 두 여인이 이 허물어진 무덤에 있는고? (誰家二女此遺墳)
적적한 황천에서 얼마나 봄을 원망했나? (寂寂泉偏幾怨春)
그림자가 시냇가의 달에 걸려 있으니 (形影空留溪畔月)
무덤 끝의 먼지에 이름 묻기도 어렵구나 (姓名難問塚頭塵)
아리따운 그대 분명치 않은 꿈(幽夢)에나 만난다면 (芳情償許通幽夢)
긴긴 밤 나그네 위로함이 그 어떠랴? (永夜何妨慰旅人)
외로운 관에서 운우의 정을 나눌 수 있다면 (孤館若逢雲雨會)
함께 낙천신(洛川神) 노래를 부르리. (與君繼賦洛川神)

제시(題詩)를 다 쓰고 초현관으로 돌아왔다. 이 때 달은 밝고, 바람은 맑았다. 지팡이를 짚고 천천히 걸었다.

●환몽구조

환몽구조는 최치원이 시에서 노래했듯이 분명치 않은 꿈(幽夢)에 서나마 만나고 싶었다는 소망이 현실처럼 나타난 것으로 시작된다.

홀연 한 여자를 보았다. 아리따운 모습은 작약 꽃과도 같았다. 손에는 붉은 주머니(紅帒)를 쥐고 있었다. 앞으로 나아와서 말했다.

"8낭자(八娘子)와 9낭자(九娘子)가 수재(秀才)께 아침에 특별히 어려운 발걸음을 하시고, 거기다 좋은 글을 주시니 각기 응답하는 글이 있어서 받들어 바친다고 하셨습니다."

치원이 돌아다보고 놀라워하며 어떤 성의 낭자인지 재차 물었다. 여인이 답했다.

"아침에 덤불을 헤치고 석문(石門)에다 제시(題詩)를 쓰던 곳이 두 낭자(娘子)가 사는 곳입니다."

치원이 그제서야 깨닫고 첫번째 주머니를 보니 8낭자가 수재에게 화답한 시였다.

죽은 넋 외로운 한이 외로운 무덤에 묻혔어도	(幽魂離恨寄孤墳)
예쁜 뺨 고운 눈썹에는 오히려 봄이 어렸구나	(桃臉柳眉猶帶春)
학을 타고 삼도(三島)를 찾는 길이 어려워	(鶴駕難尋三島路)
봉황 비녀 허공에서 구천의 진세에 떨어지네	(鳳釵空墮九泉塵)
세간에 있을 때는 몹시 부끄러워하였는데	(當時在世長羞客)
오늘은 알지 못하는 사람에게 교태를 품었도다	(今日含嬌未識人)
몹시 부끄럽게도 시의 글귀가 내 맘 알아주시니	(深愧詩詞知妾意)

한 번 고개 늘여 기다리니 마음이 상하옵니다.　　　(一回延首一傷神)

이어서 두 번째 주머니를 보니 이는 9낭자의 시였다.

왕래하는 그 누구가 길가의 무덤 돌아보리　　　(往來誰顧路傍墳)
난새거울 원앙금침 먼지만 일어나네　　　(鸞鏡鴛衾盡惹塵)
죽고 사는 것은 하늘이 정한 운명이고　　　(一死一生天上命)
꽃 피고 꽃 지니 세간은 봄이로구나　　　(花開花落世間春)
매양 진녀(秦女)처럼 세상 버리기를 원해서　　　(每希秦女能抛俗)
임희(任姬)의 아양떠는 것을 배우지 않았도다　　　(不學任姬愛媚人)
양왕(襄王)을 모시고 운우의 정 꿈꾸려 하나　　　(欲薦襄王雲雨夢)
이런저런 생각들이 마음을 상하게 하네.　　　(千思萬憶損精神)

또 뒤쪽에 써 있기를,

이름을 숨기는 것을 이상하게 여기지 마십시오　　　(莫怪藏姓名)
외로운 혼은 세속 사람을 두려워합니다　　　(孤魂畏俗人)
마음에 있는 말을 하려고 하니　　　(欲將心事設)
잠시 서로 친하게 허락해 주십시오.　　　(能許暫相親)

했다. 치원이 이미 아름다운 시를 보고 자못 기뻐하고 있었으므로
그 여인의 이름을 물었다. 취금(翠襟)이라 했다. 치원은 취금이 마음
에 들어 추근댔다. 취금이 성을 내어 말했다.

"수재께서는 답서를 주시면 되련만 공연히 귀찮게 구십니다."

치원은 곧 시를 지어서 취금을 주었다.

우연히 경솔한 글을 고분(古墳)에 제시(題詩)했으나 (偶把狂詞題古墳)
선녀가 세상일을 물을 것을 생각이나 했겠소　　　(豈期仙女問風塵)
취금조차 구슬 꽃 같은 아리따움을 띠고 있으니　 (翠襟猶帶環花艶)
붉은 소매의 그대들은 응당 옥수 봄을 품었겠지요 (紅袖應含玉樹春)
성명을 숨겨서 세속 나그네를 속이고　　　　　　 (偏隱姓名欺俗客)
교묘한 시어들은 시인을 괴롭히나니　　　　　　 (巧裁文字惱詩人)
애가 끊어지게 만나 즐겨하기를　　　　　　　　 (斷腸唯願陪歡笑)
천령만신께 기도하나이다.　　　　　　　　　　 (祝禱千靈與萬神)

이어서 끝 폭에다 적었다.

청조(靑鳥)가 까닭 없이 사유를 아뢰니　　　　　(靑鳥無端報事由)
잠시 생각하니 눈물이 두 눈에 흘러　　　　　　 (暫時相憶淚雙流)
오늘밤 만약 선녀를 만나지 못할진대　　　　　　(今宵若不逢仙質)
남은 인생 땅속으로 들어가서 찾으리라.　　　　 (判却殘生入地求)

취금은 시를 얻어 돌아갔는데, 회오리바람처럼 빨리 사라졌다. 치원은 혼자 서서 슬피 읊조렸다. 오래도록 소식이 없어 짧은 노래를 읊었다. 읊기를 마칠 무렵 홀연히 향기가 나더니 이윽고 두 여인이 나란히 이르렀다. 정녕 한쌍의 구슬이요 두 송이 단아한 연꽃이다. 치원은 놀라고 기쁘기가 꿈인 듯했다. 이에 절하여 말하기를,

"치원은 섬나라의 미천한 태생이고 속세의 말단 관리입니다. 어찌 외람되게 선녀들이 범부를 돌아볼 것이라 기대했겠습니까? 문득 장난으로 한 것인데 문득 아름다운 발걸음을 드리우셨군요."

두 여인은 웃기만 했다. 치원은 시로써 말했다.

아름다운 밤 다행히 만나게 되니   (芳宵幸得暫相親)
어찌하여 늦은 봄을 대하여 말이 없습니까?   (何事無言對暮春)
진실부(秦室婦)라 생각되었을 따름   (將謂得知秦室婦)
원래 식부인(息夫人)인 줄을 몰랐구려.   (不知元是息夫人)

이 때 붉은 치마를 입은 여인이 성내어 말했다.

"웃으면서 말을 주고받을 셈이었는데 경멸을 당했습니다. 식규(息嬀)
는 일찍이 두 남편을 섬겼으나 저희들은 아직 한 지아비도 섬기지 못했
습니다."

치원이 말했다.

"아가씨는 말을 하지 않지만 말을 하면 반드시 이치에 맞는구려."

두 여인은 모두 웃었다. 치원은 이내 물었다.

"낭자들은 어디에 사는지요? 가족들은 어떻게 되는지요?"

붉은 치마의 여인이 눈물을 흘리며 말했다.

"저와 동생은 율수현(溧水縣) 초성향(楚城鄉) 장씨(張氏)의 두 딸입
니다. 돌아가신 아버님은 고을의 관리가 되지 않고 지방의 토호가 되어
서 동산(銅山)처럼 부자였고 금곡(金谷)처럼 사치했습니다. 저의 나이
열여덟, 아우의 나이 열여섯에 부모님은 혼처를 의논했습니다. 저는 소
금장수[鹽商]와 정혼하고 아우는 차장수[茗估]와 정혼했습니다. 저희들
은 매양 남편감을 바꿔달라 했고 마음에 차지 않아서 울적한 마음을 풀
지 못하고 서둘러서 요절하는 데 이르렀습니다. 어진 이를 만나려는 소

망이오니 혐의를 두지 마시기 바랍니다."

치원이 말했다.

"옥 같은 말소리가 분명한데 어찌 혐의를 두겠습니까?"

이어서 두 여인에게 물었다.

"무덤에 의탁한 지 오래인데, 초현관과는 멀지 않은데 영웅과 만나는 것처럼 아름다운 사연을 이야기해 주겠는지요?"

붉은 소매의 여인이 말했다.

"왕래하는 이는 모두가 시골뜨기였습니다. 오늘 다행히 수재(秀才)를 만나게 되니 오산(鰲山)의 빼어난 기(氣)이니 더불어 도류(道流)의 심오한 이치[玄玄之理]를 말할 만하십니다."

치원이 술잔을 권하며 두 여인에게 말했다.

"알지 못합니다. 세속의 맛을 세상 밖의 사람에게 드릴 수 있는지요?"

붉은 치마의 여인이 말했다.

"먹지 않고 마시지 않아도 배고프지 않고 목마르지 않습니다. 그러나 다행히 아름다운 이를 만나 좋은 술[瓊液]을 먹게 되었으니 어찌 사양하고 거스르겠습니까?"

이에 술을 마시고 각기 부와 시[賦詩]를 지으니 모두가 맑고 빼어나 세상에 없는 구절들이었다. 이 때 달빛은 낮과 같이 밝고 바람은 가을처럼 맑았다. 그 언니가 작시 방법을 바꾸자고 한다. 달을 제목으로 정하되, 풍(風)으로 운(韻)을 삼자고 했다. 이에 치원이 기련(起聯)을 지었다.

금빛 물결 눈에 가득 긴 하늘에 떠 있고   (金波滿目泛長空)
천리의 수심은 곳곳마다 같구나.   (千里愁心處處同)

8랑이 이어서 지었다.

수레바퀴 옛길 잃지 않고 움직이고   (輪影動無迷舊路)
계수나무꽃 봄바람 기다리지 않고 피었네.　(桂花開不待春風)

9랑이 이어서 지었다.

둥근 빛 점점 밝아 삼경 밖인데   (圓輝漸皎三更外)
한 번 바라보니 이별의 근심 마음만 상하네. (離思偏傷一望中)

치원이 이어서 지었다.

흰색 펼쳐질 때 비단 장막 열리고   (練色舒時分錦帳)
홀무늬(珪模) 비췬 곳 따라 구슬창이 투명하네. (珪模暎處透珠櫳)

8랑이 이어서 지었다.

인간세상과 멀리 떨어져 애가 끊어지듯   (人間遠別腸堪斷)
황천 아래 외로운 잠 한이 끝이 없도다.   (泉下孤眠恨莫窮)

9랑이 이어서 지었다.

> 매양 부러워했네. 상아가 계교 많아   (每羨嫦娥多計巧)
> 향각(香閣)을 버리고 선궁에 갔음이여.   (能抛香閣到仙宮)

치원은 더욱 감탄하였다.

"이러한 때 생황의 연주가 없다면 좋은 일을 다 누렸다 할 수 없지요."

이에 붉은 소매의 여인 하녀 취금을 돌아보며 치원에게 말했다.

"현악기가 관악기만 못 하고, 관악기가 사람의 노래만 못 하지요. 이 아이는 노래를 잘 부른답니다."

곧 소충정사(訴衷情詞)를 부르라 했다. 취금이 옷깃을 여미며 한 번 노래를 부르니 그 소리 청아하여 세상에 다시없었다. 이 때 세 사람은 얼큰하게 취했다. 치원이 두 여인을 꼬드겨 말했다.

"일찍이 노충(盧充)은 사냥을 갔다가 홀연 좋은 짝을 얻었고, 완조(阮肇)는 신선을 찾다가 좋은 배필을 만났다고 들었습니다. 아름다운 그대들이 허락한다면 좋은 인연 맺을 수 있을 것입니다."

두 여인은 허락하여 말했다.

"순임금이 임금이 되었을 때 두 여인이 모셨고, 주랑(周郞)이 장군이 되었을 때도 두 여자가 따랐지요. 옛날에도 그랬거니와 오늘엔들 어찌 안 되겠습니까?"

치원은 뜻밖의 허락에 기뻐했다. 곧 함께 세 개의 깨끗한 베개를 나란히 놓고 새 이불을 펼쳤다. 셋이 함께 누워 헤어지기 어려운 정을 말로 표현할 수가 없었다. 치원이 두 여인에게 장난스레 말했다.

"규방에 가서 황공(黃公)이 사위가 되지 못하고, 도리어 무덤가에 와서 진씨의 딸을 껴안았도다. 이 만남이 무슨 인연인지 알 수가 없구려."

이에 언니가 시를 지었다.

그대의 말 듣고 보니 어질지 못하군요 (聞語知君不是賢)
인연이 닿았다면 그 여인과 잤을 것을 (應緣慣與女奴眠)

아우가 이어서 시를 지었다.

뜻밖에 바람둥이 남자와 인연을 맺어 (無端嫁得風狂寒)
강제로 경박한 말 지선이 욕먹었구려 (强被輕言辱地仙)

공이 답하는 시를 지었다.

오백 년만에 비로소 어진 이를 만났고 (五百年來始遇賢)
또 오늘밤 함께 자는 기쁨을 얻었네 (且歡今夜得雙眠)
고운 마음의 그대 바람둥이 가까이함을
 한하지 말라 (芳心莫怪親狂客)
일찍이 봄바람에 적선(謫仙)을 차지했네. (曾向春風占謫仙)

조금 있으니 달은 지고 닭이 울었다. 두 여인은 모두 놀라 공에게 말했다.

　　"즐거움이 다하면 슬픔이 오고 이별이 길면 만날 날이 가까워집니다. 이것이 인간세상의 귀천이요, 모두가 애달파하는 것인데, 하물며 삶과 죽음이 다르고 오르고 내려감이 길이 달라 매양 대낮을 부끄러이 여기고 좋은 시절은 헛되이 보냄에 있어서야 단지 하룻밤의 즐거움에 절을 올릴 뿐, 이에 따라 천추의 한이 되었군요. 처음에는 동침하는 행운에 기뻐했는데 서둘러 기약 없이 이별함을 슬퍼합니다."

두 여인은 각기 시를 바쳤다.

　　별이 처음 돌고 다시 물시계 다하니　　　　　　（星斗初回更漏闌）
　　이별을 말하자니 눈물이 난간을 적시네　　　　（欲言離緒淚闌干）
　　이에 따라 천년의 긴 한이 곧 맺히고　　　　　（從玆便結千年恨）
　　긴긴 밤의 즐거움 다시 찾을 길 없네　　　　　（無計重尋五夜歡）

또 읊었다.

　　비낀 달 창에 비치니 붉은 뺨이 차갑고　　　　（斜月照窓紅臉冷）
　　새벽바람 옷깃을 헤집어 푸른 눈썹 찌푸리네　　（曉風飄袖翠眉攢）
　　님 이별하는 걸음걸음 애간장이 끊어지고　　　（辭君步步偏腸斷）
　　비 흩어지고 구름 돌아가니 꿈에 들기 어렵구나.（雨散雲歸入夢難）

　　치원은 시를 보고 자기도 모르게 눈물을 흘렸다. 두 여인이 치원에게 말했다.

　　"혹시라도 다음날 이곳을 다시 지나치게 된다면 황폐한 무덤을 다듬어 주시면 합니다."

말을 마치고 곧 사라졌다.

이렇게 환몽구조는 꿈속에서 이루어졌다. 마지막 이별 장면에서는 서로 다시 꿈에 들지 못함을 못내 아쉬워했다.

● **결말구조**

이튿날 아침 치원은 무덤가로 돌아와 방황하며 노래를 불렀다. 감탄함이 더욱 심하여 긴 노래를 지었는데, 스스로를 위로하며 읊었다.

풀 우거지고 먼지 덮인 쌍녀분	(草暗塵昏雙女墳)
옛부터 이름난 자취 끝내 누가 들었으리	(古來名迹竟誰聞)
오직 넓은 들판 천추의 달만 애달프고	(唯傷廣野千秋月)
무산에 두 조각구름만 덧없이 갇혔네	(空鎖巫山兩片雲)
뛰어난 재주 지닌 내가 먼 곳 관리됨을 한하고	(自恨雄才爲遠吏)
우연히 외로운 초현관에 와서 고요함을 찾았네	(偶來孤館尋幽邃)
장난으로 글귀를 문에다 제시하니	(戲將詞句向門題)
감동한 선녀가 밤에 찾아왔도다	(感得仙姿侵夜至)
붉은 비단 소매와 붉은 비단 치마의 여인	(紅錦袖紫羅裙)
앉으니 난초와 사향 향기가 스며왔네	(坐來蘭麝逼人薰)
푸른 눈썹 붉은 뺨은 모두 세속을 벗어났고	(翠眉丹頰皆超俗)
마시는 모습 시정은 또 출중했도다	(飮態詩情又出群)
지는 꽃을 마주하며 좋은 술을 기울이고	(對殘花傾美酒)
쌍쌍이 묘한 춤 비단 같은 손 내미네	(雙雙妙舞呈纖手)
미친 마음은 어지러워 부끄러울 줄 모르고	(狂心已亂不知羞)
아름다운 마음으로 허락할 지 시험해 보았네	(芳意試看相許否)

아름다운 얼굴빛을 오래 숙여 어쩔 줄 몰랐고　　(美人顔色久低迷)

반은 웃는 모습 반은 우는 모습이었네　　(半含笑態半含啼)

낯이 익자 자연히 마음은 불같이 타오르고　　(面熟自緣心似火)

얼굴은 붉어 차라리 진흙처럼 취했고　　(臉紅寧假醉如泥)

고운 노랫말은 기뻐 합하는 마음을 울리고　　(歌艶詞打懽合)

아름다운 밤 좋은 만남은 응당 앞서 정해진

　것이니　　(芳宵良會應前定)

겨우 사녀(謝女)가 청담을 여는 것 같고　　(纔聞謝女啓淸淡)

또 반희가 아름다운 노래 부르는 걸 보았도다　　(又見班姬擒雅詠)

정이 깊고 마음이 친밀해져서 친해지기 시작하니(情深意密始求親)

바로 늦은 봄날 도리(桃李)가 피는 시절이구나　　(正是艶陽桃李辰)

밝은 달빛 베갯머리에 생각은 곱으로 더하고　　(明月倍添衾枕思)

향기로운 바람 비단 같은 몸을 당기는구나　　(香風偏惹綺羅身)

비단 같은 몸 베갯말 상념이여　　(綺羅身衾枕思)

그윽한 즐거움 다하지 않았는데 이별의 근심

　이르니　　(幽歡未已離愁至)

몇 가닥 남은 노래 외로운 혼의 애를 끊고　　(數聲餘歌斷孤魂)

한 가닥 남은 등불 두 줄기 눈물을 비추네　　(一點殘燈照雙淚)

밝은 새벽 난새와 학은 각기 동서로 떠나고　　(曉天鸞鶴各西東)

혼자 앉아 생각하니 꿈속인가 의심나네　　(獨坐思量疑夢中)

깊은 생각에 꿈인가 하니 다시 꿈은 아니라　　(沈思疑夢又非夢)

수심으로 아침 구름 마주하니 푸른 하늘로

　돌아가네　　(愁對朝雲歸碧空)

필마는 길게 울며 갈 길을 바라보나　　(匹馬長嘶望行路)

광생은 오히려 버려진 무덤 다시 찾는다　　(狂生猶再尋遺墓)

버선발 고운 발걸음 먼지 속에서 만나지 못하고　　(不逢羅襪步芳塵)

다만 꽃가지가 아침 이슬에 울고 있음을 보았네　　(但見花枝泣朝露)

애끊는 마음에 머리 자주 돌아보았건만　　(腸欲斷首頻回)

저승문은 적막하여 누가 열어 주겠나　　(泉戶寂寥誰爲開)

고삐 놓고 바라볼 때 눈물은 한없이 흐르고　　(頓轡望時無限淚)

채찍 드리우고 읊는 곳에 남은 슬픔 있도다　　　　(垂鞭吟處有餘哀)
늦봄 바람 불고 늦봄 햇빛 비추니　　　　　　　　(暮春暮風春日)
버들꽃 요란하게 바람맞기 바쁘네　　　　　　　　(柳花撩亂迎風疾)
매양 나그네 시름으로 화창 불빛 원망함에　　　　(常將旅思怨韶光)
하물며 이렇게 그대 그리워하는 슬픔에랴　　　　(況是離情念芳質)
인간사의 수심은 사람을 쓰리게 하고　　　　　　(人間事愁殺人)
비로소 통하는 길 들었는데 또 나룻길을
　잃었도다　　　　　　　　　　　　　　　　　(始間達路又迷津)
잡초 우거진 동대(銅臺)에 천고의 한이 서려
　있고　　　　　　　　　　　　　　　　　　　(草沒銅臺千古恨)
꽃 핀 금곡(金谷)은 하루아침의 봄이로구나　　　(花開金谷一朝春)
원조(阮肇)와 유신(劉晨)은 보통 사람이고　　　(阮肇劉晨凡物)
진시황 한무제는 선풍도골이 아니네　　　　　　(秦皇漢帝非仙骨)
그 당시의 아름다운 만남 아득하여 쫓지 못하고 (當時嘉會杳難追)
후대에 남은 이름 헛되이 슬퍼하는구나　　　　(後代遺名徒可悲)
아득히 왔다가 홀연히 가버리니　　　　　　　(悠然來忽然去)
이 비바람이 주인이 없음을 알겠네　　　　　　(是知風雨無常主)
내가 여기 와서 두 여인을 만난 것은　　　　　(我來此地逢雙女)
양왕(襄王)의 운우몽(雲雨夢)과 비슷하도다　　(遙似襄王雲雨夢)
대장부, 대장부여!　　　　　　　　　　　　　(大丈夫大丈夫)
사나이 기운으로 아녀자의 한을 풀어 준 것이니 (壯氣須除兒女恨)
마음을 요망스런 여우에게 연연하지 말라.　　　(莫將心事戀妖狐)

　　나중에 치원은 진급되고 난 후 고국으로 귀환했다. 돌아오는 길에
서 시를 읊었다.

뜬 세상의 영화는 꿈속의 꿈이니
흰 구름 깊은 곳에서 이 몸 편안히 있음이 좋은 것이로다.

이어서 물러나 긴 여행을 하니 중을 찾아 산림과 강과 바다를 찾고 작은 서재와 축대를 쌓아 글과 책에 빠져 읽고 풍월을 읊고 노래하고, 그 사이에 산책하고 누워 있기도 하고 남산 청량사, 합포 영월대, 지리산 쌍계사, 석남사를 찾아 샘이나 석대에 글을 쓰고 모란을 심은 것이 지금도 남아 있으니 모두가 그 노닌 바의 내력이다. 마지막에 가야산 해인사에 숨어서 형인 큰스님 현준(賢俊)과 남악사(南岳師) 정현(定玄)과 경론(經論)을 탐구하다가 마음이 아득하고 그윽한 데 노닐다 늙음을 마쳤다.

최치원은 결말구조에서 쌍녀분을 찾아 두 여인과 꿈 같으면서도 꿈이 아닌 환합(懽合)의 즐거움을 누린 것은 양왕(襄王)이 운우(雲雨)를 꿈꾼 것과 같으며 사나이로서 아녀자의 한을 풀어준 것에 불과하니, 요망스런 계집애에게 연연하지 말기를 바란다는 세인과 자신에 대한 다짐이야말로 환몽구조를 통해서 얻은 큰 깨달음인 것이다. 더욱이 최치원은 벼슬을 그만두고 고국으로 돌아오는 길에 그 무덤이 있는 곳에서 지은 시가 "뜬구름 같은 세상의 영화는 꿈속의 꿈"이라 했다. 그리하여 자신은 구름 자욱한 곳에서 신선처럼 살다가 이 세상을 뜨리라 하는 것이 이 글의 주제이기도 하다. 이는 조신몽이나 황량몽과 같은 환몽소설의 수법인 것이다.

4-3 환몽구조와 선시, 선가어의 장중체

<최치원>의 환몽구조는 최치원 자신의 경험을(꿈의 경험) 직접 지어서 고변(高騈)에게 자신의 문재(文才)를 드러내 보이기 위해서 지은 것이고, 신라 때는 이미 당나라 전기(傳奇)의 영향을 받았다고

했다.6) 또한 김건곤(金乾坤)은 쌍녀와 화답하고 운우의 정을 나누고 자위시를 짓는 데까지가 최치원의 답이고, 말미의 은거 부분은 후인의 가필이라 했다. 필자는 이를 받아들이면서 당나라 전기의 영향에서는 오히려 전진파의 선도수련과 관련이 있는 황량몽과의 깊은 연관을 이해해야 된다고 본다.

최고운이 당나라에 유학하여 고변의 막하에 있을 때는 이미 전진도(全眞道)가 우리나라에도 전도되고 있었다는 것은 해동전도록에서 입증된다. 더욱 중요한 것은 최치원의 글에 나타난 시어(詩語)이다. 소설이 시(詩)가 그 중심이고 문(文)이 더 적으니 시체문용(詩體文用)이라 할 수 있다. 앞서 이 작품의 구조를 도입구조, 환몽구조, 결말구조로 구분했거니와 마지막의 생애 부분은 후인이 가필했다고 해서 결말구조가 없는 것이 아니다. 그 당시의 우리나라 시인문사 가운데 최치원말고는 이러한 시문의 전기 작품을 쓸 수 있는 인물은 거의 없었으리라 본다. 고변의 막하에 들기 전에 최치원은 이미 유불선에 관통했으며 당시의 희종(僖宗)이나 고변(高駢)은 열렬한 도교 신봉자였으므로 전기소설을 한 편 써서 도교의 전설이나 선시, 선가어, 그리고 다른 문학적 소양을 드러내어 서장관이 될 수 있었던 것이다. 이른바 온권(溫卷)으로 사용했다는 것이다. 이 선시, 선가어는 후대의 전기와 선도시에도 그 영향을 미쳤으며, 특히 환몽소설의 환몽구조에서 이러한 선시, 선가어가 많다.

그렇다면 환몽구조에 나타난 선시, 선가어는 어떤 의미가 있는 것일까? 그것은 의도적으로 선택된 선시, 선가어라기보다는 당대인의 꿈이 선계 동경으로 나타나고, 또한 선계지향의 전설이나 고사를 인용함으로써 등장인물들 사이에 보다 승화된 문체가 형성된 것이다.

---

6) 이에 대해서는 李九義, 최고운의 삶과 문학연구(박사학위논문), 1993 참조.

그것은 시(詩)는 선시로, 문(文)은 선가어를 인용하되, 그 분위기와 상황에 가장 적합한 사류(事類)를 선택한다는 데 있다. 최치원은 수 이전에 등재된 <최치원>에서 무엇을 나타내고자 했는가? 여기서는 윗사람에게 자신의 문학적 표현의 우월성과 도교문학에 대한 조예를 마음껏 발휘했다는 것이다. 이를 온권(溫卷)이라 했다.

선시, 선가어의 사류(事類)는 우리나라의 경우 최치원이 그 효시가 된다. 최치원은 학식과 재능을 겸비했고, 또 그 시대 상황이 선시, 선가어로 문예 창작의 수준 높은 표현을 가능케 한 것이다.

> 고전의 세계는 넓고 풍부하며, 논리는 무한정에 이른다. 호연(晧然)하기가 강해(江海)와 같고 울연(鬱然)하기가 곤륜산이나 등림(鄧林)과 같다. 양재(良材)는 쪼아져서 미옥(美玉)이 손에 이른다. 고인(古人)의 말을 자재로 활용하면 시간의 안개도 걷히게 된다.[7]

최치원의 사류(事類)는 경전이나 시경이 아니고 위서(緯書)의 전설이다. 환몽세계에서의 고전인용은 낭만적 분위기이며, 천상계나 선계 지향을 나타낸다.

> 외로운 관(孤館)에서 운우(雲雨)의 정 나눌 수 있다면
> 함께 낙천신(洛川神) 노래 부르리.

쌍녀분 앞에서 최치원이 제시한 구절이다. 이는 도입구조이기 때문에 최치원의 사류(事類)는 일반 문인의 입장이다. 운우(雲雨)는 무산신녀(巫山神女)의 미칭(美稱)이다. 전의(轉意)해서 남녀의 교정(交情)을 뜻한다. 초나라(楚) 송옥(宋玉)의 고당부(高唐賦)에 초양왕(楚

---

7) 문심조룡, 사류(事類)38, 찬(贊), 최신호 역.

襄王)과 송옥(宋玉)이 운몽(雲夢)의 대(臺)에서 고당관(高唐觀)을 바라보았다고 하고 꿈에 나타난 신녀(神女)가 자칭 무산신녀(巫山神女)라 했다. 그 무산신녀와 초나라 회왕(懷王) 사이의 무산지몽(巫山之夢)을 참고해 본다.

초나라 회왕(懷王)이 고당(高唐)에 놀러가서 낮잠을 잤다. 꿈에 무산(巫山) 신녀를 만나니 곧 그는 사랑[寵幸]했다. 떠나기에 이르러 첩은 무산(巫山)의 양지인 높은 언덕의 돌산(岨)에 있었다. 아침에는 아침 구름이 되고 저녁에는 가랑비(行雨)가 되어 아침저녁으로 양대(陽台) 아래에 있다고 했다. 이로 인해 왕이 아침저녁으로 이를 보고 말을 통하는 것이었으므로 조운묘(朝雲廟)를 세워 제사를 지냈다.[8]

결국은 남녀간에 정을 나누는 것이 최치원의 바램이다. 그러하여 낙천신(洛川神)을 부른다고 했다. 위(魏)나라 조식(曹植)의 낙신부(洛神賦)를 부르고 싶다고 했다. 낙천신(洛川神)은 복희씨(伏羲氏)의 딸 복비(宓妃)로 낙수(洛水)에 빠져 낙수의 신이 되었다고 했다. 이에 조식(曹植)이 낙신부를 지었다는 문선(文選) 제 19 낙신부에는,

황초(黃初) 3년 내가 서울에 입조(入朝)했다가 낙천(洛川)으로 돌아와 건넜는데, 고인이 이 물의 신이 복비(宓妃)라 했다. 송옥(宋玉)이 초왕에 대한 신녀(神女)의 일에 감동되어 이 부(賦)를 짓는다.[9]

고 했다. 기록에 의하면 조식(曹植)은 처음에 견일(甄逸)의 딸을 얻으려 했으나 이루지 못했다. 후에 태조가 오관중랑장(五官中郎將)과 더불어 돌아오니 조식은 매우 불만스러웠다. 주야로 고민하고 침식

---

8) 『대한화사전』, p.3738.
9) 문선 19, 洛神賦幷序.

을 폐했다. 황조년간에 입조(入朝)했을 때 황제가 견후가 옥을 새기고 금을 두른 베개를 보여 주자 식이 보고 자기도 모르게 눈물이 나왔다고 했다. 그 때 이미 곽후(郭后)는 참소로 죽었다. 황제가 잘못을 깨달아 태자로 하여금 연회를 베풀게 하고, 이어 베개를 주었다. 식은 돌아와서 환원(轘轅)을 생각하니 잠시나마 낙수(洛水)에서 쉬면서 견후(甄后)를 생각했다. 돌연 그녀가 나타나서 말했다.

> "저는 본래 군왕께 의탁하려는 마음이었으나 이루지 못했습니다. 이 베개는 내가 집에 있을 때 오관중랑장(五官中郎將)과 더불어 시집가기 전에 만든 베개인데 이제 군왕께 드립니다. 드디어 베개를 베고 서로 사랑을 나눈 것을 어찌 매양 말로써 다하겠습니까? 곽후(郭后)를 위해서 겨(糠)로써 입을 막고 이제는 머리를 풀었으니 부끄럽게도 이 모습을 군왕께 다시 보이게 됐습니다."

말을 마치고는 다시 보이지 않았다. 사람을 보내어 왕에게 구슬을 바쳤다. 왕은 옥패(玉珮)를 답례로 주었다. 슬픔과 기쁨을 스스로 이기지 못해 드디어는 감견부(感甄賦)를 지었다. 이를 뒤에 명제(明帝)가 보고 다시 낙신부(洛神賦)라 했다.10) 이는 치원이 맨정신으로 두 여인의 무덤 앞에서 객고를 푸는 마음으로 문선이나 고사의 기록을 통하여 얻은 지식을 사류(事類)법으로 나타낸 것이다. 쓰기를 마치고 집으로 돌아왔다고 했다. 이 부분까지가 도입구조이다. 환몽구조에서의 선시, 선가어의 사류는 같을 수가 없다.

> 학을 타고 삼도(三島)를 찾는 길 어려워
> 봉황비녀 허공에서 구천의 진세에 떨어지네.

---

10) 문선(文選) 2권, p.186(台北, 文津出版社, 民國 76년).

8랑은 억울하게 죽은 자신을 삼신산을 찾아가는 길목에서 봉황이나 학을 타고 가다가 비녀를 떨어뜨려 황천의 진세 속에 떨어진 실패한 선녀에 견주었다. 선시는 도입구조나 결말구조에 나타나지 않으며, 환몽세계에서는 이를 선인들의 대화로 승화시켜서 장중미를 더하고자 했던 것으로 볼 수 있다. 5경이 불경이 아닌 도가서나 도경 그리고 위서에서 찾아볼 수 있는 성공한 선인도사나 애달프게 실패한 선인들이 남기고 간 전설을 인용함으로써 장중하고 그 숭고한 문체를 유지시키려 했음을 알 수 있다.

> 매양 진녀(秦女)처럼 진세를 버리기를 원해서
> 임희(任姬)의 아양떠는 것을 배우지 않았도다.

이는 9랑의 화답이다. 그의 원은 수재를 만나 운우의 정을 나누는 것이었으며, 소금 장수나 차 장수와의 사랑은 원치 않았다. 그녀는 진나라 목공(穆公)의 딸 농옥(弄玉)이 소사(蕭史)를 만나 봉황을 타고 승천하듯이 언제나 진세를 벗어나기를 갈망해 와서 이제껏 사랑법을 배우지 못하였는데, 막상 치원을 모시고 운우의 정을 나누려하니 어떻게 사랑해야 할지 걱정이 된다는 심정을 속되지 않게 간접화법으로 읊었다. 이는 태평광기 452의 여주인공으로 보는 견해를 따른다면 사랑법으로 해설할 수 있고, 기대반 걱정반의 9랑을 상상하게 된다.

> 치원은 섬나라의 미천한 태생이고 속세의 말단 관리입니다. 어찌 외람되게 선녀들이 범부(凡夫)를 돌아볼 것이라 기대했겠습니까?

도입구조에서는 객고나 풀고 가리라는 한 문인의 희작이었으나 꿈속에서는 편소국에서 온 범부(凡夫)라고 했다. 그런데 두 선녀가 만나려 한다니 몸둘 바를 모르겠다는 겸손을 보인다. 그녀들의 반응도 매우 정중하다.

> "왕래하는 이들이 모두가 시골뜨기였습니다. 오늘 다행히 수재를 만나게 되니 오산(鼇山)의 빼어난 기(氣)이니 더불어 도류(道流)의 현묘한 이치를 말할 만하십니다."

바다의 큰 거북이 싣고 있다는 해중의 산에 신선이 살고 있다고 했다. 열자(列子)의 탕문(湯問) 편에서 발해의 동쪽에 다섯 산이 있으니 그 다섯 산의 뿌리는 연결되어 붙어 있지 않은 것이 없다고 했다. 큰 자라 열 다섯 마리가 떠받치고 있다고 했다. 9랑이 달을 제목으로 하고 풍(風)으로 운을 삼은 시에 화답했다.

> 매양 부러워했네 상아(嫦娥)가 계교 많아
> 향각(香閣)을 버리고 선궁(仙宮)에 갔음이여.

상아(嫦娥)는 항아(姮娥)의 속명이다. 달의 이칭(異稱)이요, 또는 달세계에 사는 미인의 이름이다. 또 고임금 때 활을 잘 쏘았다는 예(羿)의 아내의 이름이기도 하다. 예가 서왕모(西王母)에게 청하여 얻은 불사약을 훔쳐먹고 선인(仙人)이 되어 달로 도망쳐서 달의 정(精)이 되었다고 했다. 한(漢) 나라 문제(文帝)의 이름이 항(恒)이므로 항(姮)을 고쳐 상(嫦)이라고 했다. 그런데 이 서왕모가 주었다는 불사약은 반도(蟠桃)인 것이다. 서왕모는 반도 일곱 개 중 둘은 자기가 먹고 다섯은 한무제에게 주었다고 했다. 이 상아가 규방(閨房)

을 버리고 선궁으로 갔음을 자신이 무척 부러워했다고 했다. 이러한 남녀의 솔직한 표현은 이 같은 사류(事類)에 의하여 속되지 않은 품위를 유지한다. 최치원도 이러한 어조를 유지한다.

"일찍이 노충(盧充)은 사냥을 갔다가 홀연 짝을 얻었고 완조(阮肇)는 신선을 찾다가 아름다운 배필을 만났다고 들었습니다."

지괴(志怪)의 모음인 낭랑대취편(琅瑯代醉編) 33에 나오는 이야기에서 노충(盧充)은 한(漢) 나라 범양인이며 최소부(崔少府)의 딸의 묘 옆에서 사냥을 하다가 최씨녀의 망령을 만나 자식을 하나 얻었다고 했다. 완조(阮肇)는 후한 사람으로 영평(永平)년간에 유신(劉晨)과 약을 캐러 산에 갔다가 두 여인에게 안내되어 함께 고을에 들어갔는데 참깨밥(胡麻飯)을 먹고 말을 달리며 함께 살다가 집으로 돌아와 보니 그의 자손은 이미 7대를 내려갔고 아무도 몰라보았다고 했다. 천태(天台)의 사람들이 묘당에 제사를 모셨다. 이 두 여인은 선녀이니 선계의 3일은 진세의 3년이라 했으니 채 한 달이 못 된 세월인데 200년이 흘러간 셈이다. 그런데 8랑과 9랑 두 여인이 한 남자와 사랑을 하자니 이를 어떻게 풀 것인가? 이에 대한 두 여인은 순(舜)이 요임금으로부터 천하를 물려받을 때 그의 두 딸 아황(娥皇)과 여영(女英)을 아내로 맞이했다고 하고, 삼국시대 오(吳) 나라 진위중랑장으로 손권(孫權)을 따라 조조(曹操)를 적벽(赤壁)에서 무찌른 주유(周瑜)도 두 여자가 따랐다고 했다. 자매를 동시에 아내로 맞이하는 예는 극히 드물면서도 무언가 이상하다는 어조는 나타나 있지 않다. 환몽구조 속에서나 가능한 분위기다. 이러한 인연으로 셋이 나란히 누워 헤어지기 어려운 깊은 정을 맺은 것을 알고 이른다. 형용할 수가 없다 하니, 치원이 장난기로 제(齊)나라 황공(黃

公)의 딸이 절세미인인데도 자기 딸이 못생겼다고 겸손해 하는 말을
믿고 장가들지 못한 아쉬움과, 수서(隋書)에 나오는 수문제(隋文帝)
의 궁빈(宮嬪)이 된 진 나라 선제(宣帝)의 딸인 선화부인(宣華夫人)
은 문제(文帝)가 죽자 태자인 광(廣)에게 욕을 당한 일을 슬퍼하여
양제(煬帝)가 신상부(神傷賦)를 지었는데 그 잘못된 껴안음을 들면
서 빈정대었다. 그러자 9랑은 시로써 말했다.

> 뜻밖에 바람둥이 남자와 인연을 맺어
> 강제로 경박한 말 지선(地仙)이 욕먹었구려.

이에 최치원은 이러한 핀잔에 응답하는 시를 읊었다.

> 고운 마음의 그대 바람둥이 가까이 함을 한탄하지 말라
> 일찍이 봄바람에 적선(謫仙)을 차지했네.

최치원은 자신이 하늘에서 실수하여 지상에 귀양 온 사람이라 했
다. 조선조의 <최고운전>에서도 천상신선이 귀양왔다고 했다.
이렇게 환몽구조에서의 어조는 장중함을 유지하려는 선가어의 품
위를 지니고 있으나, 각몽한 이후의 결말구조에서는 쓸쓸히 읊조리
는 감상주의자가 된다. 꿈에서의 허장성세도 낭만에 들뜬 분위기도
아닌 평상시의 나로 돌아와 유가의 체면을 되살리는 데 급급해진다.

> 내가 여기 와서 두 여인을 만난 것은
> 양왕(襄王)의 운우몽(雲雨夢)과 비슷하도다
> 대장부, 대장부여!
> 사나이 기운으로 아녀자의 한을 풀어 준 것이니
> 마음을 요망스런 여우에게 연연하지 말라.

그는 자연으로 돌아가 도불의 세계에서 노닐었다고 했다.

최치원은 쌍녀분 혹은 선녀홍대를 온권(溫卷)으로 써서 고변의 막하에 들어갔다. 고변에게 그 은덕에 감사하는 시를 썼는데 다음과 같다.

> 팔군의 영화는 도태위(陶太尉)를 초월했고
> 3변의 고요함은 곽표요(霍嫖姚)를 덮었네
> 옥황상제 종일토록 금정(金鼎)에 머물더니
> 회왕(淮王)의 웅대함에 손이 절로 조화롭네.11)

상공 고변의 치적을 높이 사고 도교적인 의식에 의한 재사(齋詞)와 그 밖의 공문서를 대필하는 자리에 있었던 최치원의 시나 그 밖의 문은 도교문학을 접하고 또한 스스로 창작하는 계기가 되어 우리나라의 도교문학의 개척자가 된 것이다. 위의 시는 제목이 회남(淮南)이다. 회남(淮南)에 있을 때에 최치원은 12편의 재사(齋詞)를 썼다. 응천절재사(應天節齋詞) 3편, 상원황록재사(上元黃籙齋詞) 1편, 황록재사(黃籙齋詞) 1편, 상원재사(上元齋詞) 1편, 중원재사(中元齋詞) 2편, 하원재사(下元齋詞) 3편, 양화재사(攘火齋詞) 1편이다. 그는 이러한 도교적인 과의의 행사에 쓰이는 글을 쓰기 위해서 많은 도경, 선가어에 대한 독서를 꾸준히 했던 것이다. 그 중 한 편을 골라 본다.

> 연월일에 과의에 따라 계청합니다. 도교는 묘용을 자뢰하므로 무위(無爲)하면서도 무위가 아니며, 도는 부지런히 행하는 데 있으므로 싫

---

11) 회남(淮南), 계원필경에 있는 최치원의 작품.

어하지 않으면 싫어하지 않나이다. 그러므로 삼보(三寶)를 받들어 지니면 반드시 백성(萬靈)을 구원하여 보호할 수 있으니 잘 세울 수 있는 뿌리와 줄기에 치하여 크게 이루어진 집을 짓게 될 것입니다. 그러므로 대장부는 그 후(厚)한 데 살고 그 화려한 데 살지 않는다고 합니다.

신(臣)은 비록 진세(塵世)의 일이 몸을 얽매나 신선의 치장에 뜻을 두어 대성하기를 바라고 상달(上達)을 기약한지라. 곽박(郭璞) 시의 정조(精調)한 오석(五石)에 의지하여 갈홍의 신선전(神仙傳)에 이름을 얹기를 바라나이다. 그러므로 상제(象帝)의 선(先)을 우러러 흠앙하거니와 어찌 다른 사람보다 뒤지겠습니까? 도끼 자루 썩는 늙은이의 이야기를 들으니 세월이 더욱 아깝고 포박자(抱朴子)의 말씀을 읽고는 충성된 믿음이 이지러지지 않습니다. 다만 세속에 살아서 병부(兵符)를 쥔 누명이 길어서 정치와 행정의 조절이 어렵고 상벌(賞罰)의 경중이 맞지 않기가 쉬워서 가만히 허물이 쌓이고 정밀하게 닦지 못합니다. 하물며 진위(眞位)의 영광을 욕되게 하여 현과(玄科)의 책임을 저버릴까 두렵습니다. 이러므로 3원(三元)과 8절(八節)에 선재(仙齋)를 올려 제사함은 아홉 층의 탑을 쌓는 데 있어 한 삼태기가 헛되지 않게 하기 위함입니다. 이제는 천리(天吏)가 응종(應鐘)을 두드리는 절후인 10월이요, 수관(水官)이 현비(玄轡)를 잡는 겨울입니다. 달은 차고 일진은 보름이니 영한 땅에 나아가서 공경히 보단(寶壇)을 설치하고 구슬 궤(几)와 소반(盤)에 의식을 갖추고 금대와 인절에 생각을 부어 좋은 저녁에 감통이 있기를 바라고 위급한 때에 구제를 받고자 합니다. 엎드려 바라옵건대 태상삼존(太上三尊)과 시방(十方)의 중성(衆聖)이시여, 곡진히 현온한 감응을 주시어 간절한 정성으로 이루어지게 하소서. 푸른 연[翠輦]을 장안으로 돌아오게 하여 임금의 기풍이 바로 시초에 진작케 하소서. 천하를 다스리는[乘陶匀者] 길이 덕화에 맞고, 절월(節鉞)을 가진 이는 모두 전쟁을 거두어서 네 바다에 파도가 자고, 9야(九野)에 묘사한 안개가 걷히며 나무 아래는 공을 세운 장수들이 있고, 풀 사이에는 살려 달라는 무리가 없어 날짐승, 물고기가 기어가고(鼓行) 부리로 숨쉬는 것까지도 어둡고 혼미한 길을 걷지 않고 어질고 수하는 곳에 함께 오르게 하소서.

　신(臣)으로 하여금 도의 인연을 깊이 맺어 선재 올리는 소원을 펴게
해서 삼청(三清)으로 통하는 길을 바라며 좋은 밭에 물대기를 자뢰하게
하소서. 오늘은 월석(鉞石)의 창을 베게 하였기에 높이 누운 것이 방해
됐으나 다른 부구(浮丘)의 소매를 잡을 때는 어찌 늦게 온다고 의아해
하겠습니까? 신(臣) 아무개는 간절한 정성으로 말씀을 드리며 공손히
빌어 황공할 따름입니다. 삼가 말씀드리나이다.12)

　'최치원'의 작품성은 그것이 온권이었다는 데에 그 뜻이 있고, 도
교문학의 효시라는 면에서 도교소설의 효시이다. 또 한 환몽소설의
창작이란 뜻에서도 그 의의가 있다. 이러한 성과는 선도시와 교술문
학으로 점차 확대되는데 모두가 20대에 이루어졌다는 점에서 놀랍
기도 하다. 윗글은 재사, 초사, 기타 교술문학 가운데에도 최치원의
위서(緯書)에 대한 조예가 각명하게 드러나는 부분이다. 그러므로
후대의 평자들은 유가의 업적에만 관심을 두었기에 문호와 같은 찬
사를 아꼈던 것이다. 이 재사(齋詞)는 도사(道士)가 임금을 대신해서
하늘의 도교신에게 국가의 안위를 비는 정기적인 축원문이다. 삼원
일은 정월, 칠월, 10월의 15일이다. 즉 상, 중, 하원일이다. 하원재사
는 하원절의 재사이다. 하원절은 수관(水官)이 하강하여 선악사를
감찰한다. 신(臣)은 고변(高駢)이다. 도교의 묘용을 자뢰하므로 삼보
인 도(道)경(經)사(師)를 받들어 깊이 인식한다고 했다. 자신은 비록
진세(塵世)의 일에 얽매어 있다고 했는데, 이는 무관의 우두머리 태
위(太尉)였던 그가 황소의 난을 격문(檄文)으로 물리치고 황제의 깊
은 신임을 얻었던 것을 두고 하는 말이다. 곽박(郭璞)의 시는 문선
(文選)에 실려 있는데, 유선시(遊仙詩) 7수가 그것이다. 그 가운데
마지막 일곱째 수인

────────────────

12) 최창록, 『한국도교문학사』, 1997, 국학자료원, pp.34~36 참조.

<table>
<tr><td>그믐과 초하루가 순환하듯이</td><td>晦朔如循環</td></tr>
<tr><td>달은 차서 이미 백(魄)이 나타나네</td><td>月盈已見魄</td></tr>
<tr><td>가을신(蓐收)은 서륙(西陸)에서 맑고</td><td>蓐收淸西陸</td></tr>
<tr><td>해(朱羲)는 백도(白道)에서 온다</td><td>朱羲將由白</td></tr>
<tr><td>한로(寒露)는 능초(陵茗)를 털고</td><td>寒露拂陵茗</td></tr>
<tr><td>소나무 이끼(女蘿)는 송백(松柏)을 말하지 않는다</td><td>女蘿辭松柏</td></tr>
<tr><td>순영(蕣榮)은 아침에 죽는데</td><td>蕣榮不終朝</td></tr>
<tr><td>부유가 어찌 저녁에 나타나는가</td><td>蜉蝣豈見夕</td></tr>
<tr><td>원구(圓丘)에는 기이한 풀이 있고</td><td>圓丘有奇草</td></tr>
<tr><td>종산(鍾山)에는 영액(靈液)이 나온다.</td><td>鍾山出靈液</td></tr>
<tr><td>왕손(王孫)은 팔진미(八珍)를 벌여 놓고</td><td>王孫列八珍</td></tr>
<tr><td>안기생(安期)은 5석(五石)을 단련한다.</td><td>安期鍊五石</td></tr>
<tr><td>높은 사람에게 허리 굽히나</td><td>長揖當塗人</td></tr>
<tr><td>가고 오는 산림객이더라.13)</td><td>去來山林客</td></tr>
</table>

에서 안기생이 5석을 연단하여 단약을 만들어 먹고 신선이 됐다 하니 자신도 단도 수련을 해서 신선이 되어 신선전에 이름을 얹도록 하겠다고 했다. 부처님[象帝]의 조상도 흠모하거니와 도끼 자루 썩는 늙은이에 관한 신선전설을 들으니 이 진세에서 관찰사로 있는 이 시간에 수련하지 못하여서 안타깝다고 했다. 포박자(抱朴子)의 갈홍의 말씀을 읽고는 도교신에 대한 충성하는 마음이 없어지지 않는다고 했다. 이 때만 해도 포박자는 오금팔석(五金八石)으로 단약을 만든다고 믿었으며 시해선(尸解仙)도 가능하다고 믿고 있었다. 현실 정치에 바쁜 가운데 선도수련에 매진하지 못하여 도교의 과의(玄科)에 소홀했음을 뉘우친다고 했다. 3원(三元)일과 8절(八節)일

---

13) 문선(文選) 제 2책 遊仙, 郭景純 遊仙詩 7首의 끝수.

인 입춘(立春), 춘분(春分), 입하(立夏), 하지(夏至), 입추(立秋), 추분(秋分), 입동(立冬), 동지(冬至)에 선재(仙齋)를 올려서 열성을 다하겠다고 했다. 엎드려 바라건대, 태상삼존(太上三尊)과 시방 중성(衆聖)이 현묘한 감응을 주십사 했다. 여기서 태상삼존은 삼청인, 태청, 옥청, 상청의 도교신이고, 시방(十方)은 동서남북과 건곤감리의 네 모퉁이와 상하이다. 이 방면의 모든 신을 중성이라 했다. 나라의 평안을 위해서 모든 도교신과 성인들의 도움을 요청했다. 천하를 다스리는 자(陶鈞者)는 덕화(德化)에 맞고 절부(節符)와 부월(斧鉞)을 가진 장군이나 모두가 전쟁을 그치고 온 누리에 평화가 깃들어 짐승들까지도 함께 승천하게 해달라고 기원했다. 또한 시인 월석(鉞石)의 선정이나 신선 부구(浮丘)와 친밀하여 태평하도록 보살펴 달라고 했다. 이러한 재사(齋詞)의 문체는 조선조에까지 초재문(醮齋文)의 모범이 되었고, 선시와 서가어의 전범이 되었다. 이것이 수이전의 최치원과 실제 인물 최치원의 문학이 신라 말부터 이 나라 문학의 여러 갈래에 미친 문체의 실상이다.

4-4 금오신화의 만복사저포기

금오신화를 환몽소설로 볼 수 있느냐 하는 문제는 이미 언급한 수이전의 최치원의 구조 분석과 맥락을 같이한다. 환몽소설은 환몽구조가 있는 소설이다. 기본적으로는 도입구조, 환몽구조, 결말구조의 3분 구조로 되어 있다. 이 3분 구조는 우리나라 소설의 기본 패턴이다. 이러한 단순구조는 환몽구조를 하나의 구조로 본다는 우리들의 시각을 공감해야만 가능하다. 이 환몽구조를 인정할 수 없는 작품은 발단, 전개, 절정, 결말이나 발단, 전개, 전환, 정점, 결말과 같은 구성(plot)으로 구분할 수 있기 때문에 3분 구조의 단순함을 유지할 수 없다. 수이전, 조신몽, 황량몽에서 보았다싶이 환몽소설의 구조는 금오신화, 구운몽, 옥루몽에 이르기까지 이어져 내려온 우리 고전소설의 기본 유형이다.

금오신화는 이러한 3분 구조가 완벽하게 갖추어져 있는데, 여기서 이를 분석해 본다.

전라도 남원부의 양씨(梁氏) 성을 가진 서생(書生)은 일찍 부모를 여의고 아직 장가도 못 들고 만복사 동쪽 방에서 홀로 살고 있었다. 바깥에는 배꽃 나무가 한 그루 서 있었다. 바야흐로 화창한 봄이라 마치 옥나무[瓊樹]에 은 덩어리라도 달린 것 같았다. 양생은 매양 달밤에 그 아래를 거닐면서 낭랑하게 시를 읊었다.

> 한 그루 배나무 외로움을 달래 주나
> 휘영청 달 밝으니 허송하기 가련하구나
> 젊은이 혼자 누운 외로운 창가에
> 어느 곳에 미인(玉人)이 퉁소를 부네
> 외로운 비취새는 홀로 날아가고
> 짝 잃은 원앙은 맑은 물에 멱을 감는데
> 누군가 바둑 두며 약속을 기다리며
> 등불로 점치며 창가에서 근심하네.

읊기를 마침에 홀연 공중에서 소리가 들렸다.

"그대가 짝을 얻으려 한다면 그 무슨 근심이 있는가?"

하니 양생은 그 마음이 기뻤다.[14]

이튿날은 곧 3월 스무나흘이었다. 이 고을에는 만복사에 등을 밝히고 기복(祈福)하는 풍속이 있었는데 처녀 총각이 짝을 맞추어 모여서 각기 그들의 뜻을 나타냈다. 해는 져서 불공이 끝나고 인적이 드물어졌다. 양생은 저포(樗蒲)[15]를 소매 속에 품고 부처님 앞에서 던지고는 말했다.

> "제가 오늘 부처님과 더불어 저포 놀이를 해서 제가 만약 지면 법연(法筵)을 베풀어 겨루고, 부처님이 만약 지시면 아름다운 여인을 구하시어 저의 소원을 이루게 해 주소서."

빌기를 마치고 저포를 던졌다. 양생이 과연 이겼다. 부처님 앞에 꿇어 앉아 빌었다.

> "업(業)은 이미 정해졌습니다. 속여서는 아니 됩니다."

불좌 밑에 숨어서 약속을 기다렸다.

도입구조에서 양생은 최치원과 같은 뛰어난 문인으로 등장한다. <최치원>에서의 제시(題詩)와 마찬가지로 앞으로 전개될 환몽구조에서의 소망의 전개가 나타날 것을 예언하고 있다. 한 그루 배나무는 외로움의 이미지이나 하얗고 아름다운 이화운(梨花雲)과 연계되는 당(唐)나라 왕건(王建)의 꿈을 연상시킨다. 배꽃 나무의 하얀 이미지와 꿈에 본 구름과는 달리 달이 휘영청 밝으니 혼자라는 외로

---

14) 만복사저포기.
15) 저포(樗蒲) : 360개의 눈을 반상(盤床)에 그려 놓고 여섯 개의 말을 붙여서 5목(五木)을 던져서 노는 놀이.

움이 더하다고 했다. 퉁소 부는 옥녀 같은 미인이 나타나기를 바라며 바둑 두는 월하노인이 인연을 맺어 주었으면 하는 소망이 다음의 환몽구조에서 나타난다.

이 작품의 환몽구조는 조신몽이나 황량몽과는 다르다. 그것은 이승과 저승의 차이다. 도입구조와 결말구조가 이승이라면 환몽구조는 저승의 세계이다. 다시 말하면 이승과 저승이 함께 하는 세계에서 소망이 이루어지는 것이다. 이승에서는 이루어질 수 없는 이야기가 부처님의 힘에 의해서 이루어지는데, 그것이 환몽의 세계에서 전개되는 것이다. 이는 경서에서는 이해되지 못하는 위서의 세계로서, 명혼(冥婚)의 이야기이다.

잠시 후에 아름다운 여인이 나타났다. 나이는 15, 6세로, 땋은 머리를 한 깨끗한 차림의 모습이 아리따워 마치 예쁜 하늘의 선녀 같았는데, 그 모습은 바라볼수록 엄연(儼然)했다. 손으로 기름병을 따루어 불을 켜고 세 번 절하고 무릎을 꿇고는 탄식하며 말했다.

"인생의 박명함이 어찌 이와 같습니까?"

드디어 꿈속에서 글[狀辭]을 끄집어내어 탁자 앞에 바쳤다. 그 글은 다음과 같았다.

아무 고을 아무 곳에 사는 소녀 아무개는 삼가 사뢰옵니다. 변방의 방어가 무너져 왜구가 침입해 와서 전쟁이 눈앞에 치열했고 봉화는 몇 년을 이어졌습니다. 집을 불사르고 백성들을 잡아갔으며 동서로 달아나고 잡히고 도망하니 친척과 노복들은 각기 서로 난을 피해 떨어졌습니다. 저는 가냘픈 몸으로 멀리 피난하지 못하고 깊은 골방에 숨어들어 끝내 정절을 지켜 길에서 더렵혀지지 않고 재난을 당하는 화를 피하였

습니다. 부모님도 여자의 수절이 어긋남이 아니라 해서 외진 곳으로 피
난하여 초야(草野)에서 살게 해 주셨는데 어느덧 3년이 됐습니다. 그러
나 달 밝은 가을이나 꽃 피는 봄을 상심하여 헛되이 보내고 뜬 구름 흐
르는 물과 무료하게 보냈습니다. 공허한 골짜기에 그윽히 살면서 평생
의 박명(薄命)함을 한탄하고 좋은 밤을 혼자서 보내며 화려한 난새(彩
鸞)의 외로운 춤으로 상심했습니다. 날이 가고 달이 바뀌어 혼자 넋은
사라지고 여름 저녁 겨울밤은 간담[膽]이 찢기고 창자[腸]가 망가집니
다. 바라건대 부처님이시여! 제발 불쌍히 여기시기 바랍니다. 사람의 일
생은 태어나기 전부터 운명이 정해져 있어서 업(業)을 피할 수 없으며
타고난 생명은 인연이 있을 것이니 일찍이 배필을 만나 즐거움을 얻을
수 있기를 간절히 빌어 마지않습니다.

여인은 축원의 글을 다 읽고 나서 흐느껴 울기 시작했다. 양생은
그 틈새에서 그 여인의 모습을 보고 마음을 걷잡을 수 없어 갑자기
뛰쳐나와 말했다.

"조금 전에 부처님께 올린 글은 무엇입니까?"

그는 여인이 올린 축원문을 읽어보았다. 그의 얼굴에는 기쁨이 넘
쳤다. 여인에게 말했다.

"아가씨는 누구신지요? 어째서 여기에 홀로 오셨는지요?"

여인은 말했다.

"저도 사람입니다. 무슨 의심나는 일이 있습니까? 그대는 좋은 배필
을 만나면 되는 것이지 성명을 물을 필요는 없지 않습니까? 어찌 이와
같이 당황해야 하는지요?"

그 때는 이미 절이 퇴락해서 스님들은 구석진 방에서 살고 있었다. 불전(佛殿) 앞에는 행랑만이 쓸쓸하게 남아 있었다. 행랑의 끝에는 좁다란 판자로 된 방이 있었다. 양생은 여인을 이끌고 들어갔다. 여인은 어려워하지 않았다. 서로가 즐거움을 나누니 인간과 꼭 같았다. 한밤중이 되어 달은 동산에 뜨고 그림자가 창살에 비쳤다. 문득 발자국 소리가 들려왔다. 여인이 물었다.

"누구냐? 시녀가 온 것이냐?"
"예, 접니다. 요즘 낭자께서는 중문(中門) 밖을 나가지 않았고 몇 발짝을 걸어나간 일이 없었는데, 어제 저녁에는 우연히 나가시더니 어찌 이까지 오시게 됐는지요?"

여인이 말했다.

"오늘의 일은 우연이 아니다. 하느님이 도우시고 부처님이 도와서 좋은 분을 만나서 해로(偕老)하기로 했다. 부모님께 알리지 않는 것은 비록 밝은 가르침의 예법에는 어긋난다고 하겠으나 즐거이 맞이하게 되니 또한 평생의 기이한 만남이다. 너는 띠집[茅舍]에 가서 겹자리[袷席]와 주과(酒果)를 가져오너라."

시녀는 명하는 대로 가서 뜰에 술자리를 마련했다. 때는 사경(四更)이 되려 했다. 차려 놓은 술상은 조촐했고 기구들은 무늬가 없었다. 술에서 나는 향기는 인간의 맛이 아니었다. 양생은 비록 괴이하게 여겼으나 여인의 담소하는 모습이 맑고 우아하며 거동이 여유 있고 느려서 마음속에 반드시 귀한 집 처녀가 담장을 넘어 왔으려니 하고 의심하지 않았다.

여인은 술잔을 건네면서 시녀에게 노래를 불러서 권해 드리라 하고 양생을 향하여 말했다.

"이 아이는 옛 가곡을 그대로 부릅니다. 제가 지은 가사로 노래해도 되겠습니까?"

양생은 기쁜 마음으로 응했다.

"좋습니다."

곧 만강홍(滿江紅) 한 수(一闋)를 지어 시녀에게 부르게 했다.

쓸쓸한 봄추위에 비단 적삼은 얇은데	(惻惻春寒羅衫薄)
향로 꺼진 밤에 애태움이 몇 번이던고	(幾回腸斷金鴨冷)
저문 산은 눈썹처럼 엉겨 있고	(晚山凝黛)
저문 구름은 우산을 펼친 듯한데	(暮雲張繖)
비단 장막 원앙금에 짝지음이 없네	(錦帳鴛衾無與伴)
금비녀 반만 기우려 퉁소 불었더니	(寶釵半倒吹龍管)
시간이 이리 빠름이 애석하구나	(可惜許光陰易跳丸)
마음속은 답답하고	(中情懣)
등불은 가물거리고 낮게 드리운 병풍 속에	(燈無焰銀屏短)
다만 눈물 닦은 이 몸을 누가 환대할건가	(徒收淚誰從款)
즐거운 이 밤에	(喜今宵)
피리를 불면 따스함이 돌아올까	(鄒律一吹回暖)
나의 가성(佳城)에 천고의 한을 가셨으면	(破我佳城千古恨)
가느다란 금루(金縷) 가락에 술잔을 기울이네	(細歌金縷傾銀椀)
애닯도다 옛날의 품은 한이여	(悔惜時抱恨)
눈 찌푸리며 이 밤도 외로이 자야겠네	(蹙眉兒眠孤館)

노래를 마친 여인은 수심에 잠긴 채 말했다.

"예전에 한 봉래섬[蓬島]에서의 약속을 어기고 오늘 소상(瀟湘)에서 옛 낭군님을 만나게 되니 어찌 천행(天幸)이 아니겠습니까? 낭군께서 저를 저버리지 않으시면 끝내 수건과 빗[巾櫛]을 받들고, 저의 소원이 이루어지지 못하면 영원히 운니(雲泥)를 떠나겠습니다."

양생은 이 말을 듣고 한편으로는 감동하고 한편으로는 놀라워서 말했다.

"어찌 감히 명을 어기겠소?"

여인의 태도는 예사롭지 않았다. 양생은 그녀의 행위를 유심히 살폈다. 이 때 달은 서쪽 봉우리에 걸리고 먼 마을에는 닭 울음소리가 들려오고 절의 종소리가 처음 울렸다. 날이 막 새려 했다.
여인은 시녀에게 말했다.

"너는 자리를 거두어 들어가거라."

시녀는 곧 어디론지 사라졌다. 여인은 양생에게 말했다.

"인연은 이미 정해졌습니다. 함께 손을 잡고 가셨으면 합니다."

양생이 여인의 손을 잡고 마을을 지나가니 개는 울타리에서 짖고, 사람들은 길을 지나갔다. 그러나 지나가는 사람들은 양생이 여인과 함께 가는 것을 보지 못했다. 그래서 말했다.

"양생은 어디 갔다 일찍 돌아가는고?"

양생은 답했다.

"마침 만복사에서 술이 취해 누웠다가 친구가 사는 마을로 가는 길입니다."

이튿날 아침, 여인은 그를 이끌고 풀 숲 사이로 가는데 이슬에 흠뻑 젖어서 길을 찾아갈 수 없었다. 이 때 양생이 말했다.

"어째서 이런 곳에서 사는지요?"

여인이 답했다.

"혼자 사는 여인의 거처는 원래 이와 같습니다."

여인은 다시 농담을 했다.

축축히 내린 길가의 이슬	於邑行路
이슥한 밤 어찌 가지 않으련만	豈不夙夜
이슬이 많아서 가지를 못했지요	謂行多露[16]

이에 양생도 또한 농담을 했다.

여우가 어슬렁거리며 저 기수 돌다리를 걸어가네	有狐綏綏在彼淇梁[17]
노 나라 길 평탄한데 제 나라 공주님 의젓이	
달리네	魯道有蕩齊子翱翔[18]

---

16) 『시경』, 소남(召南), 행로(行露) 편의 첫 장.
17) 『시경』, 위풍(衛風), 여우(有狐) 편의 첫 장.

두 사람은 이처럼 읊고 나서 한바탕 웃으며 드디어 함께 개령동 (開寧洞)으로 갔다. 다북쑥이 들을 덮고 가시나무가 하늘을 찌를 듯 하였는데, 그곳에 작으면서도 화려한 집이 한 채 있었다. 함께 들어 가니 이부자리와 휘장이 잘 정돈되어 있었다. 어젯밤에 펼쳐 놓은 것 같았다. 그곳에서 양생은 사흘을 머물렀다. 즐거움은 평상시와 같았다. 그러나 그 시녀는 아름다우면서도 교활하지 않았다. 그릇들 은 깨끗하고 무늬가 없었다. 양생은 그것들이 인간 세상의 것이 아 니란 생각이 들었으나 여인의 은근한 정에 끌려서 다시는 그런 생 각을 하지 않았다. 여인은 말했다.

"이곳의 3일은 인간 세상의 3년에 적지 않습니다. 낭군은 집으로 돌 아가셔서 생업을 돌보셔야 합니다."

그리고는 마침내 이별하는 잔치를 마련했다. 양생은 슬퍼하며 말 했다.

"어쩌면 이별이 이렇게 빠르단 말인가?"

여인은 말했다.

"이별은 하나 마땅히 다시 만나 평생의 소원을 다 풀 수 있을 것입 니다. 낭군께서 누추한 이곳까지 오시게 된 것은 반드시 옛날의 인연이 있기 때문입니다. 마땅히 저희 이웃 족친들을 만나 봄이 어떻는지요?"

---

18) 『시경』, 제풍(齊風), 재구(載驅) 편의 3장.

이에 양생이 허락했다. 곧 시녀에게 명하여 네 이웃이 모이게 했다. 그 첫째는 정(鄭)씨, 둘째는 오(吳)씨, 셋째는 김(金)씨, 넷째는 류(柳)씨이다. 모두가 귀족 가문의 딸이며, 이 여인과 한 마을에 사는 친척들로서 처녀이다. 성품이 모두 온화하고 기풍이 뛰어나고 총명하고 유식하여 시부(詩賦)를 지을 줄 알았다. 모두가 칠언단편(七言短篇)을 네 수 지어 바쳤다. 정씨는 태도가 풍류스럽고 곱게 쪽진 머리채가 귀밑을 살짝 가리고 있었다. 곧 숨을 내쉬며 시를 읊는다.

봄밤의 꽃과 달은 둘 다 고운데	(春宵花月兩嬋娟)
오래 지닌 봄 근심은 기억조차 못하겠네	(長把春愁不記年)
스스로 비익조가 되지 못함을 한하고	(自恨不能如比翼)
쌍쌍이 노닐면서 푸른 하늘에 춤추리	(雙雙相戲舞青天)
등불에 빛이 없으니 이 밤은 어떠한고	(漆燈無焰夜如何)
북두는 기울고 달도 반은 비꼈구나	(星斗初橫月半斜)
쓸쓸한 깊은 궁엔 바람이 찾지 않고	(怊恨幽宮人不到)
푸른 적삼 구겨지고 귀밑머리 헝클었네	(翠衫撩亂鬢鬖髿)
매화 지니 맺은 언약 속절없이 된단 말인가	(摽梅情約竟蹉跎)
마음에 거슬리는 봄바람은 이미 지났고	(辜負春風事已過)
베갯머리 눈물자국 얼마나 생겼던가	(枕上淚痕幾圓點)
뜰 가득 내린 산비 배꽃만 지네	(滿庭山雨打梨花)
한 번 맞은 봄을 무료히 보내고	(一春心事已無聊)
적막한 공산에 그 몇 밤이던가	(寂寞空山幾度宵)
남교에 지나는 손 볼 길 없으니	(不見藍橋經過客)
어느 해에 배항의 운교부인 만날꼬	(何年裵航遇雲翹)

요염하고 쪽진 머리에 날씬한 몸매를 지닌 오씨는 일어나는 감흥을 이기지 못하며 계속 시를 읊었다.

만복사에 불공드리고 돌아오는 길에 (寺裏燒香歸去來)
몰래 던진 돈은 누구를 중매했나 (金錢暗擲竟誰媒)
꽃 피는 봄, 가을 달의 무궁한 한을 (春花秋月無窮恨)
술통 앞의 한 잔으로 씻어보고자 (銷却樽前酒一盃)

복숭아꽃 붉은 볼에 이슬 적셨건만 (溥溥曉露浥桃腮)
깊은 골 한 봄에 나비가 오지 않네 (幽谷春深蝶不來)
기쁘도다 이웃에는 가약을 맺었다고 (却喜隣家銅鏡合)
새 곡을 다시 불러 황금 술잔 오고가네 (更歌新曲酌金罍)

해마다 오는 제비 봄바람에 춤추고 (年年燕子舞東風)
애끓는 이 내 사랑 헛되고 말았네 (腸斷春心事已空)
부러울 손 저 연꽃은 꼭지가 나란하니 (羨却芙蕖猶並帶)
깊은 밤 못 속에서 함께 목욕하누나 (夜深同浴一池中)

푸른 산속 한 층 다락에서 (一層樓在碧山中)
연리지(連理枝)의 꽃은 붉건마는 (連理枝頭花正紅)
한스럽다 내 인생 나무만도 못하니 (却恨人生不如樹)
박명한 이 청춘 눈물만 고이누나 (青年薄命淚凝瞳)

김씨는 모습을 바로잡고 엄연한 태도로 붓에 먹을 찍더니 앞의 시가 너무 음탕함을 책하면서 말하였다.

“오늘의 일은 많은 말이 필요 없고, 다만 이 자리의 광경만 읊어야 할텐데 어째서 마음의 회포를 털어놓아서 절조를 잃어야 하며 우리들의 소식을 인간 세상에 전해야 하겠습니까?”

드디어 낭랑한 목소리로 시를 읊었다.

두견새 울고 간 오경의 밤에   (杜鵑鳴了五更風)
희미한 은하수는 동쪽으로 기울었네   (寥落星河已轉東)
옥퉁소 다시 불어 희롱하지 마라   (莫把玉蕭重再弄)
이 풍정을 속인이 알까 두렵네   (風情恐與俗人通)

한 잔 가득 쳐서 금잔에 기울이라   (滿酌鳥程金回羅)
만나면 반드시 취해 많다 사양 마소   (會須取醉莫辭多)
내일 아침 샛바람이 모질게 불면   (明朝捲地東風惡)
한 자락 봄빛이 꿈처럼 사라진다   (一段春光奈夢何)

소맷자락 초록빛은 부드러이 드리우고   (綠紗衣袂懶來垂)
풍류 소리 속에 술잔 사양 마소   (絃管聲中酒白巵)
맑은 홍취 풀기 전에 돌아가지 못하리   (淸興未闌歸未可)
가사를 다시 지어 새 곡조 부르리라   (更將新語製新詞)

구름 같은 검은 머리 진토된 지 몇 년인고   (幾年塵土惹雲鬟)
오늘에야 낭군 만나 활짝 한 번 웃어보네   (今日逢人一解顔)
고당의 정사를 신비롭다 하지 마소   (莫把高唐神境事)
풍류스런 사연이 인간에 전해질라   (風流話柄落人間)

류씨는 엷게 화장하고 흰 옷을 입으니 그다지 화려하지 않았다. 법도가 있어 말을 하지 않더니 웃으면서 제시(題詩)했다.

금석 같은 굳은 절개 지킨 지 몇 년인고   (確守幽貞經幾年)
아름다운 혼과 옥골 구천에 묻혀 있어   (香魂玉骨掩重泉)
봄밤에 매양 항아와 벗을 삼아   (春宵每與姮娥伴)

계수나무 그늘에서 혼자 잠에 빠졌다오　　　　　(叢桂花邊愛獨眠)

우습구나 도리화는 봄바람에 못 이겨서　　　　　(却笑春風桃李花)
이리저리 나부껴서 인가에 떨어지네　　　　　　(飄飄萬點落人家)
평생에 이내 절개 더럽히지 마라　　　　　　　(平生莫把靑蠅點)
잘못하여 곤륜산 미옥에 허물이 될라　　　　　(誤作崑山玉上瑕)

연지분 싫은 데다 머리는 다북쑥　　　　　　　(脂粉慵拈首似蓬)
먼지 앉은 경대에 동록이 스네　　　　　　　　(塵埋香匣碌生銅)
다행히 오늘 아침 이웃에 잔치 있어　　　　　　(今朝行預隣家宴)
족두리의 붉은 꽃 보기만 해도 부끄럽네　　　　(羞看冠花別樣紅)

아가씨는 이제야 고운 님 짝했으니　　　　　　(娘娘今配白向郎)
하늘이 정한 인연 내내 꽃다우리　　　　　　　(天定因緣契濶香)
월하노인 붉은 실이 금실을 맺어 주니　　　　　(月老巳傳琴瑟線)
두 분은 양홍 맹광처럼 대하리　　　　　　　　(從今相待似鴻光)

여인은 류씨의 마지막 편에 감동되어 자리에서 나와 말했다.

"나도 또한 글자의 자획은 아는데 혼자만 소감이 없겠습니까?"

이에 근체 칠언 4운(近體七言四韻)으로 부(賦)를 지었다.

개령동 속에서 봄 시름을 안고　　　　　　　　(開寧洞裏抱春愁)
꽃이 지고 꽃이 피니 백 가지 근심이네　　　　(花落花開感百憂)
초 나라 무산 구름 속에 낭군은 보이지 않고　　(楚峽雲中君不見)
상강 대나무 아래 눈물이 가득하네　　　　　　(湘江竹下泣盈眸)

강 맑고 화창한 날 원앙새는 나란하고　　　　　(晴江日暖鴛鴦竝)

푸른 하늘 구름 걷혀 비취가 노닌다   (碧落雲銷翡翠遊)

좋을씨고 동심결을 우리도 맺어 보세   (好是同心雙縮結)

맑은 가을 부채처럼 이 몸 원망 마소   (莫將紈扇怨清秋)

　양생 또한 글 잘하는 사람이라 그들의 시법이 청고(清高)하고 음운(音韻)이 맑음을 보고 감탄하여 칭찬해 마지않았다. 즉석에서 고풍(古風) 장단편(長短篇) 1수를 지어 화답했다.

이 밤이 어떤 밤인고   (今夕何夕)

이 고운 선녀들 보니   (見此仙妹)

꽃 같은 얼굴 그 얼마나 예쁘고   (花顏何婥灼)

빨간 입술은 앵두 같구나   (絳脣似櫻珠)

문장은 더욱 교묘하니   (風騷尤巧妙)

어찌 쉬 입다무리   (易安當含糊)

직녀는 북 던지고 천진(天津)19)에서 내려오고   (織女投機下天津)

항아는 공이 버리고 청도(清都)20)를 떠났구나   (嫦娥抛杵離清都)

말쑥히 꾸민 단장 대모자리 빛내고   (靚粧照此玳瑁筵)

오가는 술잔 속에 잔치자리 즐겁네   (羽觴交飛清讌娛)

운우의 즐거움은 아직 익지 못할망정   (殢雨尤雲雖未慣)

술 따르고 시 읊으니 서로가 즐겁네   (淺斟低唱相怡愉)

기쁘도다 잘못하여 봉래섬에 들었구나   (自喜誤入蓬萊島)

이곳이 선계인가 풍류도를 만났구려   (對此仙府風流徒)

좋은 안주 좋은 술이 술통에 넘치고   (瑤漿瓊液溢芳樽)

요뇌양의 향기가 금향로에 서려 있네   (瑞腦霧噴金猊爐)

흰 구슬 상자 앞에 향이 조촐히 나르고   (白玉牀前香屑飛)

푸른 깁 부엌에는 산들바람 살랑인다   (微風撼波青紗廚)

진인을 만나서 잔치를 열게 되니   (眞人會我合卺巵)

---

19) 천진(天津) : 별이름, 은하 사이에 있음.
20) 청도(清都) : 천제(天帝)의 궁궐.

오색 구름 뭉게뭉게 찬란하기 그지없네   (綵雲冉冉相縈紆)
그대는 모르는가 문소가 채란 만나고   (君不見文簫遇彩鸞)
장석이 두란을 만났음을   (張碩逢杜蘭)
인생의 서로 합함은 인연이 정해져 있으니   (人生相合定有緣)
마땅히 술잔 들어 나른토록 취해보세   (會須擧白相闌珊)
낭자여 어째서 가벼이 말하는가   (娘子何爲出輕言)
가을 부채 버린다는 서운한 말을   (道我奄棄秋風紈)
세세 생생에 짝이 되어서   (世世生生爲配耦)
꽃 피고 달 밝을 때 서로 즐겨보세   (花前月下上盤桓)

술자리가 끝나자 서로 이별했다. 여인은 은주발 하나를 꺼내어 양생에게 주면서 말했다.

  "내일은 부모님이 보련사(寶連寺)에서 음식을 대접해 주십니다. 만일 저를 버리지 않으신다면 보련사로 가는 길에서 기다리시다가 저와 함께 절에 가시어 저희 부모를 뵙는 것이 어떨는지요?"

양생은 승낙했다.

양생은 그 말대로 길에서 은주발을 들고 기다렸다. 과연 귀족집안[巨室右族]에서 딸의 대상(大祥)을 치르기 위해 수레와 말을 길에 늘어 세우고 보련사로 올라오는 것이었다. 길가에 은잔을 들고 서 있는 한 서생을 보았다. 이에 종자가 말했다.

  "낭자의 순장(殉葬)한 물건을 이미 다른 사람이 훔쳐서 가지고 있습니다."

주인이 말했다.

"무엇이라고!"

주인은 말을 모아서 물었다. 양생은 전에 약속한 대로 대답했다. 부모는 의아함을 느꼈으나 한참 후에 말했다.

"나는 단지 딸 하나만 있는데 그 딸이 왜구들의 난리통에 싸움판에서 죽었지. 미쳐 묻지도 못하고 개령사 사이에 염해 두고 장례를 미루어 두고 지금에 이르러 오늘 대상(大祥)에 이르렀네. 잠시 재(齋)를 올려 저승길을 추도하려는 것일세. 자네가 약속을 지키려면 내 딸을 기다리다 같이 오게. 그리고 놀라지 말게."

말을 마치고 먼저 돌아갔다. 양생은 우두커니 서서 기다렸다. 때가 되자 과연 한 여자가 시비(侍婢)를 데리고 허리가 간드러지게 왔다. 그 여인이었다. 서로 기뻐하며 손을 잡고 절간으로 들어갔다. 여인은 절에 들어서자 부처님께 절을 올렸다. 흰 휘장 안으로 들어가는데 친척과 승려들은 모두 그를 알아보지 못했다. 양생만 혼자 그를 보았다.
여인이 양생에게 말했다.

"진지나 드시지요."

양생은 그 말을 부모에게 알렸다. 부모는 그 말을 시험하기 위해 밥을 같이 먹게 했다. 수저 놀리는 소리만 들렸다. 인간이 먹는 것과 같았다. 부모는 경탄해 마지않았다. 드디어 양생에게 휘장 옆에서 자게 했다. 한밤중에 소리가 낭랑히 들려 왔다. 사람들이 엿들으려 하면 갑자기 뚝 그쳤다. 그 말은,

"저의 행동이 규율을 어긴 것이라는 것은 저도 잘 압니다. 어릴 때 시서(詩書)를 읽었으므로 예의를 대강 알고 있습니다. 시경의 건상(褰裳)의 부끄러워할 수 있음(可媿)과 상서(相鼠)의 얼굴 붉힐 수 있음(可恧)을 모르는 것이 아닙니다. 그러나 다북쑥 우거진 데 오래 있고 들판에 버림받은 몸이 되어 사랑의 정이 한 번 일어나니 끝내 걷잡지 못했습니다. 접때는 절에 가서 복을 빌고 부처님에게 향불을 피우면서 일생의 박명(薄命)함을 스스로 탄식했더니 홀연 삼세(三世)의 인연을 만나게 되었으므로 검소하고 부지런한 아낙으로 낭군을 받들어 평생을 모시고자 했습니다만 한스럽게도 업(業)을 피할 수 없어 저승길로 가야겠습니다. 즐거움을 다하지도 못했는데 이별이 다가왔습니다. 이제 연꽃(寶蓮)은 병풍에 들어가고 아향(阿香)이 뇌거(雷車)를 밀면 운우(雲雨)는 양대(陽臺)에서 풀어야 하고 까막까치(烏鵲)는 천진(天津)에서 흩어져야 하니 이에 따라 한 번 이별하면 뒷날을 기약할 수도 없습니다. 슬픈 이별을 맞이하여 무어라 말씀드릴 바를 모르겠습니다."

혼(魂)을 보낼 때 곡소리는 끊이지 않았다. 문 밖에 이르러서는 은은한 소리로만 들려왔다.

> 저승의 운명(冥數)은 유한하여(冥數有限)
> 애달프게 떠납니다(慘然將別)
> 비나이다 낭군이시여(願我良人)
> 오랫동안 잊지는 마소서(無或疎闊)

여기까지가 환몽구조이다. 결말구조를 보자.

이튿날 양생은 제사에 바칠 고기[牲牢]와 두 통의 술[朋酒]을 갖추어 옛 자취를 찾아갔다. 과연 빈장(殯葬)한 곳이 있었다. 양생은 제물을 차려놓고 슬피 울었다. 그 앞에 종이 돈 꿰미[楮鏹]를 태우면서 장례를 치렀다. 그리고 제문을 읽었다.

"아! 님이시여. 자랄 때는 온순하고 아름다웠으며 자라서는 깨끗했습니다. 모습은 서시(西施)를 닮았고 시부(詩賦)는 숙진(淑眞)을 능가했습니다. 스스로 안방을 나서지 않고 항상 가정교육을 받았었습니다. 난리를 만나서도 정조를 지켰으나 왜구를 만나서 목숨을 잃었군요. 다북쑥 속에 몸을 의탁한 채 홀로 있으면서 꽃 피는 달밤을 상심했고 봄바람에 애간장이 녹았고 두견새의 피울음을 슬퍼했습니다. 서리 내리는 가을에는 비단 부채의 인연 없음을 탄식했습니다. 접때는 하룻밤을 만나서 회포[心緖]를 풀었더니 비록 유명(幽明)이 다름을 알았으나 고기가 물을 만난 기쁨을 다했습니다. 장차 백년을 함께 하자 했더니 어찌 하룻밤에 슬피 헤어짐이 있단 말인가요? 그대는 달에서 난새를 타는 여인이 될 것이요 무산(巫山)에서 비 내리는 낭자가 되리니 땅은 캄캄해서 바라보기 어렵고 하늘은 막막해서 바라보기 어려울 것입니다. 나는 집에 들어와도 황홀해서 말할 수 없고, 나가서도 아득해서 죽지 못하고 영혼 모신 휘장을 대하면 얼굴을 가리어 울고 좋은 술을 따를 때에는 더욱 슬퍼집니다. 요조한 음성과 모습은 눈에 삼삼하고 낭랑한 말씀은 귀에 쟁쟁합니다. 아, 슬프다! 총명한 그대의 성품, 정밀한 그대의 기상, 3혼(三魂)은 설사 흩어져도 영혼이야 어찌 없어지겠습니까? 은하에 내려와서 뜰에 오르고 혹은 향기 나는 다북쑥에 나타나서 곁에 있겠는지요? 비록 죽음과 삶은 다름이 있으나 그대는 이 글에 느낌이 있을 것입니다."

장례를 마친 후 양생은 슬픔을 견디지 못해서 전답과 집을 팔고 연달아 사흘 밤을 제수를 올렸다. 여인은 공중에서 양생을 불렀다.

"저는 낭군의 도움을 받아 발탁되어 이미 다른 나라의 남자로 태어났습니다. 비록 유명(幽明)이 다르지만 깊이 감사의 뜻을 올립니다. 낭군께서는 응당 선업(淨業)을 닦으시어 윤회(輪回)를 벗어나도록 하십시오."

양생은 다시 혼인하지 않고 지리산에 들어가 약을 캐면서 살았다고 하는데 그 뒤로 그가 어디로 갔는지 알 수 없었다.

여기까지가 결말구조이다. 앞서의 환몽구조에서는 현실에서 이루어질 수 없었던 여인이 귀신이자 신선으로 등장한다. 귀신으로 산 남자와 결합하여 운우(雲雨)의 정을 나눈다는 구절은 되풀이된다. 귀선(鬼仙)의 품위 유지와 사류(事類)의 적절한 표현은 금오신화의 문체를 돋보이게 한다. 김시습의 위서(緯書) 탐독은 후대의 학자들에게도 많은 영향을 미쳤으며, 또한 그의 소설에 영향을 미친 작가 시인은 최치원 이하 문선과 동문선 등에 실린 글들과 도가서, 불가서, 도교 경전들이 있다. 환몽구조에서는 소망과 이념에 대한 깨달음의 과정이기에 현실을 뛰어넘는 세계가 등장한다. 또한 그들의 대화는 품위 있고 제시(題詩)에는 장중함이 있다.

만복사저포기의 환몽구조는 양생이 부처님께 아리따운 배필을 만나기를 기도한 감응으로 여인이 나타나서 부처 앞에 글을 올리는 것에서 시작된다. 작가는 인간과 귀신 사이를 오락가락 하는 글을 독자에게 어떻게 설명할 것인가? 이는 소설 최치원의 환몽구조처럼 죽은 여인의 소망을 이루기 위해서는 이승의 이상적인 수재가 있어야 하고 귀신이면서 귀신이 아닌 선녀가 등장해야 얘기가 진전된다. 그것은 귀신이면서 신선인 귀선(鬼仙)인 것이다.

김시습이 귀선(鬼仙)에 대해서 설명한 적은 없는데, 그의 생사설(生死說)을 살펴본다.

천지 사이에 나고 또 나고 끝이 없는 것이 도(道)이다. 모이고 흩어지고[聚散] 가고 오는[往來] 것은 이(理)의 기(氣)이다. 모임이 있으므로 흩어지는 이름이 있고 옴이 있으므로 가는 이름이 있고, 남이 있으므로 죽음의 이름이 있다. 이름이란 기(氣)의 실제로 있음[實事]이다. 기(氣)

가 모인 것이 나서 사람이 되고 사람은 이(理)가 갖추어 드러난 것이다. 그러므로 마음(心)이 있으니 마음이란 신명(神明)의 집이다. 임군에게 충성할 뜻이 있고, 부모에게 효성할 뜻이 있는 것이다.

기(氣)가 흩어진 것은 죽어서 귀(鬼)가 되니 귀(鬼)란 것은 이(理)로 돌아가 멸(滅)하는 것이다. 그러므로 기(氣)가 아득하여 형체가 없는[無朕] 데로 돌아가니 다시 천지음양의 시종(始終)으로 돌아가 말이나 형적(形迹)으로 일컬을 수 없는 것이다.21)

기(氣)가 흩어진 것은 죽어서 귀(鬼)가 된다고 했다. 귀(鬼)란 것은 이(理)로 돌아가 멸(滅)하는 것이라 했다. 그러므로 기(氣)가 아득하며 형체가 없는 데로 돌아가니 다시 천지음양의 시종(始終)으로 돌아가 말이나 형적(形迹)으로 일컬을 수 없는 것이라 했다. 그러나 금오신화에서는 이 귀(鬼)가 흩어진 기(氣)로 남아 이(理)로 돌아가 멸(滅)하지 못하고 살아 있는 수재를 만나 맺힌 한을 풀고 있다. 김시습은 소설을 통해서 꿈의 세계에서 이를 증명하고 있다.

우리나라 선파(仙派)들의 계보는 한무외의 해동전도록(海東傳道錄)에 밝혀져 있다. 신라 말에 당나라에 유학한 김가기, 최승우, 자혜 스님과 전진파의 종리권, 신원지 등과 연계된다. 최치원의 과의 도교(科儀道教)와는 계보가 조금 다르다. 포박자와 황정경, 신선전 같은 초기 도교의 이론서를 최치원이 탐독했다면 종려전도전집(鍾呂傳道全集)의 금벽고문용호경(金碧古文龍虎經)과 참동계, 영보필법, 입약경, 종려전도집 등의 수련득도의 이론을 전수받은 계통이 우리나라의 전진파이니 그 중심부에 김시습이 있다고 했다.

종려전도집(鍾呂傳道集)은 당나라 때의 종리권(鐘離權)이 짓고 여동빈(呂洞賓)이 편집하고 시견오(施肩吾)가 전했다고 했다. 또한 시

---

21) 『매월당전집(梅月堂全集)』 권 20 설(說) 생사설(生死說).

견오는 서산군선회진기(西山羣仙會記)를 쓰기도 했다. 그런데 이 종려전도집은 송사예문지(宋史藝文志)에서는 진선전도집(眞仙傳道集)이라 하고, 그 뒤에는 또 종려2선전도집(鍾呂二仙傳道集)이라 한 걸 보면 전진도(全眞道)의 필수교본이었던 것으로 보인다. 그 첫 장이 논진선(論眞仙)이다.

여동빈이 물었다.

"사람이 죽으면 귀신이 되고, 도가 이루어지면 신선이 되니 신선이 일등입니다. 어떻게 신선 가운데서 상승하여 하늘을 취하겠습니까?"

종리권이 답했다.

"신선은 하나가 아니다. 순음(純陰)으로 양(陽)이 없는 것이 귀신이다. 순양(純陽)으로 음(陰)이 없는 것이 신선이다. 음양이 서로 섞여 있는 것이 사람이다. 오직 사람만이 귀신이 되고 신선이 될 수 있다. 소년이 수련하지 않고 정욕(情)이 방자하고 뜻을 마음대로 하여 병들어 죽으면 귀신이 된다. 알고 수련하여 초범입성(超凡入聖)하여 형질을 벗으면 신선이 된다. 신선에는 5등급이 있고 법에는 3성(三成)이 있으니 수련해 가짐은 사람에게 있고 공(功)을 이룸에는 분수(分)를 따르는 것이다."

여동빈이 물었다.

"법에는 3성(三成)이 있고 신선에는 5등급이 있다는 것은 무엇입니까?"

종리권이 답했다.

"법에는 3성(三成)이 있다는 것은 소성(小成), 중성(中成), 대성(大成)이 다르다는 것이요, 신선에 5등급이 있다는 것은 귀선(鬼仙), 인선(人仙), 지선(地仙), 신선(神仙), 천선(天仙)이 등급이 다르나 모두가 신선인 것이다. 귀선(鬼仙)은 귀신에게서 떠나지 못하고 인선(人仙)은 사람에서 떠나지 못하고, 지선(地仙)은 땅에서 떠나지 못하고, 신선(神仙)은 신에서 떠나지 못하고, 천선(天仙)은 하늘에서 떠나지 못한다."

여동빈이 물었다.

"이른바 귀선(鬼仙)이란 무엇인지요?"

종리권이 답했다.

"귀선(鬼仙)은 5선(五仙)의 아래 첫번째다. 음(陰) 가운데서 초탈(超脫)하나 신(神)의 상(像)이 분명치 않고, 귀관(鬼關)에서는 성명도 없고, 삼신산(三神山)에서는 이름도 없다. 비록 윤회(輪回)에는 들지 않았으나 또한 봉래, 영주[蓬瀛]에 돌아오기 어렵고 끝내는 돌아갈 곳이 없는 것이다. 투태(投胎)에 머무르는 데 그칠 따름이다."

여동빈이 물었다.

"이와 같은 귀선(鬼仙)은 어떤 술수(術)를 행하고 어떤 공(功)을 써서 이에 이르렀는지요?"

종리권이 답했다.

"수련을 갖는 사람이 대도(大道)를 깨닫지 못하고 급히 이루려하면 형체[形]는 고목(槁木) 같고 마음은 불꺼진 재[死灰]와 같아서 신지(神識)를 안으로 지키고 한뜻[一志]을 흐트리지 않으면 안정된 가운데 음신(陰神)이 나오니 곧 청령(淸靈)의 귀신(鬼)이요 순양(純陽)의 신선이 아니다. 그 한뜻[一志]으로 음령(陰靈)은 흩어지지 않는다. 그러므로 귀선(鬼仙)이라 한다. 비록 신선이 아니라 하나 실제로는 귀신이다. 고금(古今)에 부처를 숭배하는 무리들이 공(功)을 써서 이에 이르면 곧 득도했다고 하니 참으로 가소롭다."[22]

이 인용문은 만복사저포기의 문체를 그대로 설명해 주고 있다. 김시습은 수이전이나 태평광기 등의 위서의 영향도 있지마는 종려전도집을 탐독한 것으로 보인다. 귀신이면서 수재를 만나 한을 풀겠다는 일념으로 흔들리지 않는다. 스스로 신선을 자처하지만 청령(淸靈)의 귀신이지 순양의 신선이 아니다. 남녀 주인공이 수련을 지니면서도 부처님 앞에서 소원을 빈다는 것은 환몽구조에서 귀선과 수

---

22) 『종려전도집(鍾呂傳道集)』 논진선(論眞仙) 1, 종려전도전집(鍾呂傳道全集), 자유출판사.

재의 사랑이 이루어지나 그것은 윤회의 길에 들어서 투태(投胎)에 머문다는 플롯으로 몰고 가는 것을 의미한다. 김시습의 창의성은 오히려 전진도의 전도집에서 나타난 사상에서처럼 당대의 불교와의 논쟁에서 오는 상극의 처지가 잘 나타나 있다. 환몽구조에서 귀선의 한을 풀고 결말구조에서 투태(投胎)에 머물게 된 자신의 만족함을 양생에게 말한다. "저는 낭군의 은덕을 입어 이미 다른 나라에서 남자의 몸으로 태어났습니다"고 했다. 부처를 믿는 무리들은 귀선이 되거나 귀선의 한을 풀어 주고는 지리산에 들어가 약초를 캐고 살았으나 수련득도하여 신선이 되었는지 역시 귀선의 길로 나아갔는지는 알 수가 없다고 했다.

5. 구운몽의 진지함과 비꼼의 어조

구운몽은 노존사의 제자 소사미와 남악 위부인을 모시는 8선녀가 등장하는 이야기이다. 남악의 형산에 이미 자리잡은 위부인이 있었고, 그 자리에 금강경 한 권만 지니고 나타난 육관대사가 법당을 연다. 그의 설법에는 용왕도 감동하고 위부인 또한 8선녀를 보내어 치하한다. 용왕 또한 선가(仙家)로 묘사된다. 육관대사의 수제자 성진이 스승의 명을 받고 용궁에서 대접을 받고 돌아오는 길에 돌다리 위에서 8선녀와 수작을 부리다 드디어는 스승에게 꾸짖음을 받는데 그 말을 보면,

수행의 공부(工)에는 세 가지가 있으니 몸과 말과 뜻이다. 네가 용궁(龍宮)에 가서 술을 마시고 취하여 석교(石橋)에 이르러 여자를 만나 수작을 하고, 꽃가지를 꺾어 주며 서로 희롱했으며, 돌아와서도 연연하여 처음에는 미색(美色)을 탐하다가 또 부귀에 마음을 뺏기고 세속의 영화를 사모하고, 불가의 적막함을 싫어하니 이는 세 가지 수행의 공부가 일시에 무너진 것이다. 죄가 참으로 크니 이곳에 머무를

수가 없다.1)

고 했고, 이에 성진은 머리를 조아려 눈물을 흘리며 말했다.

> "스승님이시여! 스승님이시여! 성진이 진실로 죄가 있습니다. 스스로
> 술의 계율을 어긴 것은 주인의 강권으로 부득이했으며, 여인과 더불어
> 수작한 것은 길을 빌리기 위한 것이지 본래 다른 뜻은 없었습니다. 무
> 슨 부정한 일이 있겠습니까? 곧 선방으로 돌아와서 비록 나쁜 생각이
> 싹텄으나 곧바로 스스로 잘못됐음을 깨달아 미친 마음이 일어나고 착
> 한 마음이 저절로 일어나서 잠깐 사이에 후회하여 마음을 바로잡았으
> 니 불가에서 말하는 '머지않아 되돌아온다'는 것과 같습니다."

실로 그 어조가 진지하다 못해 엄숙했다. 이 엄숙하고도 진지한
어조는 불자인 어머니 윤씨를 위로하기 위해 지었다는 김만중의 저
작동기와도 부합한다고 볼 수 있다. 그런데 이 도입구조에서는 부처
님이 아닌 선녀가 등장하나 그들은 공경의 대상이거나 진지한 대상
이 아니라는 데 주목해야 한다. 성진이 지향한 것은 현실의 부귀공
명인데 어찌하여 위부인, 8선녀가 등장하는가? 그들은 존경의 대상
이 아니라는 데에 문제가 있다. 8선녀에 대해서도 "여보살님들은 빈
승의 말을 들어보십시오"라 했다.
　장래가 촉망되는 불제자인 성진을 죄 주기 위하여 육관대사가 말
했다.

> "황건역사(黃巾力士)야, 어디 있느냐?"
> "너는 이 죄인을 압송하여 풍도(酆都)에 가서 염왕(閻王)에게 인수하

---

1) 『구운몽(九雲夢)』, 고려대학교 민족문화연구소 발행, 1996, p.26(한문본 참조) 이
　하 같음.

고 오너라."

성진은 여러 사실을 들어 진지하게 자신을 변명했다. 그러나 용서
하지 않고 끝으로 하는 위로의 말도 진지하다.

"마음이 참으로 깨끗지 못하면 비록 산중에 있어도 도(道)를 이루기
어렵다. 근본을 잃지 않는 한 비록 홍진(紅塵)에 가도 돌아올 길이 있으
리니, 네가 만약 돌아오고자 하면 내가 몸소 데려올 터니 의심하지 말
고 떠나거라."

성진이 할 수 없이 불상과 대사께 절하고 여러 동문들과 이별하
고 역사를 따라 저승을 따라갔다. 음혼관(陰魂關)에 들어가 망향대
(望鄕臺)를 지나서 풍도성(豊都城)에 이르렀다. 이에 성문의 귀졸(鬼
卒)들이 물었다. 황건역사가 육관대사의 법지로 죄인을 데려왔다고
하니 곧 길을 열어 주어 곧바로 삼라전에 이르렀다. 같은 말을 하니
염왕이 공문서를 떼어 역사에게 도로 보냈다. 성진이 염왕의 궁전
아래 나아가 무릎을 꿇었다. 염왕이 물었다.

"성진 상인아! 상인은 몸은 남악(南岳)에 있으나 이름은 이미 지장왕
(地藏王)[2]의 책상 위에 있으니 얼마 가지 않아서 큰 도(大道)를 얻어
높이 연좌에 오르면 중생들이 모두 은덕을 입을까 했는데 어찌하여 이
곳에 이르렀는가?"

다시 잡혀온 8선녀에 대해서는

"남악 선녀야, 선가(仙家)에는 무궁한 경개와 무궁한 쾌락이 있는데
어째서 이곳에 왔는고?"

---

2) 지장왕(地藏王) : 지옥에 머물연서 육도(六度)의 중생을 교화하는 보살.

하는 걸 보면, 불자에 대해서는 정중하고 극진한 어조인데도 선녀들에 대해서는 쾌락주의가 무궁한 곳이 선가라는 비꿈의 어조로 대하고 있다. 8선녀는 이에 대하여

> "첩들은 위부인의 명령으로 육관대사를 문안드리고 돌아오는 길에 성진 소화상을 만나 말을 주고받은 일이 있사온데, 대사께서 저희들이 불가의 깨끗함을 더럽혔다 하여 우리 부중(府中)에 공문을 보내어 첩들을 이곳에 잡아 보냈사오니 첩들의 승침고락(升沈苦樂)은 대왕의 손에 달렸사오니 바라건대 대자대비께서는 좋은 곳에 환생하게 해 주십시오."

이것은 유·불·도 가운데 불교 우위의 발상이며 어조다. 이것은 조선시대의 사대부들의 발상이 아니요, 불보살인 어머니를 위로하기 위한 작가의 의도적인 어조가 된 것이었다. 이 도입단락에서 환몽구조로 들어가게 하는 꿈의 현세에의 진입과정을 보면 육관대사, 염라대왕, 지장보살의 처벌 결정에 따라 사자(使者)가 환생하는 곳까지 안내하는 것으로 되어 있다. 작자에게는 그 이상의 도·불의 세계에 대한 허구를 형상화하기에는 이르지 못한 한계가 있었던 것이다. 염왕이 사자 아홉 사람을 불러 각기 비밀스런 당부(密囑)를 하여 인간계로 보내니 갑자기 궁궐 아래로부터 큰 바람이 휩쓸어 올랐다. 모든 사람들이 공중으로 올라가 사면팔방으로 흩어졌다. 사자가 성진을 끌고 한 곳에 이르니 바람은 그치고 발이 땅에 닿았다. 정신을 가다듬고 보니 사방에 산이 둘러 있고 계곡물이 굽이쳐 흐르고 있었다. 대나무 울타리의 초가집 안으로 들어가니 이웃사람들이 서로 말하고 있었다.

"양처사 부부가 50에 비로소 잉태하니 인간에 드문 일이다. 아이를 낳은 지 이미 오래 되었는데도 아이 울음소리가 없으니 걱정이 됩니다."

이렇게 양처사의 아들로 태어난 성진의 심정은 그렇게 즐거운 것이 아니고 어차피 꿈속의 인생을 살아갈 자신의 운명보다는 이미 한 번 죽은 자신의 사리(舍利)를 누가 거두어 주겠는가 하는 조심스런 반응이다.

"내가 이미 인간 세상에 태어나 여기에 왔지만 단지 정신뿐이요, 육신은 마땅히 연화봉에서 화장되었을 것이다. 내 나이 어려 아직 제자가 없으니 누가 나의 사리(舍利)를 거두어 주겠는가?"

작가는 불교의 세계에서 상상한 공간은 지상이었으므로 천상에서 지하로 적강한 구조는 아니다. 당연히 죽은 성진이 윤회에 의하여 양처사의 아들인 양소유로 환생했다고 했다. 사자가 말했다.

"여기는 대당국 회남도 수주 땅이고, 너의 부친은 양처사요 모친은 유씨, 너는 전생의 인연으로 이 집에 태어났으니, 속히 들어가 좋은 때를 기다리라."

어째서 작가는 성진을 독실한 불자의 아들로 태어나게 하지 않았을까? 분명히 성진은 연화봉에서 죽어 화장되었다가 전생의 인연으로 이 집에 태어났다는 인연설을 내세웠으면서도 양처사의 아들로 환생시켰다. 작가 김만중은 남악 위부인의 신분이나 영이지사(靈異之事)나 괴기한 행동을 다 기록하지 못한다고 했다. 기록의 근거를 전설에서 취했을 따름, 정중하거나 진지한 기술이 아님을 볼 수 있다. 남악 위부인은 중화의 신선전에 나오는 인물로 널리 알려진 여선(女仙)이면서 성진이 환생하는 양처사의 집 기술에서도 양처사가 아내에게 하는 말로 대신했다.

> "나는 본래 세상 사람이 아닌데 그대와 더불어 세속 인연이 있어서 이 땅에 오래 머물렀소. 봉래 신선이 자주 편지하여 오라고 하나 그대의 외로움을 생각하여 가지 않았는데 이제 아이가 이와 같이 영특하니 그대가 의지할 데는 얻었소. 마땅히 만년에 부귀영화를 누릴 것이니 나를 생각지 마시오."

전설적인 선인으로 묘사하나, 그는 옥황상제에 의해 직분을 받은 인물도 아닌 삼신산의 하나인 봉래산에 돌아가 지상선이 된다. 그러면서 앞으로의 환몽구조에서는 부귀영화를 추구하는 유가의 선비가 될 것을 예언하고 있다.

김만중이 도입구조에서 성진의 입을 통해서 8선녀를 여보살이라 하고, 염왕의 입을 통하여 "남악 선녀야, 선가에는 무궁한 경치와 쾌락이 있는데 어찌하여 이 땅에 이르렀느냐" 하고 오해 아닌 빈정댐의 어조로 일관하고 있었음을 기억할 것이다. 양처사가 봉래 신선으로 양소유가 태어나자 흰 사슴과 푸른 학을 타고 깊은 산으로 들어갔다고 했다. 천상선인이 아니고 지상선이므로 산으로 간 것이다. 이는 김만중이 선도의 세계를 묘사하는 데서 한계를 드러낸 것이 아니고, 애초부터 선도의 세계와 유가의 세계를 인생쾌락의 장으로 서술하고자 하는 복선이었으며, 그 어조는 빈정거림과 비꼼의 어조인 것이다.

환몽구조에서 첫 제목은 화음현규녀통신(華陰縣閨女通信) 남전산

도인전금(藍田山道人傳琴)이다. 양소유는 비범한 인물로 자라는데,
열네 살에 그 용모는 반악(潘岳)같이 미남이고, 기상은 이태백(靑蓮)
같고, 문장은 연국공(張說)과 허국공(蘇頲) 같고, 필법은 종요(鍾繇)
같았고, 제자백가 9류3교, 천문지리, 6도3략, 활쏘기와 칼쓰기 등에
정통하지 않음이 없었다고 했다.

   하루는 양소유가 어머니에게 이별을 고했다.

   "부친께서 하늘로 돌아가실 때 문호(門戶)를 저에게 맡기셨는데, 지
   금 집안이 가난하여 모친께서 힘들여 살림하시니 제가 만약 집 지키는
   개나 되고 공명을 구하지 않으면 이는 부친이 기대하는 바가 아닙니다.
   이제 서울에서 과거를 보아 선비를 뽑는다고 하니 제가 모친 슬하를 떠
   나 서울로 갈까 합니다."

   산으로 올라갔다는 아버지가 하늘로 올라갔다 하고, 신선인 아버
지가 자식의 출세를 바란다는 것은 앞뒤가 안 맞는다. 그러나 이 환
몽구조에서는 선도에 대한 작가의 어조가, 8선녀가 환생한 여인들과
의 인연에 의한 결합이 순차적으로 진행되면서 어색한 장면마다 도
인과 선사가 등장하여 정중하게 진행한다. 그런데 처음 진채봉과의
상봉에 월하노인이 되어 준 양처사의 친구인 도인은 거문고를 주어
더욱 정중한 어조로 일관한다.
   그런데, 군데군데 나타나는 속임수와 귀선의 등장, 일부다처는 무
엇을 뜻하는가? 또한 양소유의 2처6첩이라는 피동적인 여성편력은
무엇을 의미하는가? 여기에서도 제후는 세 부인이 있다고 했다. 만
나는 여인마다 겸양하는 마음에 양소유의 처분대로 하라고 했다. 여
인의 부모 또한 딸의 너그러운 마음씨에 감탄할 뿐이었다. 그 정중
하고 진지한 여인의 마음은 정경패가 부처님에게 올린 소문(疏文)이

이를 말해 주고 있다. 정소저와 난양공주의 상봉 장면은 장중체의 극치이다. 양상서의 꿈, 세 선녀와의 상봉, 태후에 의한 정소저 집안의 속임수는 양상서의 기쁨을 배가시키려는 소설적인 재미이고, 군담소설의 개선장면 등은 양승상 한 사람에게 집중되어 있다. 정십삼이 속임수에 가담하고 가춘운이 말했다.

> "승상께서는 오늘이 슬퍼하실 날입니까? 눈물을 거두시고 저의 말을 들으십시오. 우리 낭자는 본래 하늘 신선인데 속세로 귀양오셨습니다. 도로 하늘로 올라가시던 날에 첩에게 말씀하였습니다."
> "네가 양상서를 하직하고 나를 따랐는데 나는 이제 세상을 버리려 한다. 너는 모름지기 양상서께 돌아가 그 분을 모시어라. 상서께서 돌아오시면 반드시 나 때문에 마음 상해하실 것이니 너는 나의 뜻을 상서께 전하여라. 우리 집에서 상서의 예례를 돌려 보낸 뒤에는 곧 길가 나그네와 같은 남남이 된다. 하물며 그 전에 거문고를 듣던 혐의가 있으니 상서께서 만약 과도하게 슬퍼하시면 이는 임금의 명을 거역하고 또 죽은 사람에게도 누를 끼치는 일이다. 더욱이 제청(祭廳)을 만들고 본문에 곡하는 일을 하면 이는 나를 음난한 여자로 대하는 일이니 나는 눈을 감지 못할 것이다."

선녀가 되어 하늘로 돌아가고 상서에게 슬픔을 자제하라는 어조는 속임수의 일단이다. 앞서의 정경패(소저)가 부처님께 올리는 소문(疏文)의 정중함과는 사뭇 대조적이다.

> "제자 경패 정씨는 삼가 시비 춘운을 시켜 여러 부처님이며 보살님께 머리 조아려 아룁니다. 제자 경패는 전생에 죄가 많아 여자로 태어나서 형제도 없습니다. 양씨 집에서 폐백을 받아 몸을 허락하였는데 도리어 양씨가 천자의 사위로 뽑히어 조정의 명이 엄합니다. 하늘의 뜻이 사람과 다르고 그 덕을 두셋으로 하는 것은 의(義)에 차마 하지 못하겠

으니, 영원히 부모께 의지하여 남은 생애를 마칠까 합니다. 명운이 기
박하였지만 다행히 이렇듯 밝고 한가함을 얻었으니 부처님께 정성을
드리고 머리 조아려 아룁니다. 원컨대 우리 부모 연세 백 세가 넘게 해
주시고, 제자도 몸에 재앙 없이 아롱옷 입고 어리광부리는 것이 끝없게
하여 주십시오. 부모가 돌아가신 뒤에는 맹세하건대, 향 피우고 경문(經
文)을 읽으면서 부처님께 은혜에 보답하겠습니다. 또한 부리는 종이 있
는데 이름은 춘운입니다. 일찍이 저와 함께 큰 인연이 있었으니 명분은
비록 종이요 주인이나 실질은 친구입니다. 저의 명으로 정분보다 먼저
첩이 되었으나 일이 크게 그릇되어 남편을 떠나 저에게 돌아왔으니 맹
세코 죽고 사는 것과 괴롭고 즐거운 것을 함께 할 것입니다. 엎드려 바
라건대, 여러 부처님께서는 우리 두 사람을 불쌍히 여기셔서 대대로 날
때마다 여자 몸이 되는 것은 면하게 해 주십시오. 저의 죄악을 없애 주
시고 지혜와 덕을 더하시어 좋은 곳에 다시 태어나 노닐면서 즐거움을
누리게 해 주십시오.”

　정중하고 진지한 어조인 불가의 소문이다. 가춘운이 정소저가 죽
었다고 하고 양승상에게 그의 유언을 전했다. 그 내용은, 정소저는
본래 천상선녀가 지상으로 적강했다고 하는 선가어로써 속임수의
어조로 삼았던 것이 작자의 경박하고 빈정대는 어조가 되고 있다는
것이다. 그러면서도 슬퍼하는 승상에게 가춘운은 “소저는 분명 천당
에 계실 것입니다. 만사가 모두 전생에서 이미 정하여진 것이니 승
상께서는 과도히 슬퍼하지 마십시오”라고 한다. 이는 도입구조에서
나 환몽구조에서 불가에는 진지하나 선도에는 빈정거리고 폄하하는
어조가 계속 유지된다는 사실을 증명한다.
　양승상이 어전에서 상을 뵈오니 상이 그에게 난양과 영양 두 공
주에다 궁인 진씨까지 함께 처첩으로 삼으라 하니, 이는 도대체 어
느 나라 법인가? 환몽구조에서는 양소유의 소망이자 꿈이 실현되는

장면마다 필연적인 사건의 전개가 아니라 꿈에서나 이루어질 수 있
는 쾌락의 극치를 보여 주는데, 이미 짜여진 플롯에 따라 8선녀와
결합하는 과정이 전개되는 것이다. 양승상은 머리를 조아리며 은혜
에 감사할 뿐이라고 했다. 이 두 공주와 진숙인과의 결혼 후 양승상
은 어떠한가?

　　이날 세 천선(天仙)이 한곳에 모이니 광채가 방안에 가득하고 오색
　이 휘황하였다. 승상이 눈이 아물거리고 마음이 뛰놀아 꿈인가 의심할
　지경이었다.

이것은 꿈이다. 전무후무한 꿈임을 작가가 재차 강조한 것이다.
그런데 천상계나 선도의 세계와 연계가 되지 않는 것은 작가의 기
술이 도경이나 선도설화에 깊은 조예가 없었던 탓이란 점에 유의하
여야 한다. 또한 자청관(紫淸觀)이나 유부인(柳夫人)의 표매(表妹)가
두련사(杜鍊師)라 한 걸 보면, 도교에 대한 깊은 상식이 없던 것은
아니나 이에 대한 기술이나 묘사가 정중한 것은 아니었음을 알 수
있다. 경홍과 섬월이 들어온 후로 승상을 모시는 사람이 점점 많아
지고 난 후 양승상 집 거처를 살펴본다. 이는 선인의 세계는 아니지
만 세속인의 극치를 나타낸 것이다.

　　승상이 각기 거처를 정해 주었다. 정당의 이름은 경복당(慶福堂)이
　니 유부인이 거처하는 곳이다. 그 앞의 연희당(燕喜堂)에는 좌부인
　영양공주가 살고, 경복당 서쪽 봉소궁(鳳簫宮)에는 우부인 난양공주
　가 산다. 연화당의 앞쪽 응향각(凝香閣)과 그 앞 청하루(淸霞樓), 이
　두 채는 승상이 평소에 거처하면서 궁중 잔치를 여는 곳이다. 청하루
　앞 최사당(催事堂)과 그 앞 외당인 예현당(禮賢堂), 이 두 채는 승상
　이 손을 접대하고 공무를 보는 곳이다. 봉소궁 앞에 희진원(希秦院)

이 있는데, 이는 숙인 진채봉의 집이다. 연희당의 동남쪽으로 별당이 있으니 이름은 영춘각(迎春閣)이고 가춘운의 집이다. 청하루의 동서에 각각 소루(小樓)가 있는데, 푸른 창에다 붉은 난간이 지극히 화려하고 행각(行閣)이 청하루와 응향각에 잇따라 통해 있다. 동쪽은 산화루(山花樓)라 하고 서쪽을 대월루(待月樓)라 하니, 계섬월과 적경홍의 거처이다.

이는 선녀나 보살의 집이 아닌 유가의 가장 이상적인 정원을 갖춘 별장의 집 구조이다. 계섬월과 적경홍은 기생 팔백여 명을 뽑아 좌부 400명은 계섬월이 이끌고, 우부 400명은 적경홍이 이끌면서 가무와 관현악을 가르쳤다. 매월 세 번 청하루에 모여 조련하면서 재주를 견주는데, 때때로 승상과 부인이 대부인을 모시고 친히 등급을 매겨 양쪽 교사에게 상벌을 주어 점점 재주가 능숙해 갔다고 했다.

그런데 아직도 8선녀 가운데 여섯을 맞이한 셈이니 둘은 어디에 있는가? 드디어 낙유원에서의 사냥과 활쏘기의 잔치자리에 둘이 등장하였는데, 바로 심요연과 동정용녀 백운파이다. 심요연의 신선 검무와 백능파의 이십오현 비파는 모든 참석자를 놀라게 했다. 모두가 벌주를 마시는 소동 끝에 영아루(迎迓樓)에서는 백능파, 빙설각(氷雪閣)에서는 심요연이 거처하기로 했다.

이후에 두 부인과 여섯 낭자는 서로 수족같이 친했고 승상의 온정도 너나없이 똑같았다. 이는 비록 여러 사람의 덕성이 좋아서 그렇기도 했지만 실은 당초에 남악(南嶽)에서 아홉 사람의 발원(發願)이 이와 같았기 때문이다.

모두가 부처님의 덕이었음을 정중한 어조로 서술하면서 환몽구조가 마무리 단계에 들어선다. 그러면서 그들은 2처6첩에 대하여 양승상이 아닌 그의 2처가 나서서 변명한다.

하루는 두 부인이 상의한 후에 말하였다. "옛적에는 자매가 한 나라에 시집가는 일이 많았다. 그 중에는 처도 있고 첩도 있었다. 지금 우리들 2처6첩은 비록 성은 다르나 결의형제하여 자매라 하면서 사는 것이 어떻겠느냐."고 제안했다. 그리하여 그들은 함께 관음상 앞에 가서 맹세했다.

양승상은 여러 번 상소하여 물러가려 했으나 왕은 이를 듣지 않고 내려오는 조서 또한 간절했다.

"경의 공훈은 세상을 덮었고 은택이 백성에게 가득히 미치니 국가가 의지하고 과인이 우러른 바요, 예전에 강태공과 소공은 나이 백 살에도 오히려 성왕과 강왕을 보좌하였소. 그런데 지금 경은 쇠로한 나이도 아니며 하물며 장자방 같은 선풍 도골은 보통 사람과 다르고 세상에서 출중한 바요, 지금 경의 풍채는 옥광에서 조서를 지을 때 같고 정신은 위교에서 도적을 칠 때와 같으니 마땅히 기산에 있던 허유와 소부의 높은 뜻과 같은 마음을 되돌려 요순시절과 같은 세상을 만들도록 하시오."

승상은 본래 불가의 뛰어난 제자였다. 여덟 낭자들도 남악의 여신선이어서 받은 기운이 신령스럽다고 했다. 승상은 또한 남전산(藍田山) 도인의 신선비방을 받아서 아홉 사람의 용모는 젊을 적보다 더 아름답다고 했다. 결국 태사의 벼슬을 더하고 승상자리에서 물러났다. 승상이 부인과 낭자와 더불어 난간을 의지하면서 슬픈 가락의 퉁소를 분 까닭을 말했다.

"북쪽을 바라보면 평평한 들판에 무너진 언덕이 있는데, 석양이 마른 풀을 비추었으니 이곳이 바로 진시황의 아방궁 터라오. 서쪽을 바라보면 한무제의 무릉이요, 동쪽을 바라보면 분칠한 성첩이 청산을 둘렀고

붉은 용마루가 반공중에 은은한데 밝은 달은 제 홀로 왔다갔다하되 옥
난간에 의지해 보는 사람이 없으니 이곳이 현종 황제가 양태진 귀비와
놀던 화청궁이라오. 이 세 임금은 천고의 영웅으로 사해로 집을 짓고
억조창생을 신하로 삼았으니 호방한 마음은 백 년을 오히려 짧다고 여
겼는데, 지금은 어디에 있소이까? 나는 회남 땅의 베옷 입은 선비로서,
성스러운 천자의 은혜를 입어 벼슬이 장수요 재상에 이르렀고, 또 여러
낭자와 서로 따르는 은정은 백 년이 하루같이 똑같았으니, 만약 전생의
인연이 아니면 어찌 이렇게까지 할 수 있겠소? 사람살이는 인연으로
만났다가 인연이 다하면 각각 제 갈 대로 돌아가는 것이 천지간의 항상
된 이치입니다. 우리들 백년 뒤에 높은 대는 이미 무너지고 굽은 연못
은 이미 메워지며 노래하고 춤추던 곳은 마른풀에 다 황폐한 안개 서린
곳으로 변해 나무꾼이며 소치는 아이들이 오르내리면서 '이곳이 양승상
이 노닐던 곳이다. 승상의 부귀와 풍류며 여러 낭자의 옥 같은 모습과
꽃 같은 빛깔은 지금 어디에 있는가?'라고 한탄한다면 인생이 어찌 잠
깐이지 않겠소이까? 내가 생각건대 천하에는 유도와 선도와 불도가 가
장 높으니 이것을 삼교라고 부릅니다. 유도는 살았을 때의 사업이니 죽
은 뒤에는 이름만 흐를 뿐이고, 신선은 옛부터 얻기가 어려워 얻은 사
람은 진시황과 한무제, 현종황제를 볼 수 있소. 내 나이 들어 벼슬에서
물러난 뒤에 자려고 할 때는 반드시 부들방석(蒲團) 위에서 참선하였으
니, 이로 보면 반드시 불가와 인연이 있는 듯합니다. 내 이제 장자방이
적송자를 바랐듯이 하려고 하오. 집을 버리고 스승을 구하러 남해를 건
너 관음을 찾고 오대산에 올라 문수보살을 예방하여 나지도 죽지도 않
는 도를 얻어 진세(塵世)의 고락을 초월해 나오려 하오. 여러 낭자와 반
평생을 함께 했는데, 하루아침에 이별하려 하니 슬픈 감회가 곡조에 저
절로 나타났는가 봅니다."

 이러한 양소유의 토로는 구운몽의 주제이기도 하지만 작품 전체
의 어조를 설명해 주는 문맥이다. 이 환몽구조는 전대의 어떤 작품
에서도 찾아볼 수 없는 인간의 소망이요 꿈이다. 한 점 흠잡을 데

없을 정도로 이승에서의 욕구를 다 누리고도 되돌아보니 화려했던 자신의 한평생이 영원하지 못한 한 찰나에 불과해 슬픈 감회를 슬픈 곡조로 표현한다고 하니, 이는 독자들이 공감하기보다는 이럴 수가 있느냐는 심정이 들게 한다. 유도는 살아 있을 때의 일이니 죽은 후에는 이름만 남는다고 했다. 이름만 남을 뿐이니 거기에 매달리지 말라는 것인 듯하나 삶 자체에는 독자에게 교훈이 될 내용이 없다.

신선은 옛부터 얻기가 어려우니 진시황, 한무제, 현종 황제가 있을 뿐이라 하였는데 이는 지극히 편벽된 신선관이다. 장도릉과 같은 과의도교에서나 여동빈과 같은 수련도교에 대해서는 언급하지 않고 천하를 통일하고 아방궁을 짓고 불사약을 찾아 죽지 않으려 했던 진시황, 항우를 해하에서 물리친 유방(劉邦), 도교를 지독히 신봉했고 양귀비를 사랑했던 당 현종을 신선이라 하니, 이는 신선의 즐거움을 누렸다는 뜻이며, 선도가 지향하는 바를 왜곡하는 빈정댐의 어조가 그대로 나타나 있는 것이다.

자신은 장자방(張子房)이 적송자(赤松子)를 따르듯 하겠다면서 인연은 불도에 있다고 했다. 장자방은 장량(張良)이다. 한나라에 충성하고 말년에 인간사를 버리고 적송자를 따라가리라 했다. 신선벽곡을 공부하며 수련했던 것이다. 양승상은 이러한 장량처럼 나라에 공을 세우고 말년에는 인간사를 버리고 신선벽곡을 수련하여 신선이 되기를 바라나 벼슬을 물러나 참선하고 있었으니 불가와 인연이 있다고 했다. 적송자(赤松子)는 신농씨 때의 우사(雨師)이며 곤륜산 서왕모의 석실에 머물렀다고 했다. 작자 김만중은 신선전이나 신선전설을 알고 있으면서도 선도에 대해서는 빈정대는 어조를 숨기지 않았다.

여러 낭자들이 말했다.

　　"상공께서는 부귀하고 번화한 가운데서도 이처럼 맑고 깨끗한 마음
이 생겼으니 장자방으로 어찌 만족하겠습니까? 첩 등의 여덟 자매는
마땅히 규중 깊은 곳에서 분향하고 부처께 예배하고 상공께서 돌아오
시길 기다리겠습니다. 상공께서는 이번 길에 마땅히 명사(明師)와 인우
(仁友)를 만나 큰 도를 얻으시고 도를 얻은 후에는 청컨대 먼저 첩 등
을 제도해 주시기 바랍니다."

　　장자방이 적송자를 따라가는 선도의 길보다 양상공은 불가의 인
연이 있고 여덟 자매들도 부처께 예배하고 있으니 불법의 큰 도를
얻어 먼저 저희들을 구제해 달라고 했다.

　　결말구조에서는 호승(胡僧)인 육관대사가 등장한다. 손에 든 석장
을 들어 몇 번 돌난간을 두드리니 갑자기 사면의 산골짜기 가운데
서 구름이 일어나 대위(臺上)에 쌓이고 어둡고 캄캄하여 지척을 분
간할 수 없게 되었다. 승상은 취하여 꿈속에 있는 듯했다. 한참만에
큰 소리로 크게 불러 말했다.

　　"사부께서는 정도(正道)로 소유를 가르치지 않으시고 곧 환술(幻術)
로 놀리십니까?"

　　말이 다하기도 전에 구름 기운이 다 걷혔는데, 호승과 두 부인,
여섯 낭자가 모두 종적을 감춰버렸다. 크게 놀라고 미혹해서 눈동자
를 바로 하여 자세히 보니 층층누각이며 겹친 돈대, 성긴 발이며 빽
빽한 대나무 발들은 도대체 보이지 않고, 자신을 돌아보니 홀로 작
은 암자 가운데 부들방석 위에 앉아 있었다. 향로의 불은 꺼지고 해
는 서산 봉우리를 넘어가고 있었다. 자기 머리를 만져보니 머리는

새로 깎아서 남은 뿌리가 거칠고 백발염주는 목 앞에 드리워져 있어 영락없는 소화상(小和尙)의 모습이었다. 환몽구조 속의 양승상의 모습이 아니었다. 정신이 아득하고 가슴이 뛰었다. 한참만에 자신은 연화도량의 성진이었다는 것을 깨달았다. 양처사의 아들로 태어나 입신양명하고 2처6첩을 만나 인생의 즐거움을 한껏 누리고 거문고를 타고 술을 마시며 놀던 것이 한바탕 꿈이었다.

결말구조에서는 사부가 성진의 마음이 한순간 그릇됨을 알고 인간 세상의 꿈을 빌어 성진에게 부귀와 영화, 남녀정욕은 모두 허망하다는 것을 깨닫게 하려 했음을 알게 된다. 조신몽, 황량몽, 최치원, 만복사저포기 등에서 보여지는 깨달음의 꿈의 패턴이 되풀이되고 있는 것이다.

한편, 이 결말구조에서도 빈정댐과 진지함의 어조는 계속된다. 선도에 대한 빈정댐의 어조와 불도에 대한 진지한 어조, 그리고 살아 있을 때의 유도에 대한 빈정댐의 어조가 그것이다.

> "네가 흥을 타고 왔다가 흥이 다하여 돌아왔으니 내가 무슨 간여할 일이 있겠느냐? 또한 네가 '제자가 인간 세상의 윤회하는 일을 꿈으로 꾸었다'고 하는데, 이것은 네가 꿈과 인간 세상을 둘로 보는 것이다. 너의 꿈은 오히려 아직 깨지 않았다. 장주(莊周)가 꿈에 나비가 되었다가 나비가 또 변하여 장주가 되었다고 하니, 나비가 꿈에 장주가 된 것인가, 아니면 장주가 꿈에 나비가 된 것인가 하는 것은 끝내 구별할 수 없었다. 누가 어떤 일이 꿈이고 어떤 일이 진짜인 줄 알겠느냐? 지금 네가 성진을 네 몸으로 생각하고 꿈이 네 몸이 꾼 꿈으로 생각하니 너도 또한 몸과 꿈을 하나로 생각지 않는구나. 성진과 소유 중 누가 꿈이며 누가 꿈이 아니냐?"

성진은 이에 대하여

 "제자가 몽매하여 꿈의 것이 진짜인지, 진짜 것이 꿈인지를 구별하지
못하겠습니다. 바라건대 사부께서 설법해 주셔서 제자로 하여금 깨닫게
해 주십시오."

했다. 대사는 또한

 "내 마땅히 금강경 대법을 설법하여 너의 마음을 깨닫게 해 주겠다
만 마땅히 새로 오는 제자가 있을 터이니 너는 조금만 기다려라."

해 놓고는 선도에 대한 빈정거림의 어조로 금강경의 설법이야말로
진리이고 이념이라는 엄중한 어조로 돌아갔다.
 말이 채 끝나기도 전에 대문을 지키던 도인(道人)이 들어와 고했
다.

 "어제 왔던 위부인 아래의 선녀 여덟 사람이 또 와서 대사께 뵙기를
청합니다."

8선녀가 대사 앞에 나와 합장하고 머리를 조아리며 말했다.

 "제자 등이 비록 위부인을 좌우에서 모셨으나 진실로 배운 것이 없
습니다. 아직 그릇된 마음을 버리지 못하고 정욕이 잠깐 움직여 무거운
견책이 따르게 됐습니다. 진토(塵土)의 한 꿈을 깨우쳐 주는 사람이 없
었는데 다행히 사부의 자비(慈悲)를 입어 친히 오셔서 이끌어 주셨습니
다. 어제 위부인의 궁중에 갔다가 전날의 죄를 깊이 사죄했습니다. 돌
이켜 부인을 사죄하고 영원히 불문에 돌아오려 하오니 엎드려 바라건
데 사부께서는 옛 잘못을 흔쾌히 용서하시고 특별히 밝은 가르침을 내
려 주소서."

이는 황량몽의 여동빈이 유도의 세계에서 입신양명과 부귀영달을 추구하다가 인생의 무상과 허무를 깨달아 선도에 귀의하는 것에 대한 반발과, 종려전도집의 불교 신자의 대부분이 수련하여 귀선(鬼仙)이 된다는 논설에 대한 반발에서 나오는 빈정대는 어조라고도 볼 수 있다.

여선들이 엎드려 자신들을 제자로 삼아 가르쳐 달라고 빌지만 대사는 불교의 심오함에 대한 포교로 일관한다.

"여선들의 뜻은 비록 좋으나 불법은 깊고도 멀어서 별안간에 배울 수 없는 것이다. 너그럽고 어진 도량으로도 큰 발원이 없으면 도를 이룰 수 없다. 선녀들은 스스로를 헤아려서 처신하라."

8선녀가 곧 물러나서 온 얼굴의 연지분을 씻고 몸에 두른 비단옷을 벗어버리고 금전도(金剪刀)를 꺼내어 스스로 푸른 구름 같은 머리채를 잘라 버리고 다시 들어가 말하기를,

"제자들은 이미 모습을 변화시켰으니 맹세코 사부의 교훈을 게을리 하지 않겠습니다."

이는 불가에 대한 일방적인 항복문서이다. 지은이의 어조는 폄하와 빈정거림이다.

드디어 법좌에 올라 경문을 강설하였다. 그 경에 "백호(白毫)의 광채가 세계에 퍼져 나가고 하늘 꽃이 마치 소낙비처럼 내리더라" 등의 말이 있었다. 설법이 끝날 즈음 네 구절의 게(偈)를 외우자 성진과 여덟 비구니가 모두 본성을 단박에 깨닫고 적멸(寂滅)의 도를 크게 얻었다.

이는 불교 우위의 소설을 쓴 김만중의 마지막 언급이다. 금강경이야말로 본성을 깨닫고 자신이 없어진 뒤에야 즐거움이 있다(寂滅爲樂)는 최고의 도라고 주장한다. 유도는 결국 헛된 매명주의이고 선도는 얻을 것이 없으니 오직 불교 중에도 금강경으로 설법하는 법좌에서 삶의 본질을 알고 본성을 깨닫게 되는 결말로 인도했다.

육관대사와 성진, 그들은 금강경을 설법하는 전도사였다. 더욱이 8선녀와 더불어 꿈 같은 유가의 삶을 경험한 이후의 설법은 큰 깨달음의 도량이었다. 대사가 성진의 계행이 순수하고 원숙해진 것을 보고 여러 제자들을 모아 놓고 말했다.

"나는 본래 전도하기 위하여 중국에 들어왔다. 이제 법을 전할 만한 사람을 얻었으니 이제 나는 떠나야겠다."

대사는 가사(架裟)와 바리때 하나, 깨끗한 병(淨甁), 석장(錫杖)과 금강경(金剛經) 한 권을 성진에게 주고 서천(西天)으로 떠났다. 이후로 성진이 연화도량의 대중을 이끌고 교화를 펴니 신선과 귀신이며 인간과 귀물(鬼物)이 성진을 높이기를 마치 육관대사에게 하듯 하였다. 여덟 비구니도 모두 성진을 스승으로 섬겨 보살의 큰 도를 깊이 체득하여 마침내 모두가 극락세계로 들어갔다고 했다. 도입구조, 환몽구조, 결말구조에 걸쳐서 나타난 선도에 대한 빈정거림과 불도에 대한 진지하고 정중한 어조의 비밀이 결말에 가서야 비로소 그 실마리가 풀리는 것이다.

6. 옥루몽의 글읽기와 대중선도

6-1. 옥루몽의 도입구조

옥루몽은 18~19세기 사이에 쓰여진 한문소설이다. 64회에 걸친 장회소설로 1~22, 23~49, 50~64회로 나누어 상, 중, 하 3권으로 발간됐다. 이 작품이 이루어지기까지의 과정을 살펴보면, 구운몽에 이어 옥련몽이 간행되고, 이 옥련몽이 다시 개작되어 옥루몽이 되었다는 것이 통설이다. 구운몽이라는 환몽소설의 영향을 가장 많이 받은 작품이지마는 조신몽, 황량몽, 최치원, 만복사저포기 등의 환몽소설의 전통 속에 선도 우위의 소설에 속하는 작품이다. 구운몽은 지상계의 남악에서 인간세계로 내쳐진 이야기지만 옥루몽은 천상의 백옥루에서 취몽하는 가운데 인간계로 적강되어 진세의 다하지 못한 인연을 다시 체험하고 다시 깨달음의 세계로 나아가는 작품이다. 이 작품도 도입구조, 환몽구조, 결말구조로 구성되어 있는데, 특히 환몽구조가 절대 우위를 차지하는 작품이다. 옥루(玉樓)는 백옥루(白玉樓)이다. 문인이 죽어서 간다고 하는 천상의 누각이다. 당나라 시인 이하(李賀)가 죽을 때 천사(天使)가 와서 "상제(上帝)의 백옥루(白玉樓)가 준공되었으므로 그대를 불러 그 기록을 만들라고 한다"고 했다. 먼저 그 도입구조를 살펴본다.

> 상제가 나오실 제 백옥경에 12루가 있고 12루의 하나는 백옥루(白玉樓)이니 그 제도가 크고 화려하고 경치가 사방이 훤한데 서로 도솔궁이 이어지고 광한전에 통한다. 조맹화동은 벽공에 우뚝 솟았고 옥유리 비단문은 상서로운 빛이 엉기어서 상청루관(上淸樓館)3) 가운데 첫째다. 옥황상제께서 이 벽옥루를 중수하시고 각 선관(仙官)4)을 초대하여 낙성연을 베푸시니 우의예상(羽衣霓裳)을 입은 여러 신선들이 유유히 와서 좌우에 벌여 앉았는데 난생(鸞笙)과 봉관(鳳管)5)은 서로 불어서 화답하게 깊은 공중에 소리를 뚫고 푸른 복숭아, 붉은 대추는 좌우로 배열하여 술잔이 넘쳐난다.6)

옥황상제가 유리잔에 유하주(流霞酒)를 부어 문창성군에게 내리시고 특별히 명하여 백옥루 시를 지으라 하시니 문창이 취한 흥취를 띠고 붓을 놓지 않고 잇따라 3장시(三章詩)를 짓는다.

> 구슬 이슬과 금바람 부는 상계의 가을에(珠露金颸上界秋)
> 옥황상제가 높이 오운루에 잔치하시니(紫皇高宴五雲樓)
> 예상 한 곡조에 하늬바람이 일어나(霓裳一曲天風起)
> 신선 향기 불어 흩어져 십주에 가득하도다(吹散仙香滿十州)

---

3) 상청루관(上淸樓館) : 태청, 옥청, 상청 중의 상청에 있는 누각과 집.
4) 선관(仙官) : 신선계의 관직.
5) 난생(鸞笙)과 봉관(鳳管) : 생황(笙簧).
6) 원본현토玉樓夢(아세아文化社)을 현대역했음. 이하 같음.

난새를 타고 밤에 자미성에 들어가니(乘鸞夜入紫微城)
계수나무 달빛이 백옥경을 흔들더라(桂月光搖白玉京)
별은 하늘에 가득한데 바람 이슬은 엷으니(星斗滿空風露薄)
푸른 구름에 때로 보허성이 내려오도다(綠雲時下步虛聲)

구름 속 푸른 용은 옥으로 머리를 얽어(雲裡靑龍玉路頭)
평명에 타고 나와 단구로 향하도다(平明騎出向丹邱)
한가히 구슬 문에서 인간세상을 엿보니(閒從碧戶窺入世)
한 점 가을 연기에 9주를 분별하겠도다(一點秋烟辨九州)

이 시에서 1장과 2장은 완벽한 선시(仙詩)이다. 상계는 천상계이다. 이슬과 바람도 구슬 이슬이요 금바람이 이는 천상계의 가을에 옥황상제께서 높이 오운루에서 잔치를 연다고 했다. 선녀가 예상곡을 부니 하늘 바람이 일어나고 흩어지는 신선 향기가 선계에 가득하다고 했다. 낭만시는 선시에서 출발하는 것 같다. 2장에서는 난새를 타고 밤에 자미성에 들어가니 계수나무에 비치는 달빛이 흔들리는 백옥경에 북두 남두의 별은 빈 하늘에 차고 바람에 이슬은 엷으니 푸른 구름에 때때로 내려오는 보허성이로구나 했다. 자미성으로 들어오는 선녀의 발걸음을 눈으로 보는 듯, 구름 속을 거니는 발걸음 소리가 귀에 들리는 듯했다.

3장에 와서는 구름 속에 청룡이 머리를 들이미니 평명한 날씨에 단구로 향하는데 한가히 지게문으로 인간세상을 굽어다 보니 한 점 가을 연기에 9주를 분별하겠다고 했다. 3장 후반에 들어서는 갑자기 선시(仙詩)의 시어가 없어지고 세속적인 삶에 대한 호기심을 떨칠 수 없고 가을 연기가 피어오르는 인간계가 그리운 9주(九州)를 분별하겠다고 했다. 9주는 전 중국을 아홉으로 나눠 놓은 행정

구역으로 기주(冀州), 예주(豫州), 옹주(雍州), 형주(荊州), 양주(楊州), 연주(兗州), 서주(徐州), 유주(幽州), 영주(營州)이다. 이는 지상계를 의미한다. 옥황상제는 처음에는 기뻐하여 이 시를 누각의 문미(楣)에 걸어 두자 했다. 그러나 재삼 음영하고는 태을진인을 돌아보며 말했다.

"문창의 시가 지극히 훌륭하나 제3장에서는 진세의 인연을 띤 것 같다."

이것이 매우 큰 사건, 즉 변고라 했다. "문창은 나이 어리고 크게 기대하는 선관"이라 했고 "이는 내가 사랑하는 바이니 어찌 서운하지 않으리요?" 했다. 태을진인(太乙眞人)은 태을성(太乙星)을 말한다. 음양가에서는 영묘불가사의(靈妙不可思議)한 별이라 한다. 그 본 자리는 북천(北天)에 있고 팔방으로 유행(遊行)하여 병란, 화재(禍災) 생사를 장악한다고 했다. 이러한 태을진군이 다음과 같이 아뢰었다.

"근일 문창성(文昌星)이 이마에 자황(紫黃)의 기운이 가득해서 부귀(富貴)의 기상을 띠고 있으니 잠시 진세에 적강시켜서 겁기(怯氣)를 소멸케 함이 좋을까 합니다."

옥황상제는 웃으면서 고개를 끄덕이며 연회를 마친 후에 영소보전(靈宵寶殿)으로 돌아와서 오늘밤은 달빛이 지극히 아름다우니 백옥루에 머물러서 달빛을 감상하고 마음을 풀고 돌아오라 했다. 문창성군이 상제의 뜻을 받들어 다시 백옥루에 올랐다. 문창성군은 긴장을 풀고 백옥루에서 완월하는 가운데 다섯 여인을 만나게 된다. 그 광경이 매우 활발하고 동적인데, 첫번째는 갑자기 동북방에서 한떼의 검은 구름이 중천에 가득하고 북해용왕이 뇌거(雷車)를 몰고 누각 아래를 지나간다. 용왕은 상계의 관직상으로 문창성군보다는 아래이다. "내가 바야흐로 달빛을 완상하고 있는데 늙은 용이 어째서 구름을 일으켜 달빛을 막는가?" 하니 늙은 용이 "오늘은 7월 7석이라. 직녀 낭자께서 견우(牽牛)에 내려오심에 사해용왕이 수레를 씻으러 갑니다" 하니 문창이 웃으며 곧 용왕에게 명하여 구름을 거두라 했는데, 조금 후에 천제가 사는 궁전[玉宇]이 맑고도 높으며 흰 이슬이 하늘을 가로질렀는데 반이 이지러진 초생달이 북두와 견우 사이에 배회한다고 했다. 문창은 취해서 난간에 의지하여 달을 바라보며 생각하기를 '옥경이 비록 좋지만 너무 깨끗하고 담백하여 견디기 어렵도다. 저 월궁항아는 외로이 달속의 광한전(廣寒殿)을 지키니 어찌 무료한 근심이 없으리오' 하고 세속적인 관심을 갖게 되었다. 홀연히 누각 아래에서 수레 소리가 들리더니 선동(仙童)이 아뢰었다.

"제방옥녀(帝傍玉女)가 왔습니다."

옥녀(玉女)는 옥황상제의 궁중시녀(侍女)이다. 누각에 오른 옥녀는

"옥제께서 문창의 지나치게 취함을 근심하시어 첩으로 하여금 반도(蟠桃) 여섯 개와 옥액(玉液) 1병을 받들고 보내어 오늘밤의 완월서정을 도우라 했습니다."

문창이 보니 옥녀는 아름답고 단아하고 아리따워서 달과 더불어

아름다움을 다툴만하다고 했다. 문창이 옥녀를 보고 웃으며 청춘의 나이에 깊은 궁에 거처하여 응당 울적함이 많았을 것이니 옥황상제의 말씀을 받들어 여기에 왔으니 잠시 머물러 소요하면서 감회를 풀고 가라 하니 옥녀는 오는 길에 홍난성(紅鸞星)을 만났는데 직녀 낭자의 좋은 날을 축하하러 갔다가 돌아오는 길에 이곳에 합류한다고 했다. 홍난성은 천상의 성군(星君)으로 풍류에 재주가 많다고 했다. 풍류가 많으니 문창의 오늘밤 소흥(騷興)에 도움이 될 것이라 했다. 말을 마치기도 전에 한 선녀가 채색된 구름을 타고 서쪽에서 오거늘, 자세히 보니 제천선녀(諸天仙女)였다. 손에는 옥련화(玉蓮花) 한 송이를 들고 누각 아래를 지나가고 있었다. 문창이 불러 "제천선녀는 지금 어디로 가느냐" 하니 영산회(靈山會)에 가서 세존의 설법을 듣고 돌아오는 길에 마아지(摩詞池)를 지나는데 옥련화가 활짝 핀 모습이 아름다워서 한 가지를 꺾어 도솔궁으로 향한다고 했다. 문창이 웃으며 "그 꽃이 매우 기이하니 모름지기 잠깐 보았으면 합니다" 하니, 선녀가 웃으며 손에 든 연꽃을 공중에 던지니 문창이 이를 집어 보고는 가벼이 웃고는 즉시 글 두 귀를 지어 꽃잎에 싸서 공중으로 던졌다.

> 귀엽도다! 옥련화여(可憐玉蓮花)
> 깨끗하기로는 마아지로다(淸淨摩詞池)
> 오히려 봄바람 뜻을 얻어(尚得春風意)
> 그대를 맡겨 한 가지를 꺾었노라(任君折一枝)

선녀가 연꽃을 도로 받아들고 은근히 문창성을 향하여 사의를 표하더니 홀연 동쪽에서 또 한 선녀가 채봉(彩鳳)을 타고 당도함에 살펴보니 곧 천요성(天妖星)이었다. 이에 큰 소리로 말했다.

"제천선녀는 입도(入道)한 선녀로서 어째서 남포에서 연을 캐고 정교보의 강변의 패물 끄르는 풍정을 본받느냐?"

말을 마치고는 선녀가 쥐고 있는 연꽃을 빼앗아 제시(題詩)를 자세히 보고는 앙앙불락(怏怏不樂)하여 냉소하며 말했다.

"이 꽃 이 시는 천상에는 짝할 것이 없는 보배이다. 내가 옥황상제께 올려 함께 완상하리라."

선녀가 부끄러워서 얼굴이 붉어져 당황했다. 이 때 남방에서부터 또 한 선녀가 칠보관을 쓰고 붉은 난새를 타고 오니 슬기로운 기상과 곱고 뛰어난 풍채는 물을 것 없이 홍난성(紅鸞星)이었다. 낭랑한 목소리로 말하길,

"두 분 선녀가 무슨 일로 다투시오?"

천요성이 웃으며 문창이 시로써 은근하게 수작해서 상계의 깨끗한 규모를 손상시킨다고 하니 홍란이 웃으면서 말하기를,

"첩이 들으니 마고선자(麻姑仙子)는 나이 많고 덕도 높으나 왕방평(王方平)에 대하여 쌀을 던지며 서로 희롱하고, 서왕모(西王母) 또한 지위가 높고 존경을 받으나 주목왕(周穆王)을 만나 백운요(白雲搖)를 주고받았는데 이제 제천선녀가 문창에게 꽃을 던짐에 문창이 시로써 수작하는 것이 어째서 불가한지요? 또한 문창은 장래가 촉망되는 선관인데 어찌 정교보(鄭交甫)에게 견주시오?"

천요가 가진 연꽃을 빼앗아 자기 머리에 꽂고 오른 손으로 제천

선녀의 손을 잡고 왼손으로는 천요의 소매를 끌어 "오늘 밤의 달빛이 매우 좋으니 백옥루에 올라가서 달빛을 완상하기를 청합니다" 했다. 이렇게 하여 첫째 자리에 문창, 둘째 자리에 옥녀, 셋째 자리에 천요성, 넷째 자리에 홍난성, 다섯째 자리에 제천선녀가 앉았다. 문창이 웃음 띠며 말했다.

"옥루의 아름다운 경치가 어느 밤인들 좋지 않으리오마는 여러 선랑들이 이와 같이 모인 것은 참으로 기이한 인연입니다."

홍란이 다시 웃으면서 말했다.

"첩이 조금 전에 운손(雲孫)을 치하하고 돌아오다가 은하를 건널 때 까막까치가 다리를 이루어 매우 기이한지라. 첩이 나이 어린 마음으로 그 다리를 건넜더니 홀연 북해 용왕이 수레를 씻고 돌아오는 길에 한 떼의 까막까치가 놀라 흩어짐으로 첩이 몇 번이나 수중겁혼(水中劫魂)이 될 뻔했습니다."

문창이 웃으며 말했다.

"오작교는 직녀와 견우를 결연하는 다리인데, 홍난이 연고 없이 건너니 조물이 잠시 희롱한 것입니다."

일동이 한바탕 웃었다. 홍난이 또 웃으며 말했다.

"첩이 조금 전에 도화성(桃花星)을 만났는데, 역시 매우 무료하기로 더불어 같이 왔으면 좋겠다 했으니 결국은 나이 젊은 성군이라 관한전의 우의무(羽衣舞)를 구경하러 가고자 하니 그 돌아오는 길에 반드시 이곳을 지날 터이니 청컨대 함께 즐겼으면 합니다."

말을 마치기도 전에 한 선녀가 자하거를 타고 구름 무늬의 비단 치마 저고리를 입고 나타났는데 얼굴색이 아름다워 한 가지의 복숭아꽃이 봄바람에 반쯤 열리듯 하니 이는 도화성이라. 홍난이 웃으며 누각 머리에 나와 서서 큰 소리로 말하기를,

"도화성은 어찌 이리 늦었소. 옥녀와 제천선녀, 천요성이 모여 앉았으니 함께 달을 완상함이 어떠하오."

도화성이 웃으며 백옥루에 올라 여섯째 자리에 앉았다. 이리하여 6선관이 한 자리에 모였다. 이 때 이미 문창은 밤새 마신 술로 정신이 몽롱한 가운데 옥채를 휘두르며 "좋은 밤 밝은 달을 며칠 동안 혼자 즐겼더니 이렇게 기약 없던 여러 낭자와의 만나니 이는 쉽지 않은 기이한 일이라. 다만 술이 없는 것이 한스러우니 어떠하오?" 하니 홍난성이 답했다.

"첩이 일전에 마고선자(麻姑仙子)를 만나니 군산(君山)의 천일주가 새로 익어서 지극히 맛이 좋다 하니 한 사람의 시녀를 보내면 얻을 수 있겠습니다."

옥녀가 한 시녀를 천태산에 보내어 마고를 만나니 크게 놀라서

"제방옥녀는 지조가 고상해서 일찍이 술을 구한 일이 없는데 매우 이상한 일이오"

했다. 곧 마뢰호(碼瑙壺)를 취하여 겨우 몇 말의 술을 보내니 홍란이 낭랑에게 책망하기를,

"천태산의 마고가 동해의 뽕밭이 세 번 변한 것을 보았으나 인색한 마
음은 예나 지금이나 변치 않았구려. 이 작은 술을 어디에 쓴단 말이
오? 듣기로 지난번에 옥황상제께서 균천광악(均天廣樂)을 들으실 때
창순성(蒼鶉)의 장난으로 잠깐 취했더니 뉘우치시며 주성(酒星)을 가
두시고 다시 술을 받지 않으시니 반드시 주성부(酒星部)의 쌓인 바가
응당 창해(滄海)와 같을 것이니 문창이 얻고자 하면 곧 얻을 것입니
다"

했다. 천사성(天駟星)은 술을 싣고 북두성(北斗星)은 잔을 씻어서
옥액금장(玉液金漿)과 용포봉자(龍脯鳳炙)로 좌석이 어우러지니 온
좌석이 곧 크게 취했다.

드디어 6선의 질탕한 취도지사(醉倒之事)가 백옥루에서 지은 3
장시 중에서 제3장에 보인 진세의 인연이 구체적으로 증험되는 장
면이 연출된다.

홍란성이 아미(娥眉)를 드리우고 추파를 던지며 손을 들어 달을
가리키며 말하기를,

"저 일륜(一輪) 밝은 달은 천상 인간이 모두 이 한 모양이니 비록
상계의 세월이 길다고는 하나 선계의 용한[大羅龍漢]에 겁진(劫塵)이
한번 일어나면 항아의 뒷귀밑털에 가을 서리가 새로울 것이라. 어찌
선술(仙術)을 담론하면서 자신을 높여서 이와 같은 좋은 밤을 무료히
허송할 수 있겠습니까? 만일 이 자리에서 큰 술잔을 사양하는 자는 복
숭아씨로써 벌하리라"

하니 문창이 크게 웃으며 취흥이 도도했다. 6선관이 모두 난간
에 의지하여 잠듦에 옥 같은 산이 스스로 넘어지고 꽃 그림자가

어지러웠다고 했다. 맑고도 밝은 별과 달은 은하수를 둘러 있고 맑고 깨끗한 바람과 이슬은 옷에 스며 있는데, 갑자기 백옥루의 풍월(風月)이 별천지[壺中天地]로 변했다고 했다. 다만 시녀(侍女)와 선동(仙童)은 난간머리에 시립(侍立)하고 채색 고운 봉새[彩鳳]와 푸른 난새[靑鸞]는 누각 아래를 배회하고 있더라고 했다.

이러한 천상세계가 별천지인 호중천지로 변했을 때 도교의 천상세계에 불가의 석가세존이 영산도량(靈山道場)을 마치고 연화대에 앉아서 여러 제자들과 불법을 강론하는데 홀연 마아지(摩詞池)를 맡은 화상이 아뢰었다.

"마아지의 열 송이 옥련화가 십방(十方)에 응하여 찬란히 피었더니 오늘 그 중 한 송이가 어디로 갔는지 모르겠습니다."

세존이 한참 동안 잠잠히 있다가 관음보살에게 말했다.

"이 꽃은 천지의 정화(精華)와 일월의 정기(精氣)를 띠고 있어서 기이한 향기와 상서로운 채색이 십방(十方)에 비출 수 있으니 보살은 그 간 곳을 찾아보라."

보살이 합장하여 명을 받고 곧 구름을 타고 공중으로 향하여 위로는 12천을 우러르고 아래로는 3천계를 굽어살피니 옥경 12루에 이상한 광채가 빛나서 보살이 그 광채를 따라 백옥루에 이르니 술상이 어지럽게 널려 있고 술잔과 술상이 어지러운데, 여섯 선관이 한때 크게 취하여 서로가 베개하여 동서로 누워 있는 가운데 한 송이 옥련화가 자리 위에 방치되어 있었다. 보살이 눈을 들어 살펴보고 잔잔히 웃으며 연꽃을 갖고 누각 아래로 내려와 다시 구름을 타고 영산(靈山)으로 돌아와서 연꽃을 세존에게 바치고 여섯 선관이 취하여 넘어져 있는 사실을 아뢰었다.

세존은 옥련꽃을 받아 그 잎에 쓰여진 시를 보고는 웃으면서 밀다심경(密多心經)을 외우는데 잎에 쓰여진 시 글자 하나하나가 탑 위에 떨어져서 갑자기 20과의 구슬이 되었다. 세존이 다시 윤회진언을 외우며 옥구슬채로 탑을 치니 20개의 구슬이 쌍쌍이 굴러서 다시 변하여 5과의 구슬이 되었는데 그 광채가 아름다웠다. 세존이 구슬과 연꽃을 앞에 놓고 대자대비하여 적연히 깊은 생각에 파묻혔다. 관음보살이 웃으면서 게송(偈頌)을 한 구절 지어 화답했다.

> 묘하도다 연꽃이여(妙哉蓮花)
> 원래 묘한 법이 있도다(原有妙法)
> 아울러 봄바람을 나타내도다(竝帶春風)
> 나의 맺음을 나타내도다(示我結習)

이 때 세존이 게송을 듣고 칭찬했다.

"훌륭하도다, 부처의 노래여! 다시 한 마디로 대중을 깨우쳐라."

하니 보살이 재배하고 연꽃을 들고 설법했다.

"저 옥련화가 본질이 비록 맑고 깨끗하고, 또 천지간의 맑은 기운을 얻었으나 잠깐 윤회중의 호탕한 겁기[怯]를 띠고 있으니 중생에 비유하면 천성이 허령(虛靈)이나 진세의 뿌리가 겹쳐서 탁하여 오욕칠정을 자유롭게 하지 못하고 7계10률에 스스로 취함 같으니 우리 불법이 광대무량하여 정근(情根)으로 말미암아 인연을 말하고 인연으로 말미암아서 구경(舊境)을 깨닫게 하니 대개 사람의 성(性)은 연꽃과 같고 정욕(情慾)은 봄바람과 같은 것이라, 봄바람이 없으면 연꽃이 피어날 수 없으며 정욕이 없으면 심정을 깨닫기 어려우니 모든 대중과 선남신녀(善男信女)들은 법심을 갖추고 법안을 밝혀서 연꽃이 이미 피니 봄바람이 오는 곳을 보라. 천지가 맑고 깨끗하고 강산이 허적(虛寂)하니 이는 이른바 묘법(妙法)이요 성각(性覺)이니라."

이 때 세존이 보살의 설법을 듣고 크게 기뻐했다.

"훌륭하도다, 불설이여! 누가 이 뜻을 가지고 저 연꽃과 구슬로 인연을 맺으리오?"

아난(阿難)이 합장하여 아뢰었다.

"제자가 비록 법력이 없으나 청컨대 저 연꽃을 가지고 패다라엽(貝多羅葉)으로 변하여 잎새마다 팔만대장경을 써서 세계 중생의 6근6진(六根六塵)을 해와 달처럼 비추어서 청정광대한 세계에 돌아오게 하겠습니다."

세존이 또 웃으며 말이 없더니 관음보살이 다시 일어나서 연화대 앞으로 나와서 세존에게 고했다.

"팔진미를 먹으면 숙속(菽粟)의 깨끗함을 알고, 무늬 있는 비단옷을 입으면 포백(布帛)의 검소함을 깨닫게 되오니, 제자가 저 연꽃과 명주로 일종의 인연을 만들어 천추만세의 취몽(醉夢)하는 부생(浮生)으로 하여금 구경(舊境)을 깨닫게 하여 불가상승(佛家上乘)의 청정광대함을 알게 하겠습니다."

세존이 크게 기뻐하여 탑 위에 있는 연꽃 한 가지와 다섯 개 구슬을 주시니 보살이 합장 재배하고 보리주(菩提珠)를 쥐며 금루가(金縷袈)를 입고 왼손에 다섯 개의 구슬을 들고 오른손에는 연꽃 한 가지를 들고 남천문에 올라 대천토(大天土)를 굽어보니 망망고해(茫茫苦海)에 욕망의 물결이 하늘에 닿고 먼지 가득한 인간 세상에 취몽(醉夢)이 깊었거늘, 보살이 웃으며 오른손의 연꽃과 왼손의 구슬을 일시에 하늘을 향해 던지니 구슬은 사방에 흩어져서 어디로 갔는지 알 수 없었다. 단지 한 송이 연꽃은 흰 구름 사이를 날아서 하계에 떨어져 일좌명산이 되니 알지 못하겠다. 보살의 법력이 장차 어떤 인연을 만들며 여하한 결과를 만들지 몰랐다.

옥루몽의 도입구조이다. 이 도입구조는 전에 볼 수 없었던 천상계의 묘사이며, 이 묘사는 도교와 불교의 습합이란 데 의의가 있다. 그러면서도 도교의 천상계가 신화전설로 점철됐다는 것이 특징이다. 도교신으로는 옥황상제가 등장한다. 원시도교에서는 3청5로(三淸五老)가 있었고 도교의 최고 천신이 바로 옥황상제이다. 도교 성립 이후의 단일신으로 통한다. 태을진군(太乙眞君)은 의술의 신이요 신선의 이름이다. 태을진인은 의(醫)의 신이요 관상까지도 본다. 문창의 얼굴에 부귀의 상(像)과 자황(紫黃)의 기(氣)가 있다고 했다. 이 태을이란 신명에서 태을함진(太乙含眞)은 내단술어(內丹術語)이고, 태을원군(太乙元君) 또한 내단술어로 단전(丹田)의 이명이다. 태을십신(太乙十神)은 신(神)의 호(號)로서, 태을(太乙)에는 10신(十神)이 있다고 했다. 천복(天福), 군기(君基), 신기(臣基), 민기(民基), 대유(大游), 소유(小游), 4신(四神), 천일(天一), 지일(地一)이 태을십신(太乙十神)이라 했다.[7] 그리고 중국신명개론(中國神明槪論)에서는 의신(醫神)이라 했다.[8]

문창성군(文昌星君)은 문창제군(文昌帝君)이다. 고대의 학문, 문장, 과거를 준비하는 사람의 수호신으로, 이 신은 도교신 중에 꽤 높은 지위에 있다. 천상에는 북두성 부근에 문창 6성이 있으니 그 중 사록성(司祿星)과 사명성(司命星)이 있다. 다섯 명의 여선인 제방옥녀(帝傍玉女), 홍란성(紅鸞星), 제천선녀(諸天仙女), 천요성(天妖星), 도화성(桃花星)은 모두가 성정(星精)이니 이들은 하괴성(河魁星), 삼태성(三台星), 덕성(德星), 천기성(天機星), 복성(福星)이라 했다. 성수에 관한 신앙은 도교신으로 유입되면서 초례(醮禮)를 올린 것과 연관된다. 고려와 조선조에서는 본명초례(本名醮禮)가 많았다고 했다.

운급칠첨의 일원성신부를 보면, 성신(星辰)을 신격화하고 있다. 문창성(文昌星)은 신군(神君)으로 하늘의 아들로 사명(司命)의 부절(符)이라 했다. 삼태성(三台星)은 하늘의 폐관(陛官)으로 아침에는 용(龍)이 되고 낮에는 뱀이 되고 저녁에는 고기가 된다고 했다. 삼신(三神)은 삼태(三台)의 신령이라 했다. 그밖에 24성수가 있는데, 모두가 도교적 신명은 아니다. 중국의 민간신앙에는 5두성군(五斗星君)과 칠정(七政)이 있다. 그런데 작가 남영로는 주로 민간신앙 쪽으로 관심을 가진 것 같다. 어느 신명(神明)인지 정리된 것이 아니고 명청대에 들어온 대중선도의 영향을 받은 것으로 보인다.

실제로 도교의 성립 이후에는 도교신들의 계층이 원시도교처럼 분명치 않다. 여기서 주목할 일은 견우와 직녀이다. 중국신명의 5두성군에는 동, 북, 서, 남, 중의 성군(星君)이 있고, 칠정(七政)으로는 태양성군(太陽星君), 태음랑랑(太陰娘娘), 금부성군(金府星君), 목부

---

7) 도교대사전, 앞의 책.
8) 沈平山, 中國神明槪論, p.440.

성군(木府星君), 수부성군(水府星君)의 수성(水星)과 화부성군(火府星君)의 화성(火星), 토부성군(土府星君)이 있다. 그밖에 천의진인(天醫眞人)[天医星], 사명동주재군(司命東廚帝君)의 천주수(天廚宿) 궤성(魁星)인 북두칠성 중 제 1에서 제 4성의 합칭이 있고, 수성(壽星)으로 남극선옹(南極仙翁)이 있고, 뇌공(雷公), 전모(電母), 우사(雨師), 풍백(風伯), 청녀(青女)인 서리, 슬육(滕六)인 눈, 문창제군(文昌帝君), 하고천귀성군(河鼓天貴星君)인 우랑(牛郎), 천손복덕성군(天孫福德星君)인 직녀(織女)가 있고, 그밖에 28성수군(星宿君) 36천강신(天罡神) 72지살신(地煞神)이 있다고 했다.

견우와 직녀에서 고대 농경신앙에서 신농씨와 길쌈을 상징하는 것은 직녀인데, 사기천관서(史記天官書)에서는 견우(牽牛)는 희생(犧牲)이고 하고(河鼓)에 견준다고 했고 직녀는 천녀손(天女孫)이라 했다. 형초세시기(荊楚歲時記)에는

> 은하수 동쪽에 직녀(織女)가 있었으니 천제의 딸이다. 해마다 베 짜는 일을 하는데, 베를 짜서는 구름무늬의 천의[雲錦天衣]를 만들었다. 천제(天帝)가 그 외로움을 가련히 여겨 하서(河西)에 있는 견우랑(牽牛郎)에게 시집가는 것을 허락했다. 시집간 후에는 베 짜는 일을 그만두었다. 천제가 노하여 하동(河東)으로 돌아가게 하고 오직 매년 7월 7석에만 은하수를 건너 만나게 했다.9)

도입구조에서는 천상세계에 성수신앙(星宿信仰)과 견우성, 직녀성이 등장하는데, 이는 남녀간의 사랑의 전설을 배경으로 삼아 자연스럽게 어울리는 배경이 됐다.

이러한 천상계에서의 탈선은 옥황상제에 의해 적강되는 벌을 받

---

9)『中國的 神話世界』, 台北, 時報文化出版社, p.625.

게 되는데, 구운몽에서의 육관대사에 의하여 풍도의 황건역사가 지옥으로 보내는 것과는 달리 석가세존을 등장시키고 하계에서 도사의 아들로 태어나게 하는 보살법력으로 만들어내는 인연이 환몽세계로 나타나게 된다. 이상의 천상세계는 당대의 유·불·도 습합의 민간신앙의 영향을 받았으며, 비록 유·불·도의 습합세계이지마는 도교 우위의 대중선도시대의 대표적인 선도소설에 등장하고 있다.

6-2. 환몽구조의 결연과 대중선도의 양상

옥련봉의 지기(地氣)로 특이한 기남자가 태어난다고 했듯이 옥련봉의 정기로 양창곡이 태어난다. 양창곡은 한송이 연꽃이요, 옥련봉 아래에서 태어남은 인연이다. 그런데 이 인연은 양처사의 아내 허부인의 꿈에서 이루어진다.

허부인이 관음보살의 진상 앞에서 구사일념(求嗣一念)으로 기도하였더니 꿈속에 일위보살이 한 송이 연꽃을 들고 옥련봉에서 내려와 허씨에게 바치니 놀라 깨어보니 꿈이었다. 양처사에게 꿈 이야기를 하니 도사인 양처사도 꿈 이야기를 했다.

> "한 줄기 금빛이 하늘로부터 내려와 한 기남자로 변하여 '나는 천상의 문창성(文昌星)이니 귀문(貴門)에 다하지 못한 인연으로 의탁하고자 왔다'하고 품속으로 들어오니 상서로운 기운이 방에 가득하고 광채가 찬란하여 놀랐습니다."

이렇게 태어난 양창곡은 도입구조에서 다섯 선녀와 인연을 맺기 위해 이야기가 전개되는데, 제2회부터 64회 초입까지가 환몽구조이다. 하계에서의 인연은 진세에서의 부운(浮雲)이요 꿈이었다. 문창성은 천상계의 옥황상제가 가장 사랑하는 선관이라 했으니 도사인 양처사의 아들로 태어남은 예사로운 일이 아니다. 인간이 윤회의 세계에 든다는 것은 천상, 인간, 수라(修羅), 축생(畜生), 아귀(餓鬼), 지옥(地獄)의 6도(六道)를 미혹하여 생사를 거듭하는 것을 말하는 것인데, 이 생사의 윤회를 담당하는 것은 불가의 일이다. 천상계의 신선은 영원히 죽지 않으니 윤회의 괴로움에서 벗어난다고 보는 것이다. 그러므로 천상계에서 적강한 신선은 윤회를 다시 시작하는 것이고 윤회의 고통에서 벗어나야만 천상계로 다시 돌아가는 것이다. 만복사저포기에서 여인은 귀선(鬼仙)에서 다시 인간계의 남자로 태어났고, 구운몽에서는 아홉 신선이 지옥에 떨어졌다가 인간계로 윤회하고 다시 불교에 귀의하여 지상계의 연화봉으로 돌아간다. 그런데 옥루몽에서는 윤회를 담당하는 보살이 있으니, 옥황상제의 묵인 아래 석가세존의 명에 의해서 관세음보살이 바로 이 윤회를 관장한다고 했다. 그러면 나머지 다섯 여선들의 출생은 어떠한가? 우선 강남홍의 출생의 인연을 본다.

> 첩은 본디 강남 사람이요 성은 사(謝)씨라. 첩이 겨우 세 살 때에 산동(山東)에 도적이 일어나 난리 통에 부모를 잃고 전전하여 떠돌아다니다가 청루에 팔려가서 운명이 기박해졌습니다. 성질은 괴이해서 범부(凡夫)에게는 몸을 허락하지 아니하고 청루 10년에 허다한 사람을 보았으나 지기를 만나지 못했는데 이제 공자를 뵈오니 비록 관상인의 안목은 없으나 거의 당대 제일인자가 되실 것인지라 일신을 의탁하여 천한 이름을 신설(伸雪)하고자 하나이다.(4)[10]

그 후 황자사로 인해 물에 뛰어들었다가 구출된 뒤 표류하여 탈

---

10) ( )안의 숫자는 옥루몽의 권수이다. 이하 같다.

탈국(脫脫國)에 이르러 삼랑(三娘)과 더불어 찾은 곳이 도관승당
(道觀僧堂)이었다. 그러나 도관승당은 없고 처사가 있을 것이라 했
다. 그들이 찾은 곳은 별유천지비인간(別有天地非人間)이었다(6).
그들을 맞이한 도사는 백운도사(白雲道士)였다.

장원 급제한 창곡과 노균의 갈등에서는(7) 기군지습(欺君之習)을
징계하라고 복주(伏奏)했다.

윤소저는 강남홍이 추천한 바 있고, 황각로는 자기 딸인 황소저
와의 결합을 요구했다. 노균 또한 그의 누이와 결합을 바랐다.

양한림은 강남홍이 죽은 줄 알고 전당호에서 제사를 드렸는데,
그 제문은 이렇다.

> '모년 모월 모일에 한림학사 양창곡이 천은을 입어 금의환향함에 전
> 당호(錢塘湖)에 이르러서 술 한 잔을 들고 홍랑의 혼을 불러서 말한다.
> 오호! 홍랑아! 오늘 내 간장이 철석 같음을 알리로다. 내 차마 다시 항
> 주(杭州) 길을 오면서 다시 서호(西湖)의 풍경을 대하리요? 저 곤곤한
> 물결은 주야로 동쪽으로 흘러 어느 곳으로 가는가? 유유한 내 생각은
> 물을 따라 흘러 끝이 없도다. 옥골(玉骨)을 강물에서 거두지 못하고 꽃
> 다운 혼이 강상에 노니는도다. 반죽(班竹)의 소슬바람에 일어남이여,
> 옷깃을 불어 앎이 있는 듯하도다. 오호! 홍랑아! 평생에 지기 없음이
> 여! 서산의 지는 달이 술잔에 비치는도다. 눈물로 몇 줄의 제시(題詩)
> 를 씀이여! 목이 매어 진정한 마음을 다하지 못하는도다.'

드디어 양한림이 윤소저와 성례하니 위의를 갖추어 양가성례함에
한림이 홍포옥대(紅袍玉帶)로써 윤부문전에 전안하니 준일한 풍도
(風度)와 번화한 용모를 누가 아니 우러르고 탄복하지 않겠는가. 만
당빈객은 분분히 치하하니 상서는 웃음을 머금고 이를 답하지 못했
다. 소부인은 한림의 옥모풍채를 보고 얼굴에 기쁨을 띠고 탐탐한

정과 어여삐 여기는 마음을 형언하지 못할 지경이다. 이날에 한림이
소저를 친히 맞이함에 아름다운 위의(威儀)와 찬란한 관경이 길을
덮었고, 은빛 안장과 아롱진 수레는 햇빛에 빛나고, 금옥으로 꾸민
휘장과 깃발은 바람에 번뜩여서 윤부(尹府)로부터 양부(楊府)에 이
르기까지 끊이지 않았다.

　황각로의 분함과 노균의 모함으로 양한림이 찬배를 가게 되었
다.(7) 완월(玩月)하는 가운데 비파소리를 듣게 된다. 그는 천상계
와 지상계에서 한적할 때면 항상 달빛을 완상하는데, 그 때가 되면
여인이 등장했다. 그것은 인연을 맺기 위한 복선이기도 하다. 왕소
군(王昭君)의　출새곡(出塞曲)과　종자기(鍾子期)의　아양곡(峨洋曲)
을 타는 미인을 만났다. 그녀가 말하기를,

　　　"첩은 본부 기녀입니다. 당상에 오름을 꺼리지 마십시오."

　올라가서 자세히 보니 경국지색이요, 진세의 인물이 아니었다.
이어 자신의 신분을 말했다.

　　　"첩은 본래 남양인이라 성은 가씨(賈氏)요 이름은 벽성선(碧城仙)입
　　니다. 태어나 겨우 수세(數歲)에 난리를 당해서 부모를 잃고 떠돌아다
　　니다가 발자취를 청루에 의탁하여 쓸 데 없는 허명을 얻으니, 낙양의
　　여러 기생들이 매양 시기가 많으므로 이곳으로 피신해 온 것입니다. 실
　　로 종적을 감추어 승니도사(僧尼道士)로 여생을 마칠까 했더니 수풀 사
　　슴이 사향을 쉽게 수설하고 풍성(酆城)의 칼이 용광을 감추지 못하듯이
　　다시 본부(本府) 기안(妓案)에 들었습니다. 노류장화(路柳墻花)가 본래
　　바라는 바가 아니며 더욱이 이곳 풍속이 고루해서 집집이 장사하고 집
　　집이 고기 잡아 다니는 이익을 추구할 뿐이라서 더욱 앙앙불락입니다."

서로가 옥적(玉笛)을 배우고 가르치며 붕우(朋友)로 지나던 중, 벽성선이 바위 위에서 쉬는데 홀연 정신이 혼혼한 가운데 한 보살이 길게 읍하며 말했다.

> "문창은 별고 없으신가? 홍란성(紅鸞城)은 어디 두고 제천선녀(諸天仙女)와 행락하는가? 빈도(貧道)는 남해수월암(南海水月菴) 관음보살인데 옥황상제의 명을 받들어 무곡성관(武曲星官)의 병서를 그대에게 전하러 왔으니 창생(蒼生)을 널리 구제하고 빨리 상계(上界)의 극락으로 돌아오라."

꿈을 깨어보니 단서(丹書) 한 권이 앞에 놓여 있었다.(8) 집에 돌아와 보니 그 책은 무곡성의 천문지리(天文地理)와 용병항신(用兵降神)하는 비결(秘訣)이었다.

이 제천선녀인 선랑과 영원히 근심과 즐거움을 함께 하려는 뜻을 정하고 말하기를,

> "내가 가섭(迦葉)의 계율이 없고, 낭(娘)이 보살의 후신이 아니니 서로 만난 지 수개월에 깨끗하게 헤어짐은 사람의 상정(常情)이 아니니 오늘의 가약(佳約)을 허송해서는 안 될 것이다."

이 선랑은 앞으로의 양시랑의 미래사를 예언하고 뛰어난 도술로 도움을 주었다. 천은을 입어 서울로 돌아온 양시랑이 입궐사은하니 황각로의 딸과 황명에 의해서 성혼한다. 그 장면을 보면,

> 황소저 봉관용잠(鳳冠龍簪)과 능라금수(綾羅錦繡)로 구고(舅姑)를 뵈는데 비록 광채(光彩) 동인(動人)하고 자색(姿色)이 절등(絶等)하나 기상의 표일(飄逸)함과 행동거지의 민첩함은 오히려 요조숙녀의 유순

한 빛이 없었다.(9)

임군의 명으로 황소저와 성혼한 양시랑이 윤소저에게 황소저의 위인이 어떠한가 물었으나 아녀자의 안목이 수식패물이나 용모자색을 살필 따름인데 동렬(同列)의 장단을 묻는 의향을 깨닫지 못한다고 했다. 이에 양시랑이 탄식하며 말하기를,

"내 군부(君父)의 명을 거스르기 어려워서 이 황부(黃婦)를 맞았으나 다음날 괴란(乖亂)할 징조(兆)이니 부인의 말은 예절에 합하고 도리에 마땅하나 도리어 진정[衷曲]이 아닙니다."

하여 앞으로 집안에 어려움이 있을 것을 예언했다.

익주자사 소유경의 상고로 교지 남만이 창궐한 가운데 양시랑이 부모의 허락으로 선랑을 불러올리는 서간과 거마를 보냈다.

'일별(一別) 운산(雲山)에 옥안(玉顔)이 꿈과 같구나. 홍진명리(紅塵名利)에 취몽(醉夢)에 골몰하여 황혼가기(黃昏佳期)를 이같이 물러나 늦게 하니 더욱 부끄럽구나. 지난날에 본부(本府)에 기별하여 낭(娘)의 이름을 기안(妓案)에서 삭제하라 했는데 혹은 알고 있는지요? 이제 부모님(尊堂)의 명에 의하여 거마(車馬)를 보내니 한없는 정회(情懷)는 오직 화촉(華燭)을 돋우고 원앙침을 베풀어 다하기를 기다립니다.'

다시 소유경이 계문(啓文)을 올리니 익주고성으로 대군을 급발하였다.

천자 크게 기뻐하시어 곧 양창곡으로 병부상서(兵部尚書) 겸 정남대원수(征南大元帥)로 배하고 절월궁시(節鉞弓矢)와 홍포금갑(紅袍金甲)과 전마 한 필과 황금 천 일(千鎰)을 주시고 뇌천풍(雷天風)으

로 파로장군(破盧將軍)을 더하여 전부 선봉을 삼으시고 행군(行軍) 하는 날에 남교(南郊)에서 친후 전송하리라 하시니 양원수 돈수 수명하고 부중에 돌아오니 제군장졸이 이미 문전에 가득하였다.

벽성선은 진을 친 양원수를 산상 옥적으로 불러내고 군중에 쓰일까 하여 옥적을 주었다. 황소저가 가도를 괴란하니 양부의 원와, 허부인, 윤소저, 선랑 그 소동을 견뎌냈다.

이 때의 정경을 묘사한 장면을 본다.

> 차시 황소저 간교한 수단으로 잉첩(媵妾)을 모해하고자 하여 구고(舅姑)를 놀라게 하고 눈 안의 못으로 인해서 신명(身命)을 돌아보지 아니하니 이 어찌 천추의 부인의 징계할 바 아니겠나. 그러므로 누운 상이 흐리고 부중(府中)의 동정을 탐색해 들어도 부중 상하가 조금도 선랑을 의심하지 않으니 애간장이 타고 분독이 팽증하여……(10)

황각로는 10여 명의 창두를 데리고 양부에 이르렀다.(11)

한편 양원수 남만왕 나탁과의 흑풍산 싸움에서 나탁을 책하는데,

> "네 남방을 지켜 중국의 좋은 예우가 적지 않으며 만왕(蠻王)의 부귀가 이미 족한데도 무단으로 변방을 소란케 하여 스스로 무거운 형벌(斧鉞)에 나아가니 내 황명(皇命)을 받들어 백만 대군을 거느리고 너의 목을 베러 왔으니 네가 만일 일찍 항복하면 큰 죄를 용서하고 황제께 상주하여 만왕(蠻王)의 부귀를 전과 같이 누리게 하려니와, 만약 그렇지 못하면 남만왕의 목을 북궐에 걸어두어서 4이8만(四夷八蠻)에 호령할 것이다."(11)

이에 나탁은 크게 웃으며 응수했다.

"내 들으매 천하는 공공(共公)의 물건이다. 덕을 닦으면 왕이 되고 덕을 잃으면 망하는 것이니 내가 중원(中原)을 도모하고자 50년간 정병을 길렀는데 이제 하늘의 역수(曆數)가 과인(寡人)에게 있으니 명(明)을 멸망시키고 천하[六合]를 통일하는 것이 나의 거동이니 때를 놓칠 수 없다. 원수는 조속히 퇴병하여 천명을 거역하지 말고 어육(魚肉)되는 것을 면하도록 하라."

양원수는 천문지리와 무곡성의 병법에 의하여 용병하는 것이 재갈량 같아서 제장이 놀란다. 그 전장의 싸우는 장면은 재갈공명이 남만을 치는 군담소설의 장면이다.

나탁과 싸우는 중에 와룡선생이 나타나는 장면이 묘사되는데, (12) 그 서두를 보면,

각설 양원수 장막 밖의 신 끄는 소리에 놀라 보니 한 선생이 윤건학창(綸巾鶴氅)으로 손에는 백우선(白羽扇)을 들고 있고 청수한 미목(眉目)과 그윽하고 우아한 풍채를 하고 있음을 보니 물을 것도 없이 와룡선생(臥龍先生)이다. 원수가 황망히 몸을 일으켜서 예를 마치고 자리에 앉으며 공손히 물었다. "소자는 후생이라 선생의 존호(尊號)를 평생 경경하오나 유명(幽明)이 다르고 옛날과 지금이 같지 않아서 감히 배알하기를 바라지 못했습니다. 오늘 정령(精靈)이 어찌하여 만맥(蠻貊)의 지방에서 내려오셨습니까?" 이에 선생이 웃으면서 말하기를 "이곳은 노부(老夫)가 남만을 정벌하여 만병(蠻兵)을 무찌른 곳이라 남방 사람들이 이 노부를 생각하여 한 칸 띠집에 향화(香火)를 그치지 않으니 유유히 혼령이 왕래하여 정처 없었더니 마침 원수의 군사가 이곳에서 곤란한 처지에 있다하여 진실로 위로코자 왔노라" 하였다.

원수가 무릎을 꿇고 물었다. "무주공산에 함성이 크게 일어나고 하룻밤 사이에 3군에 이유 없이 병을 얻으니 이는 어째서입니까?"

와룡이 답하기를, "노부가 일찍이 등갑군(藤甲軍) 수만 명을 이곳에서 죽였으므로 매양 천음우습(天陰雨濕)할 때면 구슬피 우는 원통한 넋이 지나가는 과객을 해친다. 이제 또 모르고 대군이 침범했으므로 노부가 이미 금제(禁制)했으나 원수가 몇 마리 소양으로 오래 굶은 원혼을 먹이면 하던 일을 그칠 것이니라." 했다.

그것은 결국 꿈이었다. 현실이 아닌 영혼의 세계는 대부분 환몽으로 나타나는 것이다. 무수한 접전 끝에 만왕 나탁은 도저히 양원수를 대적치 못하고 마지막으로 운룡도인의 도움을 청하나 싸움마당의 진세를 보고는 운룡도인이 말했다.

"대명원수는 범인이 아니라 경천위지(經天緯地)의 재주가 있으니 대왕은 겨루어 이길 생각을 마시지요. 저 진법은 천상무곡선관의 선천음양진(先天陰陽陣)이라 진손방의 문[震巽方門]을 닫으니 진(震)은 뇌(雷)이고, 손(巽)은 풍(風)입니다. 풍뢰(風雷)가 침범하지 못하고 현무기(玄武旗)를 곤방(坤方)에 꽂고 금고(金鼓)를 울리면 곤(坤)은 음(陰)이 되니 신병귀졸(神兵鬼卒)이 범치 못하니 이 모두가 당당 정도라 요술로써는 이기지 못합니다."

운룡도인은 나탁이 울며 하소하므로 이에 응하여 명군을 이길 수 있는 방략을 제시했다.

"빈도(貧道)의 사부(師父)가 탈탈국(脫脫國) 홍화령 백운동에 있으니 도호(道號)는 백운도사(白雲道士)로서 음양조화의 술과 천지현묘의 이치를 통하지 않음이 없습니다. 만약 이 사람이 아니면 명병(明兵)을 대적할 수 없습니다. 그러나 그 높은 뜻과 맑은 덕으로 평생 산문을 나서지 않으니 대왕이 성의를 다하지 않으면 청해 오기가 힘듭니다."

한편 백운도사는 홍랑을 불렀다.

> "노부(老父) 랑의 얼굴을 보매 타일 부귀할 기상이 있으니 노부가
> 비록 아는 바 없으나 소문난 술법을 낭에게 전수코자 하는도다."

홍랑이 사양하여, "제자가 듣건대 자의 행함을 단지 술을 빚고
밥 짓는 것을 의논할 따름이라 하니 높은 술법을 배워서 무엇에
쓰겠습니까?" 했다. 그러자 백운도사는, "랑이 인간 세상을 사양하
고 산중에서 종신하려 하면 배우는 바가 소용이 없으나 만약 고국
을 사랑하여 돌아가려는데 몇 가지 술법을 배우라" 했다.

홍랑이 재배하고 이날부터 사제지의를 맺어 도동(道童)의 옷을
입고 가르침을 청했는데 이에 대사가 크게 기뻐하여 먼저 의약복
서천문지리(医藥卜筮天文地理)를 가르쳤다. 홍랑이 총명하고 슬기
로워서 하나를 들으면 열을 아니 가르치기 쉽고 배우기에 어렵지
않았다. 도사 일변 기뻐하고 일변 사랑하여 말하기를,

> "노부 남방에 온 후로 제자가 둘이 있으니, 하나는 운룡도인으로 술
> 법이 미성하고 위인 혼약하여 노부의 염려하는 바이고, 하나는 상전의
> 차를 다리는 도동 청운이니 비록 조금의 재주는 있으나 천성이 요망하
> 여 잡술로 들어갈까 하여 노부의 배운 바를 전하지 않았더니 이제 랑
> 을 보니 재주와 성품이 운용·청운류가 아니라 타일 크게 쓸 곳이 있
> 을까 하나니 착념하여 배우라."(13)

그리하여 "육도삼략(六韜三略)의 합변하는 수단과 팔문구궁(八門
九宮)의 변화하는 방법은 모두가 세상에 전하는 것이다. 배움에 어
려움이 없거니와 노부(老夫)의 병법은 선천(先天)의 비서(秘書)라
만약 그 사람이 아니면 전하지 않으니 그 법이 모두가 이 3재3생(三

災三生)과 오행상극(五行相克)이 일호권술(一毫權術)이 없으나 그 풍운조화의 묘(妙)와 역귀항마지법(役鬼降魔之法)이 지정지묘하니 너는 평생 수용해도 요망한 이름을 듣지 않으리라."했다. 그리고는 무술까지 가르치니 그것은 천상참창성관(天上欃槍星官)의 비결이라 했다. 또한 백운도사는 홍랑에게 둔갑술을 가르치고 말하기를,

> "세간에 행하는 도가 세 가지 있으니 유불선(儒佛仙)이라. 유도(儒道)는 그 정대(正大)함을 주로 하고 선불(仙佛)은 신이(神異)에 가까우나 그 마음을 닦아서 바깥 사물에 변치 않음은 일반이다. 후세의 승니도사(僧尼道士)가 선불(仙佛)의 근본을 알지 못하고 황탄한 술수[謊誕之術]로 세인의 이목을 어지럽히니 이것이 이른바 둔갑(遁甲)이다. 둔갑법이 세상에 유전하니 다만 정도(正道)로써 제어할 수 없는 바라 너는 이제 대강 배워 곤액(困厄)한 때에 사용하도록 해라."

둔갑법이 도술이긴 하나 그 정도가 아니라 했다. 도술을 방어하기 위해서는 도술을 배워두라 했다. 나탁왕이 백운도사에게 도움을 요청했다. 도사가 홍랑을 불러 고국으로 돌아갈 차비를 시켰다. 자신은 문수보살이라고 했다. 도사이면서 관세음보살의 명을 받드니 도불습합의 민간신앙이 완연하다.

> "노부는 별인(別人)이 아니라 서천(西天)의 문수보살이다. 관세음의 명을 받아 병법을 그대에게 전하고자 온 것이다. 이제 그대의 액운(厄運)이 다하고 길운이 돌아오니 고국에 돌아가 부귀를 누릴 것이며, 미우(眉宇)에 오히려 반년의 살기가 있어서 반드시 병화를 겪을 것이니 십분 조심하라."

이어서 말했다.

"그대는 본래 세간의 사람이 아니다. 천상의 성정(星精)으로 문창과 더불어 묵은 인연(宿緣)이 있어서 인간세상에 적강했으므로 이번 길에 서로 만나서 후일에 부귀를 누릴 것이니 이는 다 관세음보살이 지도한 바로서, 자연히 만나게 되니 인력으로는 어쩔 수 없는 것이다. 또한 나탁(哪咤)은 천랑성(天狼星)의 성정(精)이라 만약 그대가 구하지 않으면 의(義)가 아니니라."

이 홍랑이 천상의 즐거움을 누리는 것은 70년 후라고 예언했다.

양원수와 홍랑이 진법으로 대결하는데, 마치 삼국지의 군담처럼 병법의 대결이 계속된다. 제갈량의 육화진(六花陣)에 호접진(瑚蝶陣)으로 충돌하고, 팔괘진(八掛陣)에는 방원진(方圓陣)으로 격파하고, 조익진(鳥翼陣)에는 장사진(長蛇陣)으로 격파하고, 학익진(鶴翼陣)에는 어린진(魚鱗陣)으로 대적한다. 이러한 전투는 무예(武藝)로 다투다가 끝내 승부를 가리지 못한다.

양원수의 명군과 홍랑의 남만군이 접전하는 가운데 뛰어난 부용검술(芙蓉劍術)에 혼비백산하는 소사마(蘇司馬). 이를 본 양원수는 크게 근심한다. 이날 홍랑은 옥적(玉笛) 1곡으로 명군 10만을 경몽(驚夢)케 했다. 이것도 삼국지의 수법과 같다. 이에 양원수 옥적으로 명군의 사기를 돋웠다.(14)

양원수와 강남홍이 접전하는 가운데 서로의 신분을 확인하고 야삼경에 명나라 진영에서 만나기를 약속하고 그들은 극적으로 상봉하여 회포를 푼다. 그 후 양원수와 홍랑은 일시 헤어지게 된다.

다음날 양원수 휘하에 우사마백호장군(右司馬白虎將軍)이 되어 합류하여 남만의 철목탑, 아발도가 지휘하는 군사를 크게 무찔렀다.(15)

나탁이 백운동 도사를 찾으니 그곳은 간 데 없고 축융동에 가서 축융대왕(祝融大王)을 만났다.(16) 나탁이 다시 도전하니 양원수는 선천음양진(先天陰陽陣)법을 폈다. 뇌천풍이 출진 도전하니 축융이 만병을 거느리고 나왔다. 이어 주돌통(朱突通)이 나와 뇌천풍과 싸웠다. 이어서 첩목홀이 나아 오고 명군은 동처가 나와서 싸웠다. 주돌통이 뇌천풍의 도끼에 맞아 넘어지니 둔갑장군 가달(賈韃)이 나와서 명군의 손야차(孫夜叉)와 싸우는데, 가달은 백두대호(白頭大虎)로 변하고 두 마리 큰 범으로 변화하는 환술을 부린다. 양원수는 급히 군사를 거두고 축융이 주문을 외우니 무수한 귀졸(鬼卒)이 나와 입으로 불을 토하고 코로 연기를 내뿜으며 내달으니 이에 양원수는 진문을 닫고 나오지 않았다. 축융이 다시 주문을 외우니 천지가 깜깜하고 풍우 대작하고 사석(沙石)이 날라 다녔다.

이튿날 다시 축융이 나오고 홍장군 랑이 정대한 도의 도술을 부려 축융의 십이신장(十二神將)이 5행의 상극을 이기지 못하고 방황했다.(16)

축융이 대노하여 수중 장검(長劍)을 공중에 던지니 백여 척 장검이 되고 다시 변신하여 신장이 백여 척이 되고 명진(明陣)을 향하니 홍사마(紅司馬) 장막 속에 들어가 한 가닥 흰 기운[白氣]을 내어 홍사마를 변신시키니 신장 백여 척이고 수중의 부용검(芙蓉劍)으로 한 백여 척으로 대치하다가 축융이 콩 만한 소인으로 변하니 홍사마가 티끌 같은 소인으로 변신했다. 축융이 다시 한 가닥 흑기(黑氣)로 하늘 끝에 닿으니 홍사마가 한 가닥 청기(靑氣)를 일으키니 서로 싸우다가 돌연 흑기가 흰 원숭이로 변해서 달아남에 청기가 탄환(彈丸)으로 변하여 쫓으니 흰 원숭이가 뱀으로 변하여 바위 틈에 들어가니 탄환이 벽력으로 변하여 바위를 내리치니 뱀은 흑기를 토하고 지척을 분간할 수 없으니 벽력이 큰 바람으로 변하여 구름과 안개를 걷어치우니 사기가 보이지 않았다.(17)
홍사마가 말했다.

"세간 요술이 5행에서 나오지 않은 것이 없으니 그 상생상극하는 이치로 억제하면 지극히 쉬운 것이다. 대체로 사람의 눈은 목에 속하고 사람의 마음은 화에 속하니 눈에 보임이 요란하면 목기가 허하고 목기가 허하면 목생화이므로 화기 또한 허하다.화기 또한 허한 즉, 마음이 약하고 심기(心氣)가 허한 즉, 화공(火空)이 곧 발한다. 화기가 일어나면 금기(金氣)를 이긴다. 금은 살벌(殺伐)의 기이니 사람이 살벌의 기가 전혀 없으면 잡념이 생긴다. 요술(妖術)이 어찌 뭇사람의 마음을 현란케 하지 않으며 한 번 현란하면 어떤 술수로 제어할 수 있겠는가? 그러므로 내가 후천진(後天陣)을 만들어 오행상극의 이치를 베풀고 수기를 높이 들고 삼군(三軍)의 이목과 마음을 전일하겠는가? 또 그 후에 서로 싸우는 것은 검술(劍術)이니 그 변화가 크기는 쉽고 적기는 어려우며 흑기(黑氣)는 요술이요 청기(靑氣)는 도술이다. 백원(白猿)은 당나라의 원공검법(袁公劍法)이요 탄환(彈丸)은 한(漢)나라 위씨(魏氏)의 검법(劍法)이다. 뱀이 되는 것은 도장군의 비법이요 벽력은 창해군(滄海君)의 병법이다. 안개 되고 바람이 되는 것은 검술자의 심상한 법이다. 대개 검가(劍家)의 기(忌)하는 바가 셋이 있으니, 첫째는 탐재(貪財)에 칼을 씀이요, 둘째는 현인을 죽이는데 칼을 씀이요, 셋째는 질투하고 미워하는 원망(怨)으로 무고한 사람을 살인하는 데 칼을 쓰는 것이다. 이제 축융의 검술은 잡념이 가득하여 정도가 아니로되 내가 죽이지 않는 것은 가벼이 인명을 살해코자 아니함이다. 상응하여 축융이 두 번 패하여 술법이 궁하였으니 다른 요술을 다시 시험하지 않을 것이다."

도술의 정도와 사도가 대결하고 정도의 홍사마는 이론에도 밝았다. 축융의 딸은 일지연(一枝蓮)이다. 홍사마와 겨루었으나 일합에서

는 만만치 않았다. 다시 맞닥뜨리니 육합에 생금하여 돌아왔다. 축
융도 곧 명군에 투항하여 왔다. 홍랑이 나탁의 성에 들어가 도술을
부리는데 그 장면을 보면,

　　이 때에 홍랑이 즉시 철목동에 이르러 성을 넘어 안으로 들어가니
때는 한밤중이다. 달빛은 밝고 등불은 휘황하여 무수한 만병(蠻兵)이
창을 들고 서 있었다. 이는 지난 밤의 축융의 풍파 이후에 다시 방비를
더한 것이다. 홍랑이 구중성을 지나 바로 성안에 이르르니 성문이 닫
혀 있고 푸른 삽살개가 범같이 엎드렸으니 두 눈의 광채가 별과 달같
이 굴리니 매우 흉녕하다.
　　홍랑이 즉시 변신하여 붉은 기운의 되어 문틈으로 살같이 들어가
바로 나탁 궁중에 이르니 나탁이 바야흐로 자객의 변을 겪고 휘화 만
장(蠻將)을 모아 좌우에 시립하여 금극이 서리 같고 등불이 낮 같았다.
나탁이 장검을 앞에 놓고 등불 아래 앉았는데 홀연 등불이 가늘게 움
직이고 칼 소리가 쟁연한데 머리 위에서 나오거늘 나탁이 크게 놀라
장검을 급히 들고 공중을 치고자 하나 기척이 없고 궁문 밖에서 한 소
리가 벽력같이 남에 궁중이 크게 놀라 요란하다. 모든 장수와 병사가
내달아 구중성을 뒤졌으나 자취가 없고 다만 사자 방이 크게 난도질당
해 죽어 있었다.

그 후 나탁에게 명군 원수가 다음의 격문을 보냈다.

　　"대명원수는 이제 대군(大軍)을 괴롭히지 않고 철목동을 무찌르고
장중(帳中)에 누워서 일개 정자(頂子)를 취하여 오니 별 소용이 없어
서 도로 돌려 보내니 슬프다. 만왕(蠻王)은 더욱 단단히 동학(洞壑)을
지킬지어다. 내가 정자를 취해 온수관으로 다시 취해올 물건이 있도
다."

드디어 나탁이 명진(明陣)에 이르러 항복했다.

다시 천자가 양원수에게 다음의 조서를 내렸다.

　　'경은 주(周)의 방소(方召)요 송(宋)의 한부(韓富)라. 덕망이 조정에
소문나고 위엄이 변방에 떨쳐서 꿈실거리는 만형(蠻荊)이 망풍와해(望
風瓦解)하니 그 이후로 짐이 베개를 높이 베고 근심이 없겠다 했더니
계속해 홍도국(紅島國)의 급보가 들리니 적의 형세를 가벼이 볼 수 없
도다. 경은 허군하지 말고 즉시 교지(交趾)로 향해서 도적을 토평하고
돌아오라. 짐이 덕화(德化)가 부족하여 경으로 하여금 우설양루(雨雪楊
柳)에 홀러 성심으로 근무하고 영해(嶺海) 풍진(風塵)에 길이 사모하는
심사를 도우니 남으로 바라봄에 부끄럼이 이를 데 없도다. 오늘 경을
특별히 우승상겸정남대도독(右丞相兼征南大都督)으로 배하니 부원수
홍혼탈(紅渾脫)을 인솔하고 편의종사하여 짐의 뜻을 저버리지 말라. 만
왕 나탁은 죄를 용서할 것이니 왕호를 잉존(仍存)하여 남방을 진정케
하라.'(18)

　한편 선낭(仙娘)이 누명을 쓰고 호소할 곳이 없는 가운데 황소
저의 어미 위부인 보낸 자객 노랑(老郎)이 침입했다. 그러나 도리
어 그녀를 보호하게 된다. 선랑은 강주로 보내진다.(19)
　선랑은 고향으로 가는 길에 산화암(散花庵)을 찾아 기탁하고 춘
월은 변장하여 선랑을 찾아 원수갚을 계략을 세웠다. 복술가에게
그 간 곳을 물어 보는데, 결국 수소문하여 선랑이 있는 곳을 알아
내고는 그녀를 해칠 춘월의 계획이 진행된다.(20)
　선랑은 인간화복항마재살(人間禍福降魔除殺)은 십왕전의 주관하
는 바라 십왕전(十王殿)에 분향 암축했다.

　　"천첩 벽성선이 전생에 공덕을 닦지 못하여 이생에 삼재팔난을 감
수하오나 가부(家夫) 양공(楊公)은 시례문중(詩禮門中)에 훈습충효가성
(訓習忠孝家聲)하야 천지신명이 마땅히 복록을 내리심이라 이제 황명

을 받들어 만리 타국에 있사오니 엎드려 바라옵기는 십왕께서는 명조
(冥助)를 내리사 전쟁의 와중에서 침식이 여상하고 활과 돌이 나는 풍
진(風塵)에 기거에 무양하여 천액(天厄)을 소멸케 하고 수복이 창성케
하소서."(21)

그러나 적한을 만나 도망하는 중에 마달의 도움으로 구제되고, 도
관 점화관(點花觀)에 의탁하게 된다. 양도독은 홍도왕 탈해를 토벌
하러 출정했다. 도독이 적정을 물으니 교지왕이 말하기를,

"홍도왕 탈해(脫解)는 만인(蠻人)의 종족이라 천성이 흉녕하여 그
아비를 찬탈하고 그 아내 소보살은 요술(妖術)을 헤아리기 어려우니
적을 가벼이 보아서는 안 됩니다. 지금은 오계동(五溪洞)에 있으니 원
래 남방 제국에 홍도국이 풍기무도하여 인륜이 없이 위력을 위주로 하
니 그 강인하고 굳셈이 금수와 다르지 않습니다."

또한 오계동에 이르러 후산 아래 마복파 장군(馬伏波將軍) 신묘
에 향화(香火)를 베풀었다.
도독이 응낙하고 같이 묘중에 이르러 일주향을 사루고 가만히
심축한 후 탑상거북을 집어 괘(卦)를 보니 정인(貞人) 대길(大吉)
한 지라. 묘문(廟門)을 나서니 밤이 이미 깊었다. 검은 안개 자욱하
여 달빛을 가리웠으므로 도독이 원수를 보고

"이는 남방 장기(瘴氣)라 사람이 닿으면 병이 나는 고로 마복파 율
무를 먹어 장기를 제어했으므로 이제 장군이 병여약질(病餘弱質)로 이
독기를 쏘이니 염려되지 않겠습니까?"

했다.

과연 오계동에 이르기까지 다섯 시내가 있으니 황계(黃溪), 철계, 도화계, 아계(啞溪), 탕계(湯溪)가 그것이다. 황계는 창질이 생기고, 철계는 금철(金鐵)이 스스로 녹아 물이 되고, 도화계는 꽃피는 봄에 물결이 저절로 붉어지고 독기가 10리에 흘러내리고, 아계는 그 물을 잘못 마시면 벙어리가 되고, 탕계는 물이 항상 뜨거워서 사람이 들어가지 못한다고 했다. 이는 민간신앙이다. 정령에 대하여 향화도 귀신에 제사지내는 것이다.

양원수는 황계에서 병을 얻어 혼절했는데 백운도사가 나타나 주머니에서 세 개의 금단(金丹)을 주었다. 그리고는 3구시를 외웠다.

한 덩이 흙이 물을 이기고	(一杯土克水)
만 자루 불이 쇠를 녹이나니	(萬柄火消鐵)
저 도화 물결에 뜸에	(泛彼桃花浪)
반드시 도화 잎사귀 입에 물어라	(必含桃花葉)
아계의 물 많이 마시고	(痛飮啞溪水)
밤중에 탕계를 건너가라	(夜半渡湯溪)

그리고 "홍랑의 미간 액운이 금일까지 다하였으니 진정 부귀 극진할지라" 하고 수중에 들었던 백팔보리주를 주며 말하기를,

"이는 석가세존이 묘법을 강론하실 때에 굴리며 염불하던 구슬이다. 낱낱이 정심공부를 들어서 사기가 범하지 않으니 자연 쓸 곳이 있거니와 다음날에 자개봉대승사보조국사(紫盖峯大承寺輔祖國師)에게 전하라."

도독이 그 금단을 먹으니 한 개에 가슴속이 상쾌하고 두 개에 정신이 청명하고 세 개에 신기(神氣)가 평소와 같으니 원래 금단

(金丹)은 석가의 상품 영약이라 했다. 선인이 만든 단약인데도 석가의 상품 영약이라 하니 민간신앙의 귀신과 약조차 도불습합이다. 이는 유·불·도 민간신앙의 습합이며, 대중선도시대의 문학의 양상이라 하겠다. 탈해의 동생 발해와 뇌천풍을 대적하여 뇌천풍이 물러나고 홍원수가 다시 대적하러 나갔다.(21)

홍원수는 발해를 맞아 화살을 쏘아 꺼꾸러뜨리고 자고성을 취했다.(22) 양도독과 소보살이 맞닥뜨려 싸웠다.(23)

소보살이 술법을 썼다. 소보살이 홀연 오른손으로 칼을 들어 공중을 가리키며 왼손으로 방울을 흔드니 오색 구름이 진액 위에 덮어오며 무수한 신장(神將)이 마왕(魔王)을 몰고 오니 괴이한 형상과 흉맹한 거동이 혹은 코끼리를 타고 혹은 호랑이를 타고 혹은 사자를 부리고 곰을 몰아서 36개 천강성(天罡星)과 72개 지살성(地煞星)이 야차귀졸(夜叉鬼卒)을 거느리고 명진(明陣)을 충살(衝殺)했다. 그중 한 마왕(魔王)이 사자를 타고 황금갑을 입고 양눈썹에 일월을 쓰고 있으며 머리에는 칠성을 이고 가슴에 28수를 벌여서 광채가 십방(十方)에 비추어 기염(氣焰)이 사람을 쏘니 앞에 나와 감당할 자가 없었다.

도독(都督)이 급히 진세(陣勢)를 바꾸어 항마진(降魔陣)을 치는데, 500기(騎)는 북방 6감수(六坎水)에 응하고 머리를 풀고 맨발로 입으로 진언을 외우고, 1,000기는 창을 들고 동남방을 향해 서고, 1,000기는 칼을 들어 서남방을 향해 서고, 1,000기는 북을 치고 쟁을 울려 4방으로 순행(巡行)하라 하니 여러 3장이 그 이유를 잘 모르나 다만 지휘를 따랐다.(23) 이러한 양군의 대진(對陣)에 대한 설명은 작가의 말이다. "대저 불법이 황당하나 팔만대장경이 한 개의 심법(心法)에 불과한 것이라 불(佛)은 심(心)이요, 마왕(魔王)은 욕(慾)이니 마음이 안정되면 욕심이 사라지는 고로 마왕(魔王)을 제어함에는 불(佛) 이외에는 다른 도리가 없는 것"이라 했다. 불가의 청정 적멸을 말함은 마음과 욕심에 불과하니 마음이란 물의 청정과 같고 욕심은 불의 적멸(寂滅)과 같다고 했다. 곧 불가의 진체(眞諦)라. 북방 6감수에 응하여 수가 불을 이겨서 욕화(慾火)를 이겨서 심수(心水)가 생긴다. 진언을 외우는 것은 마음을 오로지 하나로 하는 것이다. 마음의 물이 안정되면 이것이 곧 청정(淸淨)이요 욕화(慾火)가 소멸하니 이것이 이른바 적멸(寂滅)이라 했다. 소보살이 돌아가 양도독의 출중한 장략(將略)과 신통한 도술에 크게 놀랐다.

오계동 북편 지형을 살피러 갔던 양도독이 소보살에게 포위되어 곤궁에 처하니 홍원수가 월하에 배회하며 천상을 우러러 보니 천기 청랭하고 중성(衆星)이 역력한데 하나의 대성(大星)이 광채 희미하여 검은 구름에 잠겼다. 자세히 보니 문창성이라. 도독이 돌아오지 않고 주성(主星)이 겁기(劫氣)에 쌓였으니 반드시 무슨 연고가 있음을 알고 점을 쳐서 한 괘(卦)를 얻으니 중천건괘(重天乾卦)라. 이에 원수는 아연실색했다.

오계동에 달려가 보니 급히 달려온 군사 도독이 만진에 둘러싸여 위해롭다고 했다. 진중에 뛰어들어 쌍검을 휘두르니 양도독을 에워쌌다. 만군이 다시 홍원수를 에워쌌다. 전쟁터의 상황은 바로 삼국지의 조자룡이 당향현의 장판에 횡행함과 같다고 했다.

삼국지식 군담의 전개 양상이 여실하다.

양도독과 홍원수는 수침하는 오계동을 바라보고 있었다. 그러다 홍원수가 개탄하여 말하기를,

"옛적에 제갈 무후 등갑군(藤甲軍)을 불지르고 감수(減壽)함을 탄식

하더니 오늘 홍혼탈이 오계동(五溪洞)이 물에 잠겨 생물이 이처럼 피
살되니 어찌 복이 손상되지 않으리요?"(24)

탈해와 보살이 대룡동에 웅거하여 수군을 발했다. 홍원수 수군
을 맞아 선척을 탈취할 계교를 강구했다. 한편 수십 척의 선척을
만드니 그 형용이 자라 같다고 했다. 드디어 대룡강에서 양군이 대
치했다. 손야차와 철목탑이 만중 백성으로 가장하여 만선(蠻船)에
불을 지르고 도망갔다. 경각간에 만선 백여 척이 불타버렸다. 타선
은 빠르기가 바람 같고 입으로 포환과 번개 같은 철환이 공중으로
나니 대패하고 달아났다. 타선(鼉船)은 자라 같고 악어 같은 배다.
임란 때의 거북선과 같은데, 물 속으로 들락날락 하니 더욱 수중에
강했다. 또 무수한 해랑선을 이끌고 수중에 쌍창을 들고 나타난 것
은 일지련(一枝蓮)이었다. 일지련이 양도독과 인사하는 사이 축융
대왕이 이르러 도독과 원수를 보고 말했다.

"과인이 향일 철목동전에서 바로 종군코자 했으나 심중에 생각하니
홍도국은 지역이 넓고 남으로 큰 바다에 임하고 바다를 끼고 백여 부
락이 되니 이곳에서 평정하지 못하면 후환이 두려운 고로 과인이 여아
를 거느리고 해상을 순시하고 여러 부락을 이미 토벌하였으니 도독의
근심이 덜어질 것이라 생각합니다."

양도독이 즉시 대군을 거느려 육지에 올라 대룡동을 향하여 힘
차게 행군해 갔다. 탈해가 생금되니 소보살이 진언을 외워 무수 귀
졸(鬼卒)이 기형괴상으로 군중에 편만하여 포위망을 뚫으려 했다.
축융이 대노하여, "요물이 도술을 자랑하려 하는구나" 하고 5, 6개
나찰(羅刹)로 변하여 한바탕 쫓으니 무수한 괴물이 없어져 자취가
없어졌다. 괴상한 바람이 마른 잎을 불어 사방에 흩어지면서 가지

마다 잎마다 가가대소하여 "축융은 근심하지 말라. 녹수청산에 종적이 묘연함을 누가 잡을 수 있으리오" 하니 홍원수가 크게 놀라 "오늘 이 요물을 잡지 못하면 후환이 적지 않으리라" 하고 부용검을 들고 공중을 가리키며 진언을 외우니 그 잎이 어지럽게 땅에 떨어져서 다시 변형하지 않고 옛 그대로 하나의 보살이 되어서 창황히 달아나려 했다. 원수가 대군(大軍)을 재촉하여 급히 호위하여 잡으려 하니 보살이 다시 백여 보살로 변하여 모든 장수와 군졸이 눈이 어지러워서 잡을 길이 없었다. 원수 곧 주머니에서 백운도사의 보리주를 끄집어내어 공중에 던지니 백팔보리주가 변하여 백팔금수패로 되어 백여 개 소보살에 씌우니 백일곱 보살은 간 데 없고 한 개의 소보살이 머리를 부둥켜 땅에 구불며 살기를 애걸했다.

이 요물은 호정(狐精)으로, 여우로 변하여 달아났다. 나라가 어지러우면 이러한 요물이 생긴다고 했다. 양 도독이 홍도국을 평정하고 축융으로 하여금 홍도왕을 섭행케 했다.

수일 후 도독이 회군하니 축융이 제장 군졸을 거느리고 전송하면서 원수를 향해 간절히 말했다.

> "과인이 비록 만맥(蠻貊)의 종족이나 자식 사랑하는 정은 한 가지입니다. 여아 일지연(一枝蓮)이 천성이 괴이하여 바라기는 중국을 보고싶어하는 마음 일념으로 잊지 않더니 원수의 풍채를 흠앙하여 천애만리에 부모를 떠나서 원수를 따르고자 하니 그 뜻을 억누를 수가 없습니다. 바라건대 원수는 거두어 가르쳐 주소서."

도독이 북을 향해 행군함에 여러 장수의 3군이 개가하여 올라갔다. 하루는 마달(馬達)이 도독에게 "저 벽만(碧巒)이 유마산(維摩山)이며 그 아래 점화관(點火觀)이 있습니다"라고 말했다. 해는 저물고 달빛은 숲 사이에 비치니 도독이 유마산 앞에 진을 치고 밤을 지내는데 홍원수(紅元帥)가 도독에게 말했다.

> "첩이 선랑(仙娘)과 더불어 아직 상면이 없으나 서로 마음 알기가 현재와 다름없으니 이 때를 타서 한 번 기롱하고 정을 펴고자 합니다."

이 때 선랑(仙娘)은 도관 중에 몸을 의탁하여 낮이면 도사를 따라 소일하고 밤에는 상공에 대한 생각에 무료한 심회를 억제치 못하고 있었다.

일개 소년 장군이 들어와 촛불에 서는데 그는 녹림과객이라 했다. 결국 선랑은 "승평성세(昇平盛世)에 개 같은 도적이 어찌 이다지 무례하뇨? 내 너를 대하여 순설(脣舌)을 더럽히지 않을지니 빨리 내 머리를 취하여 가라"하는데, 이 때 등장한 양도독을 보고는 망연자실했다. 도독이 원수와 더불어 군중(軍中)으로 돌아갈 때 여러 도사(道士)를 불러 채단은자를 내리고 선랑은 후일을 기약하고 머물렀다. 양도독과 홍원수 여러 장졸이 개선하여 천자가 승전을 축하했다. 개선 잔치가 끝나고 환궁하여 천자가 도독을 만난 장면을 보면,

> 천자가 양도독을 보시고 천안(天顔)이 기쁨이 있으니 황, 윤 양 각로를 돌아다보고 "짐의 양창곡은 한 나라의 주아부(周亞夫)라도 당할 수 없다"고 하시더라 했다. 홍원수 시부모의 환대를 받고 며느리의 반열에 들어선다.

홍원수가 윤소저를 만나 감격하여 말했다.

> "나를 낳은 것은 부모요, 나를 살린 것은 소저입니다. 수중고혼을 살펴서 공명을 세워 고향으로 돌아옴이 누구의 덕입니까? 앞으로는 일동

일정(一動一靜)이 소저의 내리신 바이니 감동의 다행함을 이기지 못하나이다."(25)

도독이 후원 동별당(東別堂)을 수리하여 원수의 처소로 정하니 원수는 곧 손야차, 일지연, 연옥을 거느리고 갔다.

천자의 녹훈(錄勳)하는 자리에 도독이 소유경, 뇌천풍, 동모, 마달을 거느리고 조반(朝班)에 오르고, 홍원수(紅元帥)는 표(表)를 올려 진정했다. 깜짝 놀란 천자가 웃으면서 도독에게 말했다.

"경(卿)이 애첩[寵姬]을 위해서 짐의 간성(干城)의 인재를 빼앗으려 하니 이는 평소에 서로 믿던 도가 아니로다. 짐이 혼탈을 인견하고자 함은 대신의 소실의 도에 어긋나는 예의이지만 사직을 하지 말지어다."

훈공(勳功)을 논하여 도독은 연왕(燕王)에 봉하고 우승상(右承相)의 일을 보게 하고 부원수 홍혼탈은 난성후(鸞城侯)에 봉하여 병부상서(兵部尙書)의 직을 행하게 했다. 하루는 연왕이 파조 후 천자 조용히 인견하시고 물었다.

"경이 출전한 후 가중에 무슨 요란한 일로 경의 소실을 고향으로 돌려 보내어 경의 집으로 돌아옴을 기다리라 했는데 경이 이제 집으로 돌아왔으니 구애치 말고 뜻대로 처리하라."

연왕이 머리를 조아리고 벽성선의 일을 대강 주알했는데 상께서 웃으면서 "자고로 인가에 혹여 이러한 일이 있으니 경은 조용히 처결하여 화목함에 힘쓰라" 했다.

한번은 동별당에 이르러 난성과 더불어 천상을 우러러 보니 벽공에 구름 한 점 없고 별빛이 뇌락(磊落)하여 파리반에 구슬 흩어진 듯하고, 북편을 바라보니 자미재원(紫微帝垣)에 흑점이 가득하고 삼태팔좌(三台八座)에 괴상한 기운이 엉겨 있거늘 연왕이 침음양구에 놀란 기색이 있어서 난성을 돌아보고 "랑은 저 기운을 아는가?" 하니, "첩이 어찌 천상 성진을 알리오마는 일찍이 백운도사에게 들으니 삼태팔좌(三台八座)에 괴상한 기운이 있고 자미재원(紫微帝垣) 검은 구름을 띠면 곧 간신(奸臣)이 조정을 탁하게 어지럽혀서 천자의 총명을 가리운다고 하니, 이 어찌 국가의 근심이 아니겠습니까?" 했다.

이에 난성(鸞城)이 조용히 충고하는 말을 했다.

"국가 대사를 어찌 감히 망령되이 말하리까마는 상공의 나이가 30 미만에 출장입상(出將入相)하여 안으로 높은 자리에 있고 밖으로 병권을 잡으시니 군자는 태과(太過)함을 의심하고 소인은 그 권세를 시기하는 것이라 엎드려 바라건대, 상공은 존정대사를 천단(擅斷)하지 마시고 언론 풍채를 십분 삼가고 드러내지 마시고 위권(威權)과 명망을 남에게 양보하소서."

동홍과 노균은 간신이다. 노균에 대한 서술의 한 장면을 보면,

한편 노균이 일개 누이 있어 연왕과 통혼하다가 낭패한 후 그 아름다운 부덕이 없으므로 저마다 결혼코자 아니하매, 연방 19세에 아직도 혼기 지[摽梅]을 탄식하더니 자고로 소인이 일을 경영함에 어찌 윤기(倫紀)와 체모를 돌아보리요?

이 때 천자가 동홍(童弘)을 총애하심을 보고 동홍(童弘)과 남매지의를 맺고자 했다. 드디어 길일을 택하여 행예하니 상(上)이 채단 백 필을 내리시고 자신전학사(紫宸殿學士)를 배했다. 이 일로 하여

조정은 정대엄위한 청당(淸黨)의 연왕 중심과, 비루 아첨하는 노균 동홍을 중심으로 하는 탁당(濁黨)으로 갈렸다.

천자(天子)가 조회를 마치고 조용히 연왕을 불러서 "근일 조정에 청탁당론이 있다고 하는데 이는 무슨 말인고?" 물으니, 연왕이 상주하여 말하기를,

"홍범(洪範)에 이르기를 왕도(王道)가 탕탕하여 무편무당(無偏無党)이라 하였으니 구태여 당론(黨論)은 임금의 말하실 바가 아닙니다. 신(臣)이 비록 불충(不忠)하오나 어찌 붕당을 만들어 권세를 다투겠습니까? 이는 사론(私論)이 서로 이루어져 지칭한 데 불과하오니 바라건대 폐하께서는 다만 착한 자를 쓰고 불충한 자를 배척하여 멀리하시어 시비(是非)를 분석하는 데 생각을 두지 마소서."(26)

동홍과 노균이 간교하여 탁당이 청당을 몰아내는 지경에 이르렀다. 드디어 연왕이 다음과 같이 상소했다.

"우승상 신 양창곡은 삼가 목욕재계하고 성신 문무황제폐하의 경광(經纊) 아래 상소하나이다. 엎드려 임군의 천하 다스림에 일언일동을 가벼이 할 수 없음은 진실로 종묘사직의 중대함과 사해창생의 고락이 여기에 있기 때문입니다. 이러므로 옛날의 명군은 진선(進善)의 깃발과 비방하는 나무를 세워 언로를 넓히고 현자를 가려 쓰며, 부정한 것에 대한 경계(藝御之箴)와 좌우에서 기록하는 사람을 두어서 기거를 삼가고 그릇됨(非僻)을 물리치니 미색진수(美色珍需)를 누가 좋아하지 않으리오마는 성인이 포백의 무늬를 말하고 죽 맛을 말한다는 것은 진실로 귀와 눈의 좋아하는 바를 따르기 어렵고 심지어 좋아하는 바를 다하기 어려운 바입니다. 비록 시골의 백성이 천금의 재산을 감추고 유수한 자손을 두어도 오히려 그 일생을 근심함이 마땅하며 그 욕심나는 바를 다하지 않는데, 하물며 만승지군(萬乘之君)이 부(富)는 사해가 있고 자식

은 만마를 두었음에랴. 충성된 말이 귀에 거슬리고 아첨하는 말이 마음
에 합하나, 유쾌한 말에 위태함이 있고 독약은 병에 이로우나니 어찌
일시의 즐거움을 취하여 천추의 청사(靑史)를 더럽힘을 돌아보지 않으
리요? 복유 황제 폐하께서는 문무에 진성하시어 즉위 초에 예덕(睿德)
이 높으시어 태평한 정치를 조야(朝野)가 바랐습니다. 일동일정(一動一
靜)에 백성이 귀기울이고 일언일묵(一言一默)에 사해(四海)가 목을 늘
여서 "우리 천자 새로 즉위하사 장차 혜택이 있을 것"이라 하며 마치
목마른 자가 물을 생각하고 어린아이가 어미 생각하듯 하니, 이는 인지
상정입니다. 이제 폐하 비록 그 소망을 흡연케 못 하시나 어찌 낙담실
망케 하여 어찌 구구히 그 바람을 저버립니까?…… 복원 폐하는 이 계
교 드린 자를 유사(攸司)에게 맡기시어 머리를 베고 하나를 징계하여
백 사람을 격려하시고 이원 악공(梨園樂工)과 후원(後苑)의 신정(新亭)
을 철파하소서."

천자가 의봉정(儀鳳亭)에서 풍류를 듣다가 연왕(燕王)의 상소를
보고는 옥안이 불편하였다. 다시 상소하나 보지 않았다.(27)
연왕이 정전(庭前)에 엎드려 다시 상주했다.

"폐하의 과거(過擧)하심이 어찌 이에 이르십니까? 신(臣)이 수년 전
일개 수재(秀才)로 천은을 입사와 자신전(紫宸殿)에서 폐하를 뵈오니
천안이 온화하시고 옥음이 정녕하시어 하교하기를 "짐이 새로 즉위하
여 다스리는 도를 알지 못하노니 너는 짐의 주석동량(柱石棟樑)이라
나의 불패함을 도우라" 하시던 말씀이 어제 같거늘, 어찌 오늘의 의봉
정에 군신의 의지가 통하지 않아서 알현하기가 어렵습니까?"

말을 마치고 눈물이 홍포의 소매를 적시니 좌우에서 보는 자가
그 충성에 감탄하여 눈물을 흘렸다. 거듭된 간언과 천자의 면박이
있은 후 천자가 친필로 하교했다.

"짐은 망국할 임금이다. 짐의 과실이 더한 후에 연왕의 충성이 나타 날지니 우승상 양창곡을 운남군에 찬배(竄配)하라."

연왕과 난성이 함께 찬배지로 갔다. 가다가 생선을 구하여 국을 끓이는데 뜻밖의 재난을 당했다. 노균이 사람을 보내어 간교한 짓을 하고 도망갔던 것이다.

동초와 마달이 뒤따라오다가 사슴을 만나 숲으로 들어가 한 백운도사를 만났는데, 그가 말하기를,

"그대는 궁한 사슴을 쫓지 말고 급한 사람을 구하라."(28)

노인이 단약(丹藥)을 내어 주며 빨리 가서 구하라 하니 이에 홍란은 단약을 먹고 목숨을 건졌다. 노참정이 보낸 자객 때문에 고초를 당하는데 난성이 부용검으로 이들을 물리쳤다. 노참정의 오국(誤國)함이 더욱 심하다고 했다. 자고로 소인이 나라 그르침은 공명을 탐하고 부귀를 도모하기 때문이다. "임금을 매혹하고 나라를 그르친 자 어찌 오래토록 누리겠는가"라고 말했다.

노균이 동홍을 청하여 말했다.

"노부학사로 더불어 이같이 종용 상대할 날이 오래지 못하니 어찌 한심치 아니리오."

천자가 연왕을 다시 등용시키려 함에 노균이 고향으로 내려가 선산에 묻히겠다고 했다.(29)

천자가 탄신일 연회에서 동홍이 부는 생황이 처량하여 노참정에게 말했다.

"경이 그 곡조를 아는가? 백일이 서로 지고 유수는 동으로 흐르니 부귀향락이 일편 부운이라 어찌 한무제의 북산조(北山調)가 아니겠느냐? 고담에 이르기를 "興盡悲來하고 榮極哀生"이라 하니 정히 금야심회를 말하는 것이로다. 슬프다! 아침의 녹발이 저녁의 백설이 되니 청춘홍안이 모두 꿈이라 사해지부와 만승지귀를 장차 무엇하겠는가? 경이 고금서적을 널리 보고 전대 흥망을 많이 들었을 것이니 무슨 도(道)가 있어 천하를 변화하여 저 춘대수역(春臺壽域)에 오르게 하여 유락무애(有樂無哀)하고 유생무사(有生無死)하여 천지와 더불어 같이 늙게 하겠는고?"

노균이 이에 상주했다.

"신(臣)이 듣건대, 삼황(三皇)은 무위(無爲)하여 향국(享國)을 18,000년 하였고 5제(五帝)는 제례작악(制禮作樂)하여 위로 천지신기(天地神祇)를 감동시키고 아래로 상서복록(祥瑞福祿)을 받아 황제(黃帝)는 재위 100년에 수 110세요, 소호(少昊)는 재위 90년에 수 140세요, 전욱(顓頊)은 재위 80년에 수 98세요, 제곡(帝嚳)은 재위 70년에 수 150세요, 제요(帝堯)는 재위 98년에 수 118세요, 제순(帝舜)은 재위 50년에 수 110세요, 주목왕(周穆王)은 재위 100년에 수 170세입니다. 신이 고적에 몽매하여 명백하지 못하오나 어찌 춘대수역(春臺壽域)에 유락무애(有樂無哀)하여 천지와 더불어 같이 늙음을 모르겠습니까?"

상이 웃으며 말했다.

"짐이 생각하니 교산(喬山)에 황제총(黃帝塚)이 있고, 진황(秦皇)과 한무(漢武)의 영걸로도 여산(驪山)과 무릉(武陵)에 가을 풀이 소슬하니 자고 이래로 반드시 장생술(長生術)이 없는가 하는도다!"

이러한 천자의 장생술에 대한 회의는 노균의 신선관을 이끌어내는 데 이른다. 그러나 그것이 공을 이루었으니 몸은 물러나는 것[功德身退]을 의미하는 것인가? 그렇지 않다.

"진황 한무는 오직 정벌을 일삼고 형정(刑政)에 오로지 힘써서 평생을 물욕에서 벗어나지 않았으니 어떻게 장생술을 얻겠습니까? 황제 헌원씨는 다스리는 제도를 이룬 후에 공동산에 7일을 재계하고 광성자(廣成子)를 만나 백일비승(白日飛昇)하니 교산(喬山)에 궁검(弓劍)을 허장했습니다. 이제 폐하는 즉위 이래로 인심을 얻으나 우순풍조(雨順風調)하고 민생이 안락하니 마땅히 덕을 칭송하여 천지에 고하고 태산(泰山)에 봉선(封禪)하여 장생지술을 구하신 즉, 정호(鼎湖)에 나는 용을 탈 수 있을 것이요 요지의 여덟 마리 말을 몰 것이니 선문(羨門) 안기(安期)의 비술과 봉래영주의 불사지약을 어찌 앉아 이루지 못하겠습니까?"

이에 상이 크게 기뻐하여 곧 노균을 자신전 태학사 겸 흠천관지례관(紫宸殿太學士兼欽天官知禮官)에 배하고 봉선(封禪)하는 절차와 신선을 구하는 거조(擧措)를 강론하여 주라고 하니 노균이 옛날 예법을 아는 선비[知禮之士]와 방술지사(方術之士)를 부르니 연(燕)나라, 제(齊)나라 사이의 괴상하고 황탄한 무리들이 노균 문하에 운집했다. 노균이 자금성 안에 천여 칸 큰 집을 짓고 태청궁이라 하여 천자 친필로 편액(扁額)을 하사하고 다시 노균으로 태청궁 태학사를 시키니 누관의 굉걸함과 장려함이 한나라 비렴계관(蜚廉桂觀)보다 더 하다고 했다.

명청대의 도관의 모습이기보다 연나라, 제나라 때의 신선전설에 의존하는 도관을 묘사하고 있다. 노균 문하가 허탄한 무리라는 작자의 비판적 개입이 드러나 있는 것이다. 이에 참여한 도사의 건의 또한 비판적이다.

　　"성상이 삼황오제(三皇五帝)의 고례를 행하시고 선문안기(羨門安期)
의 종적을 따르고자 하시니 이는 천고에 드문 일입니다. 마땅히 물외
(物外)의 높은 도사를 청하여 먼저 하늘에 제사 드리고 그 수복을 비
는 것이 좋겠습니다."

　이는 오히려 과의도교의 도사를 칭하는 것이다. 그는 광활한 세
계에 어찌 고사(高士)가 없겠냐고 했다. 근일 남방에 한 도사가 있
으니 도호는 청운도사(靑雲道士)라 했다. 도술이 정통하고 재예가
특히 높아서 사방에 운유(雲游)하는데, 만약 청하려면 정성을 다하
여 그 있는 곳을 찾아 맞이해야 한다고 했다. 청운도사는 백운도사
의 제자로 홍랑(紅娘)과 함께 도술을 배웠으나 잡술에 빠진 것이
걱정이라 했다.
　도술을 자랑하며 태청궁에 이르른 청운도사, 도관도의로 파리채
를 들고 반주지례로 천자를 뵈오니, 천자가 말하기를,

　　"짐은 진세에 처하고 선생은 물외에 오유하니 어찌 이같이 만남을
기하리요?"

하니 도사가 말했다.

　　"빈도는 부운종적이라 폐하가 성심으로 부르심에 감격하여 왔사오
니 폐하는 천하지부와 만승지귀로 청정담박(淸淨淡泊)의 도를 구해서
무얼 하시렵니까?"

　이에 상이 탄식하여 말했다.

"초로인생이 부운 같은 부귀를 어찌 족히 말하리오. 원컨대 선생의 도술을 빌어 십주삼산의 영약을 구하고 옥경청도(玉京淸道)의 빛을 찾아 헌원극목의 고사를 효칙하고자 하노라."

도사가 답하기를,

"폐하는 인간범골이 아니라 상계신선으로 잠깐 적강하심이니 만일 지극한 도를 듣고자 하신다면 빈도 마땅히 택일설법하고 수삼 선관을 청하여 연년익수(延年益壽)할 방략을 전케 하겠습니다."

태청궁이 협착하다 해서 수백 자의 비루채각(飛樓彩閣)을 새로 지어 신선을 맞이했다. 천자는 높여서 태청궁교주도군황제(太淸宮敎主道君皇帝)라 했다.

북두는 중천에 구을고 경경옥루가 아미 4경을 알리는데, 홀연 한 쌍의 청조(靑鳥)가 서로부터 편편이 내려온다.

"서왕모 오시나이다."

공중에 선악소리 은은하며 한 쌍의 선녀가 청란(靑鸞)을 타고 칠보운환에 예상을 입고 누하에 이르렀다. 천자가 맞이하니 선녀가 말했다.

"첩등은 왕모 낭랑의 시녀 쌍성비경(雙星飛瓊)이 먼저 왔습니다. 대명천자는 옥체를 자중하소서. 낭랑이 곧 오십니다."

천자가 멀리 바라보니 서기 영롱하고 채운이 영롱한 가운데 일위

선녀 봉관월패로 오운거(五雲車)를 타고 전후좌우에 보선운번(寶扇雲旛)이 쌍쌍이 옹위하고 10여 명 시녀가 난새를 타고 봉새를 타고 공중을 덮고 이르니 광채가 휘황하고 기이한 향기가 코에 닿았다.

　천자가 말했다.

　　"낭랑이 일찍이 주목왕과 백운요(白雲謠)를 화답한 지 이미 1,000여 년인데 월태화용이 오히려 쇠하지 않으니 옥경보대의 즐거움을 비로소 알겠습니다."

　이 장면은 신선전설을 바탕으로 작자가 꾸며낸 위선도(僞仙道)의 세계이다. 거짓선도[僞仙道]의 허구는 갈홍이 그의 포박자(抱朴子)에서 언급한 바 있다. 노균이 주선하는 선계는 선도가 아닌 위선도이고 정도가 아닌 마술임을 강조한다. 그러나 정도의 수련도교는 비판하지 않는다.

　서왕모는 이웃집 아이 안기생과 약상자를 든 적송자를 천자에게 소개하고 소매에서 단과(丹果)를 내놓으니 이는 화조(火棗)로서, 한 번 먹으면 평생 배고프지 않고 500년을 산다고 했다. 적송자는 청송엽(靑松葉)을 바치니 소나무를 베고 자고 솔잎을 배불리 먹으니 평생 병이 없다고 하고 자기 나이가 15,000년이라며 남은 잎은 가져왔다고 했다. 서왕모는 후원에 반도(蟠桃)가 10여 그루인데 경망한 동방삭(東方朔)이 한 알을 훔쳐가 5알을 가져왔는데 비록 진품 반도는 아니나 세인이 먹으면 5,000년을 살 수 있다고 했다.

　이는 신선전설이 사실인 것처럼 의도적으로 묘사한 부분이다.

　천자가 몸을 굽히고 물었다.

　　"자고 이래로 비록 선술을 믿는 사람은 많으나 과연 장생불사하는 사람이 몇이나 있는지요?”

서왕모가 웃으며 말했다.

  “선품이 3등 있으니, 상선(上仙)은 구해서 얻을 수 없고, 중선(中仙)
은 혹 선분(仙分)이 있으면 얻을 수 있으며, 하선(下仙)은 왕왕 배워서
이루어집니다.”

천자가 또 물었다.

  “한무제 진시황은 일생 구선(求仙)하되 어째서 이루지 못했지요?”

서왕모가 안기생을 돌아보며 말하기를,

  “진시황 한무제가 누구냐?”

이에 안기생이 답했다.

  “진시황은 여정(呂政)이요, 한무제는 유철(劉徹)입니다.”

왕모가 미소지으며 말했다.

  “이는 모두 범골(凡骨)입니다. 어찌 더불어 선도(仙道)를 얘기하겠습
니까? 연(燕), 제(齊)의 괴이한 일을 모으고 금동선인(金銅仙人)의 승로
반(承露盤)을 만들어 신선을 바라다가 변수(汴水) 추풍(秋風)에 지나간
일을 뉘우치니 유철(劉徹)은 오히려 영걸(英傑)하다 하려니와 무죄한
동녀(童女) 500인을 바다 가운데 빠뜨리고 여산(驪山)에 무덤을 이루어
민력(民力)을 허비하고 만년계(萬年計)를 생각하니 만고에 어리석은

자는 유철(劉徹), 여정(呂政)입니다."

작가의 신선관이 확연히 드러나는 부분이다. 허탄한 위선도를 선풍도골의 선품 삼선과 범골의 우괴지사를 구분하여 논하니 작품 주제와 관련해서 논평할 일이 남는다.

전설에는 서왕모와 한무제가 서로 특별한 사이라 하니 천자가 의아하여 물었다.

"짐이 일찍이 들으니 왕모가 한무제를 따라 승화전(承華殿)에 강임하여 반도 7알을 바쳤다 하니 그러한지요?"

이는 다 방사(方士)의 속인 바라, 만일 진실로 반도를 얻었다면 어찌 무릉(茂陵)의 추풍이 있으리오? 그러면서도 천자에게는 상계 선관이 적강하였으며 타일 옥경청도(玉京淸道)의 상선(上仙)이 될 것이라 했다.

천자는 표연히 우화(羽化)하는 듯이 기분이 좋아지고 이날부터 선술을 더욱 믿어 정사를 돌보지 않고 태천궁에만 납시고 방사들과 선술을 강론하니 유식자들은 몰래 근심하고 장탄식을 하여 연왕을 그리워하고 노균은 근심이 되어 진인(眞人)인 청운도사에게 신명도술로 백성들이 진실로 승복케 해 달라고 했다.

노균이 자금성 안팎 각 곳에 다음의 방을 붙였다.

"하늘이 나라를 도우시고 사해창생을 위해서 태청진인(太淸眞人)으로 하여금 인간에 내려오시니 백성들은 수복(壽福)을 누리고 재액을 피하고 길흉화복을 피하고자 하면 태청궁에 이르러 진인에게 치성드리고 공야하라."(30)

그러나 태청궁에 오는 사람이 없었다. 노균이 먼저 처첩을 보내 자식과 복록을 비니 조정백관이 처첩을 보내어 폐백을 후히 하여 발원하니 해괴하고 더러운 소문이 낭자했다.

진인은 즉시 진언을 외워서 풀잎새를 뜯어 공중을 향하여 던지니 하나하나가 무수한 귀졸이 되어 성내성외 가가호호에 비행하여 조정을 비방하는 자를 일일이 잡아오니 모두가 크게 두려워하여 입을 다물었다.

노균이 다음과 같은 표를 올렸다.

"하늘이 상서(詳瑞)를 내리시어 성덕을 밝히시니 폐하는 마땅히 명산에 봉선(封禪)하시어 옥을 묻어 천지신기에 제사하시고 인하여 명당에 재계하신 후 해상에 순행하여 선인을 맞이하여 수복을 구하시어 옥황상제의 은혜에 보답하소서."

이러한 여러 가지 옛날의 신선전설의 재현은 요란한 도사가 천자를 속이는 것이었다. 소년들이 풍류를 알리는 자리에 천자가 몰래 참석하여 율려를 들었는데, 선랑이 주현을 다시 골라 일곡을 탔다. 이에 묻기를,

"이 곡조의 이름은 무엇이뇨?"

이에 선랑이 대답했다.

"이른바 충천곡(衝天曲)이라. 옛적에 초장왕(楚莊王)이 즉위 3년에 청정(聽政)하지 않고 매일 음악으로 보내니 대부 소종(蘇種)이 간하기를 '숲 속에 새 한 마리가 있으니 3년을 울지 아니하고 3년을 날지 아니하니 이 무슨 새입니까?' 하니, 장왕이 말하기를 '3년을 울지 않으나

울음은 장차 사람을 놀라게 하고 3년을 나르지 않으나 장차 하늘을 뚫
으리라' 하고는 왼손으로 소종의 손을 잡고 오른손으로 종고(鍾鼓)의
줄을 끊어 다시 덕을 닦으매 불과 수년에 초나라가 정치를 잘 다스려
패권을 잡아 다섯 나라의 으뜸이 되었습니다."

이 말을 듣자 노균이 불쾌하여 풍류에 대한 언쟁을 하니 선랑이
옷깃을 여미며 말했다.

"선재라! 공의 나라 위한 충성이여! 선술(仙術)을 설명하여 성주의
알아줌을 말하니 이는 공의 지혜가 지나침이요, 현신(賢臣)을 쫓아내어
당론(党論)을 세우고 언관(言官)을 구속하여 위권(威權)을 천단(擅斷)
하니 이는 공의 수단이 출중함이요, 청하여 봉선(封禪)을 행하니 나라
돈을 다 써버리고 민심을 소동시켜 원망이 일어나도 조금도 동요치 않
으니 이는 공의 담략(膽略)이 확고함이요, 천하 사람이 불인(不仁)에
빠져도 스스로 모르는 자가 많되 공은 알고도 범하니 이는 공의 총명
함이 절인(絶人)함이라. 이제 또 음악을 고쳐서 균천제자(勻天弟子)를
뽑되 고문대가(高門大家)의 처첩을 탈취하고 행인과 과객의 종적을 겁
박하여 소문이 낭자하고 거조가 해괴하여 백성은 길가에서 원망하고
군자는 방안에서 탄식하여 이르기를 "성천자(聖天子)의 총명으로 어찌
이에 이르렀는고" 하여 위로는 황태후의 근심을 더하고 종묘사직의 위
태함을 끼치나 공의 부귀는 여전히 증가하여 감히 그 잘못됨을 바로잡
는 이가 없으니 또한 기묘한 경륜인데 어찌 족히 생에게 물으시는지
요? 생이 듣기로는, 나무는 뿌리가 없으면 마르고 물은 근원이 없으면
마르나니 국가는 백성의 근원이요 임군은 신하의 근본이라 공이 단지
눈앞의 부귀는 알고 임군이 있고 나라가 있음을 모르니 근원이 없는
물과 뿌리가 없는 나무가 며칠을 지탱할 수 있을는지요?"(31)

선랑의 입을 통하여 노균 동홍 등의 탁당의 잘못된 정치를 여지
없이 폭로하고 천자의 뉘우침을 촉구하는 말이었다. 과연 천자는

선랑의 본색을 확인하고 가까이 불러 대오각성하여 전교를 받아쓰
라고 했다.

"짐이 혼암하여 충언을 멀리하고 황탄(荒誕)을 믿어 스스로 진황(秦
皇) 한무(漢武)의 허물을 깨닫지 못했더니 연왕 양창곡의 소실 벽성선
이 열협의 풍과 충의의 마음으로 만리해상에 삼척금을 안고 섬섬옥수
로 주현(珠絃)을 한 번 떨치니 냉냉한 칠현(七絃)에 찬바람이 일어나서
뜬 구름을 다 쓸고 일월이 그 옛 빛을 회복하니 이는 옛 역사에 없는
일이요 전에 듣지 못한 일이라. 짐이 근일 한 꿈을 얻으니 이 몸이 공
중에 떨어져서 십분 위태하다가 한 소년이 붙들어 구함을 받으니 이제
벽성선의 용모를 보니 꿈속에서 본 바와 조금도 다름이 없다. 이 어찌
옥황상제가 보내신 바 아니리오. 짐이 지나간 일을 생각해 보니 모골
이 송연함을 깨닫지 못하는 것이라. 그 위태함이 천상에서 떨어질 뿐
아니라 만약 벽성선의 풍간이 아니었다면 어찌 오늘이 있으리요? 연왕
소실 벽성선이 비록 천기이나 특별히 그 충성함을 포상하여 어사대부
를 배하고 연왕은 좌승상에 배하여 소환하고 윤영문, 소유경 제인은
일변 죄를 사하고 돌아오게 하고 내일 환궁절차를 마련하여 들여 오
라."

노균의 허탄한 도교는 유가의 정치마저도 황폐화시켰다. 그런데
명나라를 무대로 한 모든 소설에서 명나라 이외의 모든 나라의 오
랑캐는 오직 의(義)를 중화에 대한 충성에 둘 따름이니 옥루몽도
이와 같은 비판을 면할 길이 없다.

이 때 마지막 연인 일지련이 등장한다. 연왕은 동초, 마달을 통
해 다시 상소하는데, 간신들이 허탄함에서 벗어나 기강을 바로잡
고 도성으로 돌아올 것을 천자에게 간청했다.(33) 천자는 조서를 내
려 연왕과 혼혼탈에게 급히 와서 짐을 구하라고 했다.

노균은 야률선우가 이미 성중을 침범하여 그를 대적하나 당할

수가 없었다. 태청진인이 도술을 부려 신장귀졸이 호진(胡陣)을 에워쌌다. 그러나 노균은 호군으로부터 격서를 받는데, 회유하는 글이었다. 이에 청운과 진인과 노균은 선우에게 항복했다. 동초와 호군이 서로 진을 치고 싸웠다.(34)

소유경이 만군을 이끌고 천자를 도우러 오니 천자는 병부상서(兵部尙書) 겸 익성분의정로장군(翊聖奮義征虜將軍)을 배하고 마달을 행궁으로 보냈다.(35)

연왕과 혼혼탈 군사를 정비하여 천자를 구하러 4천 기를 네 패로 나누고 7천기로 장사진을 쳐서 중간을 충돌하여 호군을 무찌르고 천자를 구출했다.

연왕 황명을 받잡아 남방군사를 모으니 1만 7천 기였다. 연소성에 진을 치고 호병과 마주했다.(36) 광천포로 호군을 무찔렀다. 이튿날 호병이 다시 진을 치는데, 청운도사인 진인이 등장하고 명군에서는 백운도사가 꿈에 나타나 오늘은 길조가 아니니 선우와 접전치 말라고 했다. 연왕의 꾸짖음에 낙마하고 돌아온 노균이 진인에게 설치할 것을 물으니 진인이 웃으며 말했다.

　　"좌현왕은 번뇌치 마소서. 빈도가 비록 재주 없으나 오늘 명원수와
　　자웅을 결하리라."

친히 진두지휘하여 북을 쳐서 진을 변화하여 일개 방진(方陣)을 치고 중앙방에 흑기를 꽂아 가만히 작법하니, 이 때 홍표요(紅嫖姚)가 멀리 바라보고 깜짝 놀라 양원수에게 아뢰기를

　　"호병이 갑자기 기치를 바꾸어서 십분 병법에 합하니 이는 반드시
　　가르친 자가 있으며, 또한 진중에 흑기를 꽂으니 장차 도술을 시험하

여 우리 진영을 겁주려는 것입니다."

홀연 호진에 북소리가 진동하고 무수한 호병이 청기와 청의를 입고 쌍쌍이 나오며 수중에 각기 작은 호리병을 들어 일시에 공중을 향하여 한 번 흔드니 천만 줄기 푸른 기운이 변하여 낱낱이 창검이 되어 하늘을 덮어 명진을 치려하거늘, 홍표요가 웃으면서 북을 쳐 진을 바꾸어 원진(圓陣)을 만들고 홍기를 진중에 꽂고 손으로 쌍검을 들고 공중을 가리키니 한길 서리 같은 기운이 칼끝에서 일어나서 광풍과 더불어 창검이 달려 진중에 떨어지니 하나하나가 변하여 푸른 잎이 되었다. 이에 표요가 미소를 지으며 모든 장병으로 하여금 그 푸른 잎을 주워 오라 하여 자세히 보니 모두가 칼흔적이 있었다. 즉시 봉하여 호진으로 보냈다. 이 때 진인이 도술을 행하고자 하다가 이루지 못함을 보고 깜짝 놀라,

"내 10년 산중에서 사부(師父)를 좇아 도술을 배우고 천하를 돌아다녀도 당할 자가 없더니 오늘은 반드시 곡절이 있구나."

하는데 갑자기 명진에서 한 개의 봉한 물건을 진 앞에 던지니 곧 무수한 푸른 잎사귀요, 개개가 칼 흔적이 있으니 진인이 크게 놀라 생각하길, '이는 심상치 않은 장수의 소행이라. 나의 사부께서 명진에 내려오시어 명천자를 도우심이니 오늘밤에 명진을 가 살펴보고 그 동정을 살핀 후에 다시 좋은 방책을 생각해야겠다' 했다. 선우에게 말했다.

"오늘은 천존(天尊)이 재계(齋)에 들어가시는 날이라. 용병(用兵)은 도가가 기(忌)하는 날이라 내일 다시 빈도가 경륜하리라."

도술이라는 것도 쓰는 사람이 간악하면 말술밖에 되지 않는 것이고, 또한 대부분의 도술이란 것도 둔갑 변용과 속임수에 있는 것이니 정도가 못 되는 것이다.

이날 저녁 청운이 한 줄기 푸른 기운으로 변하여 명진에 이르르니 홍표요가 불을 밝히고 있었다. 이를 눈치챈 홍표요가 "청운아! 네 어찌 나를 속이느냐?" 하자, 진인은 놀라서 본형을 드러내어 일개 도동(道童)이 되어 손을 잡고 눈물을 흘렸다. 홍랑이 정색하여 말했다.(37)

"사부가 서천으로 가실 제 너를 경계하시여 인간에 나서지 말라는 것은 다른 것이 아니라 너의 천성이 경솔하여 다만 잡술을 좋아하니 너는 천지신명에 죄를 짓고 우리 사부의 청정한 공덕에 누를 끼치니 어찌 지난날의 형제의 정을 보아 용서하리요. 내 수중에 한 쌍의 부용검이 있으니 마땅히 네 머리를 베어서 사부께 알리리라."

그런데 청운이 연왕을 자세히 보니 천상 문창성이더라 하는 것처럼 도입구조의 천상계와 환몽구조의 인간계가 뛰어난 도사의 눈에는 다 알 수 있는 것으로 묘사되어 있다. 천상계와 인간계가 이렇게 투명하다는 것은 작가가 전지적 시점에서 지나친 토설(吐說)을 함으로써 작품의 긴장감을 떨어뜨리고 있다고 하겠다. 또한 홍랑이 청운을 꾸짖고 설득하는 말에 "네 이제 도를 깨달은 즉, 타일 옥경 청도에서 사부를 같이 모셔 천상극락을 길이 누리라" 하는 장면도 이와 같은 논의가 가능하다.

홍랑이 호진에 들어가 선우와 대적했는데 호군이 대패했다. 양 원수가 몰아쳐서 북으로 달아나다가 선우 일지련(一枝蓮)을 만나

대패하고 북으로 달아났다.(38)

선우가 토병과 몽고병을 합하여 천자의 진을 깨뜨리려 하나 무곡진과 팔문진을 치고 뇌천풍이 나서서 노균을 죽이고 선우는 하란산으로 도망하고 척발랄은 항복했다. 하란산을 포위하고 불을 놓아 급히 치니 돌연 광풍대작하고 군사들이 눈을 뜨지 못했다. 요귀의 장난이 심하여 소보살이 요술을 부렸다. 홍사마가 낭중에서 보리주를 끄집어내어 손에 들고 대적하니 소보살이 요괴를 물리치고 은혜를 갚고 없어지니 서천으로 가서 공덕을 닦은 여우였다. 선우가 뇌천풍과 홍사마가 쏜 화살을 맞고 목이 베이자, 이에 천자는 북방제국에 조서를 내렸다.(39)

명천자가 크게 사냥하는 자리에 호왕들을 모으고 홍사마 검술로 범을 잡았다. 그리고 화사(畵師)가 연왕의 선풍도골과 99세 수할 것을 예언하고 홍사마가 여인이었다면 왕후가 되고 99세까지 수하나 남자 같으면 40세가 수명이라 했다.(40)

천자와 모든 장병이 서울로 개선하고 논공행상을 했다. 연왕 진왕은 지위가 높아 더 높이지 못하고 식읍 3만 호를 더하고, 소유경은 여음후를 봉하고, 동초, 마달은 관동후, 관서후, 손야차는 황금 천 일을, 일지련은 표기장군과 탕목읍 1만 호와 황성제택, 가동 백 명, 황금 천 일, 채단 천 필을, 뇌천풍은 관내후를 봉하였다.(41)

선랑을 괴롭히던 황씨의 죄악이 칠거지율에서 벗어나지 못하니 내치기로 하고 황부에 의절을 통지했다. 위부인 태후의 노여움으로 모녀가 추자동에 가두어 죄를 깨닫게 하라고 했다.

선랑 황태후와 천자가 보고 진왕이 연왕을 궁궐로 불렀다. 연왕이 선랑을 데리고 부중으로 돌아가면서 천도가 무심치 않다고 했다.(42)

황소저가 꿈을 꾸니 천상옥경의 상청궁에서 상청부인을 만나는 꿈이었다. "부인의 현숙한 덕을 듣고 가르침을 얻을까 하여 왔나이다" 하자, 상청부인은 투기란 말을 듣고 황소저를 계하에 꿇어 앉혔다. 이로 인해 황소저는 상청궁에서 쫓겨난다. 투기심 많은 여인들에게 쫓기며 깨니 꿈이었다. 이에 스스로 깨닫는다. 위부인도 꿈에 모친 마씨를 만나 크게 꾸짖음을 당하고 오장육부를 세척하여 새 사람이 되어, 모녀가 산화암에 가서 치성기도를 올렸다.

연왕은 선숙인(仙淑人)과 화촉지연을 베풀었다.(43)

선숙인은 산화암에서 황소저의 죽음을 알고 난성에게 말하기를,

"첩이 황소저의 죽음을 슬퍼함이 아니라 벽성선(碧城仙)의 삶이 구차함을 탄식하는 것입니다. 같은 이 청춘으로 초로(草露) 인생이 눈썹을 시기하여 나방이 촛불에 날아들어 희노영욕(喜怒榮辱)이 일장춘몽이라. 그 하나는 저 세상의 침침한 곳[九原野臺]에 원한을 품어 처량히 돌아가고 그 하나는 고대광실에 부귀하고 화락함을 편안히 누리니 사람이 목석이 아니니 어찌 근심스럽고 마음 즐겁지 않아서 결연한 생각이 없으리오. 오늘 첩의 처지가 진퇴하는데 떳떳하지 못하여 얼굴을 들 곳이 없으니 차라리 장자방을 본받아서 두문불출 벽곡하고 적송자를 따라서 진세의 누명을 끊고 세간의 생각을 끊어서 여생을 마치리라."

말을 마치고 감개하고 처량해 하니 난성이 탄식하면서 말했다.

"이제 황소저의 병근을 대강 들으니 의심할 만한 것이 있는데, 첩이 일찍 백운도사를 따라서 한 방술을 배우니, 소위 태식진결(太息眞訣)이라 합니다. 대개 하늘에는 7기(七氣)가 있으니 풍운우로상설무(風雲雨露霜雪霧)요, 사람에게 7정이 있으니 희노애락애오욕(喜怒哀樂愛惡慾)입니다. 하늘의 일곱 기운이 서로 부딪치면 재앙이 되고 절서(節序)가 조화롭지 못합니다. 또한 사람의 7정이 서로 부딪치면 괴질(怪疾)이 되

어서 호흡이 통하지 않습니다. 비록 상세히 알지 못하나 황소저의 기색(氣塞)함이 이 증세인가 합니다.”

선숙인과 난성이 황소저에게 3개의 환약을 주어 소생켰는데, 윤부인은 그 병세가 어떠한지 물었다. 난성은 “소저의 병은 이른바 장을 바꾸는 것[換腸]이니 사람이 천지음양의 기(氣)를 받아서 5장 6부가 생기는데, 음기(陰氣)가 왕성한 자는 마음이 악하고 양기가 왕성한 자는 마음이 길하므로 복록이 창성하고 대길한 귀인입니다. 이제 황소저가 길(吉)한 기로써 악한 기를 억제하되 악기(惡氣)는 다하고 길기(吉氣)가 미처 돌아오지 못하였으니, 이것이 이른바 장을 바꾸는 것입니다. 비록 기혈(氣血)이 잠깐 멈췄으나 장부와 골육이 상하지 않았으므로 첩이 이미 3개의 환혼단(還魂丹)으로 선천(先天)의 정기(精氣)를 되돌렸으니 다른 염려는 없을까 하옵니다.”(44)

이 이론은 신선전설의 이야기가 아니라, 도서이며 의서인 <황제내경(黃帝內經)>의 이론으로 설명하고 있다. 그 논리가 비약한 것이 아니고 신실한 이론에 근거하고 있다는 것이다. 선숙인의 상서로 태후 위씨 모녀는 집으로 돌아가라고 하는 성지가 내려져서 모녀가 친정으로 돌아갔다. 연왕 황부로 황소저를 문병했다. 구고를 찾아 뵙0기를 권유했다.

황소저가 태야와 태매를 찾아뵈었는데, 전일의 황소저가 아니어서 상하비복이 놀랐다.(45)

연왕이 상춘원에서 양부인, 양랑과 함께 후원에서 꽃구경을 했다. 연랑은 미가한 처자라 잠깐 나왔다 들어갔다. 화기애애한 분위기에서 꽃말을 주고받으며 좋은 음식으로 즐겼다. 선숙인이 연랑을 데리고 나왔다. 모두가 풍류를 즐겼다. 연랑은 연가(戀歌) 3장을 불렀다. 태매가 일지련으로 연왕에게 말했다.

"아까 너의 부친께 이 말을 고하니 답하시되, 연소한 아이 중첩을 둠은 비록 부모된 자의 원할 바 아니나 일이 이에 이르니 빨리 수습하여 연랑으로 하여금 억울한 탁식이 없게 하라."

선숙인이 연랑의 만가 3장을 해석하고, 연왕에게 연랑이 억울함이 없게 하라고 했다.

땅에 풀이 아니 남이여(地不毛兮)
바다 물결이 날리는도다(海波揚)
촉룡이 싸움이여(燭龍鬪兮)
불 같은 구름이 일어나도다(火雲興)
하늘가를 의지하여 북두를 바라봄이여(依天涯而望北斗兮)
이곳이 제향이로다(是帝鄉)
흰룡은 뒤에 있음이여(白龍在後兮)
붉은 표범이 앞에 있도다(赤豹在前)
만왕을 좇아 사냥함이여(從蠻王而野獵兮)
오랑캐 말이 시끄럽도다(䶃舌喧)
아미를 찡그려 즐기지 아니함이여(皺蛾眉而不樂兮)
넋이 사라지려 하는도다(欲消魂)
가을 바람이 일어남이여(秋風起兮)
한 기러기 나는도다(一雁飛)
그대를 따라 상국에 노닒이여(從之子而遊上國兮)
부모를 생각하여 눈물이 옷을 적시도다(思爺孃而淚沾衣)
부모 아이를 생각함이여(爺孃兮思兒兮)
아이는 누구를 위하여 돌아가기를 잊었나(兒爲誰而忘歸)

선숙인이 "연랑이 누구를 따라 이곳에 왔는데, 연왕은 어째서 그리 무심하냐"고 말했다. "세간에 사람 알기가 이같이 어렵도다. 상공의 밝으심으로도 연랑의 마음을 모르십니까? 연랑의 절인한 총명으로 어찌 남녀를 구분치 못하고 백년지락을 경영하겠는지요? 그러므로 오늘의 연회에 만가 3장으로 그 본심을 호소하니, 초장은 그 처지가 비통함이요, 중장은 그 흉금을 털어냄이요, 종장은 그 불우함을 탄식함이다" 했다. 또 난성이 연랑의 뜻을 헤아려 중매하여 연왕은 일지련을 맞이하여 초례했다.(46)

모춘삼월 중순은 복덕일이요, 연왕의 마지막 혼인날이었다. 천자와 황태후도 채단잡물을 부조하고 조정백관도 다투어 치하한다고 했으니 중향각에서 연석을 베풀었다.

난성이 잔을 올려 축하하며 말하기를,

> "날은 길하고 일진이 좋아서 새 사람을 맞이하시니 상공은 이 잔을 받으시어 백년해로하시고 부귀다남하시어 새로운 정을 오래인 듯 하시고, 구정(舊情)은 새로운 듯 하소서."

양창곡과 천상선녀 다섯 명과의 결합은 이렇게 찬란하게 이루어졌다. 이날 밤 세 낭자들은 도원결의하였다. 결의 맹세는 월광보살(달)에게 하고, "우리 만일 인간진연을 마치고 옥경청도에 다시 이같이 모일진데 오늘밤 맹세함을 서로 잊지 말자"며 난성이 말했다.

동초와 마달은 연옥과 소청을 맞아 화촉을 밝히니 대장군 뇌천풍이 일대 무장을 거느려 좌객이 되고, 풍진 고초를 같이 겪은 제장이 일제히 이르고, 5명의 군졸이 군악을 울리며 문밖에 대기하고 남녀노소들이 진심으로 축하했다.(47)

연옥과 소청 모두 칭찬하여 옥랑 청랑이라 했다.

천자 태후 탄신일에 종실부인(宗室夫人)과 명부비빈(命婦妃嬪)을 궁중에 모아 부연함에 연부기악(燕府妓樂)을 특별히 불렀다.

태후의 탄신일에 참가한 진, 연 양부의 풍류진이 승부를 다투었다.(48)

천자가 말했다.

> "짐이 비록 음률에 총맹이 없으나 조박은 아노니 이제 풍류를 들어 우열을 정하되 승부를 보아 지는 자는 대배(大杯)로써 양왕을 벌하리라."

예상의 의무, 보허사, 황성별곡은 춤과 노래의 대결이다. 이에 진왕이 벌술을, 연왕이 상의 술을 마셨다. 진왕이 아쟁(牙箏)을 타고 연왕은 벌주를 마셨다. 진왕도 벌주를 마셨다. 난성이 천자께 술을 권했다. 진왕의 양귀비(兩貴妃)가 비파(琵琶)와 보슬(寶瑟)로 한 곡을 탔다. 홍선 양랑이 달을 향해 옥적(玉笛)을 불었다. 이에 천자는 망연자실하여 "짐이 천리해상에 신선 찾기가 늦었도다" 하며 진왕이 벌주를 마셨다. 진왕은 시로써 그 재주를 비교하자고 했다. 진왕이 3연패하자 내일 격구로 시합하자고 했다.

철귀비는 말을 달려 채구를 치고 홍란성은 칼을 춤추어 공작을 희롱했다.(49)

난성이 채봉을 잘 치나 자뢰하여 귀비에게 양보하고 다시 사아를 던져 승부를 가렸다. 난성의 쌍검술을 보고 철귀비가 말했다.

> "내 낭자를 한낱 경국가인(傾國佳人)으로 알았더니 이제 보니 천지의 현묘(玄妙)한 재주를 가졌으니 옥경선아(玉京仙娥)의 적강 아니면 남해보살의 후신인가 하노라."

천상선녀와 남해보살을 동열에서 보는 이 장면은 도불의 우열을 가리지 않고 있음을 알 수 있을 것이다.

중양가절(重陽佳節)에 진왕과 연왕이 연왕부 상춘원에서 만나서 3귀비와 3랑이 또한 더불어 투호, 쌍륙으로 승부를 겨루고, 또한 가무(歌舞)와 사죽(絲竹)으로 좌우진열했다.(50)

천자가 자신전(紫宸殿)에 나와서 군신의 축하함을 마치고 백관이 물러감에 갑자기 번개 치는 소리가 나자 좌우에 물어보았다. 상서롭지 못한 징조가 아닌가 하고 물으니 동지에 일양(一陽)이 생하니 오늘의 우뢰 소리는 재앙이 아니라 상서로움이라고 했다.

양창곡이 상소를 올렸다. 즉시 한겨울에 번개 소리가 재앙이 아니라는 신하 10여 인을 귀양보내기를 상소했다. 이 때 탁당(濁黨) 10여 인이 조정에 남아서 흉모를 꾀하고 있었다.

> "신이 다시 엎드려 생각컨대, 우레는 천지의 호령이라 조화를 고동하므로 만물이 발생하니 이제 중동(仲冬)의 달에 이같이 급히 행함은 천하만민이 엎드려 피로하여 폐하께 대한양춘(大寒陽春)을 바라는 고로 하늘이 이 같은 우레로써 폐하를 경계하여 움직여 총명예지를 더욱 힘써서 발호시령(發號施令)을 게을리 하지 않게 함이니, 폐하께서는 성충(聖衷)을 더욱 힘써서 널리 발휘하시고 정치에 더욱 정력을 힘써서 그 안일함을 좋아하지 마시고 항상 경계하고 두려워하는 마음을 품고 하늘의 뜻에 보답하소서."(51)

이렇게 천자를 위하여 상소하는 신하의 충성심은 주역이나 도서의 경전에서 그 미래예언의 바탕이 되는 것이니, 뛰어난 지도자의 자질이 엿보인다.

천자가 윤음(綸音)을 반포하고 연왕이 벼슬에서 물러나려 하자

이를 만류했다. 그러나 끝내 전원으로 돌아감에 10년 이내에 천자 곁으로 돌아오기를 간곡히 부탁했다.

천자는 상동문(上東門)에서 연왕을 전송하고 취성동(聚星洞)에 제랑(諸娘)이 별원(別院)을 중수하고 각자 낙성연을 베풀었다.(52)

연왕이 양친을 모시고 양부인과 양랑을 거느리고 자운루(紫雲樓)에 이르니, 이 때는 중춘(仲春)이라 가는 버들, 이름난 꽃은 곳곳에 그림 같고, 맑은 시내 기이한 돌은 골골이 선경(仙境)이다. 몇 사람의 하인은 산길을 쓸어 길을 만드니, 태야(太爺)가 경치를 완상하니 남쪽에 무수한 먼 산이 울울창창하여 운무(雲霧)를 띠고 둘러 있고 앞에는 긴 강이 있어서 맑은 거울처럼 평평하게 펼쳐지니 취성동 수백 호는 눈앞에 역력하고 자개봉(紫盖峯) 천만 봉우리는 하늘 끝에 나열해 있었다. 태야가 웃으며 "이는 고을 중에서 제일 가느 곳이라 난성(鸞城)이 먼저 차지하니 이 또한 복지(福地)로다" 했다. 원문(院門)을 들어가 몇 발자국 나아가니 가볍게 화장하고 시절에 맞는 수수한 복장으로 장성(長星)과 시비를 거느리고 맞이하러 나옴에 아리따운 태도와 빼어난 모습이 예쁘고 말쑥한 춘풍백화(春風百花)와 향기를 다투었다. 황부인이 윤부인에게 말했다.

"난성은 범인이 아닙니다. 산중에 들어온 후로 용모자색이 전에 보다 더욱 아름답습니다."했다. 난성이 안내하여 자운루(紫雲樓)에 들어가니 비단으로 수놓은 문과 창이 지극히 정교하고 흰 벽, 붉은 난간은 찬란했다. 비단 장막과 주렴은 곳곳에 드려졌고 전후좌우로 총총이 높은 집이 솟아나와서 동은 중향각(衆香閣)이니 앞으로 석대(石臺)를 쌓아서 도리목단(桃李牧丹)과 이름난 꽃, 기이한 풀(名花異草)을 층층이 심어서 재배했다. 잎은 푸르고 꽃은 붉은데 단청(丹青)이 빛나게 비추고 많은 나비가 분주하게 왕래하니 이는 봄을 완상하는 곳이요, 서는 금수정(錦繡亭)이다. 노란 국화와 단풍은 좌우로 벌여 있고, 기이한 날짐승과 괴이한 돌은 계단 아래 가득하고, 몇 마리의 고라니와 사슴은 축대 아래 배회하고, 한 쌍의 매(豪鷹)는 횟대 위에 깃드니 이는 가을을 완상하는 곳이요 남은 영풍각(迎風閣)이다. 처마 밑에 향기 나는 풀, 푸른 그늘이 처마 아래에 감싸고 있고, 흐르는 시내가 석벽으로 폭포를 이루고 그 앞에 연못(蓮池)을 팠으니 뛰노는 고기가 마음대로 헤엄치고 쌍쌍의 원앙새가 물결 따라 왕래하니 이는 여름을 완상하는 곳이요 북은 백옥루(白玉樓)다. 푸른 소나무 와 푸른 대는 떨기마다 섞여 있고 흰 황새와 검은 학이 쌍쌍이 왕래하고 만학천봉이 단머리(壇頭)에 우뚝 서 있고, 옥매화 백여 분을 계단 아래 나열하니 이는 겨울을 완상하는 곳이다.

이것은 천상계에서 발견하는 선경이요, 인간과 자연이 조화된 별천지이다. 천상계의 선계보다는 보다 구체적이다. 그러나 인간의 조작이요, 무위의 자연이 아니라는 아쉬움이 있다.(52) 신선의 모습은 다음날 연왕이 양친을 모시고 양부인 제랑과 중묘당(衆妙堂)에 이르니 산봉우리를 도는 길은 꾸불꾸불하고 산명수려한데, 쇄락한 솔바람이 얼굴을 스치고 잔잔히 흐르는 물소리에 흉금이 시원하여 진세의 근심걱정을 잊었는데, 선숙인의 깨끗한 자태와 그윽하고 아름다운 기상을 본 윤부인과 황부인이 말했다.

　　"요대선자(瑤臺仙子)와 낙포선녀(洛浦仙女)를 진세에 보지 못할까
　　했더니 오늘에야 보는구려!"

이것은 현실과 꿈 사이를 오락가락하고 있는 것이다. 옥루몽의 환몽세계는 다른 소설과 달리 유·불·선과 민간신앙이 공존하는

꿈이 현실이요 현실이 꿈이라는 특이함을 지니고 있다.

홀연 일진청풍에 풍경소리가 들리자 태야가 "이 소리는 어디서 나느냐?"고 물었다. 이에 성숙인은 원중에 수간별당이 있다고 대답했다. 과연 수간 초가집이 말끔하고 깨끗하며, 적막한 처마에 흰 구름이 엉기어 있고, 은은한 낮은 담장에 푸른 산이 둘러 있으니 도무지 연화(烟火)의 기상이 없었다. 문을 열고 보니 단서(丹書) 한 권이 책상머리에 있고, 백옥(白玉) 여의(如意)는 벽에 걸려 있으니 과연 도관선당(道觀仙堂)이요, 인간이 거처하는 곳이 아니었다. 이는 인간계에 선인도사가 있으면 선도수련하여 신선이 될 수 있다는 확신에서 도관선단을 믿고 있는 것이다.

지상계에서의 낙원, 선경, 별천지는 이렇다. 난성이 책상머리의 5현금(五絃琴)을 타고 선숙인이 옥적(玉笛)을 부는데, 거문고 소리는 냉냉하고 피리소리는 간드러져서(嫋) 맑은 바람이 잠시 일어나고 밝은 달이 맑고 밝은데 뜰 안의 쌍학이 일시에 소리 지르고 퍼덕이며 날아와서 계단 아래에서 춤을 추니 태야가 미소를 지으며 표연히 우화(羽化) 등선할 마음이 있어서 연왕과 제랑을 불러 말하였다.

> "진시황, 한무제는 헛되이 마음과 힘을 써서 평지신선(平地神仙)을 옆에 두었으면서도 해상에서 선문안기를 찾았는데, 만약에 오늘밤 이 경치를 보았던들 신선이 멀지 않았음을 깨달을 뻔 했도다."

평지의 신선과 해상의 신선이란 지선과 신선이요, 지선(地仙)보다는 천선의 경지를 깨닫겠다는 뜻이다. 그리고 다음으로는 물외한정하고 자연과 조화를 이루는 농부의 모습으로서 유유자적하고 농부가나 격양가를 부르는 요순시대를 구가하는 무위자연을 묘사하고 있다. 이는 학사공명이 일장춘몽임을 비교하여 연왕의 은둔과 자연과의 조화를 돋보이게 한다.

윤부인이 아기를 낳고 태야, 태매 새 아기를 봄에 부풍모습(父風母習)으로 청수준일하고 기자봉추(麒子鳳雛)요 상린서봉(祥麟瑞鳳)이다. 태야는 "내가 취성동에 와서 처음 보는 경사이다"라며 아이 이름을 경성(慶星)이라 했다.(53) 연왕이 태몽을 꾸니 이 아이는 천기성(天機星)이 적강했다고 했다. 황부인도 태기가 있은 지 4, 5개월이 되었다. 연왕은 윤부인, 제랑과 더불어 풍류를 즐기다가 황부인의 생남 소식을 듣게 되었다. 태야, 태매 소아의 화길(和吉)함은 우리 집의 복이라 하늘이 주신 바이다. 하고 이름을 석성(錫星)이라 했다.

진왕(秦王)은 휴가를 얻어 3귀비와 더불어 1척 선을 타고 취성동으로 향하여 갔다. 연왕이 제랑을 데리고 1척 선을 타고 혹은 그물을 차고 혹은 낚시를 드리우고 선유하고 월색을 사랑했다.(54)

그 때 들려오는 노래가 다음과 같았다.

> 일엽선 달을 싣고 십리 청강을 흘리 저어
> 취성동 찾아가니 자개봉이 여기로다
> 강상에 고기 잡는 사람들아 양처사 집에 있거든
> 화처사 오더라 하여라

연왕이 진왕이 찾아옴을 알아차리고 홍선(紅仙) 양랑으로 피리를 불어 노 젓는 노래(櫓歌)에 화답했다. 이어 두 배를 한데 묶어 풍류에 띄우고, 홍·선 양랑은 옥피리를 불고, 곽귀비는 퉁소로 화답하고, 반귀비는 명월시를 노래하여 물결을 따라 술상이 낭자한 자리에 흉금이 시원함을 금치 못했다. 맑고 아름다운 피리 소리는

푸른 하늘에 사무쳐 가을 흥을 돕는데, 아득한 생각이 맑은 바람을
타고 우화등선(羽化登仙)하는 것 같았다. 이 때 천자가 어찰과 법
주를 보내고 공주가 안주를 보내니 받들어 절하고 보니 절구에,

> 십리 동강 두 조각배에
> 풍류 소쇄하여 옥경의 신선이로다
> 구슬 누각 옥집 오늘밤 달에
> 혹 차가운 것이 많은 도솔천을 생각하랴

　연왕이 진왕에게 3처별원을 안내하여 그곳의 주인을 점쳐보라고
했다. 먼저 중묘당에 가서 별당으로 가니 3랑과 3귀비가 다 모여 있
었다. 분벽사창에 단서(丹書) 한 권을 책상머리에 펼쳐두고, 선숙,
이은, 반곡 양귀비와 단서를 의논하며, 홍란성은 철귀비와 거문고를
타다가 모두 일어나 맞았다. 양왕이 좌정한 후 차차 둘러보니 향로
(香爐)에 푸른 연기 이미 사라지고 책상머리에 연한 먼지가 깨끗하
고 백학이 한 쌍이 계단 아래에서 배회하니 묘연히 도관선당(道觀
仙堂)에 입도할 뜻이 있다.(55) 중묘당의 도관선인의 풍, 자운각의 풍
류 호방한 생각, 관풍각의 인간지락은 이 작품의 주제와도 무관하지
않다. 도무지 한 가지만을 고집하지 않고 넘나드는 유·불·선의 세
계가 곳곳에 펼쳐진다. 또한 천상선계와 지상선계가 나란히 펼쳐지
니 인간의 복락을 원하는 마음은 지상선계에 있었다.
　자개봉은 인간 선경이라 했다. 일행은 절경을 감상하며 혹은 노
승으로부터 신선이 있다는 전설을 듣고 암벽에 새겨진 시를 감상
하고 홍엽(紅葉)의 제시(題詩)를 주어 감상하나 연숙인(蓮淑人)이
냉소하여 "여동빈(呂洞賓)은 어째서 보이지 않는가" 했다. 허탄한
신선전설보다는 선도수련의 여동빈에 대한 관심이 더욱 실감날 것

이라는 작가의 말이기도 하다.

일개 도사가 도관도복으로 백우선을 들고 약상자를 지고 소나무 사이로 들어가니 행색이 표연하여 말을 묻고자 하나 간 곳이 없었다. 그러나 이 두 선관의 복장을 한 사람들은 다른 선랑들이 꾸며서 희롱한 것이었다.(56)

진왕이 명산에 오유한 지 반년에 천자가 부르시는 명을 받고 연왕과 작별하고, 연왕은 3랑과 더불어 대승사로 가서 보조국사의 설법을 들었다.

　　"색상(色相)이 구공(俱空)하니 구공(俱空), 즉 무물(無物)이라 광대함이 어디 있느뇨?"

　　대중이 고요하여 답이 없더니 홀연 모여 있는 가운데서 한 소년이 웃으며 말한다. "광대하여 끝이 없으니, 끝이 없으면 형체가 없는 것이라 색상을 어디서 찾을고?" 하니 국사가 크게 놀라 황망히 연화대에서 내려와 합장하고 절하여 말한다. "훌륭하시도다! 불음이여, 살아있는 부처(活佛)가 출세하시니 빈도(貧道) 묘법(妙法)을 듣고자 합니다." 그 소년의 풍용(丰茸)한 얼굴과 혜힐(慧黠)한 눈은 3, 5의 밝은 별 같고 기상이 뛰어나고 목소리가 아름다워 자리에 있는 사람들을 놀라게 하니 이는 다른 사람이 아니라 홍란성(紅鸞城)이었다.(57) 이 때 난성이 웃으면서 "과객의 경솔한 희언(戱言)을 책망하지 말라" 하니 국사가 합장하여 상공의 한 말씀에 48만 대장경이 그 가운데에 있사오니 바삐 연화대에 오르시어 대중의 흠망하는 뜻을 자비하라고 한다.

원래 난성은 백운도사(白雲道士)를 좇아서 사사(師事)했는데, 도사는 곧 문수보살(文殊菩薩)이라. 스스로 불법을 전수함이 있으나 평생에 발설한 일이 없었더니 오늘에야 국사의 설법이 비범함을 보고 수천 어를 답하니, 국사가 크게 놀라 합장하여 어디 계시는

누구냐고 한다. 결국, 보조국사가 그의 아버지였고, 그의 어머니는
청루기생이었으나 백의관음이라 했다. 백의관음은 관음보살의 어
머니이다.

양창곡의 3랑은 유·불·도의 결합이니, 이 소설의 스케일이 어
떠한가를 증명 한다. 연왕은 보조국사를 장인으로 예하고 돌아와
서 백금 일천 근과 서신을 보내어 대승사(大乘寺)를 중수케 하고,
선랑은 일습 의복과 일합의 소찬(素饌)을 보내어 효성을 표했다.

연왕의 아들 장성과 경성은 부거(赴擧)하여 장성은 갑과에, 경성
은 을과에 뽑혔다. 장성은 또 무과에서도 제1인으로 뽑혔고, 경성
은 제2로, 제3에는 소유경의 아들 소랑춘이 뽑혔다. 양장성은 한림
학사(翰林學士) 겸 우림랑(羽林郎)을, 양경성과 소광춘은 금란전학
사(金蘭殿學士)를 배하고, 뇌문경은 호분랑(虎賁郎)에 배한다.(58)

연왕과 홍란성은 천자의 부르심을 받고 아자를 데리고 황성으로
갔다. 남만이 침범함에 그 방략을 의논했다. 연왕과 홍란성이 천거
되었으나 홍란성이 양장성을 천거하며 병부시랑 겸 도원수를 배하
여 종군케 했다.

양장성 용병 대략하여 부용검을 휘두르며 소울지를 생금했다.
한, 뢰 양장도 좌충우돌하여 적군 백만대군을 반이나 죽였다. 초왕
이 양원수를 맞아 아버지 연왕을 치하했다.(59)

적진에는 청운도사가 장수 야선과 소울지와 방략을 의논했다.
도술을 부리니 푸른 구름이 일고 신장 귀졸이 평야로 가득히 왔다.
이에 양원수가 "도술을 믿고 천명을 거역함에 정도(正道)로써 대
적하리라"했다. 청운도사는 요술(妖術)을 부리는 것이지 정도로 부
리는 도술이 아니라는 것이다. 모친에게 배운 검술로 쌍검을 공중
에 던지니 잠깐 사이에 천백 부용검이 적군을 에워싸고 냉기(冷氣)

가 사람을 엄습하니 도인이 깜짝 놀랐다. 청운도사 홍란과 더불어 백운도사의 제자로서 적장 야선의 지성간청으로 왔으나 즐겨함이 아니라 하고 몸을 공중에 솟아 청학이 되어 날아가 버렸다. 양원수가 야선의 목을 베고 남방을 평정했다.

양원수는 초왕의 극진한 대접을 받고 궁법(弓法)으로 버들잎을 꿰뚫어 귀비 등을 놀라게 하고 상으로 받은 비단을 궁녀들에게 나누어주고 잔치를 끝냈다.

천자는 양원수의 상소를 받고 연왕을 불러 치하하고 장성을 병부상서를 겸하게 하고 난성후는 식읍 5,000호를 더했다. 황태후는 장성과 초옥(楚玉)의 성례를 추진하니 천자가 성례를 명했다. 초옥과 성례하고 황성으로 개선했다. 그 우귀일에는 천자가 직접 연부에 임어하여 온 집안이 떠들썩했다. 특히 천자는 난성을 불러 치하했는데, 난성을 제수로 대접했다.

다음엔 경성(慶星)의 혼사를 소상서(蘇尙書)의 딸과 정혼케 했다. 양원수 동홍을 격구장에서 죽게 하고, 연왕이 대죄전하하고, 경성은 강서태수가 된다. 그후 예부시랑이 된다.

인성은 태산 아래 손선생의 제자가 되어 도덕군자로 연왕의 기쁨이 된다. 손선생과 연왕이 통혼함에 선생은 연왕의 귀이불교(貴而不驕)를 탄복하고, 연왕은 선생의 안빈낙도(安貧樂道)를 공경했다. 인성은 손선생에게서 학문을 배워 도통(道統)을 잇고 신암(愼庵)이라 호하니, 신암선생에게 제자들이 구름 같이 모였다.

기성(機星)은 예부상서 유공의(劉公義)의 딸과 정혼하고 연왕과 부자 3인이 강관(凁官)으로 입시(入侍)한다.(60)

어느 날 기성이 말을 타고 탕춘대로 화류구경을 나갔다. 주가에 이르러 술을 마시고 돌아오는 길에 청루에서 거문고 소리가 나므

로 찾아갔다가 해 저물어 귀가했다. 다음날 다시 설중매를 찾아가
는데, 이날은 장안 소년이 전춘(錢春)하는 날이었다. 설화마(雪花
馬)를 타고 갔다. 곽상서와 그의 일당과 매랑을 놓고 큰 대결이 벌
어졌다. 청루가 위기일발의 순간이 되었다.

매랑과 촛불을 돋우고 거문고를 타고 있는데, 장풍(張風) 일당이
몽둥이를 들고 침입하였으나 양생(楊生)은 여전히 거문고를 탔다.
장풍이 봉을 휘둘러 양생을 범하려하자 이들을 퇴치한 자가 있었
는데, 바로 마등(馬騰)이었다. 그 후 양생과 뇌, 마, 장(雷馬張) 3인
과 더불어 청루를 편답했다. 또한 빙빙(氷氷)과 정연(情緣)을 맺었
다. 형 인성(仁星)이 그의 방탕한 언어와 얼굴에 띤 주흔(酒痕)을
보고 계주택우(戒酒擇友)를 당부하고 도덕군자의 훈계를 하였다.
인성은 안정(安靜)하고 기성(機星)은 쾌활(快活)하나 그 성취함은
반드시 같을 것이라고 하며 태야(太爺)가 기뻐했다. 기성은 매랑과
빙랑을 치우침이 없이 왕래했다.(61)

기성은 빙랑의 청루 낙성연에서 일필휘지하여 상량문을 쓰고,
제랑이 포향 6첩을 계속 지었다. 끝으로,

> "엎드려 바라건대, 상량한 후에 양류 문 앞에 길이 청총(靑驄)과 붉
> 은 말[紫騮]을 매고 부용거울 속에 푸른 머리카락과 홍안이 늙지 않게
> 하라."

고 했다.(62) 기성이 반년을 호탕히 즐기다가, 하루는 서당에 누워
서 책상머리의 거울을 끌어다 보니 용모가 수척하고 기상이 방탕
하여 전일과 서로 다르니 스스로 탄식하며,

"내가 왕후 자제로 소년의 미친 마음을 억제치 못하고 일시에 풍류
장에 노닐었으니 어찌 이다지 환형(幻形)의 지경에 이르렀는가? 대장
부 세상에 나아가 할 일이 무궁한지라. 택군치민(澤君致民)하고 건공입
업(建功立業)하여 이름을 죽백에 전하고 천추에 없어지지 않게 할 것
이니 어찌 청루주색에 평생을 묻으리오. 내가 부모가 총애하는 자식으
로서 아직도 속임이 없더니 한 번 방탕한 이후로 자취가 허탄하고 동
기(同氣)를 기만하여 위태로운 경지를 자주 범했으나 엄부자모께서는
캄캄하게 모르시고 불초(不肖)를 한결같이 보옥(寶玉)처럼 사랑하시고
깊이 믿어 의심치 않으니 그 사람의 자식된 마음으로 어찌 태연할 수
있으리요."

하고는 학업에 힘썼다. 이 때는 3년 대비지과(大比之科)였다. 연왕
에게 부거의 허락을 겨우 얻었다. 과거일에 등과하여 한림학사를
제수받았다. 그리고 천자의 2녀와 혼인하였다.

북적이 창궐하여 천자가 친정(親征)하심에 병부상서 양장성으로
부원수로 삼고, 천자는 친히 도원수가 되고, 뇌천풍으로 전부선봉
(前部先峰)을 삼고 100만 대군을 조발하여 행군했다. 천자가 북적
군에 포위되니 일지군마가 달려왔다. "북흉노 방금 미륵산 아래에
명천자를 에워싸고 다시 몽고병을 청하러 갑니다" 하는 호병을 국
문받은 뒤 베이고, 양원수가 1만 기를 거느리고 미륵산에 이르러
보니 형세가 위험하여 진을 바꾸어 장사진을 치고 부용검을 빼들
어 내달으니 호병이 무너지다가 또 양원수군을 에워쌌다. 좌사마
뇌문경과 우사마 한비렴이 구원하니 호병이 토붕와해했다. 다시
몽고군의 장수 삼릉발도(三陵拔都)와 대적했다. 뇌천풍이 달려들고
양원수와 소유경이 활을 쏘고 하여 삼릉도발이 뇌천풍의 도채를
맞아 죽었다.(63)

천자가 환국하여 제장의 공을 의논하니, 부원수 양장성은 진왕에 봉하고, 여러 장수는 식읍을 가했다. 홍난성은 난성후 겸 진국 태매에 봉해졌다.

상원일(上元日)을 당하여 연부(燕府)에서 연회를 베풀었는데, 승상부(丞相府)에 문정(門庭)은 열리고 당실(堂室)은 깊고 그윽한데 누각지대의 제도는 광장하고 염막병장(簾幕屏帳)에 비단 구슬이 번쩍였다. 당하(堂下)의 동서 계단 아래는 손님과 주인이 나뉘어 앉고, 당상 비단자리에 차례대로 자리를 정해 앉으니, 연왕(燕王)은 자비옥대(紫緋玉帶)로 별을 중심으로 하고 진왕(秦王)과 상서(尙書)는 오사홍포(烏紗紅袍)로 좌우에 시립하고 인성(仁星)은 유관청삼(儒官靑衫)으로 손님들을 안내하고 학사(學士) 및 도위(都尉)는 자제가 된 직책을 대하여 매우 조심하니 태야(太爺)는 수응(酬應)이 괴로워 내당별원에 거처해 있었다. 이날 아침 일찍 초왕(楚王)이 먼저 이르고, 그 뒤를 이어서 황, 윤 양각로, 여음후 소유경, 전행어사대부 한응문, 만왕 나탁, 홍도왕 축융이 차례대로 이르니 황, 윤 양각로 태야(太爺) 처소에 안내했다. '이밖에 가까운 인척들과 친한 지 오래된 문객들을 일일이 오기를 청했다.'

6-3 옥루몽의 결말구조

마음껏 축하하고 노래하고 춤추고 덕담을 하면서 부귀영화를 누리는 행복한 공간으로 이른바 환몽세계가 끝이 난다. 그들은 모두가 마음껏 취한 후 각자가 집으로 돌아간다. 2회에서 64회에까지 이어지는 대하소설이다. 조, 부, 손에 이르는 명나라 조정에서 가장 복받은 양창곡의 현실 인생은 아직까지도 단 한 번의 슬픔이나 불행이 없는 행운의 연속이다. 양창곡이 노균으로 인해 귀양가고, 난성이 황소저 모녀의 투기에 의해 쫓겨나는 일 외에는 거의 결손이 없다. 도입구조, 환몽구조에 비해서 결말구조는 작자 작신에게는 의도대로 되지 못한 것 같다. 그것은 현실세계인 환몽구조에 너무 집착한 나머지 결말구조의 극적 표현이나 각몽 이후의 세계에 대한 소설적 기법이 그에 미치지 못한 것 같다. 그러나 분명한 것은 대중선도이긴 하나 선도 우위의 결말구조에 충실했다는 점이다.

> 이날 밤에 난성(鸞城)이 취하여 취봉루(翠鳳樓)에 돌아와서 옷도 벗지 않고 책상(書案)에 의지해서 잠깐 잠이 드니, 홀연 정신이 황홀하고 육신(形骸)이 둥둥 떠서 한 곳에 이르니 일좌명산(一座名山)이라. 봉만(峯巒)이 높고 낮은 봉우리들이 깎은 듯하고 돌빛이 층이 져서 울퉁불퉁한데, 일종의 옥련화가 평지에 피었거늘 난성이 중봉에 이르니 한 보살이 눈썹이 푸르고 얼굴은 백옥 같고 금가사를 입고 석장(錫杖)을 짚었는데 웃으면서 난성을 맞이하면서 "난성은 인간세계의 즐거움이 어떠하냐?"

지금까지의 꿈을 깨는 장면이다. 다시 꿈속에서 환몽세계에 대한 깨달음을 얻는 것이다. 그러나 결말구조에서 그의 인간세계의 취몽부생을 손바닥 안에서 들여다보는 관세음보살의 물음에 난성은 망연히 깨닫지 못했다고 했다. 그리하여 존사는 누구이며, 인간의 낙이란 무엇인지요 했다. 보살이 웃고 손에 든 석장(錫杖)을 공중에 던지니 한 줄기 무지개가 되어 하늘에 이어진다. 보살이 난성을 인도하여 무지개를 타고 하늘에 올라감에 앞에는 대문이 있고 오색 구름이 어리어 있었다. 난성이 물었다.

"이것은 무슨 문인지요?"

보살은 말했다.

"남천문(南天門)이니, 그대는 문에 올라가서 보아라."

난성이 보살을 따라 올라가 한 곳을 바라보니 해와 달이 밝고 광채가 휘황하며 그 가운데 한 누각이 허공에 솟아 있고 백옥난간이며 유리기둥이 영롱하고 빛나서 눈이 부시다. 누각 아래에 푸른 난새와 붉은 봉새가 쌍쌍이 돌아다니며 몇 사람의 선동(仙童)과 3, 4명의 시녀가 하의예상(霞衣霓裳)으로 난간머리에 서 있었다. 누각 위를 바라보니 한 선관(仙官)과 다섯 선녀가 동서로 넘어져서 난간에 의지한 채 취해서 잠을 자고 있었다. 보살에게 물었다.

"여기가 어디이며, 저 선인들은 누구인지요?"

보살이 웃으며 말했다.

"이곳은 백옥루(白玉樓)요, 누워 있는 첫째 선관(仙官)은 문창성(文昌星)이요, 그 옆에 누운 이는 제방옥녀(帝傍玉女)와 천요성(天妖星)과 홍난성(紅鸞城)과 제천선녀(諸天仙女)와 도화선(桃花仙)이니, 홍난성은 곧 그대의 전신이니라."

난성이 마음속으로 크게 놀라서 말했다.

"저 다섯 선녀는 모두가 천상의 입도선녀(入道仙女)라. 어째서 저와 같이 취해서 자고 있습니까?"

취해서 자고 있는 상태가 인생의 취생몽사(醉生夢死)를 상징하는 것이다. 잠을 자고 있는 것이 인간계요, 꿈을 깨니 천상입도 선녀이니 이것이 각몽상태요, 「옥루몽」의 결말구조인 것이다.

보살이 홀연 서향하여 합장하고는 시 한 구절을 외웠다. 그것은 관세음보살이 옥황상제와 석제의 명에 의하여 꿈속의 인간의 삶을 주재한 불교적인 해석이다.

정이 있으면 인연이 생기고(有情生緣)
인연이 있으면 정이 생기도다(有緣生情)
정이 다하고 인연이 끊어지면(情盡緣斷)
일만 생각이 모두가 공(空)이니라(萬念俱空)

관세음보살은 관음(觀音), 즉 'Avalokite savar'의 역으로 대자대비로서 중생을 구제한다고 했다. 인간계의 삶을 통해서 깨달음의 경지에 이르르게 하는 일체 중생에 대한 사랑의 문을 담당하는 것이 관세음보살의 사명인 것이다.

난성이 듣고 깨달은 것은 본래는 천상성정(天上星精)으로 문창(文昌)과 정이 들어 인연을 맺어 잠시 지상계인 하계(下界)로 귀양와서 삶을 살았다는 것이었다.

그런데 보살은 어째서 석제의 명만 받을 일이지 옥황상제의 명을 받는 것인가? 그것은 고려 시대 이후의 도불습합과도 관련되며, 명·청대 이후 새로 등장한 대중선도의 영향 아래 유·불·도의 습합에 의한 민간신앙의 영향으로 보여진다.11)

난성이 다시 보살에게 물었다.

"저 여러 선관은 언제 잠에서 깨는지요?"

보살이 대자대비로 이들 선관의 인간계의 삶의 경험을 주재하여 결국에는 인간의 부귀영화란 것이 취생몽사임을 깨닫게 하는 것이 구제라고 했다. 그리고 이 구제의 역사를 주재한 것이 보살이므로 꿈꾸는 선관들은 자의로 깨는 것이 아니라 보살에 의하여 꿈이 깨는 것이다. 보살이 웃으면서 석장을 들어서 천상(天上)을 가리키며 말했다.

"난성은 보아라."

난성이 자세히 살펴보니 10여 개 큰 별이 광채가 황홀하여 모두가 백옥루를 향하여 정기(精氣)를 드리웠다. 난성이 물었다.

"저별은 무슨 별이며, 어째서 누각 가운데 빛을 드리우는지요?"

보살이 가리키며 말했다. 그 중 큰 별은 하괴성(河魁星)이요, 그 다음은 3태성(三台星)이요, 그 다음은 덕성(德星), 천기성(天機星), 복성(福星)이니, 지금은 이미 인간(人間)에 탄생하고 그 다음 6, 7개 대성(大星)은 또 장차 차례로 하계(下界)에 적강해서 진세의 인연을 맺은 후에 옥루의 취몽(醉夢)을 깨리라 했다. 난성이 비록 그 말을 의심하나 미처 묻지는 못하고, 또 남쪽 하늘을 바라보니 두 별이 광채가 찬란하여 보살에게 물었다.

---

11) 최창록, 『한국도교문학사』, 1997, 국학자료원, p.382 참조.

"저 별은 무슨 별입니까?"

이에 보살이 말했다.

"천랑성(天狼星), 화덕성(火德星)이니, 그대와 더불어 한바탕 악연(惡緣)이 있으나 끝내는 그대를 반드시 도울 것이요, 이 모두가 인연이니 다음날에 저절로 깨달으리라."

난성이 말했다. "그런데 제자 또한 천상성정(天山星精)으로 이미 이곳에 왔으니 다시 인간으로 돌아가고 싶지 않습니다." 보살이 웃으면서 말했다.

"그대는 인간 인연을 마치지 못했으니 빨리 돌아가라. 하늘이 정한 인연을 인력으로 할 수 있는 것이 아니다. 그대는 잠시[姑] 인간 인연을 다 마치지 못했으니 속히 돌아가라. 40년 후에 다시 와서 옥황상제께 조회하고 천상의 즐거움을 누릴지어다."

난성이 물었다. "보살은 누구십니까?" 보살이 웃으며 말했다.

"빈도(貧道)는 남해수월암관세음(南海水月菴觀世音)이라. 여래(如來)의 명을 받들어서 그대를 지도하고자 왔노라."

말을 마치고 석장(錫杖)을 들어 공중에 던지니 곧 오색 무지개가 일어나고 홀연 벽력 일성에 놀라서 꿈을 깨니 곧 일장춘몽이다. 옛날같이 취봉루(翠鳳樓)의 책상 앞에 누워 있었다. 난성이 꿈의 일을 의심하여 일일이 양부인과 제랑에게 말하니, 네 사람이 똑같이 이 꿈을 꾸었으므로 서로가 탄식하여 의아해했다. 태매가 이를 듣고 난성에게 말했다.

　　"내가 옛날, 고향에 있을 때에 늦도록 자식이 없어서 옥련봉(玉蓮峯) 석불(石佛)에 빌어서 연왕을 낳으니, 이 석불은 곧 관세음보살이라. 그 무량한 공덕을 미처 갚지 못했더니 너에게 현몽한 것은 관음이 불사를 권선(勸善)함이 아니겠는가? 들으니 선랑의 부친 보조국사(輔祖國師)가 자개봉 대승사(大乘寺)에서 불법에 정통했다 하니, 청해서 옥련봉 석불을 위하여 일개 암자를 짓고 한편으로 백일제(百日齋)를 대승사에 드려서 관음보살의 자비공덕을 갚고자 하는도다."

선숙인(仙淑人)이 크게 기뻐하며 곧 보조국사에게 청해서 제(齋)를 베풀기 시작하고 금백(金帛)을 후히 보내어 옥련봉에 암자를 창건했더니 과연 연왕은 다시 출장입상하여 또한 80을 향년하고, 윤부인 3자2녀에 또한 70을 향년하고, 황부인 2자1녀에 향년 60 하고, 홍난성은 5자3녀에 향년 70 하고 선숙인 및 연숙인은 각 3자2녀에 또한 향년 70 하니, 연왕의 자녀가 합 26으로, 남 16인은 모두 입신양명하여 부귀영화를 누리고 여 10인은 왕공부인이 되어 다자다복(多子多福)하고 연옥(蓮玉) 소정(小蜻)에 이르기까지도 복록이 오래 하였고 의식이 풍족하니, "이 모두가 어찌 고금에 드문 일이 아니리요" 했다.

다섯 여인이 천상입도선녀(天上入道仙女)임에도 불구하고 지상에서의 인연은 승니도사와의 인정과 인연으로 말미암아 불사의 선숙인과 보조국사 난성과 백운도사, 일지연과 축융왕 윤부인 황부인의 유가적 여성상 및 도덕성의 회복 등으로 나타나는데, 이들은 모두가 당대의 유·불·선 및 민간신앙과 습합된 대중선도의 이야기인 것이다. 또한 결말구조에서 여섯 선관의 미래를 관세음보살을 통하여 보여 주고, 도입구조에서의 취몽하는 백옥루의 광경을 예시하고 40여 년의 지상형복을 더 누리고, 각몽구조인 결말구조에서 함께 깨달아 천상계로 돌아가 천상의 즐거움을 누린다는 점에서 선도우위의 당대 민간 신앙을 주제로 한 대하소설임을 보여 준다.

7. 동양학의 꿈이야기

7-1 꿈이란 무엇이가?

사람은 영혼(靈魂)과 체백(體魄)으로 구성되어 있다. 하나는 떠있는 환상[離幻]에 속하고, 하나는 실상(實像)에 속한다. 영혼은 실체가 없는 것이고 체백은 실체가 있는 것이다. 체백이 운동하고 있을 때에는 영혼(靈魂)이 쉽게 체백에 모인다. 그러므로 꿈이 없다. 몸둥이(軀體)가 고요한 상태(靜態)에 있을 때는 영혼이 신속하게 떠있는 환상[離幻]의 사이에서 논다. 이를 소망[想]이라 한다. 속칭 '마음에 있지 않음(心不在焉)'이라 한다. 눈을 감은 이후에는 '소망(想)'이 변하여 꿈이 된다. 다만 '소망'은 환상(幻)과 추억(憶)이 결합하는 단순함에 속한다. 꿈은 이 환상(幻), 추억(憶)과, 변화하는 성질의 결합이니 '겹쳐 쌓임(複疊)'에 속한다. 바꾸어 말하면 꿈이란 '사람이 눈을 감은 후에 뇌령(腦靈)에 나타나는 바의 세계'로 간

단히 말하면 잠잔다(睡覺)는 뜻이라 했다.

심대평(沈大平)은 『중국신명개론(中國神明槪論)』1)에서 이 꿈을 4가지로 분류하고 있다. 곧 혼몽(魂夢), 함몽(銜夢), 몽유(夢遊), 교아몽(咬牙夢)이다.

혼몽은 영혼이 환유하는 것이고(靈魂幻遊). 함몽은 환유하는 혼몽(魂夢)중에 체백이 말하는 것(言魄)이고 몽유는 이 환유(幻遊)하는 혼몽에 체백이 움직이는 것이고, 교아몽은 이 환유(幻遊)하는 혼몽(魂夢)에 체백이 이를 가는 것(牙魄)이다. 다만 이들은 스스로 느끼지 못한다는 특징이 있다. 혼몽(魂夢)과 언백(言魄)이 결합하여 함면을 이룬다. 그러므로 언백(言魄)은 쉽게 혼몽과 결합한다. 어떤 사람은 함면(銜眠)과 만나서 온밤(整夜)을 목쉰 소리(嘶聲)로 고함치는데 옆사람은 분명한 말뜻을 알기가 어렵다고 했다. 발성(發聲)하는 소리가 끊겼다이어졌다 하고 높았다 낮았다 해서 사람으로 하여금 두렵고 이상하게 들리게 하고, 때로는 더욱 높은 소리로 노래 한 곡을 부르기도 하고, 때로는 곡(哭)을 하기도 웃기도 하며, 친한 사람을 이별한 듯 몹시 슬프게 울기도 한다. 흥분한 일로 해서 웃으며 집에서 몸을 뒤척이고, 악기(惡厲)와 귀신의 어지럽혀서 어지럽게 차고[亂踢] 놀라 큰 소리를 지르기도 한다. 함면(銜眠)이란 그들의 영혼이 허황한 갈림길(玄際))에서 노닐 수 있다. 언백(言魄)은 넓은 뜻으로 뜰 수 있는 것이다. 때문에 이런 사람은 항상 조짐[預兆]과 영감(靈感)이 있다. 그 밖의 한 가지 함면(銜眠)은 나타나는 바의 성음(聲音)이 따라서 언제나 한 모양인 바, 항상 사람으로 하여금 잠(睡)에서 깨지 못하게 한다. 이런 사람은 평시(平時)에도 혼잣말을 잘 한다. 의학계에서 파악하는 몽유(夢遊)는

---

1) 심대평(沈大平), 『중국신명개론(中國神明槪論)』, 民國 68年, 新文豊出版公司.

병의 증세(病症)로 본다. 기실 그것은 일반적인 움직이지 않는 꿈(靜態的夢)과는 달라서 거의 느낄 수 없는 움직이는 행위(動態行爲)를 한다. 무릇 이 영혼에 기인해서 동백(動魄)을 끌어당길 수 있으므로 몽유(夢遊)가 발생한다. 어떤 때는 누각 꼭대기에 기어올라가도 두렵지 않고 또 다들 평안하고 무사할 수 있으나 만약 놀라서 깨면 위해가 따라서 발생한다. 전설(傳說)에 의하면, 한 몽유병자(夢遊症者)가 있었는데, 매일 이른 아침이면 그의 입아귀(嘴口)에는 핏자국이 얼룩덜룩하여 사람들이 그를 이상히 여겨 그에게 물었다. 그러나 그는 그 연유를 그 자신도 몰랐다. 하룻밤에는 이웃 사람이 그가 문 밖으로 달려나가는 것을 보고 매우 기괴하게 생각해서 곧 그의 뒤를 밟아 보니 무덤에 이르게 되었다. 그는 관(棺) 옆에서 시체의 뼈[屍骼]을 씹고 있는 것이었다. 이튿날 그에게 물었다. 그러나 그는 영문을 몰랐다. 이와 같이 여러 차례를 하니 비로소 그가 몽유병 증세[夢遊症]가 있음을 알았다. 어떤 아이는 몽유(夢遊)로 인하여 솜이불[棉被]을 들고 사자놀이[獅戲]를 한다고 했다.

꿈은 환상의 모음[幻聚]에 속한다. 사람은 생활환경 가운데에 있기에 그 쌓여 있는 사람(人), 사물(物), 경치(景)가 서로 부딪치고 한데 모여 한 구절의 꿈의 정황(夢情)을 이루는 것이다. 그러므로 꿈의 정황의 인물은 항상 동일한 시간과 지역에서 동시에 나타나지 않는다. 이렇게 나타나는 인물을 만나는 기회의 비율(機率)과 근원이 되는 원인을 헤아려 보면 대개 다음과 같다고 했다.[2]

---

2) 앞의 책, 앞의 글에서 재인용.

몽중인물(夢中人物)	인원(因源)	꿈의 정황(夢情)	기회의 비율(機率)
친한 사람(親人)	정감(情感)	1. 깊은 감정이 일어남으로 말미암은 환난(患難)을 서로 돌아봄 2. 사념(思念)으로 말미암아 발생하는 즐거움의 모음 3. 친한 감정(親情)이 필요함으로 말미암아 당겨서 발생하는 이별(離別)이 헤어지기 어려움	40%
친구(朋友)	품은 생각(懷念)	1. 품은 생각[憶念]으로 말미암아 지나간 날의 생활을 회상(回味)함 2. 옛정을 생각하여[念舊] 일어나는 우정(友情)을 거듭 회상함	40%
우연히 만난 사람(偶遇者), 상대역(配角[常人])	생각 및 모방하여 꾸밈	생각이 지난 일[事]에 미쳐서 우연히 지나간 추억이 모여서 합함	5%
흉한 마귀와 싫어하는 짐승(凶魔惡獸)	두려움	싫고 두려운 것을 보고 느껴서 두렵고 놀라는 꿈의 정황[夢情]을 낳는다. *정백(精魄)의 성쇠에 따라서 소장(消長)함	15%

또한 일반적으로 꿈의 정황(夢情)은 4종류로 나눌 수 있다.

(1) 병몽(病夢) : 병몽이 발생하는 많은 원인은 생태 정황 혹은 잠자는 모습에 있다. 사람이 수면(睡眠)할 때, 가령 손이 억눌리게 되면 꿈의 정황은 반드시 손 부위와 관련이 있다. 또한, 잠잘 때 머리 부위가 너무 낮으면 혈액이 뇌 속에 가득 차서 모든 꿈은

몽롱하고(昏沈) 머리가 어지럽고 혹은 천지가 뒤집히는 듯[天翻地覆]하다. 한편, 인체의 생태로 인해서 병몽(病夢)이 생기기도 한다. ① 음(陰)이 왕성하면 큰 물을 건너고 이를 두려워하는 꿈을 꾼다. ② 양(陽)이 왕성하면 큰 불이 타오르는 꿈을 꾼다. ③ 음양이 함께 왕성하면 서로 죽이고 다치는 꿈을 꾼다. ④ 위가 왕성하면 하늘을 나는 꿈을 꾼다. ⑤ 아래가 왕성하면 땅에 떨어지는 꿈을 꾼다. ⑥ 포식하면 나머지를 베푸는 꿈을 꾼다. ⑦ 심하게 배가 고프면 피곤하면서 배고픈 꿈을 꾼다. ⑧ 간(肝)이 왕성하면 심하게 성내는 꿈을 꾼다. ⑨ 폐(肺)가 왕성하면 소리내어 우는 정황을 꿈꾼다.

(2) 사몽(思夢) : 성신(星辰)은 서로 당기는 힘(인력)이 있다. 사람도 이와 같다. 무릇 서로가 있는 사이에는 모두 당기는 힘[引力]을 낳는다. 이런 종류의 감정(인력)은 영원히 존재한다. 다만 비교적 크게 당기는 힘이 접근할 때는 다른 당기는 힘은 상대적으로 소원(疏遠)되는데, 이러한 당기는 힘이 환상 사이[幻際]에 이르면 당기는 힘은 변하여 돌이켜 생각함(思憶)이 된다. 복잡하게 엉겨서 당기는 힘이 넘친 긴밀한 돌이켜 생각함(思憶)이 되면 더욱 쉽게 사몽(思夢)이 있게 된다.

(3) 악몽(噩夢) : 눈을 뜨면 나타나는 세상일을 '양명(陽明)'이라 한다. 반면, 눈을 감으면 뇌(腦)에 나타나는 것을 '유명(幽明)'이라 한다. 양명(陽明)에 있어서는 일체의 사물은 모두 있음[有]에 의거하고, 유명(幽明)에 있어서는 일체가 날아 흩어져 뜨는 것[飄浮]에 속한다. 사람이 양(陽)에 있으면 영혼이 신체에 붙어 있고, 음(陰)에 있으면 영혼은 환상(幻)[天地人]에 뜬다. 혼(魂)이 땅에 떨어져서 명막(冥莫)이 서면 모호(模糊)함을 씌워 덮으니

귀신의 경지[鬼境]처럼 황량(荒凉)하다. 꿈의 정황은 놀라고 싫어함과 놀라서, 두려워함[噩惡驚恐]이 많다. 어린아이가 모태(母胎)에서 간신히 나와서 정기(精氣)가 씩씩하지 못하면 꿈속에 영혼이 명지(冥地)에 많이 날아 흩어진다. 그러므로 악몽(噩夢)이 쉽게 일어난다. 옛사람[古人]은 이를 일컬어 '작귀요(作鬼搖)'라 했다. 한나라 구의(舊儀)에 이르기를, "전욱씨(顓頊氏)가 세 아들이 있었는데, 나서는 죽어서 역귀(疫鬼)가 되었다……하나는 궁실(宮室)의 문지도리 구석에 머물렀다. 그리하여 어린아이들이 잘 놀란다"고 했다. 대인(大人)은 가령 신장이 쇠약해지고 정(精)이 망가지면 악몽(噩夢)이 생겨난다. 만약에 악몽(噩夢)을 끊어 없애려면 곡물(穀物)을 많이 먹어야 한다. 곡물을 많이 먹으면 보정(補精)하고 장신(壯腎)하여 정기(精氣)가 충분해지니니 악몽(噩夢)이 따라서 없어지게 된다고 했다.

(4) 조몽(兆夢) : "하늘이 비가 오려 하면 바람과 구름이 먼저 이른다"고 하는 것은 곧 기후현상[天象]에는 일정한 법칙이 있다는 것인데, 사람 또한 이와 같다. 길흉사(吉凶事)가 다가오면 전조(顓兆)가 먼저 이른다. 영혼(靈魂)은 이 우주에서 가장 빠른 성질이 있다. 장차 인사(人事)가 이르려면 먼저 꿈속에 나타나는 징조가 있다. 무릇 깊이 아는 철학하는[哲理] 사람은 일이 일어나기 전에 곧 천기(天氣)를 미리 알 수 있는 것이다. 이는 결코 도가의 학문(玄學)이 아니고 단지 이치를 따지는 뇌령(腦靈)만 있으면 되기에 모두 먼저 알고 먼저 깨달을 수 있다는 것이다. 멀리 상(商)나라 주(周)나라 때로부터 중국에는 점몽관(占夢官)이 있었다. 왕소우(王昭禹)[3]가 말하기를,

---

3) 왕소우(王昭禹) : 송나라 사람으로, 字는 光遠. <周禮詳解>를 지음.

"형체[形]를 가까이 하면 일[事]이 되고, 신(神)을 만나면 꿈[夢]이 되고 신(神)이 엉기면 곧 상상[想]이 된다. 꿈이 스스로 없어지는 것은 정신(精神)의 운행이다. 사람의 정신이 왕래하는 것은 항상 음양(陰陽)과 더불어 유통하는 것이니 화복길흉(禍福吉凶)은 모두 천지(天地)에 통하고 물류(物類)에 응하면 그 꿈으로 말미암아 점을 친다. 주(周)나라 벼슬아치 중에는 꿈을 점치는 벼슬아치가 있으니 큰 점[大卜]은 3몽(三夢)의 법으로 주관한다. 이루는 사람[致者]은 그로 하여금 이르르게 하는 바가 있고 스스로 이르르는 것이 아니다. 각(角)이 한 번 의지하고 한 번 우러르면[一倚一仰] 촉(觸)이 되고 사람이 낮에 일[事]에 부앙(府仰)하면 병이 낫고[間] 밤에는 감촉(感)되어 꿈이 이루어진다. 비록 사려(思慮)에서 나오지 않아도 또한 원인이 있어서 이루어진다. 무심(無心)으로 사물에 감촉되면 다하고[咸], 다하면 허(虛)로써 사물(物)을 받는다. 시(時)가 이(理)를 타기 때문에 치우쳐 이어지는 바가 없다 올라가면 상승한다[升]고 말하고, 상승하면 구애되어 막힘이 없으니 사려(思慮)에서 된 것이 아니고 일이 원인이 되어 된 것도 아니며 하나같이 자연에서 나왔다."고 했다.

7-2 주례(周禮)와 점몽(占夢)

<제왕세기(帝王世紀)>에 의하면 황제(黃帝)가 꿈을 꾸었는데, 그 내용을 보면, 큰 바람이 불어 천하의 티끌을 다 쓸어갔다. 또 꿈에 사람이 천균(天鈞)의 활로 만 마리의 양(羊)을 쫓았다. 황제

가 꿈을 깨어서 한탄하기를, "바람은 호령(號令)이 되니 집정자(執政者)이다. 티끌을 쓸어 내리면 후(后)가 있는 것이다. 천하에 성은 풍(風)이고 이름이 후(后)인 사람이 있겠는가? 대저 천균(天鈞)의 활[弩]은 남달리 뛰어난 사람이다. 수만 마리의 양을 쫓는 것은 백성 다스리기를 잘한다는 것이다. 천하 어디에 성은 힘(力)이고 이름은 목(牧)인 사람이 있는가?" 했다. 이 때에 두 점몽인(占夢人)을 구해 물어보니 "풍후(風后)를 바다 모퉁이[海隅]에서 찾으면 승진해서 정승[相]이 되고 역목(力牧)을 큰 못에서 얻으면 승진해서 장수가 된다"고 했다. 이로 인해서 황제(黃帝)가 『점몽경(占夢經)』11권을 지었다고 했다. 과연 이 꿈은 앞날에 일어날 일을 점치는 징조인가? 어떤 징조를 미리 꿈으로 보이는 것인가?

> "아리스토텔레스 이전의 고대사람들은 꿈을 영혼의 산물로 보지 않고 신이 무엇인가를 알려 주는 것이라고 간주했다. 그리고 오늘날 우리들이 꿈을 생각할 때 항상 발견되는 대조적인 두 흐름을 고대인들은 이미 파악하고 있었다. 즉 '수면중의 사람에게 경고나 예언의 목적으로 보여지는 참되고 가치 있는 꿈'과 '그 사람을 미혹하게 하고 타락시킬 의도를 가진 무가치하고 혼미한 꿈'을 구별하고 있었던 것이다."4)

이것은 서양의 프로이트의 말이다. 동양에서는 일찍이 주례(周禮)의 예법과 제사를 담당하는 춘관(春官) 중에 천문(天文)을 살펴서 6몽의 길흉을 점치는 벼슬아치가 있었다. 그것이 점몽(占夢)이다. 그런데 그 주례(周禮)의 점몽 부분을 읽어보면 점성학과 관련되어 복잡함이 있어 보인다.

---

4) 프로이트, 『꿈의 해석』, 김기태 옮김, 1988, 선영사, p.13.

"점몽(占夢)은 그 세시(歲時)에 하늘과 땅의 만남을 관찰하여 음양(陰陽)의 기(氣)를 분별하는 일을 고찰한다."5)

이에 대한 한(漢)나라 정원(鄭元)의 주석[注]은

'그 세시(歲時)는 오늘의 4시(四時)이다. 천지(天地)의 만남이 건(建)과 염(厭)이 있는 곳의 일진(日辰)에서 만나니 음양의 기가 왕성(王)한 앞뒤에서 쉰다고'했다. 점몽은 음양의 기(氣)를 분별하는 일을 관장한다고 했다.

이에 대하여 가공언(賈公彦)의 풀이는

정씨가 말하기를 그 세시(歲時)는 지금의 세(歲)에는 4시(四時)라는 것은 아마 천지의 만남인 음양(陰陽)의 기(氣)가 연년이 같지 않아서 만약 오늘의 역일(曆日), 오늘의 세(歲)가 또한 전세(前歲)와 같지 않음으로 오늘의 세시라고 말한다. 천지의 만남이 건(建)과 염(厭)이 있는 곳의 일진(日辰)이란 건(建)은 두병(斗柄)의 곳이고 건(建)이 양건(陽建)이므로 하늘에서 왼쪽으로 돈다고 말한다. 염(厭)은 해 앞[日前]에 1차로 말한 음건(陰建)이므로 하늘에서 오른쪽으로 돈다고 말한다. 그러므로 감여천로(堪輿天老)가 말하기를 "가령 정월이 인(寅)에서 양건(陽建)이면 음건(陰建)은 술(戌)에 있으며, 일진(日辰)이란 것은 일(日)을 줄기(建)로 하고 진(辰)은 가지(支)에 근거한다"고 했다. 음양(陰陽)의 기(氣)가 왕성함(王)의 앞뒤에서 쉰다는 것은 춘추위(春秋緯)를 상고하면 왕성함(王)이란 쉬는 왕성함[休王]에 이기는 바는 죽고[死] 서로 이기는 바는 갇힌다[囚]고 했다. 가령 봄의 3월에 목(木)이 왕성하고[王] 수(水)가 생기니 목수(木水)가 쉬고, 목(木)이 토(土)를 이기면 토(土)가 죽는다. 목(木)이 왕성하고 화(火)가 서로 왕성한 바에 생긴 것은

---

5) 주례(周禮), 춘관(春官), 점몽(占夢), (周禮十三經政本), 新文豊出版公司, p.381.

서로서로 이기는 바의 것은 갇히고, 화(火)가 금(金)을 이기는 봄 3월의 금(金)이 갇혀서[囚] 이를 밀어 올리는 화(火)가 왕성하고 금(金)이 왕성하고 수(水)가 왕성한 뜻을 알 수 있고, 건(建)과 염(厭)이 있는 곳을 살펴서 음양(陰陽)의 기(氣)를 분별하여 길흉(吉凶)을 아는 것이다.

또한 일월성신(日月星辰)으로써 6몽(六夢)의 길흉(吉凶)을 점친다.6) 정원의 주석(注)은

일월성신(日月星辰)은 일월의 운행 및 일진과 부합함을 말한다고 했다. 춘추소(春秋昭)에 있는 31년 12월 신해일(辛亥) 초하루[朔日]에 일식(日蝕)이 있었다. 이날 밤 조간자(趙簡子)가 꿈을 꾸었는데, 아이가 발가벗고 누워서 노래하고 있었다. 아침이 되어 사묵(史墨)에게 점을 치게 했다. "내 꿈은 이러하다. 하필이면 일식(日蝕)이 있었는데 무슨 꿈인가?"했다. 사묵(史墨)이 "6년 뒤의 이달이 되면 오(吳)나라가 영(郢) 땅을 공격해 들어갈 것입니다. 그러나 마침내 실패합니다. 영(郢)에 들어가는 것은 반드시 경신일(庚辰日)입니다. 그리고 경오일(庚午日)부터 태양의 모양이 달라집니다. 불은 금(金)을 이기게 될 것이므로 오(吳)나라는 이기지 못할 것입니다".

이러한 주석들은 모두가 점몽(占夢)이요 꿈의 해석이다. 그러면 6몽(六夢)이란 무엇인가? 1은 정몽(正夢)이다. 감동되는 바가 없고 편안히 스스로 꾸는 것이라 했다. 감동되지 않고 편안히 스스로 꾼다는 것은 편안하게 꾸는 꿈이다. 보통의 꿈이란 뜻이다. 2는 악몽(噩夢)이다. 놀라서 꾸는 꿈이다. 경악(驚愕)하여 꾸는 꿈이라는 뜻이다. 3은 사몽(思夢)이다. 깨었을 때 생각하던 바를 꿈꾸는 것이

---

6) 위의 책, 위의 글

다. 이것저것 생각하던 것들을 꿈꾸는 것이다. 4는 오몽(寤夢)이다 깨어났을 때 말하는 꿈이다. 잠을 깨었을 때 잠자면서 꾼 꿈을 말하는 것이다. 5는 희몽(喜夢)이다. 기뻐하면서 꾼 꿈이다. 잠자기 전에 기뻐했던 일을 꿈꾸는 것이다. 6은 구몽(懼夢)이다. 두려워하면서 꾼 꿈이다.

그렇다면 일월성신(日月星辰)으로써 이 꿈을 어떻게 점치는가? 이 6가지 꿈을 설명하는 데 이어 『주례(周禮)』에서는 "음력 섣달[季冬] 나라를 대표하여 방문하여 길몽(吉夢)을 왕에게 바치니 왕이 절을 하고 받았다"고 했다. 정원(鄭元)의 주석에서는

"나라를 대표하여 방문(聘問)한 꿈이란 길흉(吉凶)의 징조(祥)를 모신 점(占)으로서 일월성신(日月星辰)에 있다"고 했다. "음력 섣달에 해가 다하니[日窮] 달[月]은 기년(紀年)을 다하여 해와 만나고 별[星]은 천수(天數)를 돌아 장차 끝나려 한다"고 했다. 이에 예물을 갖추어 방문한다고 했다. "만약 좋은 경사[休慶]이면 이르기를 그대로 인해서 여러 신하들의 길몽(吉夢)을 바쳐서 왕에게 아름다움이 돌아간다".

고 했다. 시(詩)에 이르기를

양치는 목인이 꿈을 꾸니   (牧人乃夢)
여러 마리 묶어 놓은 고기요   (衆維魚矣)
깃발이 깃발에 매였도다   (旐維旟矣)

했다. 이러한 길몽을 바치니 아름다움이 왕에게로 돌아간다고 했다. 신라 때의 일관(日官)도 왕을 따라다니며 이러한 점몽(占夢)도 함께 했을 것이다.

7-3 음사발몽(淫邪發夢)

꿈은 의학적으로도 해석된다. 사기(邪氣)가 몸 안에 들어와서 머물면 장기(藏氣)가 허실하여 꾸는 꿈이 있다. 『영추경(靈樞經)』에서 그 예를 들어본다.[7]

황제(黃帝)가 말했다. "음사(淫邪)가 만연하면 어떻게 되는지요?" 이에 기백(岐伯)이 답했다. "정기와 사기(正邪)가 밖으로부터 체내로 엄습해 들어와서 고정적 침입 부위를 정하지 못할 때는 도로 내장(內臟)으로 흘러 넘칩니다. 일정한 자리를 얻지 못하고 영위(營衛)와 더불어 함께 운행하고 혼백과 더불어 함께 높이 오르니 사람으로 하여금 누워서 편안한 좋은 꿈을 꾸지 못하게 합니다. 사기[邪]가 부(腑)에 넘치면 밖으로 남음이 있고 안으로 부족합니다. 사기[邪]가 장(臟)에 넘치면 안으로 남음이 있고 밖으로 부족합니다."

이를 풀이하면

황제가 말했다. "사기가 체내에 넘쳐서 확산되어 일으키는 반응에 관해서 듣고 싶습니다. 그것들은 도대체 어떻게 되는지요?" 이에 기백이 답했다. "정사(正邪)가 밖으로부터 체내로 침습하면 때로는 고정적 침범 부위가 없으면 도로 내장(內臟)으로 흘러 넘칩니다. 또 영위(營衛)의 기(氣)와 더불어 함께 일어나 흐릅니다. 일정한 처소가 없으면 혼백(魂魄)을 따라서 함께 일어나 높이 오르고, 따라서 사람으로 하여금 잠이 들어서도 편치 못하게 하여 꿈이 많게 합니다. 만약 사기(邪

---

7) 최창록, 『다시읽는 황제영추경(黃帝靈樞經)』, 푸른사상, 2000.

氣)가 부(腑)에 침입하여 어지럽게 하면 밖에 있는 양기(陽氣)가 남음
이 있고 안에 있는 음기(陰氣)가 부족하게 됩니다. 만약 사기가 장(臟)
에 침입하여 어지럽히면 안에 있는 음기(陰氣)가 남음이 있고 밖에 있
는 양기(陽氣)가 부족해집니다.'

황제(黃帝)가 말했다. "남음이 있고 부족함이 있음은 형체가 있습
니까?" 이에 기백(岐伯)이 답했다. "음기(陰氣)가 왕성하면 꿈에 큰
물을 건너며 두려워하고, 양기(陽氣)가 왕성하면 꿈에 큰 불을 만나
타오릅니다. 음양이 함께 왕성하면 꿈에 서로 살벌하고, 위로 왕성
하면 꿈에 날고, 아래가 왕성하면 꿈에 아래로 떨어집니다. 심하게
배고프면 사람에게서 물건을 취하고 심하게 배부르면 꿈에서 다른
사람에게 무엇을 줍니다. 간기(肝氣)가 왕성하면 꿈에서 성내고 폐
기(肺氣)가 왕성하면 꿈에서 두려워하고 소리내어 울고 높이 오릅니
다. 심기(心氣)가 왕성하면 꿈에서 잘 웃고 두려워하고 겁을 냅니다.
비기(脾氣)가 왕성하면 꿈에서 노래하고 오락하고 신체가 무거워서
쳐들지 못합니다. 신기(腎氣)가 왕성하면 허리와 척추가 분리되어
이어지지 못합니다. 무릇 이 12개 왕성한 것은 사(瀉)시키면 병이
낫습니다."

이를 풀이하면

또 황제가 말했다. "남음이 있고 부족함이 있음은 어떤 나타남이 있
는지요?" 이에 기백이 답했다. "음기(陰氣)가 왕성하면 꿈에 큰 물을
건너며 두렵고 무서움이 나타나고, 양기(陽氣)가 왕성하면 꿈에 큰 불
이 나서 타오르는 것을 느끼고, 음양이 모두 왕성하면 꿈에 서로 살벌
함을 보게되고, 상부에 사기(邪)가 왕성하면 꿈에 위를 향해 날아오름
을 보고, 하부에 사기(邪)가 왕성하면 꿈에 아래로 떨어지는 것을 봅니

다. 과도하게 배고픈 때에는 꿈에 사람을 향해 물건을 찾아 취하고, 과
도하게 배부를 때에는 꿈에 다른 사람에게 물건을 주는 것을 봅니다.
간기(肝氣)가 왕성하면 분노하는 꿈이 있고, 폐기(肺氣)가 왕성하면 두
려워하고 소리내어 우는 꿈이 있고, 심기(心氣)가 왕성하면 꿈에 기뻐
서 웃는 것을 보고 두려워하고 겁남을 봅니다. 비기(脾氣)가 왕성하면
꿈에 노래를 부르고 오락을 즐기는 것을 보고 혹은 신체가 무거워서
쳐들지 못합니다. 신기(腎氣)가 왕성하면 꿈에 허리와 등골뼈가 분리되
어 서로 이어지지 못함을 봅니다. 이상에 말한 12종의 왕성한 병은 꿈
의 경지에서 12병사(病邪)가 있는 곳을 찾아낸 것을 근거로 하여 분별
합니다. 침을 놓을 때에는 상응하는 부위에 사법(瀉法)을 사용하면 다
낫습니다."

또, "궐기(厥氣)가 심장에 머무르면 꿈에 산언덕에 불 지피는 것
을 봅니다. 폐(肺)에 머무르면 꿈에 날아서 오름을 보고 금과 쇠붙
이[金鐵]의 기이한 물건(奇物)을 봅니다. 간장(肝)에 머무르면 꿈에
산림 수목을 봅니다. 비장(脾)에 머무르면 언덕(丘陵)에 큰 못[大澤]
과 풍우(風雨)에 무너진 집을 봅니다. 신장(腎)에 머무르면 몸이 못
가에 있거나 수중(水中)에 침몰해 머무름을 봅니다. 방광(膀胱)에 머
무르면 꿈에 정처없이 떠돌아 다니는 것을 봅니다. 위(胃)에 머무르
면 음식을 꿈꾸고, 대장(大腸)에 머무르면 밭과 들을 꿈꾸고, 소장
(小腸)에 머무르면 사람이 많이 모인 곳의 교통요충을 꿈꿉니다. 담
(膽)에 머무르면 투쟁하고 스스로를 자할(自割)합니다. 음기(陰氣)에
머무르면 꿈에 성교[接內]를 하고, 목에 머무르면 참수(斬首)를 꿈꿉
니다. 정강이[脛]에 머무르면 꿈에 달려가나 앞으로 나아가지 못하
고 혹은 깊은 곳의 움[笝]이나 우리[苑中]에 머무릅니다. 다리와 팔
[股肱]에 머무르면 꿈에 무릎을 꿇고 절을 합니다. 요도와 직장[胞
腪]에 머무르면 꿈에 소변과 대변을 봅니다. 무릇 이 15가지 부족한

것은 상응하는 부위에 보법(補法)을 사용하면 다 낫습니다.”
이를 풀이하면

정기(正氣)가 허약함으로 인해서 사기(邪氣)가 방해[干擾]하여 심장
[心]에 머무르면 꿈에 산악(山岳)에 연기와 불(煙火)이 자욱함을 봅니
다. 폐장[肺]에 머무르면 꿈에 날아오르고 금속류(金屬類)의 기괴한 물
건을 보게 됩니다. 간장(肝)에 머무르면 꿈에 산림수목을 봅니다. 비장
[脾]에 머무르면 꿈에 이어지는 구릉(丘陵)과 거대한 호수와 연못을 보
고 바람 불고 비오는 가운데 허물어져 비가 새는 방과 집을 봅니다. 신
장[腎]에 머무르면 꿈에 몸이 깊은 못에 임(臨)하거나 혹은 물 속에 가
라앉는 것을 봅니다. 방광(膀胱)에 머무르면 꿈에 정처 없이 떠돌아다
니는 것을 봅니다. 위 속[胃中]에 머무르면 꿈에 음식(飮食)을 봅니다.
대장(大腸)에 머무르면 꿈에 광활한 밭과 들[田野]을 봅니다. 소장(小
腸)에 머무르면 꿈에 사람이 많이 모인 곳의 교통의 요충(要沖)을 봅니
다. 담(膽)에 머무르면 꿈에 사람들과 싸우고 구타하거나 성난 가운데
자해함을 봅니다. 생식기관에 머무르면 꿈에 성교(性交)를 합니다. 머
리 부위에 머무르면 꿈에 참수(斬首)함을 봅니다. 정강이[脛]에 머무르
면 꿈에 달려가야 하나 앞으로 나아가지 못하고 혹은 깊은 움[窌]이나
정원[苑]에 머뭅니다. 다리와 팔에 머물면 꿈에 무릎을 꿇고 절하는 예
절을 행합니다. 요도(尿道)나 직장(直腸)에 머무르면 꿈에 소변과 대변
을 봅니다. 이상 15가지 종류의 정기(正)가 허(虛)하여 사기(邪)가 방해
하는 질병은 몽경(夢境)에 근거하여 그 병사(病邪)가 있는 곳을 살펴서
분별해 낼 수 있습니다.

이와 같이 꿈은 자기 몸의 상태와 관련이 있으며, 이러한 병몽은
허사보실(虛瀉補實)의 방법으로 침이나 약으로 다스린다고 했다.
동양학의 이론은 꿈의 해석에 많은 도움과 참고가 되리라 본다.
이는 의서나 도서의 많은 이론을 통해서 접할 수 있다. 그리고 꿈

이 인간의 미래에 나타나는 예조(豫兆)라고 생각한다면 다음의 주공(周公)의 해몽시(解夢詩)가 큰 도움이 되리라 믿는다.

8. 주공해몽(周公解夢)[1]

점몽(占夢)은 해몽(解夢)이라고도 한다. 꿈풀이는 신령스런 감응(感應)이 너무 많다고 한다. 이는 탐구할 만한 학문이므로 부록으로 싣는다. 혹은 예조(豫兆)의 깊은 뜻을 이해할 수 있으리라 본다. 시(詩)에 말하기를,

> 밤에는 어수선한 꿈을 꾸니(夜有紛紛夢)
> 정고(丁固)는 배위에 솔이 자라 귀하게 되고(丁固松生貴)[2]
> 신혼은 길흉을 미리 알리니(神魂預吉凶)
> 강엄(江淹)은 꿈에 필총(筆聰)을 얻었도다.(江淹得筆聰)[3]
> 장주는 허황한 나비요(莊周虛幻蜨)[4]

---

1) 앞의 책, p.128에서 인용.
2) 정고(丁固)는 꿈에 소나무(松)가 배[腹] 위에 자라는 꿈을 꾸고 귀(貴)하게 됐다는 故事가 있음.
3) 강엄(江淹)·양(梁)나라 사람. 벼슬은 金紫光祿大夫 꿈에 5색의 붓을 郭璞에게 돌려주고 난 뒤부터 文才를 잃었다고 함.
4) 장자의 꿈(莊周之夢) : 장자가 꿈에 호접(蝴蜨)이 되었다가 "꿈에 원래 인간인

황량몽은 무협(巫峽)의 일이라(黃粱巫峽事)5)
여망이 곰이 아닌 징조를 보이니(呂望兆非熊)6)
이는 궁구할 수 없는 것이 아니도다(非此莫能窮)

이는 지금까지 논의한 환몽소설과도 깊은 연관이 있는 것같다. 주공해몽시는 이미 2,000년이 넘었으나 많은 교화(敎化)를 얻을 수 있으리라 본다. 총 940 항목으로 길한 것이 620 항목이고 흉한 것이 320 항목이니 2대 1의 비율이다. 그것은 대부분이 다가오는 길흉(吉凶)에 대한 예조(豫兆)라는 특징이 있다.

8-1 하늘, 땅, 해, 달과 별(天地日月星辰)

64개 항목으로 48개항은 귀해지고 자식을 낳고 경사가 있으며 16개항은 통하고 병들며 근심이 있다고 했다. 대체로 천지일월성신을 꿈에서 보면 좋은 것이라 했다.

자신이 꿈에 나비(蝴蝶)가 되었는가, 아니면 원래 나비인 자신이 꿈에 인간이 된 것인가?" 하며 양자의 판단에 고민했다는 고사.
(『莊子』, 齊物論： 昔者莊周, 夢爲蝴蝶, 栩栩然蝴蝶也, 自喻適志, 與不知周也, 俄然覺, 則蘧蘧然周也, 不知周之夢爲蝴蝶與, 蝴蝶之夢爲周與, 周與蝴蝶則必有分矣.)
5) 황량무협사(黃粱巫峽事)： 당나라 咸通초에 도인 여옹(呂翁)이 과거보러 갔다가 술집에서 "언제 급제하여 어버이 마음을 위로하고 어느날에 得道하여 내 마음을 위로하겠는고?" 하는 말을 듣고 종리권(鍾離權)이 그를 시험하며 노란 지정(黃粱)으로 밥을 짓는 동안 벼개를 베고 잠들게 하고는 50년간 인생살이가 부귀영화가 아닌 고통의 파노라마임을 보여주고 64세에 정양진인으로부터 도를 전수 받았다는 고사.(최창록 편역, 呂洞賓 이야기, 1994, pp.36～39쪽 참조)
6) 여망조비웅(呂望兆非熊)： 周(나라 동해(東海) 사람. 여망(呂望), 여상(呂尙)이라고도 하고 태공망(太公望)이라고도 함. 무왕(武王)을 도와서 은(殷)나라 주왕(紂王)을 멸망시킴. 여망비웅(呂望非熊)은 당(唐)나라 이한(李翰)이 지은 몽구(蒙求)의 표제(標題)로 주문왕(周文王)이 사냥에서 점치니 용(龍)도 아니고 고룡(螭)도 아니고 곰(熊)도 아니고 큰 곰(羆)도 아니니, 잡았을 때는 패왕(霸王)의 재상(輔) 이 된다는 글을 얻음. 드디어 여상 태공망(呂尙, 太公望)을 얻었다는 고사(故事).

하늘 문이 열리면 귀인이 추천해 당기고(天門開貴人薦引)

하늘빛이 비추면 주인의 질병이 없어진다(天先照主疾病除)

하늘이 개이면 비가 흩어지고 백 근심이 사라지고(天晴雨散百憂去)

하늘이 밝으면 부인이 귀한 자식을 낳는다(天明婦人生貴子)

하늘 문이 붉으면 주인이 크게 일어남이 있고(天門赤主有大起)

얼굴을 하늘로 향하면 크게 부귀한다(仰面向天大富貴)

용을 타고 하늘에 오르면 주인이 크게 귀해지고(乘龍上天主大貴)

하늘에 올라 아내를 구하면 여아가 귀해진다(上天求妻兒女貴)

하늘 위에서 물건을 취하면 왕후의 자리에 오르고(天上取物位王候)

하늘에 날아오르면 부귀대길 한다(飛上天富貴大吉)

하늘로 올라가 집에 오르면 높은 벼슬을 얻을 것이요(登天上屋得高官)

하늘이 갈라져 있으면 나라가 나뉘어지는 근심이 있다(天裂有分國之憂)

하늘의 별이 밝으면 주인이 공경에 이르고 (天星明主公卿至)

하늘이 밝으려 하면 수명이 더하고 좋도다(天欲曉益壽命吉)

은하수를 건너면 주인이 길한 바가 있고(渡天河主有所吉)

하늘과 땅이 넉넉하면 구하는 바를 모두 얻는다(天地富所求皆得)

하늘이 공인으로 부리면 크게 좋은 상서가 있고(天公使有大吉詳)

해와 달이 처음 나오면 집안살림 형편이 창성한다(日月初出家道昌)

해와 달이 몸을 비추면 중요한 자리를 얻고(日月照身得重位)

해와 달이 지면 부모가 죽는 근심이 된다(日月落憂沒父母)

해와 달이 어두컴컴하면 임신한 부인에게 길하고(日月昏暗孕婦吉)

해와 달이 나오려 하면 관직운이 있다(日月欲出有官職)

해와 달이 합치면 아내에게 자식이 있고(日月合曾妻有子)

해와 달이 산을 머금으면 종이 주인을 속인다(日月啣山奴欺主)

해와 달을 짊어지고 안으면 귀한 후왕이 되고(負抱日月貴侯王)

해와 달을 삼키면 마땅히 귀한 자식을 낳는다(呑日月當生貴子)

해와 달에게 절을 올리면 크게 길하고 창성하고(禮拜日月大吉昌)

햇빛이 집으로 들어오면 벼슬의 자리가 지극해진다(日光入屋官位至)

해가 처음 나오고 구름이 없으면 크게 길하고(日初出無雲大吉)

해가 나와서 빛이 있으면 좋은 일이 있다(日出有光有好事)

구름이 열리고 해가 나오면 흉한 일이 흩어지고(雲開日出凶事散)

해와 달이 품으로 들어오면 자녀가 귀하게 된다(日月入懷子女貴)

별과 달에 절하고 향을 피우면 크게 길하고(拜星月燒香大吉)

구름이 갑자기 해를 가리면 숨겨진 나쁜 일이 있다(雲忽遮日有陰私)

별이 품으로 들어오면 임신한 주인이 귀한 자식을 낳고(星入懷主生貴子)

별이 떨어지면 병과 관청일이 있다(星落有病及官事)

별이 벌여서 운행하면 주인이 노비를 더 보태고(星列行主添奴婢)

성수를 잡아 쥐고 있으면 크게 부귀한다(持執星宿大富貴)

유성이 떨어지지 않으면 주인이 이사하여 살고(流星不落主移居)

천마성을 순회하면 공경의 자리에 오른다(巡天摩星位公卿)

구름이 사방에 일어나면 장사에 길하고(雲起四方交易吉)

오색구름이 보이면 주인이 크게 길하고 창성한다(五色雲主大吉昌)

구름이 붉고 희면 길하고 푸르고 검으면 흉하고(雲赤白吉靑黑凶)

뜬구름을 보면 하는 일이 이루어지지 않는다(見浮雲作事不成)

구름과 안개가 가리면 일이 크게 길하고 이롭고(雲霧遮事大吉利)

검은 구름이 땅에 이르면 시절의 기가 병든다(黑雲至地時氣病)

서리와 눈이 내리면 주인의 일이 이루어지지 않고(霜雪降主事不成)

눈 아래 시절이 미치면 크게 길하다(雪下及時大吉利)

눈이 몸 위에 떨어지면 만사가 이루어지고(雪落身上萬事成)

눈이 몸을 적시지 않으면 주인이 상복을 입는다(雪不沾身主孝服)

눈이 가정에 내리면 주인이 상사가 있고(雪落家庭主喪事)

흐린 가운데 비오고 어두컴컴하면 주인이 흉사가 있다(陰雨晦暗主凶事)

길 가다가 비를 만나면 술과 밥이 있고(行路逢雨有酒食)

벼락소리가 나면 벼슬자리에 오른다(雷霆作聲官位至)

벼락소리를 두려워하면 이사하는 것이 좋고(雷聲恐怕移居吉)

우뢰 소리 따라 땅이 흔들리면 주인의 뜻이 이루어진다(雷從地震主志遂)

몸에 벼락을 맞으면 주인이 부귀해지고(身被霹靂主富貴)

번갯불이 몸을 비추면 길한 경사가 있다(雷光照身有吉慶)

붉은 무지개가 보이면 길하고 검은 강은 흉하다(赤虹見吉黑江凶)
안개가 하늘에 가득하면 백 가지 일이 기쁘고 즐겁고(闢滿天百事歡悅)
모진 바람 큰 비는 사람이 사망한다(狂風大雨人死亡)
바람이 사람의 옷에 불면 주인이 질병이 생기고(風吹人衣主疾病)
갑자기 큰 바람이 불면 나라에 호령이 있고(忽大風國有號令)
바람이 울부짖는 듯하면 주인에게 멀리서 소식이 이른다(風如吼主遠信至)

8-2 땅의 이치, 산, 돌과 나무(地理山石樹木)

   56개 항목으로 39개 항목은 길하고 번창하고 관직이 높아지
고 자식이 통하고 재물을 얻으며 17개항은 병들고 통하고 근심
이 있고 부모걱정이 있다고 했다.

땅이 흔들리면 주인이 벼슬자리를 옮겨서 길하고(地動主遷官位吉)
땅이 갈라지면 주인이 병이 잘 들고 크게 흉하다(地裂主吉病大凶)
밭과 땅을 평평하게 닦으면 크게 길하고 번창하고(修平田地大吉昌)
땅이 높고 아래가 고르지 못하면 주인이 병든다(地高下不平主病)
돌 위에 누웠으면 주인이 크게 길하고(臥於石上主大吉)
땅속의 검은 기가 올라오면 주인이 흉하다(地中黑氣上主凶)
돌이 집으로 들어오면 주인이 부귀하고(是石入家主富貴)
돌 위에서 이록을 얻으면 크게 길하다(石上得利祿大吉)
반석이 안온하면 근심과 의심이 없고(盤石安穩無憂疑)
바위에 올라 돌을 안으면 관직을 옮긴다(登巖抱石官職遷)
손으로 작은 돌을 만지작거리면 귀한 자식을 낳고(手弄小石生貴子)
몸이 흙 속으로 들어가면 백사가 길하다(身入土中百事吉)
자신이 흙을 취하면 강직한 욕을 먹고(自身取土被耿辱)
산에 올라 땅에 떨어지면 주인이 자리를 잃는다(昇山落地主失位)
산에 올라 두려워하면 녹위가 지극해지고(上山恐怕祿位至)
산에 올라 훼손되고 무너지면 주인이 흉악해진다(上山毀懷主凶惡)

높은 산에 노닐어 보면 봄여름이 길하고(遊看高山春夏吉)

언덕에 올라 달려가면 병환이 없어진다(行走上坡病患除)

높은 산에 거주하면 기쁜 일이 있고(居住高山有喜事)

산행하여 재물을 얻으면 복록이 있다(山行得財有福祿)

물건을 안고 산에 오르면 귀한 자식을 잉태하고(捕物上山孕貴子)

산중에서 농작물을 심으면 의식이 풍부하다(山中農稼衣食豊)

고목이 다시 발아하면 자손이 흥하고(枯木再發子孫興)

집 위의 땅이 함몰되면 주인의 어머니에게 근심이 있다(堂上地陷主母憂)

조경풍치림이 무성하면 크게 길하고(圓林茂盛大吉利)

수목이 괴롭게 죽으면 집안이 불안하다(樹木苦死宅不安)

숲속에 앉거나 누우면 병이 나으려고 하고(樹中坐臥病欲痊)

수목의 잎이 떨어지면 주인이 흉하다(樹木凋零主人凶)

숲속에 나무가 자라면 귀한 자식을 더 낳고(林中樹生添貴子)

수목을 심는 것은 크게 길하고 창성한다(種樹木者大吉昌)

큰 나무에 올라가면 명리가 드러나고(登大樹名利顯揚)

위의 나무가 갑자기 꺾이면 죽고 상함이 있다(上樹忽折有死傷)

사람과 더불어 꽃을 나누면 주인이 분산되고(與人分化花分散)

고목에 꽃이 피면 자손이 흥한다(枯木開花興子孫)

큰 나무에서 사람이 집 위로 떨어지면 길하고(大樹落人屋上吉)

나무 아래 서 있으면 귀인이 몰래 보호한다(立樹下貴人庇陰)

집 위에 나무가 자라면 부모 걱정이 있고(樹生堂上父母憂)

큰 나무가 갑자기 꺾이면 주인에게 흉악이 있다(大樹忽所主凶惡)

나무를 지고 집으로 오면 재물을 얻는 기쁨이 있고(擔木來家得財喜)

큰 나무를 도끼로 찍으면 많은 재물을 얻는다(砍伐木樹多得財)

초목이 무성하면 집안의 도가 흥하고(草木茂盛家道興)

문안에 과수나무가 자라면 자식이 있다(門中生果樹有子)

배 위에 소나무가 자라면 자리가 상공으로 오르고(松生腹上位上公)

집안에 소나무가 자라면 일이 풍성하게 바뀐다(家中生松事轉豊)

집안에 잣나무가 자라면 크게 길하고(家中生柏多吉利)

뜰 앞에 대나무가 있으면 기쁨이 겹친다(庭前竹木喜重重)
단풍나무가 집 위에 자라면 백 가지 일을 이루고(楓生屋上柏事)
난초가 뜰 앞에 자라면 주인이 손자를 더 얻는다(蘭生庭前主添孫)
과실나무 숲으로 가면 주인이 재물을 얻고(菓林中行主得財)
채소밭 안에 들어가면 재산을 모은다(入菜園中大發財)
우물 위에 뽕나무가 자라면 주인이 근심이 있고(桑生井上主有憂)
과실나무에 과실이 많이 익으면 자손이 편안하다(菓樹多熟子孫安)
죽순을 꺾어 집에 이르면 여인이 자식이 있고(折筍到家女有子)
죽순을 보는 것은 주인이 자손을 더 보탠다(見筍者主添子孫)
땅을 쓸어 똥을 치우면 집안이 깨어지려 하고(掃地除糞家欲破)
똥흙이 쌓이는 것은 돈과 재물이 모인다(糞土堆者錢財聚)

8-3   신체, 얼굴, 눈 이빨과 머리칼(身體面目齒髮)

30개 항목에서 반은 번창하고 길하고 오래 살며 병이 없어
진다고 하고 반은 모함받고 병이오고 다투고 흉하다 했다.

자신이 흰옷을 입으면 사람들이 모함하는 바가 있고(自身白衣人所謀)
머리를 빗고 얼굴을 씻으면 백 가지 근심이 사라진다(梳頭洗面百憂去)
어른들에게 절을 올리면 크게 길하고 번창하고(身拜尊長大吉昌)
몸에 땀이 나오면 주인이 흉악해진다(身上汗出主凶惡)
몸이 아프고 벌레가 나오면 중요한 직책을 얻고(身病蟲出得重職)
몸에 벌레가 기어다니면 병환이 안정된다(身上蟲行病患安)
밧줄이 몸에 많으면 수명이 오래 길하고(繩索繁身長命吉)
칼과 족쇄가 몸에 임하면 병이 오려고 한다(枷鎖監身病欲來)
몸이 혹은 살찌고 야위면 모두가 흉하고(身或肥瘦皆爲凶)
얼굴을 벼슬아치와 마주하면 주인이 크게 길하다(面對官者主大吉)
몸을 드러내어 옷을 입지 않으면 크게 길하고(露醴無衣大吉利)

부인이 머리칼을 풀면 사정(私情)이 있다(婦人披髮有私情)
머리가 희면 주인이 오래 살고 크게 길하고(頭白主長命大吉)
머리에 두 뿔이 생기면 서로 다툼이 있다(頭生兩角有爭鬪)
머리가 아프고 머리칼이 빠지면 모두가 흉한 일이고(頭痛髮落皆凶事)
얼굴에 부스럼이 나서 검으면 주인에게 흉하다(面生瘡黑於主凶)
머리카락이 희고 빠지면 자손이 근심스럽고(頭髮白落憂子孫)
머리카락이 다시 자라면 주인이 오래 산다(頭髮兩生主長命)
목욕하면 관직을 옮기고 질병이 없어지고(沐浴遷官疾病除)
손을 씻고 발을 씻으면 오래된 병이 없어진다(洗手洗足舊病除)
거울에 비춘 것이 밝으면 길하며 어두우면 흉하고(照鏡明吉暗者凶)
깨어진 거울에 사람이 비추면 주인이 분산된다(破鏡照人主分散)
손과 발에 고름피가 나오면 크게 길하다(手足膿血出大吉)
똥오줌의 오물이 들어오면 크게 길하고 형통하다(尿屎汚人大吉亨)
머리를 드러내고 머리카락을 풀면 주인을 모략하고(露頭披髮主人謀)
머리카락을 풀어 얼굴을 덮으면 관의 소송이 이른다(披髮蓋面官訟至)
머리카락을 깎으면 집안이 흉하고(剪剃頭髮家內凶)
눈썹과 머리카락을 고르면 녹을 받는 자리에 이른다(眉與髮齊祿位至)
이빨이 저절로 빠지는 것은 부모의 흉함이 있고(齒自落者父母凶)
이빨이 빠졌다가 다시 나면 자손이 흥한다(齒落更生子孫興)

8-4 관대, 의복과 신발(冠帶衣服鞋襪)

50개 항목에서 37개항목이 관직과 녹봉이오르고 귀한자식을
낳고 이롭다고 하고 13개 항목에서 직위를 물러나고 사통하는
등의 불상사가 있다고 했다.

관모를 쓰고 차에 오르면 관직을 옮기려 하고(載官登車官欲遷)
스스로 모자를 머리에 쓰면 길하다(自載帽頭巾帽吉)

비녀와 관을 쓰고 대에 오르면 직위를 옮기고(簪冠登臺職位遷)

귀인이 의관을 주면 길하다(貴人與之衣冠吉)

새로 의관을 바꾸면 녹봉의 자리에 이르고(新換衣冠祿位至)

관모를 태워서 훼손하면 관직을 바꾸고 싶어한다(燒毀冠帽欲更官)

관모를 잃어버리면 직위를 물러나게 되고(失去冠帽去退職)

관대를 습득하면 녹봉의 자리에 이른다(拾得冠帽祿位至)

공복을 남에게 주면 주인이 직위를 얻고(與人公服主得職)

남이 공복을 주면 관직이 더해진다(人與公服加官職)

여자가 관대를 차면 주인이 자식을 낳고(女著冠帶主生子)

홀을 씻고 옷을 염색하면 새로운 관직이 온다(洗忽染服新官來)

홀을 잡고 귀인을 보면 크게 길하고(執笏見貴人大吉)

홀을 소홀히 하고 흉함을 근심하면 삼 년 불상사가 있다(忽疏憂凶三不祥)

남에게 홀끈을 주면 주인의 관직을 옮기고(與人忽綬主官遷)

허리띠를 매면 주인의 관직이 길하게 된다(腹帶者主官至吉)

문서에 도장을 찍으면 명성이 있게 되고(文書用印有名聲)

도장을 지니면 주인의 아내가 귀한 자식을 낳는다(持印主妻生貴子)

새 도포를 입으면 주인이 처첩을 더 보태고(着新袍主添妻妾)

비단옷을 입으면 자손이 번영한다(着錦繡衣子孫榮)

의복을 씻고 염색하면 모두가 크게 길하고(洗染衣服皆大吉)

도롱이를 걸치면 주인에게 큰 은혜가 이른다(披蓑衣主大恩至)

기름과 오물을 옷에 덮어쓰면 큰 은택이 있고(被油汚衣大恩澤)

의복이 갑자기 찢어지면 처가 외도할 마음이 있다(衣服忽破妻外心)

새 옷이 뜯기면 백사가 흉하고(新衣損采百事凶)

남에게 의복을 주면 주인이 병환에 이른다(與人衣服主患至)

옷을 마름해서 상복을 입으면 모두가 길하고(裁衣着孝衣皆吉)

옷의 띠가 저절로 풀리면 백사가 길하다(衣帶自解百事吉)

노란 옷과 검은 옷을 입으면 다 길하고(着黃衣黑衣皆吉)

흰옷을 입으면 주인에게 남이 청함이 있다(着白衣主有人請)

푸른 옷을 입으면 신인의 조력이 있고(着靑衣神人助力)

남색 수를 놓은 옷을 입으면 처가 크게 이롭다(着藍綉衣妻大利)

여러 사람이 자주색 옷을 입으면 주인의 정에 폐해가 있고(衆人着紫主情弊)

남에게 푸른 옷을 입히면 집안식구가 흩어진다(與人着靑家人散)

여러 사람이 흰옷을 입으면 주인이 관의 일이 있고(衆人着白主官事)

여러 사람이 빨간 옷을 입으면 크게 길하다(衆人着緋大吉利)

아내가 남편의 옷을 입으면 귀한 자식을 낳고(妻着夫衣生貴子)

여자가 적삼을 입으면 평안하고 무사하다(女子着衫平無事)

남에게 함께 옷을 주면 처가 사통하고(與人共衣妻私情)

의복을 잃어버리면 처가 난산을 한다(失却衣服妻難産)

좋은 이불을 스스로 덮으면 부귀를 얻고(好被自蓋得富貴)

남이 내 신을 신으면 처가 사통함이 있다(人着己履妻有事)

장화를 얻으면 주인과 노비가 길하고(得靴鞋主奴婢吉)

장화를 잃으면 주인과 노비가 도망간다(失履主奴婢逃走)

장화를 벗고 띠를 묶으면 주인에게 흉함이 있고(脫靴束帶主有凶)

신발이 찢어지면 자손과 처첩이 병든다(靴 破子孫妻妾病)

삼신을 신으면 백 가지 일이 화합하고(着麻靴百事和合)

새로 관작을 주면 주인이 귀한 자식을 얻는다(新授官爵主貴子)

신발을 구걸해서 신으면 남의 도움을 얻고(乞得鞋履人助力)

물에서 신발을 벗을 때는 이미 위험에서 벗어난다.(水履脫時已出危)

8-5 칼, 깃발, 종과 북(刀劍旌節鍾鼓)

40개 항목에서 21개 항목이 길하고 귀인이 도우고 부귀해지고 벼슬자리에 오른다고 하고 11개 항목에서 흉하고 처첩이 죽는다고 했다.

군왕을 마주하며 대우하면 기이한 길함이 있고(君王對仗有異吉)

정기에 용이 있으면 크게 길하다(旌旗有龍大吉利)

정절을 안으면 주인을 귀인이 돕고(抱旌節主貴人扶)

정기와 칼을 끌고 산에 들어가면 주인이 흉하다(旌劍引入山主凶)

정기를 만들어 덮으면 주인이 크게 길하고(造旌蓋主大吉利)

우개가 몸을 덮으면 주인이 부귀해진다(羽蓋蓋身主富貴)

상갓집 깃발이 맞이하면 크게 부귀하고(旅旛迎接大富貴)

상갓집 깃발이 갑자기 나오면 주인이 질병이 든다(旗旛竟出主疾病)

손에 정절을 들면 은혜와 상이 있고(手持旌節有恩賞)

흰 이불로 몸을 덮으면 크게 길하다(白蓋覆身大吉利)

새로운 정기를 보면 크게 길하고(見倣新旌大吉利)

남과 더불어 우산을 쓰면 주인이 분산된다(與人分傘主分散)

칼을 빼고 행진해 나가면 주인이 크게 길하고(拔刀出行主大吉)

남의 칼을 얻으면 주인이 남에게 가서 이른다(得人刀主行人至)

남이 칼을 세 개 주면 자사가 되고(人與三刀作刺史)

남과 더불어 도끼를 주면 크게 길하고 경사롭다.(與人與斤大吉慶)

칼을 맞아 피가 나오면 술과 음식을 얻고(被刀出血得酒食)

부러진 칼로 사람을 찌르면 주인이 이로움을 잃는다(折刀刺人主失利)

칼과 도끼에 스스로 상하면 크게 길하고(刀斧自傷大吉利)

남에게서 칼과 도끼를 얻으면 녹봉의 자리에 이른다(得人刀斧祿位至)

칼이 물 속에 떨어지면 처첩이 죽고(刀落水中妻妾亡)

칼을 놓쳐 땅에 떨어지면 주인의 재물이 망가진다(失刀落地主破財)

칼과 검을 차고 행진하면 재물에 이익이 있고(帶刀劍行有財利)

칼과 검의 끝을 갈면 빠르고 크게 길해진다(磨刀劍鋒快大吉)

남에게 칼을 주면 모두가 주인이 흉하고(與人刀劍皆主凶)

칼이 책상머리에 있으면 크게 길하다(劍在床頭大吉利)

여인이 칼을 차면 크게 길하고 경사스럽고(女人帶刀大吉慶)

여인이 칼을 빼면 주인이 자식이 있다(女人拔刀主有子)

가위는 주인의 재산을 분배하는 일이고(剪刀主分財之事)

가위로 물건을 자르면 주인이 재물을 얻는다(剪刀剪物主得財)

가위로 넙적다리를 자르면 처첩이 죽고(剪刀折股妻妾亡)

갑옷과 투구가 몸을 가리면 주인이 길하다(甲胄庇身主吉利)

쟁반은 주인의 벼슬자리가 길해지고(鎗槃主官位吉利)

군병이 패하는 것을 보면 주인이 흉함이 있다(見軍兵敗主有凶)

종경소리가 있으면 멀리서 사람이 오고(鐘磬有聲遠人來)

쇠북이 울지 않으면 복록이 이른다(鐘鼓不鳴福祿至)

북을 쳐서 소리가 나면 멀리서 사람이 오고(打鼓有聲遠人來)

북의 아름다운 소리가 나타나면 환락하고 길하다(見鼓佳聲懽樂吉)

북이 울리지 않음이 나타나면 흉함이 반드시 이르고(見鼓不鳴凶必至)

불을 집힌 것을 보면 백 가지 근심이 흩어진다(看放煙火百憂散)

8-6 제왕과 문무승상의 부름(帝王文武呼召)

　　28개 항목에서 18개 항목이 신불, 제왕, 부처등을 만나서 크게 길하고 경사나고 수명을 얻고 10개 항목에서는 통하고 질병이 생기고 죽는다고 했다.

제왕이 부르면 놀라운 기쁨이 있고(帝王宣召有驚喜)

후비가 불려서 음식을 주면 질환이 있다(后妃呼召飮有疾)

태자가 부르면 크게 기쁘고 길하고(太子召大喜吉利)

천자가 자리를 주면 재물에 길함이 있다(天子賜坐有財吉)

노군이 나타나서 말하면 신선의 연분이 있고(見老君言有仙分)

부처에게 절하고 움직이려 하면 큰 재물이 있다(拜佛欲動有大財)

불 위에서 진술하는 것을 보면 크게 길하고(看火上陳事大吉)

신불이 성내면 모두가 불길하다(神佛嗔怒皆不吉)

왕후와 나란히 앉으면 크게 길하고(王侯竝坐大吉利)

귀인이 오는 것을 보면 흉함을 얻지 않는다(來見貴人不得凶)

성현과 더불어 이야기하면 크게 길하고(與聖賢說語大吉)

사명에 입문하면 크게 길하다(使命入門大吉利)

흰옷을 입은 사람이 부르면 곧 사망하고(白衣召作便死亡)

존장자에게 절을 하면 좋은 경사가 있다(拜尊長者有吉慶)

돌아가신 조상이 음식을 구한다고 하면 길하고(先祖考言求食吉)

사람이 말하기를 크게 좋다고 하는 것은 곧 흉하다(人云大好者卽凶)

사람이 말하기를 죽는다고 하면 오랜 수명을 얻고(人云死者得長命)

사람이 밖에서 부르면 흉함을 부른다(人在外呼之招凶)

내가 너와 함께 가고 싶다고 하면 크게 흉하고(我欲共汝去大凶)

사람이 너는 쓸모 없다고 하면 크게 길하다(人言不用汝大吉)

악한 사람과 더불어 말하면 주인이 구설수가 있고(與惡人言主口舌)

살해를 당하면 길하고 엎드려 숨어 있으면 흉하다(被殺害吉伏藏凶)

몸에 나래가 나서 높이 날면 크게 길하고(身生羽翼飛大吉)

몸이 도망쳐서 벗어나면 병이 제거된다(身逃去得脫病去)

사람과 더불어 교역하면 주인이 병이 있고(與人交易主有疾)

빈궁한 병사가 머무르면 주인이 크게 길하다(貧窮兵居主大吉)

같이 동반해서 가면 흉한 일이 이르고(合伴同行凶事至)

일체의 귀인은 모두가 길하다(一切貴人皆吉利)

8-7 궁실, 가옥과 창고(宮室屋宇倉庫)

52개 항목에서 40개 항목은 궁, 묘, 누각, 고당에 들어가거나 커서 길하고 12개 항목은 매매라고 무너지고 막히고 부러지고 풀이나면 흉한 일이 있다고 했다.

제왕의 궁에 들어가서 나아가면 크게 길하고(入帝王宮行大吉)

조정에 절을 하는 것은 주인이 부귀한다(拜朝廷者主富貴)

왕후부고에 들어가면 크게 길하고(入王侯府庫大吉)

도궁에 가서 신선을 보면 주인이 길하다(行道宮見仙主吉)

관부중에 앉아 있으면 주인이 크게 길하고(坐官府中主大吉)

신묘가 광대하면 일마다 길하다(神廟廣大事事吉)

누각의 단에 오르면 주인이 크게 길하고(上樓閣壇主大吉)

고당에 올라가면 큰 부귀가 이른다(上高堂大富貴至)

높은 누각에서 술을 마시면 부귀가 이르고(高樓飮酒富貴至)

집이 일어나 높은 누각이 되면 일이 안온하다(家起高樓安穩事)

성에 올라가서 남을 위해 끌어당기면 길하고(上城爲人所拽吉)

성에 올라가서 잡혀서 묶이면 관직이 두드러진다(上城被執官職顯)

성곽이 광대하면 재물이 아주 많아지고(城廓廣大財喜多)

성중에 다니면 흉하고 문을 나오면 길하다(城中行凶出門吉)

성을 잇대어 푸른색이 있으면 아주 길하고(連城靑色有喜吉)

붉은 성곽에 올라가면 주인이 크게 길하다(登赤城郭主大吉)

성의 지붕에 올라가면 크게 길하고(蓋城上屋大吉利)

집에 올라가면 주인이 부자가 되고 뜰을 나오면 길하다(上屋主富出園吉)

집에 올라가서 파괴되면 집안 형편이 흉하고(上屋破壞家道凶)

당 위에 관이 있으면 배가 안락하다(堂上有棺舟安樂)

정당이 넘어지고 함몰되면 집주인이 흉하고(正堂倒陷家主凶)

가옥의 지붕을 밟으면 수명이 길고 길하다(履蓋屋宇長命吉)

가옥을 새로 단장하면 주인이 크게 길하고(屋宅更新主大吉)

바람이 불어 집이 움직이면 주인이 이동해 옮긴다(風吹屋動主遷移)

다른 사람이 이사해 오면 새 집이 길하고(遷入他人新宅吉)

머물다가 집을 나오면 주인과 그 아내가 기쁜 일이 있다(居出宅主妻喜事)

이사간 집이 파옥되면 주인의 처가 아름답고(搬移破屋主美妻)

사람이 혹은 전당 잡히면 주인이 벼슬자리에 오른다(人或典房主官位)

집안 형편이 빈궁하면 크게 길하고(家道貧窮大吉利)

술로 주택을 청소하면 멀리서 사람이 온다(酒掃宅舍遠人來)

밭과 집을 매매하면 주인이 자리를 잃고(與賣田宅主失位)

가옥에 사람이 없으면 주인이 사망한다(屋宅無人主死亡)

집 위에 배가 뚫으면 떳떳치 못함이 있고(屋上穿舟有暗昧)

담을 뛰어넘어 집을 건너가면 백 가지 일이 제거된다(踰牆渡宅百事去)
다른 사람과 집 문제로 싸우면 주인이 크게 흉하고(與人爭屋主大凶)
부인과 더불어 집 문제로 다투면 주인이 길하다(與婦人爭屋主吉)
방의 들보가 갑자기 부러지면 주인이 크게 흉하고(房梁忽折主大凶)
앞뜰과 집이 구덩이 아래에 있으면 주인이 사망한다(院宅抗 下主死亡)
처와 아들이 담장 아래 있으면 벼슬자리에 이르고(妻男牆下官位至)
담장 위에서 땅을 파면 주인이 다시 정사를 본다(牆上掘土主更政)
군인이 집에 들어오면 주인이 크게 길하고(軍人入宅主大吉)
가운데가 막히고 기와가 떨어지면 부인이 다툰다(死央瓦落婦爭鬪)
집안에서 딸을 낳으면 남자의 서신이 이르고(屋中生馬男信至)
집안에 풀이 나면 집이 텅 비려 한다(屋中生草家欲空)
집 위에 송백이 자라면 수명을 더하고(屋上生松柏益壽)
시골집을 수리하면 큰 기쁨이 있다(修理田舍有大吉)
사원 안에 들어가면 남자아이를 낳고(入寺院中生男子)
절집에서 경을 보면 병인이 낫는다(寺舍看經病人痊)
비구니의 절로 옮겨가면 주인이 병에 이르고(遷移尼寺主病至)
창고의 뚜껑을 열면 복록이 이른다(起蓋倉庫福祿至)
창고 안으로 들어가면 크게 길하고 창성하고(入倉庫中大吉昌)
창고가 무너지면 백사가 흉하다(倉庫崩壞百事凶)

8-8 문호와 샘, 부뚜막, 측간(門戶井灶廚厠)

52개 항목에서 23개 항목에서는 문호가 크게 열려 부귀하고,
측간에서 대소변하면 길하나 29개 항목에서는 우물이 마르고
부뚜막이 망가지고 문호가 부서지면 망한다고 했다. 흉함이 더
많은 특징이 있다.

문호가 높고 크면 주인이 부귀하고(門戶高大主富貴)
새로 문호를 열면 크게 부귀해진다(新開門戶大富貴)

문호를 갑자기 열면 주인이 크게 길하고(門戶忽開主大吉)

문호를 크게 열면 크게 길하다(門戶大開大吉利)

문을 다시 새로 하면 주인이 귀한 자식을 낳고(門更新主生貴子)

문이 스스로 열리면 처에게 사통함이 있다(門自開妻有私情)

문호가 갈라져 열리면 주인이 크게 길하고(門戶裂開主大吉)

문호가 파괴되면 흉사가 있다(門戶破壞有凶事)

성문이 크게 열리면 주인이 구설이 있고(城門大開主口舌)

궁성이 막히면 구설이 이른다(宮城塞者口舌至)

열린 문이 닫히면 일이 통하지 못하고(開戶開閉事不通)

문호가 망가지면 주인이 크게 흉하다(門戶敗壞主大凶)

문짝이 스스로 꺾이면 노복이 도망치고 (門扇 自折奴僕走)

문호 안에 사람이 없으면 크게 흉하다(門戶內無人大凶)

문호를 수리해서 옮기면 크게 길하고(修移門戶大吉利)

돌로 문호를 하면 주인이 오래 산다(石爲門戶主喜命)

문 앞에 사주가 생기면 자사가 나고(門前生洲作刺史)

문 앞에 구덩이와 도랑이 있으면 일이 이루어지지 않는다(門前坑溝事不成)

번갯불이 문을 태우면 주인이 흉사가 있고(天火燒門主凶事)

집의 작은 문을 열면 사통함이 생긴다(屋開小門生私情)

샘을 파서 물이 보이면 멀리서 서신이 이르고(穿井見水遠信至)

우물이 저절로 손괴되면 집이 크게 망한다(井損自壞家大敗)

우물 안이 끓어 넘치면 주인이 재물을 얻고(井中沸溢主得財)

우물이 마르면 집 재산이 흩어진다(井枯涸者家財散)

우물 안에 몸을 비추면 녹봉의 자리에 이르고(井中照身祿位至)

몸이 우물에 빠지면 질병이 흉한다(身○井中疾病凶)

집이 우물 안에 있으면 주인에게 병이 나타나고(屋在井中主見病)

우물 물을 떠서 맑으면 길하고 혼탁하면 흉하다(取井水淸吉混凶)

우물 속에서 진흙을 지면 주인의 재물이 나가고(井中負泥出財主)

우물 안이 마르려 하면 집이 파산되려 한다(井中欲乾家欲破)

우물 안에 고기 몸체가 있으면 주인이 귀해지고(井中有魚身主貴)

우물을 살펴보아 소리가 있으면 구설이 생긴다(窺井有聲口舌生)

우물 속에 엎드려 숨어 있으면 옥사의 형이 생기고(伏藏井中刑獄事)

술 취해 우물에 빠지면 관사가 이른다(醉落井中官事至)

집이 우물 속에 머무르면 장자가 흉하고(家住井中長子凶)

사람이 우물에서 나왔다고 하면 기쁜 기가 이른다(人言出井喜氣至)

우물을 치고 우물을 만들면 주인이 크게 귀하고(淘井造井主大貴)

기명이 우물에 떨어지면 급한 일이 있다(器皿落井有急事)

부엌 아래에 긴 흐름이 있으면 횡재를 얻고(灶下求流得橫材)

부엌 아래 불이 타오르면 명성이 있다(灶下燃火有聲名)

부뚜막 도끼가 망가지면 사망이 있고(灶斧破敗有死亡)

부뚜막 아래 바람이 불면 집이 부셔지고 망가진다(灶下吹者家破敗)

부뚜막 아래 그릇이 소리가 나면 주인이 구설수가 있고(灶下鳴器主口舌)

집에 부뚜막이 둘이면 일이 이루어지지 않는다(屋有二灶事不成)

부뚜막을 부수어 새로 만들면 크게 길하고(修造鬪灶大吉利)

관의 부엌 안에 있으면 재록을 얻는다(在官廚中得財祿)

절구 안에서 밥을 지으면 처첩이 사망하고(自炊臼中妻妾亡)

측간을 치우면 주인이 횡재를 얻는다(淘厠者主得橫財)

측간에 올라 대소변중이면 길하고(上厠在尿屎中吉)

측간 안에 똥이 넘치면 크게 길하다(厠中屎溢大吉利)

똥 속에 앉는 것은 주인이 크게 흉하고(糞中坐者主大凶)

과토가 쌓이면 주인이 재물을 얻는다(菓土堆積主得財)

8-9　금, 은, 주옥과 비단(金銀珠玉絹帛)

28개 항목에서 18개 항목은 금은 주옥이 쌓여 길하고 구리
솥은 구설수고 남에게 신과 비단을 주고, 삼베옥을 받으면 흉
하다는 항목이 10개 항목이다.

금은이 가득하면 주인이 부귀해지고(金銀實者主富貴)

금은주옥은 크게 길하다(金銀珠玉大吉利)

금은의 잔과 기명은 귀한 자식이 있고(金銀杯皿有貴子)

금은으로 솥과 그릇을 만들면 크게 길하다(金銀作鐺器大吉)

옥이 산처럼 쌓이면 크게 부귀하고(玉積如山大富貴)

금옥의 반지를 얻으면 귀한 자식이 이른다(得金玉環至貴子)

구리솥은 주인에게 구설수가 이르고(銅鐺主有口舌至)

구슬을 가득 품으면 주인이 크게 흉하다(珠玉滿懷主大凶)

옥으로 된 주발과 기물을 받으면 모두 길하고(得玉碗器物皆吉)

쇠로 된 기물을 사면 주인이 재물을 얻는다(買鐵器物主得財)

납과 주석은 주인이 재물을 얻고(鉛與錫者主得財)

동으로 된 기물을 얻으면 주인이 크게 부귀한다(得銅物主大富貴)

보석을 박아 넣은 기물은 질병을 제거하고(鑲嵌器物疾病去)

돈과 물건을 사람에게 돌려주면 질병이 제거된다(還人錢物疾病去)

돈과 물건을 아까워하지 않으면 모두 크게 길하고(捨得錢物皆大吉)

돈은 봄·여름에 길하고 가을·겨울에는 흉하다(錢春夏吉秋冬凶)

집안에서 재산을 분배하면 주인이 실패하고(家中分財主離敗)

비단을 증정하는 것은 주인이 권세가 있다(贈彩帛者主有權)

귀인이 짠 비단을 주면 벼슬에 이르고(貴人賜編錦官至)

사람이 주석과 견직물 비단을 주면 크게 길하고 창성한다(人錫絹帛大吉昌)

남에게 실과 비단을 주면 크게 흉악하고(與人絹帛大凶惡)

다른 사람에게서 삼베옷을 받으면 흉하다(得他人麻布衣凶)

포백을 얻으면 먼 친척이 와서 이르고(得布絲帛遠親來至)
남에게 의복을 주면 관의 일이 이른다(與人衣服官事至)
견사를 찾으면 주인이 사람의 구설수에 나가고(尋絲絹主進人口)
방적하는 것은 주인의 수명을 연장한다(紡織者主壽命長)
경락은 주인이 남의 욕을 먹고(經絡者主被人辱)
상자와 그릇은 주인이 구설수를 입는다(箱器主口舌之事)

8-10 거울, 반지, 비녀와 빗(鏡環釵釧梳篦)

24개 항목중 15개 항목이 처첩과 자식이 길한 일이고 아름다운 딸을 낳는다고 하고 9개 항목은 부처가 싸우거나 이별하는 일이다.

밝은 거울은 길하고 어두운 것은 흉하고(明鏡者吉暗者凶)
거울을 습득하면 좋은 아내를 맞이한다(拾得鏡者招好妻)
거울을 스스로 비춰보려 하면 멀리서 서신이 이르고(將鏡自照遠信至)
거울에 다른 사람이 비치면 처첩이 흉하다(鏡照他人妻妾凶)
다른 사람의 거울을 얻으면 귀한 자식이 있고(得他人鏡有貴子)
다른 사람이 자기 거울을 갖고 놀면 처가 흉하다(他人弄己鏡妻凶)
거울이 깨어지면 주인 부처가 이별하고(鏡破主夫妻離別)
금비녀가 움직이면 멀리 갈 일이 있다(金釵動有遠行事)
금과 돈이 쌍을 이루면 애첩이 더 늘고(金錢成雙增愛妾)
비녀와 팔찌를 서로 두드리면 처를 이별하는 흉함이 있다(釵釧相鼓妻別凶)
금비녀가 빛나면 주인이 귀한 자식을 낳고(金釵耀主生貴子)
비녀가 떨어지면 처첩이 간통하는 망령됨이 있다(落釵妻妾有姦俊)
은팔찌를 부처가 찌면 주인이 서로 싸우고(銀釧夫妻主相毆)
꽃이 눌리면 처첩이 외도하는 마음이 생긴다(花壓妻妾生外心)
남이 빗과 참빗을 주면 아름다운 첩을 얻고(人與梳篦得美妻)

잇몸에 묵은 것을 빗으면 일의 묵은 것을 제거한다(牙牀梳舊事舊去)

집 짓는 사람을 보면 귀인과 제휴하고(見築子貴人提携)

집 짓는 사람을 만나면 주인에게 미녀가 이른다(得築者主美女至)

이빨을 손질하는 것은 병환이 생기지 않고(刷牙者病患不生)

연지분을 얻으면 주인이 딸을 낳는다(得胭脂粉主生女)

연지분을 보면 주인이 큰 재물을 얻고(胭肢粉主大財利)

분을 바르는 것을 만나면 처가 아름다운 딸을 낳는다(得粉僕妻生嬌女)

손으로 머리를 동이는 것은 주인이 구설이 있고(手帕者主口舌事)

바늘과 실을 얻는 것은 백 가지 일이 완성된다(針線得者百事就)

8-11 침상, 휘장, 이불과 화분(衣帳毛占褥匙筋)

57개 항목중 37개 항목은 벼슬자리, 부귀, 귀인, 재물을 얻는 것이고 20개 항목은 파괴되고 찢어져서 주인이 흉하는 것들과 구설수가 있다고 했다.

침상의 휘장이 바뀌면 주인이 벼슬자리를 옮기고(床帳改主官遷移)

침상의 휘장을 펼쳐 놓으면 크게 부귀해진다(舒展床帳大富貴)

침상의 휘장을 새로 설치하면 멀리서 사람이 오고(新安床帳遠人來)

침상의 휘장이 문밖으로 나오면 처가 사망한다(床帳出門者妻亡)

침상의 휘장을 다시 바꾸면 이사해서 사는 것이 좋고(床帳改換移居吉)

침상 위에 개미가 있으면 불상사가 이른다(床帳有蟻至不祥)

침상 위에 휘장이 파손되면 처가 죽으려 하고(床帳破損妻欲亡)

침상이 열리면 주인에게 술과 음식이 있다(開帳幔主有酒食)

침상이 파괴되면 처자가 병이 들고(床帳壞者妻子病)

상다리를 새로 바꾸면 노복이 흉하다(床脚新換奴僕凶)

침상 위에 누워 있는 것은 크게 흉악하고(上床臥者大凶惡)

피가 침상 위에 있으면 처첩이 간악함이 있다(血在床妻妾有奸)

침상의 휘장을 씻으면 주인이 크게 길하고(洗床帳則主大吉)

집방석에 들어가면 길하고 나오면 흉하다(荐席入吉出則凶)

자리가 찢어진 것은 주인이 벼슬자리를 잃고(破席者主失官位)

자리를 바꿔서 들어가면 길하고 나오면 흉하다(換席入吉出則凶)

거적자리는 주인에게 힘의 도움이 있고(席箇者主有力助)

양탄자 요를 깔면 만사가 안온하다(毛占褥鋪陳萬事穩)

발과 휘장을 훼손하면 처에게 간사함이 있고(毁簾幔者妻有奸)

새로 발을 다는 것은 주인이 좋은 아내를 얻는다(新簾者竝得好妻)

자리를 깔아 함께 앉으면 벼슬자리를 얻고(鋪席合坐得官位)

좋은 이불을 스스로 덮으면 주인이 크게 길하다(好被自蓋主大吉)

좋은 베개를 보면 귀인의 도움이 있고(見好枕有貴人扶)

손으로 머리띠를 하는 것을 보면 주인이 구설수가 있다(見手帕主有口舌)

모견을 갑자기 지니면 관사가 길하다(毛肩忽持 官事吉)

정정한 것은 주인이 크게 재물을 얻고(鼎鼎者主得大財)

솥이 넘치면 주인이 큰 재물을 얻는다(釜溢者主得大財)

옥돌그릇은 주인이 사람의 도움을 받고(玉石器主有人助)

구리솥은 주인이 구설수에 이른다(銅鐺者主口舌至)

강철이 깨어지면 주인에게 상사가 오고(鋼鐵破主喪事來)

솥과 술잔이 깨어지면 주인에게 나쁜 일이 있다(鐺盞破主有惡事)

그릇물은 주인에게 술과 밥이 이르고(磁碟者主酒食至)

사기접시는 주인에게 구설수가 이른다(磁磁者主口舌至)

숟가락은 주인의 처첩과 자손이 더 많아지고(匙主益妻妾子孫)

힘줄은 주인이 집과 노복을 더한다(筋主益由宅奴僕)

화분은 주인에게 유익하니 창고가 크게 길하고(盆主益倉庫大吉)

화분을 만지고 밑이 빠지면 주인의 재물이 흩어진다(捩盆脫底主財散)

화분이 옹기에 들어가면 크게 부귀하고(入盆甕器大富貴)

얼굴을 씻는 대야는 아름다운 첩이 이른다(洗面盆者美妾至)

작고 큰 화분은 주인의 가족이 단란해지고(小大盆者主團圓)

화분을 얻으면 구하는 바를 얻는다(得盆子者所求得)

통에 물이 찬 것은 주인이 크게 길하고(桶盛水者主大吉)

통에 물이 없는 것은 주인이 크게 흉한다(桶無水者主大凶)

사람이 큰 통을 보내면 주인이 이로움을 얻고(人送大桶主得利)

탁자를 집에 놓으면 일이 이루어지지 않는다(卓架於宅事不成)

톱은 주인에게 결단할 일이 있고(鋸主有斷快之事)

돌절구와 의식을 옮겨 살면 크게 길하다(碾衣食移居大吉)

저울추와 송곳은 주인을 침해하는 일이고(鎚鑽者主侵害事)

저울추가 거동하려 하면 사람의 도움이 있다(鎚欲擧動有人扶)

끝은 주인이 남에게 쫓김을 받아 길하게 하고(鑿主被人驅使吉)

다리미에 불이 성하면 좋은 일이 이루어진다(斗盛火好事成)

훈롱은 더 많은 밭이 생산을 증가시키고(燻籠者益增田産)

사람이 저울을 주면 주인이 권력의 자리에 있게 된다(人與秤者主權位)

밧줄은 주인이 수명이 길고 크게 길하고(繩索主長命大吉)

밧줄을 끊는 것은 주인이 흉악해진다(繩索斷者主凶惡)

사람이 끝을 주면 잃어버린 금을 얻고(人與鑿者得失金)

사람이 빗자루를 보내면 주인이 자리를 얻는다(人送帚者主得位)

8-12 배, 수레 등 타는 물건(船車遊行物件)

32개 항목중 배를 타는 것은 부귀, 대길하고 배나 수레가 망가지면 주인이 흉하다 했다. 22개 항목은 길하고 10개 항목은 흉하다고 했다.

배가 날아 운행하면 주인이 크게 부귀하고(船飛行主大富貴)

배가 얕은 해안에 있으면 시비의 재난을 당한다(船淺在岸是非厄)

배를 타고 강하를 건너면 벼슬을 얻고(乘船渡江河得官)

배의 속에 물이 있으면 주인이 재물을 얻는다(船中有水主得財)

배를 타고 해와 달을 보면 직장을 얻는다(乘船看日月得職)

배를 타고 해와 달과 더불어 하면 마땅함을 얻고(乘船與日月得當)
배를 타고 술을 마시면 멀리 있는 손님이 이른다(乘船飮酒遠客至)
사람과 더불어 함께 배를 타면 주인이 이사하고(與人同船主移居)
배를 타고 돛대에 바람이 불면 크게 길하다(乘船風帆大吉利)
배를 타고 키를 보면 주인이 안온하고(乘船見舵主安穩)
배를 타고 다리 아래에서 만나면 크게 길하다(乘船橋下遇大吉)
병인이 배를 타면 반드시 주인이 죽고(病人乘船必主死)
아버지를 도와서 배를 타면 벼슬자리에 이른다(助父乘船官位至)
몸이 배 안에 누우면 주인에게 흉함이 있고(身臥船中主有凶)
불을 잡고 배에 들어가면 주인이 크게 길하다(執火入船主大吉)
집안에서 배를 타면 주인의 재산이 없어지고(家中乘船主沒財)
배를 타고 꽃을 보면 술과 밥이 이른다(乘船看花酒食至)
배와 수레가 망가지면 주인이 불길하고(船車破碎主不祥)
차바퀴가 망가지면 부처가 서로 이별하고(車輪破夫妻相別)
차바퀴가 꺾이어 넘어지면 주인이 망가진다(車輪折倒主破敗)
수레에 실은 것이 부족하면 재난이 없어진다(車載不足厄事去)
수레를 타고 여행하면 녹봉의 자리에 이르고(駕車遊行祿位至)
수레가 운행하면 주인이 백사가 순행하고 화합한다(車行主百事順和)
수레가 운행하지 않으면 구하는 바가 이루어지지 않고(車不行所求不遂)
수레가 문에 들어오면 주인이 흉사가 있다(車入門主有凶事)
병든 사람이 수레에 오르면 주인이 크게 흉하고(病人上車主大凶)
장의차가 지나가는 것은 주인의 재난이 흩어진다(喪車過者主災散)
백마의 수레가 가면 주인이 크게 길하고(行車白馬主大吉)
네 마리 말 수레를 타면 길한 것이 도로 흉하다(四馬駕車吉反凶)
양이 이끄는 수레를 타면 일이 떳떳하지 못하고(以羊駕車事不常)
말을 준비하는 것은 주인이 멀리 갈 일이 있다(備馬者主遠行事)
멀리 가서 출입하면 수명이 통달한다(遠行出入命通達)

8-13 도로, 교량, 저자에 사람모임(道路橋梁市集)

15개 항목중 도로, 다리, 저자와 관련한 길흉은 현실과 꼭같다. 길한 항목이 8개, 흉한 항목이 7개이다.

네 길이 통하는 것이 보이면 명리가 이루어지고(見四路通名利遂)

길 가운데서 재물을 얻으면 주인이 통달한다(道中得財主通達)

길이 진탕이고 가시가 있으면 일이 이루어지지 않고(道泥荊棘事不成)

큰 길이 무너져 함몰되면 주인이 재물을 잃는다(大道崩陷主失財)

교량을 수리하는 것은 만사가 화합하고(修橋梁者萬事和)

다리를 건너는 것을 보면 주인에게 관청일이 있다(見渡橋主有官事)

다리 위에 앉으면 주인이 녹봉의 자리에 이르고(橋上坐主祿位至)

다리가 무너지는 것을 보면 주인에게 관청일이 있다(見橋壞主有官事)

손을 잡고 다리에 오르면 처가 임신하고(携手上橋妻有孕)

다리 위에서 큰 소리로 부르면 시비에 사리를 얻는다(橋上呼喚訟得理)

새로 다리를 놓는 것은 크게 화합하고(新造橋者大和合)

다리 기둥이 부러지는 것은 자손이 흉하고(橋柱折者子孫凶)

다리 길 위에 수레가 멈추면 모두가 흉하다(橋路上住車皆凶)

부부가 저자에 들어가면 주인이 부동산을 사고(夫婦入市主置産)

저자에 사람이 아무도 없어 보이면 주인이 흉하다(見市中無人主凶)

8-14 부처간의 임신과 교관(夫妻産孕交懽)

　　　　23개 항목중 부부간의 일들이 길흉을 나타내되 현실과는 반
대되는 것이 있고 역설적이다. 흉하고 구설수가 있는 것이 14
개 항목이다. 길한 일과 구설수가 많은 것이 특징이다.

부처가 연회하면 주인이 서로 이별하고(夫妻宴會主相別)

부처가 서로 욕하면 주인이 병환이 든다(夫妻相罵主病患)

부부가 서로 비녀를 나누면 주인이 이별하고(夫婦分釵主離別)

부처가 서로 때리면 화합하여 만나고 싶어한다(夫妻相打欲和會)

동부인하여 가면 주인이 재물을 잃고(同夫人行主失財)

부인을 안으면 주인에게 기쁜 일이 있다(抱夫人主有喜事)

부인과 더불어 사귀면 귀신이 있고(與婦人交有邪祟)

부인과 더불어 함께 앉으면 크게 길하다(與婦人共坐大吉)

부인을 안으면 주인이 큰 재물의 기쁨을 얻고(抱夫主大得財喜)

부인과 남편이 더불어 물에 들어가면 길하다(婦人與夫入水吉)

부처가 서로 절하면 주인이 분산되고(夫妻相拜主分散)

남자가 변하여 여승이 되면 흉하다(男子化爲尼姑凶)

남자와 교접하면 주인이 재물을 잃고(交接男子主失敗)

아내가 비단옷을 입으면 귀한 자식을 낳는다(妻着錦衣生貴子)

아내가 임신하면 주인이 밖으로 사통함이 있고(妻有孕主外私情)

부인의 음부를 보면 주인이 구설수가 있다(見婦人陰主口舌)

부인이 발가벗으면 주인이 크게 길하고(婦人赤身主大吉)

남자가 발가벗으면 주인의 수명이 통달한다(男子裸體命通達)

형제가 나뉘어 이별하면 구설이 임하고(兄弟分別口舌臨)

여자아이를 안으면 주인이 구설수가 있고(抱小兒女主口舌)

어린아이가 죽으면 주인이 구설수가 있다(小兒死者主口舌)

새로 남녀가 태어나면 주인이 크게 길하다(新生男女主大吉)

시집가고 장가들어 효도하는 것을 보면 주인이 흉하다(見嫁娶及孝主凶)

8-15 음식, 술, 고기와 과채(飮食酒肉瓜菜)

> 40개 항목중 술을 마셔서 길함보다 흉함이 많고 과일은 종
> 류에 따라 길흉이 다르다. 병을 얻고 자식을 얻고 돼지고기는
> 흉하다. 대부분의 음식을 먹으면 병을 얻는다. 18항목이 길하고
> 22개 항목이 흉하다고 했다.

사람이 술을 마시기를 청하면 주인의 수명이 길고(人請飮酒主長命)

사람과 더불어 술을 마시면 구설수가 있다(與人飮酒有口舌)

사람과 더불어 함께 먹으면 부귀가 이르고(與人吃會富貴至)

술자리에 손님이 되면 집이 망가지려 한다(筵延會客人家欲破)

술을 마시면 주인이 곡하고 큰 일이 생기고(飮酒者主哭泣事)

술을 마시고 지극히 취하면 주인이 질병에 걸린다(飮酒至醉主疾病)

귀인이 연회를 베풀면 주인이 질병에 걸리고(貴人賜宴主疾病)

귀인과 더불어 마주하여 술 마시면 크게 길하다(與貴人對飮大吉)

사람이 치즈 먹기를 청하면 주인이 기쁘고(人請吃酥酪主喜)

사람과 더불어 우유를 마시면 존친이 이른다(與人吃乳尊親至)

사람과 더불어 꿀을 먹으면 크게 길하고(與人吃蜜大吉利)

구토하는 것은 병인인 주인의 병이 낫는다(嘔吐者病人主瘥)

물 마시는 것은 주인이 크게 이로움을 얻고(食水者主得大利)

죽은 사람이 먹는 것은 주인이 질병에 걸린다(死人食者主疾病)

집 위에서 소고기를 먹는 것은 길하고(食牛肉於堂上吉)

개고기를 먹는 것은 주인이 쟁송이 있다(食犬肉主有爭訟)

돼지고기를 먹는 것은 주인에게 질병이 이르고(食猪肉主疾病至)

돼지고기를 칼로 자르면 주인이 병이 생긴다(刀割猪肉主生病)

생고기를 먹으면 흉하고 익은 고기를 먹으면 길하고(食生肉凶熟肉吉)

죽은 고기를 스스로 먹으면 주인이 이별한다(食自死肉主別離)

거위고기를 먹으면 주인의 첩이 병에 걸리고(食鵝肉主妾疾病)

닭과 오리 등의 고기를 먹으면 모두가 길하다(食鷄鴨等肉皆吉)

만두를 먹으면 주인의 구설수가 흩어지고(食饅頭主口舌散)

물렁물렁한 오이를 먹으면 주인이 질병이 생기고(食爛瓜主生疾病)

떡을 먹고 밥을 먹으면 마음먹은 대로 되지 않는다(食餠食飯心不遂)

수박씨를 먹으면 주인이 귀한 자식을 낳고(食瓜子主生貴子)

감을 먹고 귤을 먹으면 주인이 병에 걸린다(食柿食柑主疾病)

감을 먹고 복숭아가 떨어지면 다시 합치고(食柿桃離而複合)

대추를 먹으면 주인이 귀한 자식을 낳는다(食棗者主生貴子)

뽕나무 오디를 먹으면 주인이 귀한 자식을 낳고(食桑椹者主生貴子)

밤을 먹으면 주인이 갈라져서 헤어짐이 있다(食栗者主有分別)

배를 먹으면 주인이 재물과 비단을 잃고(食梨者主失財帛)

모든 채소를 먹는 것은 흉함이 이른다(食一切菜者凶至)

가지를 먹으면 주인의 처가 자식이 있고(食茄者主妻有子)

파와 부추를 먹으면 주인이 다툼이 있다(食葱菲主有爭鬪)

염교를 먹으면 중상이 이르고(食薤者有重傷至)

마늘을 먹으면 주인에게 재해가 이른다(食蒜者主災害至)

보통 노란 채소로 보이는 것을 먹으면 주인이 흉하고(食平見菜黃主凶)

기름 소금 간장 초산을 먹으면 길함을 북돋운다(食油鹽醬酸鼓吉)

8-16 무덤과 관곽(塚墓棺槨迎送)

　　무덤과 관은 대체로 길하다 흉한 것은 새무덤이고, 관곽은 근심이고 관을 열고 죽은 사람과 말하면 흉하다 했다. 13개 항목중 4개 항목이 흉하다.

무덤 위에 꽃이 피면 크게 길하다(塚墓上開花大吉)

무덤이 높은 것은 크게 길하다(塚墓高者大吉利)

새 무덤과 관곽은 주인의 근심을 말한다(新塚棺槨主憂陳)

무덤 위에 운기가 있으면 길하고(塚墓上有雲氣吉)

무덤에 문이 열리면 백 가지 일이 길하고(塚墓門開百事吉)

무덤의 흙이 밝으면 길하고 어두우면 흉하다(塚墓土明吉暗凶)

무덤에 나무가 자라면 길하고 꺾이면 흉하고(塚墓生樹吉切凶)

관이 무덤 안에서 나오면 크게 길하다(棺自出墓中大吉)

관이 문득 집으로 들어오면 녹봉의 자리에 이르고(得棺入宅祿位至)

죽은 사람이 관에서 나오면 밖에 손님이 이른다(死人出棺外客至)

관을 열고 죽은 사람과 말을 하면 흉하고(開棺與死人言凶)

관에 죽은 사람을 염하면 주인이 재물을 얻는다(棺歛死人主得財)

관이 물위에 나타나면 큰 재물을 얻는다(見棺水上大得財)

8-17 문서와 붓, 벼루, 병기(文書筆硯兵器)

41개 항목중 5개 항목만 흉하고 문서와 필연은 대부분 길하
다 사람이 점을 치거나 군병이 패하고 활시위가 끊기면 흉하나
36개 항목은 길한 것들이다.

각 색깔의 경서는 크게 부귀하고(各色經書大富貴)

5색 종이는 크게 재물을 더한다(五色紙者大益財)

5색 종이를 삼키면 시서에 진보하고(呑五色紙者詩書進)

책상 위에 책이 있으면 녹봉의 자리에 이른다(几上有書祿位至)

시와 문의 글을 쓰는 것은 크게 길하고(詩文書寫字大吉)

어떤 사람이 글을 가르치면 크게 부귀한다(有人敎書大富貴)

책을 읽는 것을 보면 주인이 총명하고(見讀書者主聰明)

사람이 책을 읽는 것을 바라보면 귀한 자식을 낳는다(視人讀書生貴子)

달력을 얻는 것은 과거의 갑과에 입격하고(得曆日者中黃甲)

편지를 봉하는 것은 주인이 통달한다(封書信者主通達)

손으로 붓과 벼루를 만지면 주인이 멀리서 서신을 받고(手弄筆硯主遠信)

사람이 먹을 주면 문장이 진보한다(人與墨者文章進)

사람이 문득 붓을 놓으면 문장이 퇴보하고(人將已筆文章退)

다른 사람이 붓을 보내면 주인의 재주가 진보한다(他人送筆主才進)

군왕의 대오는 뛰어난 명성이 있고(君王隊伍有異名)

큰 사면을 얻는 것은 집의 흉함을 덮는다(得大赦者宅合凶)

사람이 점을 치면 곧 주인이 병에 걸리고(就人卜易主疾病)

다른 사람으로부터 지전을 받으면 주인이 크게 길하다(受人紙錢主大吉)

공무자리가 이동하면 주인이 벼슬자리를 옮기고(公座移動主遷官)

상관으로부터 직책을 받으면 재물이 온다(受職上官財物來)

공작의 인장을 차면 주인이 크게 길하고(佩印公爵主大吉)

인장을 차고 부절을 잡으면 주인이 옮겨서 산다(佩印執節主移居)

인장과 편지를 지니면 명예가 드러나고(佩印信者名譽出)

도장끈을 다시 옮기면 귀한 자식을 낳는다(印綬改遷生貴子)

바둑돌은 주인이 아들을 낳아 식구가 늘고(碁子主添丁進口)

공을 치는 것은 주인이 허명을 얻는다(打毬者主得虛名)

병마가 성으로 들어오면 복록이 이르고(兵馬入城福祿至)

많은 무리를 이끌고 성을 깨뜨리면 구하는 바를 얻는다(卒衆破城所求得)

군진 중에 있으면 주인이 크게 길하고(在軍陣中主大吉)

장수와 졸병이 가면 주인에게 기쁜 일이 있다(將卒從行主喜事)

출정하는 사람이 처음으로 나오면 일이 이루어지지 않고(征人初出事未成)

군병이 패하는 것을 보면 주인이 흉사가 있다(見軍病敗主凶事)

이미 사람을 쏘면 반드시 주인이 원행을 하고(已射人必主遠行)

사람이 자기를 쏘면 행인의 이름이 있다(人射已有行人至)

활을 지니는 것은 주인이 크게 길하고(持弓矢者主大吉)

활을 잡아당겨 활시위가 끊기면 주인이 흉악해진다(挽弓斷弦主凶惡)

사람이 활과 쇠뇌를 보내면 사람의 힘을 얻고(人送弓弩得人力)

쇠뇌가 느슨해져서 올리기 어려우면 형제가 흩어진다(弩弛難上兄弟散)

활과 쇠뇌가 서로 싸우면 주인이 논쟁을 하고(弓弩相鬪主爭論)
창과 도끼에 빛이 있으면 녹봉의 자리가 이른다(戈鉞有光祿位至)
갑옷을 입고 칼을 들면 높은 벼슬을 얻는다(披甲仗劍得高官)

8-18 슬픔, 노래, 병들어 죽음(哀樂病死歌唱)

　　　30개 항목중　병든 사람이 노래하고 일어서고 울면 흉하고
소리내어 울면 길하다고 했다. 18개 항목이 길하고 12개 항목
이 흉하다.

사람과 더불어 소리내어 울면 경하할 일이 있고(與人器泣有慶賀)
소리내어 크게 울면 기쁜 즐거움이 생긴다(放聲大哭飮歡生)
몸에 상복을 입으면 관록이 이르고(身着孝服官祿至)
먼 데 사람이 와서 슬피 울면 주인이 흉하다(遠人來悲泣主凶)
침상 위에서 슬피 울면 주인이 크게 흉하고(床上悲泣主大凶)
노래하고 춤추는 것을 보면 구설수가 이른다(見歌舞者口舌至)
집안에서 즐겁고 기쁘면 모든 일이 길하고(家中歡喜百事吉)
품속에 비파가 있으면 남의 힘을 얻는다(懷中琵琶得人力)
다른 사람이 피리를 주면 명성이 있고(他人與笛有名聲)
사람과 더불어 판을 두드리면 구설수가 있다(與人拍板有口舌)
집 위에서 노래하고 즐기면 주인에게 상사가 있고(堂上歌樂主喪事)
생황을 불면 주인이 변동이 있다(吹笙者主有更改)
피리를 불고 북을 치면 길한 경사가 있고(吹笛打鼓有吉慶)
다른 사람이 즐거워하면 시비논쟁에 도리가 있고(他人作樂訟有理)
이를 드러내어 울면 시비논쟁이 있고(露齒哭者有爭訟)
병이 들어 누웠으면 남이 도와서 벼슬을 더한다(病臥爲人扶加官)
병이 중한 것은 주인에게 흉사가 있고(病重者主有凶事)
스스로 병을 앓는 것은 주인에게 기쁨이 있다(自疾病者主有喜)

병든 사람이 노래를 부르면 주인이 크게 흉하고(病人歌唱主大凶)

병든 사람이 울고 웃으면 질병이 없어진다(病人哭笑疾病除)

병든 사람이 일어나면 반드시 일정한 날 죽고(病人起者必定死)

병든 사람이 수레를 장식하면 반드시 사망한다(病人裝車必死亡)

죽은 사람이 소리내어 울면 구설수가 있고(死人哭泣有口舌)

죽은 사람이 서면 주인이 크게 흉하다(死人立者主大凶)

죽은 사람이 곡소리를 품는 것은 재물을 얻고(死人哭懷者得財)

죽은 사람이 다시 살아나면 주인에게 서신이 있다(死人復活主有信)

사람이 죽고 자살하는 것을 보면 모두가 길하고(見人死自死皆吉)

아들이 죽는 것은 덧붙은 기쁜 일이 있다(子死者有添喜事)

먼저 죽은 어른을 보면 크게 길하고(見先亡尊長大吉)

다른 사람의 조문을 받으면 주인이 자식을 낳는다(開弔他人主生子)

8-19 불도와 중과 도사, 귀신(佛道僧尼鬼神)

기도하는 대상이나 종교적인 승니도사는 길하다. 21개 항목 중 남녀 승이 함께 경을 보거나 여승과 사귀고 신귀에게 맞으면 불길하고 나머지 15개 항목은 길하다고 했다.

모든 불보살은 크게 길하고(諸佛菩薩大吉利)

법사가 자리에 오르면 주인이 병에 걸린다(法師登座主疾病)

노군진인은 모든 주인이 길하고(老君眞人皆主吉)

신불을 그리면 사람의 공경을 받는다(畫神佛者得人敬)

신묘에 들어가 신이 움직이면 크게 길하고(入神廟神動大吉)

상갓집 깃발을 받들어 덮는 것은 크게 길하다(造旛蓋者大吉利)

승사가 사람들을 가르쳐 경을 외우면 길하고(僧師敎人念經吉)

도사와 여관이 말하면 길하다(道士女冠言浯吉)

화상과 이고가 경을 보면 흉하고(和尚尼姑看經凶)

신귀에게 맞으면 크게 불길하다(被神鬼打大不祥)

당상의 신불은 크게 길하고(堂上神佛大吉利)

신불이 행하여 이루지 못하면 크게 흉하다(神佛不成行大凶)

향을 피워서 예배하면 모두 크게 길하고(燒香禮拜皆大吉)

신을 맞이하여 굿을 하면 밖의 재물이 있다(迎神賽社有外財)

선인과 성인이 집에 이르면 복록이 이르고(仙聖到家福祿至)

도깨비와 더불어 하면 주인이 오래 산다(與鬼門者主延壽)

신도에 제사하면 크게 길하고(祭祀神道大吉利)

수계를 행하는 것은 자식이 효도한다(身受戒行者子孝)

신녀와 통하면 귀한 자식을 얻고(與神女通得貴子)

여승과 더불어 사귀면 주인이 재물을 잃는다(與尼姑交主失財)

8-20 살해되고 두들겨 맞음(被害鬥傷打罵)

33개 항목에서 현실과는 상반되게 통한 것은 길하고 처첩을 때리고 집안 사람이 다투고 여인이 서로 때리면 통하고, 거북을 죽이면 주인이게 상사가 있다고 했다. 24개 항목이 길하다.

남에게 살해되면 크게 길하고(被人殺害者大吉)

남을 살해해서 죽이면 크게 부귀한다(殺死他人大富貴)

칼을 쥐고 스스로 죽으면 크게 길하고(持刀自殺者大吉)

사람을 죽여 피가 옷에 묻으면 재물을 얻는다(殺人血汚衣得財)

칼에 찔리고 불이 나오면 매우 이롭고(被刀刺火出快利)

칼에 상해서 피가 나면 주인이 술과 밥을 얻고(刀傷出血主酒食)

도끼로 찍혀 피가 보이면 주인이 크게 길하다(砍刺見血主大吉)

몸이 굽히고 피가 흐름을 보면 크게 길하고(炙身見血流大吉)

칼과 도끼로 자상하면 주인이 크게 길하다(刀斧自傷主大吉)

칼을 들고 사람을 찍으면 스스로 먹을 힘이 있고(持刀斫人自食力)

사람이 머리를 찍어 뇌에 적중하면 두 번 이름난다(人頭斫腦中二名)
남에게 맞는 것은 주인이 힘을 얻고(被人打者主得力)
남에게 발로 차이면 주인이 재물을 구한다(被人脚踢主求財)
처첩을 때리면 주인이 힘을 잃고(打妻妾者主失力)
집안에서 사람이 다투면 주인이 나뉘어 흩어진다(家中人鬪主分散)
머리가 잘려서 걸어가면 주인이 크게 길하고(斷頭而行主大喜)
여인이 서로 때리면 주인이 병에 이른다(女人相打大病至)
형제가 서로 때리면 크게 길하고(兄弟相打大吉利)
처첩이 맞으면 주인이 흉한 일이 있다(被害妾打主凶事)
사람을 죽이는 것을 보면 주인이 크게 길하고(看見殺人主大吉)
사람에게 성기에 찔리면 크게 길하고 창성한다(被人簽刺大吉昌)
손으로 꺾여 버려지면 주인의 아들이 병나고(手措折者主子病)
사람을 향해 머리를 땅에 대고 절하면 백사가 길하다(向人叩頭百事吉)
사람과 더불어 서로 꾸짖으면 주인이 길하고(與人相罵篤者主吉)
꾸지람을 듣고 거짓 넘어지면 크게 귀한 데 이른다(被罵伴顚大貴至)
남에게 능욕을 당하면 주인이 재물을 얻고(被人凌辱主得財)
돼지를 잡으면 크게 길하다(殺猪豕者大吉利)
양을 잡고 양을 때리면 주인의 병이 흉하고(殺羊打羊主病凶)
소와 사슴을 죽이면 크게 부귀한다(殺牛鹿者大富貴)
소를 잡아 고기를 먹으면 주인이 재물이 생기고(殺牛食肉主生財)
거북을 죽이면 주인에게 상사가 있다(殺龜者主有喪事)
새를 죽이면 처첩에게 재난이 있고(殺鳥雀妻妾災難)
닭과 거위와 기러기를 잡으면 주인이 크게 길하다(殺鷄鵝鴨主大吉)

8-21 감옥과 형벌의 도구(捕禁刑罰獄具)

　　　25개 항목중 감옥에 관한 것 6항목은 길하고 도적이 스스로
옥에 들어가면 흉하다고 했다. 칼과 족쇄는 흉하고 16개 항목
은 길하나 9개 항목은 흉하다.

감옥이 붕괴되면 사면의 길함이 있고(宇獄崩壞有赦吉)

감옥에 앉아 있으면 반드시 은혜의 사면이 있다(坐獄中必有恩赦)

옥에 들어가 재난을 받으면 주인이 영화롭고 귀해지고(入獄受災主榮貴)

옥중에서 죽는 것은 관의 일이 흩어진다(獄中死者官事散)

사람을 옥에 집어넣으면 재물과 길함을 얻고(使人入獄得財吉)

감옥에 들어가면 주인에게 크게 귀함이 있다(入牢獄主有大貴)

도적이 스스로 옥에 들어가면 크게 흉하고(盜賊自入獄大凶)

감옥의 도구가 더러우면 백 가지가 길하다(牢獄具汚百事吉)

죄인이 도주하면 질병이 없어지고(罪人走脫疾病去)

칼과 족쇄에 몸이 임하면 질병이 이르고(枷鎖臨身疾病至)

칼과 족쇄가 집에 들어오면 주인이 크게 흉하고(枷鎖入宅主大凶)

밧줄로 배를 묶으면 크게 길하다(繩索繫舟大吉利)

몸이 올가미에 씌워지면 주인이 관의 일이 있고(身被羅綱主官事)

몸이 올가미에 잡히면 주인이 술과 밥이 생긴다(身被羅網主酒食)

남에 의해 벌이 결정되면 녹봉의 자리에 이른다(被人決罰祿位至)

남에 의해 도적으로 몰리면 크게 길하고(被人作賊者大吉)

남에 의해 묶여 있으면 질병이 이른다(被人○住疾病至)

관리에게 맞으면 주인이 상복을 입고(被官打身主孝服)

스스로 막대기로 사형을 집행하면 치욕이 생긴다(自以杖決恥辱生)

칼과 족쇄로 두렵고 떨리면 주인이 나뉘어 흩어지고(枷鎖怕怖主分散)

관에 들어가 소송 당하면 주인이 크게 길하다(入官詞訟主大吉)

관에 들어감을 사람들이 막으면 주인이 술, 밥이 생기고(邀人入官主酒食)

관리가 끌고 관서에 들어가면 주인이 크게 길하다(吏引入司主大吉)
관리를 위해 기록되면 급한 일이 있고(爲吏所錄有急事)
심문하고 매를 맞으면 귀한 주인이 크게 귀하다(持訊杖貴主大貴)

8-22 전원의 5곡과 씨뿌림(田園五穀耕種)

32개 항목중 농사에 관한 것은 길하다. 다만 마늘과 가지, 삼대는 나쁜일에 연루되고 병이 든다 했다. 27개 항목이 길하고 6개 항목이 흉하다고 했다.

밭 안에 풀이 나면 주인이 재물을 얻고(田中生草主得財)
농사짓는 밭이 넓고 크면 녹봉의 자리가 있다(種田寬大有祿位)
스스로 농사짓고 벼를 심으면 주인이 밭으로 가고(自種田禾主田行)
농사짓는 것을 보면 녹봉의 자리에 이른다(見種田者祿位至)
씨 뿌리는 것을 사람에게 가르치면 먼 곳에 가는 데 이르고(敎人播種遠行至)
사람으로 하여금 밭에 씨 뿌리게 하면 크게 길하다(使人種田地大吉)
남에게서 밭과 집을 사면 주인이 직장에서 승진하고(買人田宅主進職)
몸이 벼 속에 있으면 크게 길하다(身在禾中大吉利)
밭과 땅이 망가지면 주인이 크게 길하고(破敗田地主大吉)
밭농사와 벼를 수확하면 집이 이미 편안하다(割收田禾家己安)
집 위에 벼가 자라면 벼슬자리가 길하고(屋上生禾官位吉)
볏묘가 풍성하게 익으면 부귀하고 오래 산다(禾苗豊熟富貴長)
보리와 나락을 보면 주인이 큰 재물을 얻고(見麥稻主得大財)
메벼를 찧은 곡식은 재물에 길함이 있다(粳精禾者有財吉)
오곡이 무성하면 주인이 재물을 얻고(五穀茂盛主得財)
곡식의 이삭이 가지런히 빼어나면 크게 길하다(穀穗齊秀大吉利)
쌀 곡식이 쌓이면 길하고 흩어지면 주인이 흉하고(米穀堆吉散主凶)
크고 작은 보리는 주인의 처가 사심이 있다(大小麥主妻私心)

콩 모종의 잎은 자손이 흉하고(大豆苗葉子孫凶)

쌀과 보리를 서로 배열하면 크게 길하다(米麥相緋子孫凶)

쌀과 보리에 앉고 누우면 주인이 크게 길하고(坐臥米麥主大吉)

손안에 곡식을 쥐면 주인이 복록이 있다(手中把穀主福祿)

벼를 얻고 벼를 잃으면 주인이 녹봉을 얻고(得禾失禾主得秩)

밤과 쌀은 반드시 바치는 물건이 이른다(栗米必有獻物至)

채소 씨앗은 주인이 오래 살고 크게 길하고(種菜主長命大吉)

메밀 면과 떡은 관의 일이 바뀐다(喬麥麵餠官事遷)

국수와 겨가 서로 사귀면 집이 검소하려 하고(麵糠相交家欲儉)

조촐한 누룩은 반드시 주인에게 굽혀야 할 일이 있다(涓麴必主枉屈事)

마늘과 가지는 주인이 나쁜 일에 연루되고(葫茄者主惡事連)

무더기 삼대는 주인이 병에 이르고(蔴叢身者主疾至)

삼이 자라기를 숲 같으면 크게 길하다(蔴生如林大吉利)

8-23 물, 불, 도적과 등촉(水火盜賊燈燭)

36개 항목중 물과 불이 통한 것은 인가에 물이 있거나, 불이 땅에서 발생하고 불의 연기가 노란색이면 주인이 병든다고 했다. 도적은 함께 가면 길하다고 했다. 5개항목은 길하고 11개 항목이 흉하다고 했다.

물위로 가는 것은 주인에게 크게 길하고(水上行者主大吉)

물위에 서는 것은 주인에게 흉한 일이 있다(水上立者主凶事)

물이 양양하게 흐르면 새로 혼인함이 있고(水流洋洋有新婚)

물위에 불이 나오면 주인이 크게 길하다(水上火出主大吉)

스스로 물 속에 있으면 크게 길하고(自在水中大吉利)

스스로 발에 걸려 물 속에 넘어져서 나오지 못하면 흉하다(自跌水中不出凶)

물을 오래 마셔 쉬지 않으면 큰 재물을 얻고(飮求不休得大財)

물이 흘러 몸이 옮겨지면 소송사건이 있다(流水逐身有獄訟)
큰 물이 맑으면 크게 길하고(大水燈淸大吉利)
인가에 물이 있으면 아이가 사망한다(人家有水兒子亡)
강과 바다가 물이 불어 넘치면 크게 길하고 창성하고(江海漲漫大吉昌)
강물에 자갈이 있으면 더욱 문장이 드러난다(河水破石益文章)
불로 해와 달이 타면 대인이 도우고(火燒日月大人助)
불로 강물이 타면 수명이 길고 길하다(火燒河水長命吉)
불로 산야가 타면 크게 현달하고(火燒山野大顯達)
불로 자기 집이 타면 주인과 더불어 왕성하다(火燒自屋主與旺)
불꽃이 이글이글거리면 주인이 부자가 되고(火燄炎炎主發財)
불이 땅에서부터 발생하면 질병이 이른다(火從地生疾病至)
불을 잡고 타고 가면 벼슬자리에 이르고(執火乘行官位至)
큰 불이 하늘을 태우면 주인이 나라를 편안케 한다(大火燒天主國安)
몸이 불 속에 있으면 귀인이 도우고(身在火中貴人扶)
불의 연기가 노란색이면 주인이 병든다(火烟黃色主疾病)
불을 잡고 길을 가면 크게 통달하고(把火行路大通達)
불을 잡고 우물을 태우면 주인이 병든다(把火燒井主疾病)
집안에 불빛이 있으면 크게 길하고(宅中火光大吉利)
부엌 안에서 불이 나오면 급한 일이 있다(廚中火出有急事)
불이 타는 것을 골라서 들으면 밝은 집을 만들고(聽選燃火作明府)
잡초를 불태우면 주인이 크게 길하다(燒火是穢主大吉)
촛불을 보는 것은 주인이 크게 재물을 모으고(見燭者主大發財)
등불이 밝으면 크게 길하다(燈燭光明大吉利)
여러 사람이 불을 둘러싸면 화합하고 길하고(衆人圍火和合吉)
싫어하는 사람이 서로 당기면 질병이 이른다(惡人相引疾病至)
뒤쫓는 도적이 저자에 들어가서 나오지 않으면 흉하고(趕賊入示不出凶)
난폭한 도적이 집에 들어오면 주인의 집이 파괴된다(强賊入宅主家破)
도적과 더불어 함께 가면 크게 길하고(與賊同行大吉利)
자기 몸이 도적이 되면 구해서 얻는 바가 있다(己身作賊所求得)

8-24 오줌, 똥, 진흙과 욕먹음(垢汚沐浴凌辱)

오줌똥 더러운 것은 반은 재물을 얻고 반은 질병이 생기고 흉하고 욕을 먹는다고 했다. 16개 항목중 8개는 길하고 8개는 흉하다.

오줌똥으로 몸이 더러우면 주인이 재물을 얻고(尿屎汚身主得財)

대변이 땅에 가득하면 주인이 부귀해진다(大便滿地主富貴)

변소 안에 있으면 관의 녹봉자리를 얻고(處厠中得官祿位)

변소에 떨어졌다 나오면 길하고 나오지 못하면 흉하다(落厠出吉不出凶)

변소채에서 누웠으면 주인이 재물을 얻고(厠屋止臥主得財)

변소 안이 마른 것은 주인의 집이 파괴된다(厠中乾者主家破)

변소채를 가설하면 주인이 재물의 기쁨이 있고(架厠屋主有財喜)

똥을 들추어내고 집으로 돌아오면 크게 길하다(挑糞回家大吉利)

진흙 속에 있으면 구하는 바가 이루어지지 않고(在泥中所求不成)

대소변을 잘못하면 주인이 재물을 잃는다(失大小便主失財)

진흙에 옷을 더럽히면 주인이 흉함을 낳고(泥汚衣裳主産凶)

진흙에 홑적삼이 더럽혀지면 주인 자신이 욕먹는다(泥汚杉衣主身辱)

남녀가 목욕하고 평상에 올라가면 흉하고(男女沐浴上床凶)

진흙에서 목욕하면 병에서 편안해진다(沐浴塵土疾病安)

머리를 감고 옮겨서 머무르면 질병이 제거되고(洗頭遷居疾病除)

욕을 먹고 사람을 건드리면 소송이 있게 된다(被辱罵惹人詞訟)

8-25 용, 뱀, 날짐승류(龍蛇禽獸等類)

용사금수류는 용과 뱀의 경우 길함이 흉함보다 많고 봉황과 학은 대개 길하다 기린, 사자, 맹호도 대개 길하고 곰, 토끼, 노루, 사슴도 길하다. 70개 항목중 길한 것은 47개항목이고 흉한 것은 23개 항목이다.

용을 타고 물에 들어가면 귀한 자리에 오르고(乘龍入水有貴位)

용이 물 속에서 자면 구하는 일이 이루어진다(龍眠水中求事遂)

용이 문을 지키는 것은 크게 길하고 창성하고(龍當門者大吉昌)

용이 죽으면 주인이 그 자리를 잃는다(龍死亡主失其位)

용을 타고 산에 오르면 구하는 바가 이루어지고(乘龍上山所求遂)

용이 우물 안에 들어가면 관에 의해 욕을 먹는다(龍入井中官被辱)

용이 나르면 벼슬자리가 크게 귀함이 있고(龍飛有官位大貴)

용을 타고 저자에 들어가면 주인이 귀한 자리에 오른다(乘龍入市主貴位)

용과 뱀이 문에 들어오면 주인이 재물을 얻고(龍蛇入門主得則)

용과 뱀이 부엌에 들어오면 관에 이름이 있다(龍蛇入灶有官至)

뱀이 용으로 변하면 귀인의 도움을 얻고(蛇化龍得貴人助)

부인이 용을 보면 귀한 자식을 낳는다(婦人見龍生貴子)

용과 뱀이 사람을 죽이면 주인이 크게 흉하고(龍蛇殺人主大凶)

뱀이 사람을 물면 주인이 큰 재물을 얻는다(蛇咬人主得大財)

뱀이 품속으로 들어오면 귀한 자식을 낳고(蛇入懷中生貴子)

뱀이 물 안으로 가면 주인이 영전해서 자리를 옮긴다(蛇行水內主榮遷)

뱀이 사람을 따라가면 처가 외도할 마음이 있고(蛇隨人去妻外心)

뱀이 골짜기 길로 들어가면 주인이 구설수가 있다(蛇入穀道主口舌)

뱀이 몸을 휘감으면 귀한 자식을 낳고(蛇遶身者生貴子)

뱀이 많은 것은 주인이 음사지옥의 일을 한다(蛇多者主陰司事)

뱀이 붉고 검으면 구설수가 있고 푸르면 길하고(蛇赤黑口舌青吉)

뱀이 노랗고 희면 주인이 관의 일이 있다(蛇黃白主有官事)

봉황은 주인에게 귀인의 도움이 있고(鳳凰主有貴人助)

봉황이 주먹 위에 모이면 어머니의 수명이 지극하다(鳳聚拳上母命至)

공작은 주인이 크게 길하고(孔雀者主大吉利)

학이 하늘로 오르면 주인이 작은 말 재앙이 있다(鶴上天主小口災)

학이 우는 것은 녹봉의 자리가 크게 현달하고(鶴鳴者祿位大顯)

참새가 품속으로 들어오면 귀한 자식을 낳는다(雀入懷中生貴子)
학이 수레를 타면 주인이 정벌할 일을 하고(鶴駕車主征伐事)
학을 놓아주면 주인이 재물을 얻고 길하다(放鶴者主得財吉)
공작이 날아 춤추면 문장이 있고(孔雀飛舞有文章)
앵무새는 부인의 주인이 구설수가 있다(鸚鵡婦人主口舌)
원앙이 흩어져 가면 주인의 처가 흉하고(鴛鴦散去主妻凶)
오리가 집에 들어오면 주인에게 큰 흉함이 있다(鳧入宅主有大凶)
연을 띄우는 것은 주인의 녹봉자리가 지극해지고(架鷂者主祿位至)
비둘기와 학은 부인이 이로부터 구설수가 있다(鳩鶴自婦人有舌)
제비가 날아 품에 들면 처가 귀한 자식을 낳고(燕飛入懷妻貴子)
제비가 이르면 멀리서 손님이 온다(燕子至有遠客來)
공중에서 새가 울면 주인의 처가 죽고(空中鳥鳴主妻亡)
새가 날아 품에 들면 모두 주인에게 길하다(飛鳥入懷皆主吉)
나는 새가 구류하여 머물면 먼 곳에서 서신이 이르고(扣住飛鳥遠信至)
참새와 쥐가 다투면 관의 일이 있다(雀鼠爭鬪有官事)
까마귀와 참새가 서로 시끄럽게 우짖으면 주인이 술과 밥이 생기고(雅雀
相噪主酒食)
거위와 오리가 함께 헤엄치면 좋은 첩을 더 보탠다(鵝鴨同遊添好妾)
새가 헤엄치고 뱀이 오면 사람이 이끌어 추천하고(鳥赴蛇來人引荐)
닭이 씻으면 벼슬을 얻고 닭이 울면 구설수가 있다(洗鷄得官鳴口舌)
닭이 알을 품으면 주인이 큰 기쁨이 있고(鷄抱卵主有大喜)
기린은 이름을 천하에 떨치고(麒麟者名振天下)
흰 코끼리 돌고래는 벼슬자리에 이르고(白象江猪官位至)
사자가 큰 소리로 울부짖으면 성명을 떨치고(獅子叱吼聲名振)
맹호가 크게 울부짖으면 주인이 벼슬을 얻는다(猛虎大吼主得官)
호랑이 타고 가는 것은 나쁜 일이 없고(騎虎行者無惡事)
관리가 집안에 들어오면 관직이 무거워진다(官入宅中官職重)
범과 이리가 움직이지 않아 보이면 관이 길하고(虎狼不動見官吉)
담비와 이리 맹견은 도적이 있고(貓狼惡狗有盜賊)

이리가 다리를 먹는 것은 주인이 얻는 바가 없다(狼啖脚者主不得)
낙타와 표범, 해태는 재판을 얻고(駱駝豹豸得重引)
곰과 큰 곰은 주인 자신이 귀한 자식을 낳는다(熊羆主身生貴子)
많은 토끼가 하늘로 오르면 귀한 자리를 얻고(群兔上天得貴位)
노루와 사슴이 집에 있으면 벼슬과 녹봉을 얻는다(獐鹿在家得官祿)
살아 있는 토끼가 뜰에 있으면 백 가지 근심을 제거하고(活兔在園百憂去)
고양이가 쥐를 잡으면 주인이 재물을 얻는다(猫捕鼠者主得財)
흰쥐가 길을 인도하면 사람이 서로 도와주고(白鼠引路人提携)
쥐가 사람의 옷을 물면 구하는 바를 얻는다(鼠咬人衣所求得)
쥐가 크게 달리면 주인에게 좋은 일이 있고(鼠大走主有喜事)
산 원숭이는 주인에게 소송의 다툼이 있다(山猴主有爭端訟)
흰 원숭이는 주인에게 녹봉자리를 전함이 있다(白猿主有祿位傳)

8-26 소, 말, 돼지, 양의 6축(牛馬猪羊六畜)

소는 대부분 길하나 소가 사람을 뜨면 일이 안되고 물소가 집에 오면 상사를 입는다. 말은 흉한 일이 많고 돼지를 잡으면 길하고 저절로 죽으면 흉하다. 개가 주인을 보고 짖으면 재물을 잃는다. 32개 항목 중 길한 것은 20개 항목이고 흉한 것은 12개 항목이다.

황소가 집에 들어오면 주인이 부귀하고(黃牛來家主富貴)
물소는 주인의 선조가 음식을 찾는다(水牛主先祖索食)
소가 산비탈에 올라가면 크게 길하고 창성하고(牛上山坡大吉昌)
소를 끌고 산에 올라가면 주인이 부귀해진다(牽牛上山主富貴)
소뿔에 피가 있으면 주인이 삼공이 되고(牛角有血主三公)
소가 사람을 뜨면 모든 일이 이루어지지 않는다(牛觸人凡事不成)
소가 문으로 나가면 좋은 일이 즉각 이르고(牛出門好事立至)
물소가 집에 오면 주인이 상사를 입는다(水牛來家主喪事)

소가 새끼를 낳으면 구하는 바를 모두 얻고(牛生犢所求皆得)

소를 타고 성에 들어가면 좋은 일에 임함이 있다(騎牛入城有喜臨)

말이 뜰 앞에서 춤추면 흉한 일이 흩어지고(馬舞庭前凶事散)

소를 끌고 양이 오면 집안이 환락하다(牽牛羊來家歡樂)

말이 천리를 가면 큰 기쁨이 이르고(馬行千里大喜至)

말을 타고 빠르면 길하고 둔하면 주인이 흉하다(乘馬快吉鈍主凶)

말을 타고 내닫고 교제하면 문서 일이 있고(走馬走往文書事)

말과 약대에 돈과 물건이 실리면 녹봉의 자리를 잃는다(馬駝錢物失祿位)

말이 방에 들어오면 주인이 간통사건이 있게 되고(馬入室主奸情事)

머리풀어 씻은 말을 풀어놓으면 모두가 기뻐할 일이 있다(披洗放馬皆喜事)

많은 말이 바삐 멀리 달리면 백 가지 흉함이 풀리고(群馬奔遠百凶解)

죄인이 말을 달리면 위험한 일이 없어진다(罪人走馬危事去)

말에게 물리면 녹봉자리가 지극함이 있고(被馬咬有祿位至)

백마를 타면 주인이 병에 걸린다(乘白馬者主疾病)

나귀와 노새를 타면 주인이 재물을 얻는 길함이 있고(騎驢騾主得財吉)

돼지를 잡으면 길하고 돼지가 저절로 죽으면 흉하다(殺猪吉猪自死凶)

돼지가 사람으로 변하면 관의 일이 이르고(猪豚變人官事至)

양이 돼지가 되어 가면 행인이 이른다(羊作豚行行人至)

돼지와 양이 가려운 데를 긁으면 주인이 구설수가 있고(猪羊搔痒主口舌)

양을 타고 거리에 오르면 주인이 재물을 얻는다(騎羊上街主得財)

새끼와 어미의 양이 수명이 길면 크게 길하고(子母羊益命大吉)

개가 사람을 보고 짖으면 귀신이 와서 밥을 구한다(犬吠人鬼來求食)

개가 주인을 보고 짖으면 재물을 잃는 흉함이 있고(犬吠主人失財凶)

집안에서 말을 낳으면 주인이 크게 길하다(屋中生馬主大吉)

참고문헌

『周禮』(周禮十三經注疏本), 台北, 新文豊出版公社.

『中國神明槪論』, 沈平山, 台北, 新文豊出版公社, 民口 68년.

『中國的神話世界』, 서울民俗, 1991.

『구운몽』, 한국고전문학전집 27, 고려대학민족문학연구소, 1996.

『옥루몽』, 활자본 고전소설전집 6권, 아세아문화사, 1977.

『금오신화』, <나랏말씀> 25, 1998.

『삼국유사』, 동서문화사, 1978.

『殊異傳逸文』, 박이정, 1996.

『鍾呂傳道全集』, 自由出版社, 民國 63년.

『韓國道敎文學史』, 최창록, 국학자료원, 1997.

『韓國의 仙道文化』, 최창록, 살림, 1994.

『詩經』.

『春秋左氏傳』, 現代文化社, 1986.

『동문선』, 민족문화무진회, 고전국역총서 26, 경인문화사, 1976.

『옥루몽』 상·중·하, 조선 고전문학선집, 민족출판사.

『梅月堂全集』, 成均館大學校, 1973.

『다시 읽는 黃帝內經素問』, 최창록, 국학자료원, 1999.

『다시 읽는 黃帝靈樞經』, 최창록, 푸른사상, 2000.

『황정경연구』, 최창록, 태학사, 1998.

『歷代眞仙體道通鑑』, 台北 自由出版社.

『丹學신선전』, 최창록, 동화출판사, 1993.

『呂洞賓이야기』, 최창록, 살림, 1994.

『大漢和辭典』, 諸橋轍次, 大修館書店.

『道敎大辭典』, 中國道敎協會, 華夏出版社, 1994.

『韓國夢遊小說硏究』, 신재홍, 계명문화사, 1994.

『옥루몽의 작품세계』, 설성경, 심치열, 개문사, 1994.

『文心雕龍』, 劉勰, 崔信浩 譯, 玄岩社, 1975.

『꿈의 해석』, 프로이드, 김기태 옮김, 선영사, 1993.

『中韓古代小說之比較硏究』, 최준하, 台灣 龍岡出版社, 1992.

『呂祖全書』 上·下, 台北 自由出版社, 民國 56년.

『崔孤雲의 삶과 文學硏究』, 李九義, 박사학위논문.

찾아보기

◆ 저자 소개

최 창 록(崔昌祿)

영남대, 경북대대학원, 영남대 대학원에서 학위
대구대 학생처장, 사범대학장, 대구 학원장 역임
대학원 국어국문학과장
인문과학연구소장 역임
한국어문학회장
우리말글학회장 역임
한국도교문학회장(현)
대구대 사범대 국어교육과 교수(현)

주요저서
『한국소설의 문체론적 연구』
『문체론 강의』(번역)
『한국신선소설연구』
『한국의 선도문화』
『여동빈 이야기』
『청학선인 이야기』
『한국의 풍수지리설』
『참동계 이야기』
『황정경연구』
『삼한습유』(역해)
『황제내경소문』(역해)
『황제영추경』(역해) 외 다수

주요논문
「단군신화의 선도적 해석」외 다수

● 幻夢小說과 꿈 이야기

1판 1쇄 인쇄 2000년 11월 1일
1판 1쇄 발행 2000년 11월 10일

지은이 ● 최창록
펴낸이 ● 한봉숙
펴낸곳 ● 푸른사상
편집인 ● 김현정
등록 제2-2876호
서울시 중구 을지로2가 148-37 삼오B/D 302호
대표전화 02) 2268-8706－8707
팩시밀리 02) 2268-8708
메일 prun21c@yahoo.co.kr / prun21c@hanmail.net

ⓒ 2000, 최창록

값 15,000원

ISBN 89-89368-00-3-93810